DU MÊME AUTEUR

Aux Éditions Gallimard

LE BALCON DE SPETSAI, *récit.*

UN PARFUM DE JASMIN, *nouvelles.*

LES PONEYS SAUVAGES, *roman.*

UN TAXI MAUVE, *roman.*

LE JEUNE HOMME VERT, *roman.*

THOMAS ET L'INFINI (illustré par Étienne Delessert).

LES VINGT ANS DU JEUNE HOMME VERT, *roman.*

DISCOURS DE RÉCEPTION DE MICHEL DÉON À L'ACADÉMIE FRANÇAISE ET RÉPONSE DE FÉLICIEN MARCEAU.

UN DÉJEUNER DE SOLEIL, *roman.*

Aux Éditions de la Table Ronde

JE NE VEUX JAMAIS L'OUBLIER, *roman.*

LA CORRIDA, *roman.*

LE DIEU PÂLE, *roman.*

LES TROMPEUSES ESPÉRANCES, *roman.*

LES GENS DE LA NUIT, *roman.*

LE RENDEZ-VOUS DE PATMOS, *récits.*

MÉGALONOSE, *pamphlet.*

TOUT L'AMOUR DU MONDE, *récits.*

MES ARCHES DE NOÉ, *récits.*

LA CAROTTE ET LE BÂTON, *roman.*

Aux Éditions Fasquelle

LETTRE À UN JEUNE RASTIGNAC, *libelle.*

FLEUR DE COLCHIQUE, avec des eaux-fortes de Jean-Paul Vroom.

Aux Éditions Jean-Cyrille Godefroy

LOUIS XIV PAR LUI-MÊME.

Suite de la bibliographie en fin de volume

« JE VOUS ÉCRIS D'ITALIE... »

MICHEL DÉON

de l'Académie française

« JE VOUS ÉCRIS D'ITALIE... »

roman

GALLIMARD

Il a été tiré de l'édition originale de cet ouvrage cinquante-sept exemplaires sur vergé Saint-Amand des Papeteries Grillet et Féau numérotés de 1 à 57.

EXEMPLAIRE Nº

Qui dira le plaisir d'un jeune homme encore plein d'enthousiasme et d'espérance, à la poursuite d'un souvenir, remettant ses pas dans ses pas sur une route d'Italie, à la fin des années 40 ? « Ses pas dans ses pas » est d'ailleurs une expression erronée. Mieux vaudrait dire : ses roues dans ses roues. Il conduisait une Fiat d'avant-guerre, du modèle baptisé Topolino — petite souris — ferraillante mais brave, sur laquelle les garagistes se penchaient avec amour dès qu'elle chauffait, hoquetait, perdait une pièce, ne freinait plus ou refusait de démarrer. Et la route qu'il suivait, il l'avait déjà parcourue en juin 44, à bord d'une jeep, en sous-lieutenant de tirailleurs, assis à côté du chauffeur. En 1949, il aurait aimé reconnaître chaque détail du paysage mais se pouvait-il qu'en cinq ans la mémoire oubliât ou confondît à ce point, et que la sensation du « déjà vu » fût si fugace qu'on en arrivait à douter de tout ? Vaguement déçu, il se demandait si cette mémoire infidèle ne lui jouait pas un tour, et ne se trompait pas de fonction. Au lieu de se souvenir, elle s'était permis d'imaginer.

Plusieurs fois, il avait dû s'arrêter pour vérifier son itinéraire sur la carte. Non, il suivait la bonne direction et, à part une déviation d'une dizaine de kilomètres imposée par la réfection d'un pont, il empruntait bien la route de 1944. Seulement la campagne dont il conservait l'image était, lui semblait-il, moins âpre, moins sévère, plus riche en couleurs que celle qu'il parcourait en ce moment. De temps à autre, des signes le rassuraient : par exemple, sur un monticule, cette grande ferme fortifiée. Là, sa section s'était reposée pendant une nuit pour que les hommes bivouaquent au bord d'un torrent. Le fermier et sa famille s'étaient barricadés dans le bâtiment principal. La porte enfoncée à coups de crosse pour s'assurer que des Allemands ne se cachaient pas dans les caves, on avait trouvé les Monticelli — il se souvenait soudain de leur nom — assis à la longue table de la cuisine devant du pain et des assiettes de soupe : les grands-parents, la mère, les enfants, tous vêtus de noir, muets, les yeux rivés à leur nourriture, refusant d'affronter les regards des tirailleurs, soumis au destin. Ils ne savaient plus qui de l'Allemand, du maquisard, du soldat allié, était l'ennemi. La section avait connu là un instant de paix dans sa course vers le Nord à la poursuite des grenadiers qui dynamitaient les ponts, minaient les routes. Après un bain dans le torrent, les hommes avaient volé un mouton, organisé un méchoui sous les oliviers et chanté une partie de la nuit.

Cette route qui s'enfonçait au cœur de l'Ombrie, il l'avait parcourue seul avec ses trente hommes, détaché de la compagnie pour nettoyer le secteur de Varela. Parallèlement avançaient sur ses flancs trois sections qui pourchassaient les éléments retardataires de la Wehrmacht. Quatre jours durant, après les étouffantes batailles de masse sur la route de Rome, il avait eu la sensation grisante de mener sa guerre personnelle dans un pays inconnu où l'ennemi s'évanouissait au premier contact. C'est après cette équipée qu'il avait retrouvé devant Varela son commandant de compagnie, le capitaine de Cléry, et que d'exaltantes difficultés avaient commencé. Mais, enfin, ces quatre jours restaient inoubliables.

Il regrettait d'autant plus vivement, maintenant, de ne pas en retrouver le détail avec assez de précision. La différence tenait peut-être à ce que, pendant cette partie de la campagne d'Italie, il faisait très beau. La lumière embellissait l'Apennin ombrien et les coquelicots se mêlaient au maigre blé vert cultivé dans des lopins disputés à la caillasse. Aujourd'hui le temps était gris et le foin pourrissait sur place en petites meules que des paysans retournaient sans conviction pour le sécher. On regardait bien la Topolino avec une certaine curiosité, mais sans lui faire un signe : bien plus qu'en 1944, il avait l'impression d'avancer en pays hostile.

Qu'importait ! Le jeune homme était content, sa voiture se conduisait bravement sur la route crevée de nids-de-poule et passait sans encombre sur les ponts reconstruits en hâte par les soldats du génie. Malgré sa vitalité, l'Italie n'avait pas encore effacé toutes les séquelles de la guerre, ou, plus exactement, il serait juste de dire qu'elle avait effacé les plus voyantes, remettant aux calendes la reconstruction des régions pauvres et méprisées... En Ombrie, les chaussées restaient usées à mort par le passage des armées motorisées. Çà et là, des villages offraient des mairies éventrées, des maisons soufflées, des arbres mutilés. On croisait un canon allemand englué dans un fossé, sa culasse béante envahie par les herbes, un camion à croix noire qui servait de cage à poule dans la cour d'une ferme. Le conducteur de la Topolino se demandait s'il n'avait pas vu ces incendies comme les torches qu'on allume sur la route des vainqueurs, entendu ces mitraillades et ces bombardements comme les feux d'artifice des triomphes. Plus la guerre est joyeuse quand on vole vers la victoire, plus triste est le silence qui retombe ensuite sur les ruines. *Post bellum anima triste est.*

Depuis son retour en Italie, Jacques Sauvage avait du plaisir à se faire appeler Giacomo Selvaggio ce qui lui avait, d'ailleurs, valu une mésaventure à Rome où, dans un hôtel, il s'était amusé à écrire ce nom sur sa fiche de police. Des inspecteurs de la Sûreté venus l'arrêter pour fausse déclaration d'identité, avaient eu le plus grand mal à comprendre qu'il italianisait son nom français dans un accès d'enthousiasme comme le faisait, bien avant lui, Arrigo Beyle. Mais on ne décevait pas Jacques si facilement, même en le gardant six heures dans un local puant, en décousant ses doublures pour s'assurer qu'il ne trafiquait pas de devises, en tripotant avec des doigts graisseux un carnet de notes, en feuilletant d'un index humide sa grammaire et son dictionnaire d'italien. Ces « bavures » payaient le prix d'une grisante initiation. Rien ne s'obtient sans peine quand ce n'est plus la guerre, qu'on ne porte plus de galons sur sa manche. C'est le jeu. D'un autre côté, le cœur impétueux de Jacques excusait tout au nom d'un « C'est l'Italie » qui sauvait des déceptions les plus plates.

La route s'engageait dans une gorge au fond de laquelle coulait un torrent aux eaux vertes. Cette partie de l'itinéraire était la plus reconnaissable. Le jeune chef de section de 1944 l'avait étudiée pour en estimer les dangers avant de prendre le risque de foncer avec la jeep, une automitrailleuse et deux camions. Trois kilomètres après, la gorge s'ouvrait soudain découvrant cent mètres plus bas une large et profonde vallée. Après l'Ombrie pierreuse et sauvage, cette vallée était apparue comme une oasis avec ses champs bien dessinés, ses olivettes, ses vergers scintillants. Jacques s'arrêta à l'endroit même où, cinq ans auparavant, en levant le bras il avait immobilisé son convoi. Les tirailleurs s'étaient dressés dans les G.M.C. pour comprendre ce qui se passait. Le canon tonnait, et, de l'est et de l'ouest, deux chars d'accompagnement traînant des nuages de poussière convergeaient vers un hameau enfumé. La scène ressemblait tout à fait à celles de ces naïves images d'Epinal figurant des batailles napoléoniennes, à cela près qu'on ne voyait pas l'ennemi terré dans son hameau à la jonction des trois routes, et que des tirailleurs s'avançaient par bonds derrière les chars, fourmis minuscules dans la vallée. Au loin, se dressait la ville fortifiée de Varela dont les remparts fauves brillaient dans le soleil.

Jacques eut du mal à s'extraire de sa Topolino. Sur un long trajet, il était un peu grand pour ce genre de voiture : il lui fallait se plier, puis, une fois dehors, se déplier, courbatu, les genoux et le dos ankylosés. Devant lui s'étendait la vallée. Du ciel éclairci, une lumière roide tombait sur l'oasis et les ruines du hameau tant disputé. Un tracteur avançait lentement, soulevant une bulle de poussière rose sur la route où, lors du ratissage de 1944, deux chars d'accompagnement du capitaine de Cléry s'approchaient à découvert. Le premier, touché dans les chenilles, s'était arrêté, et le second, tirant au jugé sur le hameau, avait dû atteindre le dépôt de munitions. Pendant plusieurs minutes, les montagnes enserrant la vallée avaient renvoyé l'écho des explosions tandis que s'élevait un champignon de fumée noire strié de flammes jaunes et rouges. Par radio, le sous-lieutenant Sauvage avait reçu l'ordre de se déployer vers le hameau pour compléter le demiencerclement. Une automitrailleuse marquée de la croix noire avait alors réussi à s'échapper vers le Nord. Quelques feldgraus harassés, suffocants étaient sortis bras levés de la fournaise. On les avait vite entassés dans un camion bâché, et l'opération avait continué en direction de Varela, conduite à un train d'enfer par le capitaine de Cléry debout à l'avant de sa jeep, accroché au pare-brise d'une main, tenant de l'autre ses jumelles. Pétrifiée, la ville ne donnait aucun signe de vie.

Aujourd'hui encore, elle apparaissait rigoureuse et hautaine, orgueilleusement bouclée dans ses murailles. Cette vision évoquait tout à fait les seconds plans des portraits de Piero della Francesca où un profil méditatif domine un paysage aux couleurs adoucies par une brume de chaleur. On distinguait nettement les plantations d'oliviers, les carrés de vigne, les champs de maïs jaunissant, le lacis des canaux d'irrigation et, au fond, une chaîne de montagne dont la ligne de crête se fondait dans le gris-bleu du ciel. La vallée de Varela était prête pour un peintre, mais ce qui émouvait encore plus Jacques Sauvage, c'était de retrouver, à quelques détails près, l'image chérie pendant sa longue absence. Il avait tellement pensé à cette vallée, à l'apparition de Varela dans son enceinte, qu'il lui arrivait de se demander si cette ville n'était pas un mythe, s'il ne rêvait pas la progression de la colonne de tirailleurs sur la route conduisant aux fortifications qui retenaient prisonnière Beatrice.

Jacques regagna sa Topolino. Cette voiture était une vraie boîte à sardines. Enfermé dans sa cage, on apercevait à peine cent mètres de route devant soi et un peu des bas-côtés. Il regrettait la jeep conduite par le fidèle Mehdi, cette caisse à savons qui roulait décapotée par tous les temps. À peine un kilomètre plus loin se dressait le hameau ou du moins ce qu'il en restait. Tout avait flambé : arbres, toits, portes, fenêtres. Ne subsistaient que des pans de mur calcinés, des carcasses de voitures. Du hameau, la route filait droit vers le nord, enjambant des canaux d'irrigation, passant devant une « casa cantoniera » dont on ne voyait plus que le fronton avec l'inscription : Varela, 2 km, et une flèche. Un char l'avait volatilisée en deux coups de canon, pour rien, pour le plaisir. Etait-ce à ce pont ? Non, il était trop à découvert. Au prochain dos d'âne, Jacques s'arrêta et descendit. De l'eau boueuse coulait entre les rives des roseaux. Sous l'arche, il y avait place pour un homme. Le feldwebel blessé s'était caché là. Il avait lancé sa grenade presque sans voir et elle avait éclaté en l'air. Les jeeps étaient déjà passées, mais dans un des G.M.C. deux tirailleurs et le sergent Lévy avaient été blessés. Un homme avait sauté à terre et vidé son chargeur entier sur l'Allemand. Pourquoi tout un chargeur ? Une balle aurait suffi, mais quand les tirailleurs tenaient un homme à leur merci, ils le transformaient en passoire avec une rage abominable. Quelques minutes après, la colonne était arrivée devant Varela, sans précautions, à découvert, dans un de ces coups d'audace qu'aimait Cléry.

Jacques arrêta sa Topolino devant la statue équestre de Francesco de Varela. Le Condottiere gardait l'entrée de sa cité. On ne se présentait pas devant la porte sans affronter son regard aussi furieux que celui du Colleoni. Debout sur ses étriers, brandissant son épée, il refoulait les intrus. La statue portait son nom, deux dates : 1510-1560, et la signature du sculpteur : Alberto del Cimino. L'attitude était d'une vérité si saisissante qu'un rien semblait pouvoir l'animer. Il éclatait de force et son visage à la bouche tordue par un rictus exprimait une telle concentration dans la violence qu'il aurait terrifié les visiteurs si, par une triste dérision, les ramiers ne l'avaient ignominieusement maculé. Jusqu'au passage des armées alliées, le maire avait commis un employé au nettoyage quotidien de la statue. La nouvelle municipalité négligeait visiblement l'entretien du Condottiere. Perchés sur le fil de l'épée, sur la visière relevée du casque ou entre les oreilles du cheval, les ramiers se soulageaient avec une indicible satisfaction, et il avait suffi d'à peine cinq ans pour que la statue équestre ressemblât à un pic neigeux aux matières blanchâtres dégoulinant de la tête aux pieds. La visière du casque avait protégé des souillures le visage et le terrible regard que portait sur sa vallée l'aïeul de Beatrice.

En 1944, Cléry, descendu de sa jeep, avait fait le tour de la stèle. La statue l'avait impressionné au point qu'oubliant le danger environnant — la possibilité d'une attaque d'éléments de l'arrière-garde réfugiés dans la ville fortifiée — il avait photographié l'œuvre de Cimino si injustement méconnue des amateurs d'art. Cléry nourrissait alors l'ambition de financer une encyclopédie des chefs-d'œuvre ignorés du génie italien, une réponse, prétendait-il, à l'esthétisme décadent de Berenson. Ce projet, comme beaucoup d'autres idées généreuses de Cléry, avait sombré, recouvert par de nouvelles ambitions. Si on avait laissé au capitaine commandant la 2ᵉ compagnie de tirailleurs algériens le soin de mener la campagne d'Italie, nul doute que l'itinéraire des armées alliées aurait été différent, passant plus souvent par des bourgades oubliées où se conservaient des églises romanes et des fresques du trecento, que par les lieux saints du tourisme esthétique.

Au pied de la statue du Condottiere, Jacques éprouva une vraie émotion. Il revit son ami opérant sous des angles différents devant les yeux ébaubis des tirailleurs. Comme Cléry jubilerait de constater, une fois de plus, le triomphe de l'incurie et de la fiente de pigeon sur l'art ! À son tour il prit des photos au moment où une carriole tirée par un âne passait la porte cloutée, premier signe de vie que lui donnait la ville. Excepté ce vieillard terreux et indifférent qui excitait son âne d'un claquement sec de la langue, Varela, close dans ses remparts, donnait l'impression d'être plongée dans un gouffre de silence si profond qu'on pouvait la croire endormie à jamais. Reprenant le volant, Jacques passa le porche. Des visages apparurent enfin : femmes assises sur des tabourets devant leur seuil, penchées sur des coussinets à dentelles ; aïeux momifiés collés sur leurs chaises, la nuque appuyée au mur, le regard bleu usé par le temps ; enfants jouant dans le caniveau ; artisans en tabliers à la porte des échoppes.

La ville avait été curieusement conçue : bâtie sur un monticule au milieu de la plaine, mais le centre de ce monticule était un léger cratère, et les ruelles convergeaient en pente douce vers la place du Condottiere. Ainsi, de l'extérieur, n'apercevait-on aucun toit. Il n'y avait ni campanile ni clocher (l'église est romane) et la terrasse du palais ne dépassait pas le niveau des fortifications. Effondrée en son centre sous le poids de ses plus lourds monuments, la ville se recroquevillait à l'abri des murs crénelés et des six tours de garde.

Un garçonnet d'une douzaine d'années se planta devant le capot de la Topolino, offrant à l'étranger de le diriger vers l'Albergo del Condottiere, mais Jacques n'allait pas à l'hôtel, il cherchait la maison des Varela et craignait de se perdre dans les ruelles étroites.

— La Contessina Beatrice ! dit l'enfant joyeux, ouvrant la portière de droite et s'installant d'autorité sur le siège libre pour guider le Français à travers le dédale jusqu'à la place du Condottiere, face au palais.

Peu à peu, Jacques retrouvait le dessin de la ville où il lui avait toujours semblé si difficile de se diriger. Des sens interdits, une rue barrée parce qu'une maison menaçait de s'effondrer, l'auraient égaré sans l'aide de l'enfant qui criait très fort, comme on le fait pour les étrangers dont on craint qu'ils ne comprennent pas la langue. « A destra, a sinistra, tutto diritto. » Enfin, ils arrivèrent sur la place du Condottiere qui est d'autant plus belle qu'il faut la mériter après avoir cru se perdre. Comment n'était-elle pas plus connue ? Cléry la jugeait une des plus belles du monde, au moins l'égale du Campo de Sienne, avec ses élégantes arcades, la grande fontaine centrale à la statue de bronze portée par trois étages pyramidaux de vasques superposées, la façade pure et nue de l'église, le palais sévère, épargné par les fioritures renaissance avec, pour seul ornement, le balcon aux griffons de porphyre d'où les comtes de Varela parlaient à leurs sujets. Cette redécouverte de la place, l'exaltation qu'il ressentait devant cette beauté unique, figée par les siècles, le brusque plongeon dans un passé à peine vieux de cinq ans, emplirent Jacques d'une joie si parfaite qu'il prit l'enfant par les épaules et le serra contre lui.

— C'est beau, n'est-ce pas ? dit le petit.

— Très beau.

— La maison de la Contessina est là, sous l'arcade.

— Merci, je la reconnais.

Si pressé que fût Jacques de revoir Beatrice, la bouche d'ombre du portail ouvert de l'église l'attirait irrésistiblement. En 1944, les deux jeeps et le G.M.C. qui recueillait les blessés s'étaient arrêtés sur la place. Une infirmerie avait été installée en hâte dans le

16

transept, pour deux tirailleurs blessés avec le sergent Lévy, quatre rescapés allemands grièvement brûlés et un vieux berger ramassé au bord de la route, une balle dans le ventre, entouré de ses moutons.

Le portail franchi, Jacques retrouva l'odeur de l'encens qui luttait si bien contre l'odeur des désinfectants et de la sanie des plaies. Au temps de l'infirmerie, un enfant de chœur promenait un encensoir dans l'église et Jacques crut encore entendre le craquement de ses souliers à clous sur les dalles, le grincement de la chaîne qui balançait le brûleur. De temps à autre, l'enfant s'arrêtait derrière une colonne pour épier les blessés et se signer quand ils déliraient ou geignaient.

L'intérieur de l'église gardait son austérité. On n'avait pas rempli les niches vides avec des statues de plâtre colorié, remplacé les rudes bancs luisants d'usure par des chaises et l'autel était toujours une belle table de granit recouverte d'un linge blanc brodé. Ainsi l'avait voulu, quatre siècles plus tôt, Francesco di Varela : la maison de Dieu ne rivaliserait pas avec le luxe grandiloquent des Médicis, des Ferrare ou même des papes que le Condottiere n'était pas loin de considérer comme des hérétiques sacrifiant au paganisme. En son église, on prierait dans le dénuement, et, grâce aux deux rosaces des transepts, dans une lumière séraphique qui dessinait sur le sol un éblouissant tapis de fleurs, taches bleues, jaunes, roses et vertes. Près de cette colonne, le sergent Lévy, un étudiant d'Alger, était mort d'une blessure que l'on avait crue insignifiante, mais qui était en fait un éclat de grenade dans le foie. Lévy encore lucide, la tête sur un coussin, le regard rivé à la rosace qui filtrait en longs fuseaux flexibles la lumière du soleil, avait demandé à Jacques de prendre dans sa musette un exemplaire d'un Proust dépareillé, couvert de notes, taché de graisse et de lui lire la page sur les vitraux de Combray qui « ne chatoyaient jamais tant que les jours où le soleil se montrait si peu... ce tapis éblouissant et doré de myosotis en verre ». À la voix de Jacques dont la voûte amplifiait les résonances déjà graves au naturel, les autres blessés s'étaient arrêtés de gémir ou d'implorer à boire, baignés, bercés par les mots, éblouis par l'éclat irisé des rosaces : Proust appliqué comme un baume à un étudiant en lettres guetté par la mort, à des tirailleurs algériens, des feldwebels de Poméranie, à un berger exsangue. Ainsi le simulacre d'un discours est-il plus puissant que le discours même.

La sensation de se retrouver d'un coup, grâce à la paix d'une église, dans un passé déjà écarté, repoussé par tant d'événements, d'avatars de vie et même de pensée, cette sensation était si parfaite que Jacques resta immobile, les pieds dans la flaque miroitante pendant un laps de temps impossible à préciser et qui aurait duré de longues minutes si l'envoûtement de l'église n'avait soudain été troublé par une présence nouvelle, silencieuse, dont il eut la nette perception dans son dos comme si le sergent Lévy, émergeant du royaume des ombres venait le remercier de sa visite et le prier de reprendre à haute voix la page sur les vitraux de Combray.

— Eh bien, dit Beatrice, vous ne reconnaissez pas ? Vous vouliez qu'on garde les lits, la table de cuisine sur laquelle le médecin opérait, que le confessionnal reste transformé en armoire à pharmacie ? La vie est passée, cher ami, nous avons désinfecté, nettoyé, brossé, remis les bancs en place, effacé les graffiti. Pardonnez au curé. C'est sa maison.

Adossée à un pilier, elle souriait de sa surprise, sans bouger. Tout de suite il remarqua dans les cheveux noirs de la jeune femme d'émouvants fils blancs. Si sur de jolis visages dépourvus d'intérêt, les années passent un long temps sans laisser de traces, n'éclatant soudain que très tard pour révéler, un matin, une pitoyable poupée défraîchie, au contraire les stigmates de l'âge font resplendir les visages animés par une ardente vie intérieure. La beauté mûre de Beatrice émut Jacques comme une révélation. Se pouvait-il que cinq ans plus tôt il n'ait pas eu la maturité suffisante pour en être saisi et se contentât de juger la jeune femme sur les apparences : une bouche fière, un teint mat, un nez aquilin difficile à porter, des yeux d'un noir oriental qui assombrissait le visage ? Pour lui, alors, elle appartenait à un autre monde, à une esthétique qui le désemparait et que, dans son inexpérience de la vie, il craignait de ne pas savoir admirer. Si, après la paix, Cléry qui n'avait pourtant vu Beatrice que cinq minutes, ne lui avait, un soir, fait comprendre qu'il était passé à côté de la beauté la plus grave de leur campagne d'Italie, Jacques ne serait pas revenu à Varela en 1949 dans l'espoir peut-être insensé de réécrire une page déjà tournée.

— Vous n'avez rien compris, disait Cléry. Dès que vous le pourrez, retournez voir Beatrice. Vous ne l'avez pas vue. Vos étudiantes maigrichonnes qui se rongent les ongles ne vous apprendront rien. Vous êtes passé à côté de la vie. Elle a six ou sept ans de plus que vous. Qu'est-ce que ça peut faire ? Si vous l'approchez, elle vous apprendra tout. Ce sera un souvenir pour le reste de votre existence. Je vous jure que si je n'étais pas marié, père de trois enfants, c'est à Varela que je serais revenu après la guerre. Mais quoi ? Je ne veux pas de drames. Elle mesure dix centimètres de plus que moi. Elle est un mystère qui peut dévorer un homme. J'ai de trop grands projets pour me laisser détourner. Je vous délègue mon intuition. Elle est catégorique.

Il fallait se reporter à l'extraordinaire entrée dans Varela muette et méfiante de ces nouveaux venus, à l'installation des blessés dans l'église, aux patrouilles de tirailleurs qui fouillaient la ville pour s'assurer qu'aucun Allemand ne s'y cachait, aux cinq cadavres égorgés — des personnalités fascistes — découverts dans une rue, et à l'immédiate proclamation du capitaine, imprimée une heure après son arrivée sur la presse à bras de la mairie :

Couvre-feu.
Des patrouilles tireront à vue sans sommations sur quiconque se hasardera en ville entre 9 heures du soir et 6 heures du matin.
Les autorités locales sont responsables sur leur tête, de toute exécution sommaire.
Signé : Le Commandant de place
Roi intérimaire de Varela,
Cléry Ier.

P.S. En l'absence du Capitaine de Cléry, le sous-lieutenant Sauvage fera fonction de Régent et de Commandant de place.

19

Une idée baroque, bouffonne même, mais qui avait frappé de stupeur la population et arrêté les règlements de compte.

— On ne respecte l'ordre que s'il est sacré, avait expliqué le capitaine à Jacques. J'ai pris de la hauteur la première heure et vous n'avez qu'à vous maintenir à cette altitude jusqu'à ce que l'on découvre que nous ne sommes pas des rois, je veux dire des rois absolus, pas des potiches constitutionnelles. Il faut rétablir des monarchies, ou, à tout le moins, des principautés et des duchés en Italie qui est un pays sans unité. Nous trouverons quelques rois disponibles, des princes et des ducs à la pelle, et, ensuite, nous étudierons la question, plus tard, très sérieusement. C'est mon projet n° 66, à réaliser aussitôt la paix revenue, sans laisser aux Metternich du pauvre le temps de nous fabriquer une Europe de faux géants aux pieds d'argile. Rompez... non, repos... et prenons un verre de cet excellent vin du pays dont j'ai fait réquisitionner une bonbonne chez le maire, avant que je vous laisse le commandement de Varela et que je file vers le Nord où m'attendent des tâches sublimes comme la prise de Berchtesgaden, baïonnette au canon...

Beatrice restait appuyée de l'épaule contre le pilier de l'église, un sourire sur les lèvres, regardant Jacques qui vacillait sous l'afflux des souvenirs et le choc de cette apparition venue à sa rencontre après un long voyage. Il la reconnaissait sans être certain qu'elle fût la même comme s'il n'était plus sûr d'être lui-même. En vérité, c'est elle qui avait le moins changé après cinq ans malgré les fils blancs dans son épaisse chevelure noire. Jacques avait dépouillé l'uniforme qui faisait de lui un jeune guerrier vainqueur et désinvolte, l'adjoint du brillant Cléry dont le prestige auréolait de gloire la 2ᵉ compagnie de tirailleurs. Dans son pantalon de velours beige et son blouson de cuir, il ne pouvait plus compter que sur lui-même pour émouvoir Beatrice et remporter une autre victoire dont il eut, à la seconde même, la sensation qu'elle était sinon impossible du moins terriblement hasardeuse.

— Eh bien, lieutenant, dit la jeune femme avançant d'un pas vers lui comme si elle allait à son secours, revenez sur terre.

— Je me souvenais.

— Venez. Votre chambre vous attend. Je vous ai arrangé un

bureau face à la fenêtre. En travaillant, vous lèverez les yeux vers le palais.

Sur la place, des enfants entouraient la Topolino. Beatrice tapa dans ses mains et ils s'envolèrent par les ruelles. Jacques eut l'impression que Varela était déserte comme l'après-midi où Cléry l'avait investie, défilant dans les ruelles aux fenêtres et portes closes, secouées par le vacarme métallique des jeeps, du camion des blessés et de l'automitrailleuse. Dans le silence de son retour, il reconnaissait la méfiance instinctive des Varélains, probablement cachés derrière leurs volets tirés pour observer qui la Contessina était allée chercher dans l'église. Le jour déclinait lentement et la façade des maisons allongeait une ombre dentelée jusqu'au pied du palais.

— Vous avez beaucoup de bagages ?

— Oh non... pas grand-chose... mon matériel de gratte-papier...

— Gratte-papier ? Qu'est-ce que c'est ?

Si bien qu'elle parlât le français, elle ne saisissait pas le sens de ce mot composé.

— Un gratte-papier se sert de dictionnaires, de grammaires, de gommes et de crayons, de fiches, d'une machine à écrire et de beaucoup de livres dans lesquels il copie ce qu'il va présenter comme son propre travail.

Beatrice rit franchement.

— Si vous voulez qu'on vous prenne au sérieux, il vous faudra rapetisser. En ce moment vous avez plutôt l'air d'un coureur de cent mètres que d'un... comment dites vous... gratte-pieds.

— Gratte-papier. Vous savez que ça m'a beaucoup nui au moment des examens. J'ai remporté à dix-neuf ans le championnat de France universitaire du 110 mètres haies... Vous savez ce que c'est ?

— Pas du tout, mais puisque vous avez gagné, ça doit être magnifique.

— Mon professeur m'a sommé de choisir entre ce qu'il appelait une carrière de saltimbanque sur les stades et la gravité d'une carrière d'historien. Je n'ai pas eu à choisir La guerre m'est tombée dessus.

Il était exact que, pour un gratte-papier, Jacques ne répondait pas à l'image conventionnelle. Son mètre quatre-vingt-cinq se pliait mal dans la Topolino, mais de l'athlétisme il avait gardé une manière d'être qui ne trompait pas : une attitude franche, ouverte malgré sa timidité naturelle et, parfois, un comportement gauche. On ne pouvait rêver de nature plus différente de celle de Cléry qui, lui, redressait sa petite taille, montait sur ses ergots pour cravacher de mots l'être qui avait l'insolence de lui être physiquement supérieur.

— Folco vous aidera à monter les bagages, dit-elle.

Folco ? Ah oui, Folco était déjà là en 1944. Les Français l'appelaient le « tueur de la Contessina » bien qu'il n'eût guère un physique d'assassin, mais sa façon de veiller sur Beatrice, de la suivre pas à pas dans la rue et jusque dans l'église où pendant qu'elle aidait le médecin auxiliaire à panser les blessés, il s'armait d'une serpillière pour laver le sol sur lequel l'objet de son respect daignait poser les pieds, sa façon d'être toujours là pour ouvrir une porte avant qu'elle en esquissât le geste, de devancer ses ordres, de guetter sur le visage de la jeune femme le moindre signe qui le mettrait en mouvement, faisaient penser plus qu'à un tueur à un diable-gardien car son visage n'offrait rien d'angélique.

Quand Folco apparut sur le seuil de la maison Varela, Jacques le reconnut aussitôt, bien qu'en si peu d'années, le visage du factotum semblât encore plus ratatiné, qu'entre les rides et les épais sourcils gris en broussailles on distinguât à peine le regard gris, et que la bouche immense, fendue d'une oreille à l'autre, fût sans lèvres, rentrée par la fuite des dernières dents. Il avait l'air malingre, mais on le savait doué d'une prodigieuse force nerveuse. Né dans une bergerie de l'Apennin, il pouvait marcher des heures et des heures avec un fardeau à crever un homme normal. Dire qu'il aimait les « libérateurs » serait exagéré. Tout le temps de l'occupation de Varela, il avait affecté de ne pas voir les soldats et leurs cadres, et, pourtant, le dernier jour, quand, après l'évacuation des blessés par une ambulance venue de Rome, la section de tirailleurs avait quitté Varela, il avait demandé à Jacques de faire un bout de chemin avec eux vers le nord, pour les quitter d'ailleurs trente kilomètres plus loin, en pleine montagne, dans un lieu où il semblait que nul être humain ne pouvait survivre. Jacques se souvenait de la petite silhouette, besace sur l'épaule, s'éloignant par un sentier de chèvres vers une combe déserte. Folco ne s'était pas retourné une seule fois.

La maison Varela faisait face au palais dont le rez-de-chaussée et le premier étage étaient occupés par les services municipaux, le deuxième par le musée dit du Condottiere qu'on visitait peu et dont Beatrice était la conservatrice bénévole, « la femme de ménage », disait-elle en riant ; et le troisième étage, plus bas de plafond, servi par des fenêtres carrées, régulières, constituait les archives et les anciens appartements domestiques sous le toit en terrasse. La maison avait deux étages au-dessus des arcades. Sans posséder la noblesse impérieuse du palais d'où, en deux siècles, de 1550 à 1755, des générations de Varela avaient commandé à la ville et à la vallée, c'était quand même une maison à la morgue patricienne avec ses balcons de grès beige et sa façade crépie, craquelée, d'un beau jaune sulfureux.

— J'ai pensé que vous aimeriez avoir la même chambre, dit Beatrice. Le choix n'est d'ailleurs pas illimité. Je n'entretiens pas toute la maison. Il y a des pièces où je ne suis pas entrée depuis dix ans.

Devant eux, une valise sous chaque bras, Folco montait les marches raides conduisant au premier étage. À mi-hauteur, une fenêtre aux vitraux grossièrement coloriés diffusait dans la cage de l'escalier une lumière d'aquarium accordée à l'odeur de la maison, une odeur de renfermé, de cire d'abeille qui saute au nez dans les petites villes italiennes de province où les volets constamment fermés par crainte du soleil entretiennent une atmosphère de serre chaude dès le printemps. Folco ouvrit à deux battants la porte de la chambre. Rien n'avait changé : lourds rideaux de velours rouge à demi tirés, immortelles jaunes sous un globe de verre, bureau d'ébène cerclé de cuivre, lit à baldaquin si vaste qu'il menaçait un homme seul de s'y perdre et de chercher en vain un corps à côté du sien. Il y avait dormi de courtes heures volées à ses responsabilités, surtout l'après-midi quand le silence et la touffeur plongeaient Varela dans la torpeur. Sommeils ten-

23

dus et crispés par l'inquiétude de surveiller avec à peine trente hommes une ville de deux mille habitants et une vallée si vaste qu'il aurait fallu un régiment pour l'occuper. Cléry avait filé vers le nord avec le reste de la compagnie et, d'après un message apporté par un motocycliste, rencontrait dans les Apennins une résistance qui empêchait sa progression. Il attendait des renforts dans cette partie du front où régnait la confusion la plus totale, où les éléments alliés en pointe se voyaient tournés, attaqués dans le dos par des commandos de la Wehrmacht.

Comme cela lui arrivait souvent, Jacques perdu dans les images évoquées par le retour dans cette chambre et croyant que Beatrice lisait ses pensées, se tourna vers elle :

— Le pilote de l'automitrailleuse allemande s'est-il jamais fait connaître à vous ?

— Je savais que vous me poseriez cette question dès votre arrivée. Quelle importance ? Ce n'est pas pour ça que vous êtes venu ici, n'est-ce pas ?

Avait-elle hésité ? manifesté une inquiétude quelconque ? Il n'aurait su le dire. Les rideaux entrouverts laissaient la pièce dans une demi-obscurité.

— Il faut y voir plus clair, dit-il en se dirigeant vers la fenêtre.

Beatrice interpréta mal cette clarté désirée et crut sans doute qu'il s'agissait toujours de l'automitrailleuse.

— Non. Ça ne servirait à rien. C'est le passé.

— Je parlais des rideaux. Est-ce que je peux ouvrir la fenêtre ? Je fume en travaillant, et s'il n'y a pas un courant d'air la pièce est aussitôt une tabagie.

— Bien sûr, ouvrez tout ce que vous désirez. Je vous montre la salle de bains. Il n'y en a qu'une pour la maison. Vous me direz vos heures et ma jeune sœur et moi nous ne vous dérangerons pas.

— Comment ? Vous avez une sœur ?

— Vous ne l'avez pas connue. Elle habitait chez des parents a une trentaine de kilomètres d'ici.

— Vous ne m'en avez jamais parlé.

— L'occasion ne s'est pas présentée.

— Bon, dit-il, voyons cette salle de bains.

C'était une vieille salle de bains, à la plomberie antique. Du bois verni encastrait le lavabo, la baignoire de zinc et le sanitaire. La fenêtre de verre opaque donnait, comme celle de l'escalier, sur la cour, et si on voulait se voir dans le miroir, il fallait allumer l'électricité. Beatrice avait dégagé une étagère pour lui. Sur les deux autres étagères, reposaient des verres, des brosses à dents, un pot de crème, un flacon d'une eau de cologne très ordinaire. Seul luxe de cette pièce : sur le napperon de dentelle d'une coiffeuse reposait un nécessaire, brosses et peigne, en écaille serti d'argent, frappé aux armes des Varela. Dans le V formé par deux épées, les mots « arela », « incit ».

— C'est le dernier cadeau d'Ugo III à Béatrice avant leur exil en 1755. Regardez de plus près : il y a un U et un B entrelacés sur les manches des brosses et sur la boîte à épingles. Ils s'aimaient.

Elle avait dit « ils s'aimaient » sur un tel ton que Jacques se retourna et la regarda, le cœur serré, découvrant dans ces mots ce qu'il y avait d'irrémédiable en Beatrice, une solitude étouffante déjà résignée, un abandon pathétique contre lequel elle réagit aussitôt, en redressant sa tête inclinée et en souriant comme si elle venait de dire la chose la plus naturelle du monde dans un endroit pourtant peu propice à ce genre de confidences : une salle de bains où le couvercle des cabinets est resté levé.

— Je vous laisse, dit-elle. Vous voulez peut-être prendre un bain. L'eau n'est pas très chaude. C'est un vieux système que Folco fait marcher au bois. Le dîner est à huit heures, assez tôt, mais Folco, le samedi soir, va au cinéma. Il n'a pas d'autres distractions dans la semaine.

— En somme, Folco fait tout dans la maison.

— Absolument tout.

Elle le raccompagna jusqu'à sa chambre, lui montra le placard, les tiroirs, les rayonnages dégagés pour qu'il puisse ranger ses livres, l'unique lampe qu'il faudrait transporter du bureau à la table de nuit s'il voulait lire avant de s'endormir.

— J'espère que vous serez bien, dit-elle avec une gaieté forcée comme si, à l'instant, elle mesurait ce qu'avait d'antique, d'usé jusqu'à la corde, d'inconfortable, cette chambre qui était pourtant la meilleure de la maison.

— Merci de tout. Je me rendrai si invisible que vous me croiserez dans l'escalier sans me voir, si léger que le plancher ne craquera pas sous mes pas.

— Non, surtout pas. Je suis ravie que vous soyez là, je vous attendais même avec impatience et j'ai déjà apporté du palais une valise de vieux papiers qui vous intéresseront, mais vous n'allez pas vous mettre au travail tout de suite. Demain est un dimanche et j'ai pensé, puisque vous avez une voiture, que nous irions dans une petite ferme à dix kilomètres d'ici. Le ménage de métayers nous prépare un déjeuner. Je ne sais plus où j'ai lu que si l'on veut comprendre et aimer un pays il faut d'abord le manger. Vous aurez un chevreau à la broche et de la polenta. Vous goûterez à nos fruits, nos pêches surtout, les meilleures de l'Ombrie, et je mettrais ma main au feu qu'Assunta nous aura fait un gâteau aux amandes de son verger. Après ça, comment voulez-vous lui demander le loyer de la ferme ?

Elle ouvrit les mains dans un geste d'impuissance et de dénuement.

— Je crains, dit-il, que nous ne montions pas à trois dans ma Topolino, mais je ferai deux voyages.

— Oh, ce n'est pas certain que Francesca vienne, et si elle vient, ce sera avec sa moto. Aux surplus américains, elle a racheté une énorme machine dont je ne retiens jamais la marque, avec un nombre impressionnant de centimètres cubes, 500, 1000, 2000, je ne sais plus, et de toute façon j'ignore à quoi servent ces cubes, mais Francesca en est très fière, et elle est capable de démonter et de remonter entièrement sa moto, sans l'aide de personne. Vous la verrez sur la route avec son blouson gonflé par le vent et son casque, elle a l'air d'un gros insecte, quelque chose comme un scarabée qui traîne un nuage de poussière quand elle se promène. Voulez-vous que je vous aide ?

— Merci, je me débrouille... À vingt-neuf ans, je suis déjà un vieux célibataire. Je sais même recoudre un bouton et repasser un pantalon.

— Alors je vous laisse. À tout à l'heure.

26

Comme il n'avait aucune envie de vider ses valises béantes qui offraient le spectacle déprimant du linge et des costumes froissés, Jacques ouvrit en grand la fenêtre et s'accouda au balcon dominant la place du Condottiere dans la lumière ocrée du jour finissant. Le cœur de Varela, la grande place au sol de brique rouge s'animait lentement. De leurs nids lovés sous les corniches des maisons et du palais, les hirondelles piquaient follement sur la fontaine, remontaient en chandelle, rasaient les murs en vols éblouissants d'audace qui dessinaient dans le ciel un ballet d'aérolithes noirs à ventre blanc. Juste en dessous de la fenêtre, des gamins entouraient la Topolino, occupés à écrire avec l'index « je suis sale » sur la lunette arrière couverte de poussière. Au balcon de la mairie, un homme apparut, amena le drapeau italien, le plia avec soin et le posa sur la margelle sous ses coudes pour contempler le spectacle qui débutait encore avec timidité : groupes d'hommes en costumes sombres qui écoutaient pérorer l'un d'entre eux ; familles venues là pour les cent pas vespéraux, l'épouse marchant péniblement dans ses escarpins vernis trop étroits ; bonnes en robes noires et tabliers amidonnés promenant les enfants ; l'inévitable marchand de glaces en veste blanche, poussant sa voiturette, mais il semblait que les parents dussent passer au moins dix fois devant lui avant de céder à la prière des enfants et au désir de la mère qui s'empiffrait aussi un cornet panaché.

Quel poids mort pesait sur Varela, enfermait la vie dans une telle étroitesse, la rendait, en apparence si ennuyée, si atone, si étrangère au remuement de Naples, de Rome, de Milan, de Venise ? À part des groupes d'hommes qui discutaient probablement de politique, les autres s'ignoraient ou se contentaient d'un signe de tête. Tous gardaient leurs feutres noirs vissés bas sur le front, bords rabattus comme s'ils cachaient une calvitie honteuse. Pourtant ces gens compassés dans leurs vêtements sombres et étriqués, se promenant avec une évidente componction, avaient un trait en commun : ils aimaient la place du Condottiere qui récompensait leur journée de travail ou d'oisiveté, et même s'ils ne la voyaient plus avec l'œil émerveillé d'un étranger, ils partageaient au fond du cœur et peut-être même dans la peau, la fierté inconsciente d'habiter un joyau de l'Italie, joyau négligé, exclu des circuits touristiques et même des guerres puisque les Alliés s'étaient contentés d'y envoyer une section de tirailleurs pendant huit jours avant de la rendre à son orgueilleuse solitude.

Au balcon de la mairie, le gardien ramassa son drapeau et referma la porte-fenêtre. Avait-il rêvé un instant qu'il s'adressait de son palais à la foule massée sur la place comme le faisait deux siècles plus tôt le dernier comte de Varela quand la ville vivait encore ? Car, c'était cela, la ville était morte, quasi morte. Telle quelle, bâtie sur cette colline creusée en son centre comme un cratère, elle s'enterrait et attendait sereinement, avec à peine une certaine roideur, la dépression tellurique qui l'engloutirait comme fut engloutie Ys.

Aux premières lumières, Jacques mesura qu'il était resté un long temps accoudé au balcon et que, déjà, Varela exerçait sur lui une fascination qui effaçait la froideur du premier contact. Il venait lui arracher ses secrets : secret de sa brusque décadence au XVIIIe siècle, secrets des étranges comportements de la ville, et il faut bien le dire de Beatrice quand il avait occupé la place forte avec ses quelques hommes. Si vive avait été l'impression produite par Beatrice sur un jeune sous-lieutenant de tirailleurs que, pendant les cinq années écoulées, il n'avait cessé de penser à elle, à l'énigme vivante qu'elle représentait. Mais Jacques n'était pas comme son capitaine, un fonceur qui ne supporte pas la moindre résistance, et peut-être aurait-il conservé au fond de lui-même ce souvenir inachevé pour le caresser longtemps jusqu'à effacement de la mémoire, si Cléry n'avait secoué son jeune ami :

— Il ne faut pas, disait-il, laisser d'énigmes derrière soi. Elles empoisonnent. Un jour vous risquez d'en être franchement malade. J'ai vu Beatrice cinq minutes. Ça m'a suffi. Elle est le trouble même. Dissipez ce trouble, et vous verrez pourquoi les autres femmes vous ont agacé ou ennuyé depuis que vous avez quitté Varela. Tous les prétextes sont bons pour retourner là-bas. Dès la fin de vos cours, partez, annoncez à Beatrice que vous voulez écrire l'histoire des Varela. Et, incidemment, éclaircissez l'histoire de l'automitrailleuse qui s'est moquée de vous pendant une semaine.

Quittant à regret le balcon, Jacques éparpilla linge et vêtements, retrouva une trousse de toilette et gagna la salle de bains. Dans l'eau tiède de la baignoire, il savoura un moment de béatitude. Effacée la tension de la route, l'esprit divaguait agréablement. Pourquoi aucun sociologue n'avait-il eu l'idée d'étudier la psychologie des êtres humains d'après les lieux où ils se lavent ? Dis-moi comment est la salle de bains que tu fréquentes et je te dirai qui tu es. Beatrice et Francesca, peut-être par dénuement, peut-être par rigueur, se satisfaisaient d'un minimum. Elles n'accumulaient pas ici les crèmes, les parfums, les sels de bains, les raffinements dont usaient les jeunes femmes de leur âge. À part le somptueux nécessaire de toilette sur la coiffeuse rien n'indiquait un soupçon de coquetterie. Beatrice pouvait avoir trente-cinq ans au plus. En parlant de Francesca elle disait : « ma jeune sœur ». Francesca avait donc peut-être vingt-cinq ans. Au gant de crin sur la margelle de la baignoire, à la brosse dure, au sandow accroché à une patère, on devinait en cette folle de moto, un garçon manqué. Il l'imagina, grande comme Beatrice, avec des brusqueries dans l'allure, habillée d'une salopette de mécano. Si l'on croyait à la prédestination des prénoms, Francesca tenait de son aïeul Francesco, le Condottiere au regard furieux. Seulement, elle remplaçait le cheval par la moto. Les temps changeaient... et les salles de bains ne suivaient pas toujours. Celle-là, en particulier, manquait d'aération. Le miroir au-dessus du lavabo était si embué qu'en sortant de la baignoire Jacques dut essuyer le verre avec une serviette pour qu'apparaissent dans une série de spirales son visage aux joues creuses et au nez proéminent, son menton déjà ombré par une barbe rasée de trop bonne heure le matin au départ de Rome. En l'honneur de Beatrice et de Francesca il se donna rapidement un coup de rasoir avant de regagner sa chambre.

On parvenait à la salle à manger du rez-de-chaussée par un boudoir où Beatrice attendait Jacques en lisant un livre dont il aurait bien aimé connaître le titre. Comme elle avait posé le livre à l'envers, il pencha la tête pour essayer de déchiffrer le nom de l'auteur.

— Ce sont les itinéraires de Stendhal. Je me demandais s'il avait jamais parlé de Varela. Mais non, rien. Ni dans ses chroniques italiennes. Par moments, je crois que nous n'avons pas existé pour les étrangers. C'est d'ailleurs, une situation « agreablissime » comme de voler dans les airs, de flotter sur les eaux. Peut-être n'existons-nous pas. Nous habitons une idée. Est-ce que vous n'avez pas eu ce sentiment étrange en arrivant dans la vallée ? Une sorte de... comment dites-vous... désincarnation ?

— Pas du tout ! Je possède même la preuve que Varela existe. À la Bibliothèque Nationale, j'ai trouvé, manuscrite, une lettre du Président De Brosses qui a traversé l'Ombrie en 1740. Il décrit à M. de Neuilly son arrivée dans la vallée, en chaise de poste ouverte aux vents glacés des Apennins. Il a vu Varela, il est entré dans la ville, mais ne semble pas lui avoir fait l'aumône d'un regard. Votre aïeul, Bernardo II ne l'attendait pas et n'a pu le recevoir même cinq minutes. Le Président était furieux. Il a décrété que le poulet servi à l'auberge venait à pied de Rome, que le vin de vos vignobles était juste bon à humecter les tables pour écarter les mouches et que les Varélains avaient avalé leur langue.

— C'est une méchante vengeance pour une audience refusée, mais pardonnons-lui. En écrivant cela, il nous donne une des rares preuves de l'existence de Varela. J'espère que vous avez une copie de la lettre. J'aimerais la lire en entier. Voulez-vous boire quelque chose ?

— Non merci.

— Alors passons à table.

— Mais votre sœur ?

— Francesca ne dîne pas avec nous.

Folco les attendait dans la salle à manger où une hideuse suspension à coupole verte éclairait d'un cône de lumière crue les couverts vis-à-vis. À peine assis, Jacques s'aperçut que si leurs deux bustes s'inscrivaient dans le cône de lumière, leurs visages restaient dans une demi-ombre et que c'était infiniment troublant de voir ainsi, comme estompés au fusain, les lèvres mates de Beatrice, ses yeux d'un noir si brillant qu'ils semblaient avivés par des larmes. Autour d'eux, les chaises, le buffet relevaient d'un style pitoyable, un faux gothique bourgeois. Avant la guerre déjà, l'argenterie et le service de porcelaine de Faenza aux armes des Varela avaient été vendus à des antiquaires de Rome et remplacés par des couteaux à manches d'os jauni, des fourchettes et des cuillers ordinaires, de la faïence rustique de Vietri. Seuls restaient les verres en cristal de Bohême. Dépareillés, ils étaient invendables. Criante gêne que Beatrice ne cachait pas, qui faisait parfois passer une ombre sur son visage bien qu'elle eût pris le parti de s'en moquer :

— Depuis votre première visite, dit-elle, beaucoup de choses sont parties. Comment voulez-vous lutter ? Je suis seule. Ils arrivent avec leurs camionnettes le jour où j'ai reçu une note des impôts, du couvreur, du peintre, de je-ne-sais-quoi. Une commode, des chaises, un fauteuil s'en vont à Rome. Un répit pour moi.

Jacques se demandait si les portraits accrochés aux murs n'étaient pas des copies. Dans la pièce mal éclairée, il ne les avait qu'aperçus et remettait à plus tard de questionner Beatrice sur ces deux gentilshommes et ces deux nobles dames qui s'entretenaient dans l'ombre. Blessés d'être relégués aux rôles de figurants, ils portaient leurs regards au-dessus des deux dîneurs, vers un lointain où les comtes de Varela souffraient à peine le respect tant il allait de soi. Distrait un instant, Jacques écouta de nouveau Beatrice qui parlait du palais :

— À peu près tout le deuxième étage est comme au temps du Comté. En dessous, on a installé des bureaux, cloisonné des pièces trop grandes. Seule la salle où se réunissaient les conseillers reste la même avec la grande table ovale et le portrait du Condottiere. Le *sindaco* y réunit les fonctionnaires municipaux. Les stucs se détériorent. Les artisans qui savent les restaurer ou les copier sont tous appelés à l'étranger. La salle peinte a perdu de sa magnificence, mais le regard du Condottiere pèse toujours sur les réunions des notables comme il pesait sur les réunions des Conseillers du Comté. C'est tout juste si on ne se signe pas devant lui. Le portrait est attribué au Bronzino. Personne n'en est sûr. Peut-être trouverez-vous dans les archives une lettre le commandant ou un ordre de paiement. Au deuxième étage, rien n'a été changé des appartements. Dans le couloir sur lequel donnent les fenêtres de la façade, vous verrez les portraits des Varela et les statues collectionnées par Ugo II. Les meubles n'ont pas bougé. J'essaie de maintenir aussi propre que possible la bibliothèque de Bernardo II, l'avant-dernier. Il faudrait lutter contre l'humidité, mais je n'ai, comme moyens, que les courants d'air et, parfois, l'hiver, un maigre feu de bois dans la cheminée qui ne tire pas. Les meubles en marqueterie ont souffert des années de guerre quand nous n'avions rien pour les entretenir. Aujourd'hui, il faudrait un ébéniste. Il n'y en a pas à Varela. Personne ne viendra de Rome ou de Milan s'enterrer ici pendant trois mois pour réparer des meubles. Et puis je n'ai pas d'argent pour ça. Quand j'en demande à la municipalité, on offre de me laisser la moitié des entrées. Cette année nous avons eu dix visiteurs à six lires chacun, et comme c'était un groupe de sourds-muets de l'école de Viterbe ils ont payé moitié prix. Ma subvention s'élève donc à quinze lires pour 1949. La misère... *porca miseria*, dit Folco. J'ai fait porter une lettre à Rome, au ministère. On ne m'a pas répondu. J'y suis allée, l'année dernière. Personne ne savait où se trouve Varela. Je crois qu'on m'a soupçonnée d'être une escroque...

— Il n'y a pas de féminin.

— Tant pis. J'aurais préféré. Mais pourquoi sommes-nous oubliés de l'Histoire ? Pourquoi ne recevons-nous pas d'autres visiteurs que les sourds-muets de Viterbe ? On dirait que nous avons commis un péché monstrueux qui nous retranche du monde. Chaque hiver nous passons plusieurs jours isolés du reste de l'Italie : des congères bloquent les cols et ferment la vallée. Dans la neige, on passerait, mais le vent fabrique ces blocs de glace qui ne sautent qu'à la dynamite. L'électricité est coupée, le téléphone ne répond jamais...

— Les lettres arrivent !

— Personne ne nous écrit.

— Si... moi.

— Naturellement, j'exagère : quelques lettres arrivent quand la voiture de la poste ne trouve pas plus simple de les jeter dans le fossé pour s'éviter un détour. Cet hiver, nous avons été isolés pendant une semaine. La neige couvrait les montagnes qui nous entourent, mais le ciel était pur, sans nuages et, le jour, nous vivions un vrai printemps. Les arbres fruitiers se sont trompés. Ils ont fleuri trop tôt. Nous avons eu des pêches en mai, des pommes et du raisin en juin. Cette semaine de solitude a été si irréelle, si peu croyable, que Don Fabio, notre curé, a fait dire une action de grâces.

— Vous voyez que vous n'êtes pas maudits.

— Non, c'est pire... nous sommes oubliés. D'une malédiction, on tire fierté, même une volonté sauvage de la vaincre. D'un oubli, on ne tire rien, on ne se raccroche à rien, on se bat dans le vide, on appelle au secours...

Folco avait pressé le service, laissé le fromage et les fruits sur la table et filé vers son cinéma du samedi soir, à la salle de patronage où l'on jouait un film de son comédien préféré, Toto, moins connu sous son véritable nom : le prince de Curtis. Beatrice trouvait ce comédien lamentable, un pauvre pitre grimaçant.

— Je ne vous propose pas d'aller voir ça. La pellicule est sûrement usée à mort, le son toujours inaudible. Comme il n'y a pas foule de distractions, nous pourrions faire un tour en ville.

Elle couvrit ses épaules et sa gorge d'un châle mauve dont Jacques ne put s'empêcher de penser qu'il la vieillissait. Comme si elle devinait sa pensée — ou peut-être parce qu'elle y était sensible elle-même — elle chercha une excuse :

— Oui, je le sais, c'est démodé, mais je le tiens de ma mère qui devait déjà le tenir de la sienne. Imaginez une aïeule qui l'a fait au crochet, assise près de la fenêtre, épiant la place que traverse un maigre passant, sa seule distraction. Après le mariage, les femmes d'Ombrie sont condamnées à s'habiller en noir. Il y a toujours quelqu'un qui meurt dans leur famille ou celle de leur mari. Même pour un cousin éloigné qu'on n'a jamais vu, qui vit depuis cinquante ans aux États-Unis ou en Argentine, on prend le deuil... Le noir est notre linceul. À force de vivre en noir, les Italiennes portent en elles une tristesse irrémédiable, jusque dans l'âme. Leurs voix sont geignardes et plaintives. Le mauve est la seule couleur permise. Et puis... je n'ai pas d'autre châle !

La place du Condottiere était déserte, à se demander si la faible animation d'avant le dîner n'avait pas été un leurre, si les

personnages qui s'y promenaient en cérémonie un instant auparavant, n'étaient pas des marionnettes dont un invisible montreur
caché sur le toit en terrasse du palais, tirait les ficelles. Aux quatre
coins de la place, des lampadaires dessinaient sur le sol de brique
rouge des ronds jaunâtres où de blancs papillons de nuit tourbil-
lonnaient en un vol si dense qu'on aurait dit d'une tempête de
neige. Sous les arcades brillait une seule devanture illuminée, un
café dont les tables extérieures empilées les unes sur les autres
masquaient à demi la façade. À l'intérieur, se tenaient deux hommes assis chacun à deux tables espacées. Immobiles comme des
mannequins de cire, ils gardaient leurs chapeaux mous vissés sur
le crâne. Les guéridons ne portaient qu'une tasse de café et une
soucoupe de verre qui avait dû contenir de la glace. Beatrice
arrêta Jacques en lui posant la main sur l'avant-bras :
— Regardez cette image de la vie de Varela. L'homme à
droite, celui qui est si pâle, si décharné, c'est notre poète, Gianni
Coniglio. Ne riez pas ! Que penseriez-vous de votre père si, non
content de vous donner son patronyme, « Lapin », il avait en plus
décidé de vous baptiser Jean et de vous appeler Jeannot en
famille. Gianni a accumulé pendant son enfance un capital de
ridicule qui a développé en lui une vocation tragique. Il a écrit
une ode à Francesco de Varela publiée à Florence sous un nom de
plume : Gianfranco Arpa. Ici, personne n'a voulu croire que
c'était de lui. On l'a pris pour un fou, un mégalomane qui s'attri-
bue l'œuvre d'un grand poète. Le pauvre Gianni s'est enfermé
dans une solitude si grande que je doute qu'il voie ou qu'il
entende le monde extérieur. Dans sa famille il ne parle qu'à ses
sœurs qui, à vingt et vingt-cinq ans, sont en train de devenir folles
tant les parents les séquestrent. Tous les soirs, après dîner, il vient
dans cette pâtisserie manger une glace et contempler à travers la
vitre du café la place déserte. Quand nous étions enfants, nous
avions la même demoiselle française le matin chez lui, l'après-
midi chez nous. Mlle Élisabeth Chalgrin. On disait Chagrin parce
qu'elle avait souvent l'air triste, sauf quand elle récitait des poèmes, et elle en connaissait des milliers. Elle avait perdu son fiancé
à la guerre de 1918 et elle a dû nous arriver ici en 1922. Nous
avions huit ans, Gianni et moi. Elle parlait des poètes français

avec une passion qui nous a marqués pour la vie. C'est à cause d'elle que Gianni est devenu poète, et c'est grâce aux livres qu'elle m'a laissés que je supporte... ma vie. Savez-vous de qui sont ces vers ?

Je pense à toi pays des deux volcans
Je salue le souvenir des sirènes et des scylles mortes au moment de
    Messine
Je salue le Colleoni équestre de Venise
Je salue la chemise rouge
Je t'envoie mes amitiés Italie...

— Non, je ne sais pas. Personne ne m'a guidé. Je suis passé à côté de la poésie et, en vous écoutant, j'en ai honte. De qui est-ce ?

— Apollinaire.

— Ah, je connais... enfin je connais un peu.

— Je vous aiderai. Il ne faut pas rester infirme. Mademoiselle disait cela des gens qui ne faisaient pas un effort pour comprendre la poésie. Elle est restée jusqu'en 1934 quand nous avons eu, Gianni et moi, vingt ans. Elle est retournée en France où elle vit à Aix-en-Provence. Elle nous paraissait très vieille et pourtant, maintenant, je sais qu'elle a moins de soixante ans. Nous nous écrivons toujours. Elle nous envoie des livres, surtout des recueils de poèmes. Un jour, j'irai la voir... enfin si j'ai assez d'argent pour faire ce voyage. Vous allez vous étonner : quand je rencontre Gianni, nous nous parlons français. En cinq minutes, il me raconte tout ce qu'il tait aux autres, et ensuite, il peut, pendant un mois, me croiser dans la rue sans me voir. Tout de même, je sais qu'il continue d'écrire. Et devinez quoi ?

— Des tragédies en alexandrins ?

— Pas du tout. Des poèmes dans la manière de l'Arétin, des rondeaux, des sonnets. À le voir, vous imaginez difficilement qu'il cache un esprit aussi licencieux. Je me demande ce qu'il connaît de l'érotisme. Il est allé une fois à Rome et il est revenu en disant que les Romaines montrent leurs jambes. Une autre fois à Milan et il prétend que les Milanaises ne promènent les seins à l'air. À

Florence où il s'est rendu pour l'édition de son ode, il n'a pas vu une femme dans les rues, ni dans les cafés. Elles se cachent toutes, dit-il, derrière leurs murs bosselés, dans la sombre méchanceté de leurs maisons. Depuis l'ode au Condottiere il n'écrit que ces poèmes érotiques, souvent franchement obscènes. Il ne m'en parle pas, mais me les envoie par la poste. Je me demande s'il a jamais connu de femmes. Peut-être s'est-il laissé tenter par une de ces créatures qui se vendent au coin des rues à Rome ou à Milan. C'est tout ce qui a pu lui arriver. À Varela, n'en parlons pas. La surveillance des mœurs est si étroite qu'on n'échange quelques mots qu'avec sa mère ou sa sœur.

— Et avec vous !

— Oh moi, je suis une femme perdue, mais je porte allégrement ma mauvaise réputation. Si on a, malgré tout, quelque indulgence pour moi c'est que je suis la Contessina Beatrice et que mon aïeul Francesco *furioso* veille à l'entrée de la ville. Ils ont encore peur de lui.

La main de Beatrice se retira de l'avant-bras de Jacques. Ils se tenaient côte à côte, hors du champ de vision des deux hommes à l'immobilité si parfaite que Jacques aurait aimé s'assurer qu'ils n'avaient pas été placés là comme des mannequins en cire pour faire croire à une vie nocturne de Varela.

— Et qui publie ses poèmes érotiques ?

— Personne.

— Alors comment, à part vous, le connaît-on ?

— Les Varélains en ont entendu parler un dimanche à l'église. Don Fabio a tonné en chaire contre un corrupteur de la jeunesse qu'il n'a pas nommé mais que tout le monde a reconnu. Gianni avait eu la bonne idée de lui envoyer une copie de ses poèmes.

— Et l'autre homme ?

Jacques perçut l'hésitation de Beatrice, le frisson qui la raidit avant qu'elle répondît d'une voix blanche :

— C'est un peintre. Notre seul artiste. Il est presque miraculeux que Varela ait donné naissance à un poète et à un peintre. Ils sont regardés comme des anormaux, des dégénérés. On soupçonne Belponi de tous les vices comme si dans ce huis clos on pouvait s'adonner à un seul vice sans que la foule aussitôt vous lapide. Il est déjà bien assez effrayant comme ça : regardez sa mâchoire bleue, ses mains posées sur ses genoux. Il a égorgé lui-même les cinq Varélains que vos tirailleurs ont trouvés aussitôt après leur arrivée. Il en aurait égorgé d'autres s'il n'y avait pas eu la proclamation du roi Cléry Iᵉʳ... Tiens, vous ne m'avez pas encore parlé de lui, mais vous avez encore mille choses à me dire... Parfois, je dis « pauvre » Belponi. Il est victime de son physique repoussant. On en a fait un bourreau. À cause de ses mains. Lui qui ne peignait que des nativités, des ex-voto. Il a tué parce que les autres étaient trop lâches pour le faire, mais, après, sa peinture a changé. Il ne peint plus que des choses si intolérablement tragiques que je ne vois pas qui peut avoir envie d'en acheter et de vivre avec. Et pourtant, sans qu'il bouge d'ici, sans qu'il réponde à une lettre, des galeries de Turin et de Milan lui achètent sa peinture. Tous les ans, un jeune homme élégant, pommadé, arrive et repart avec des tableaux. C'est la vie... comme disait Mlle Chalgrin. Venez, marchons dans une ville morte.

Ils enfilèrent des venelles sombres qui sentaient l'égout et la pisse de chat. À travers les lattes des volets fermés passaient des rais de lumière qui s'éteignaient avant leur passage, se rallumaient quand ils s'éloignaient.

— Ils nous épient, dit-elle. Tous savent que vous êtes arrivé, que vous habitez chez moi. Ils éteignent pour mieux vous voir et pour que vous ne voyiez pas leurs silhouettes derrière les persiennes. Je ne crois pas qu'ils vous aient reconnu. Quatre ans, c'est un siècle pour eux. Et puis vous n'êtes plus en uniforme et il me semble que vous avez encore grandi...

L'impression que la ville se claquemurait la nuit était si forte que Jacques s'étonna de trouver grande ouverte la porte magistrale par laquelle il était entré avec la Topolino. Comme s'ils sortaient d'une prison, une bouffée d'air frais les surprit, chargée des senteurs épicées de la vallée. Il reconnut l'odeur du thym, légère, si fugitive qu'à peine l'a-t-on humée, elle s'évanouit puis revient par vagues, pour jouer.

Le Condottiere leur tournait le dos. La seule lumière signalant l'entrée de la citadelle était trop basse pour l'éclairer et on ne distinguait d'abord que les jambes du cheval. La croupe, la tête et le Condottiere lui-même apparaissaient au fur et à mesure que les yeux s'habituaient à la nuit. L'épée brandie, il veillait sur la cité, mais comme la campagne était muette et qu'aucune horde de cavaliers ne galopait dans la plaine pour investir par surprise la cité endormie, le pauvre Condottiere avait quelque chose d'un Tartarin au pire, d'un Don Quichotte au mieux.

— Ce n'est pas sa place, dit Beatrice pour l'excuser. J'ai trouvé dans les papiers que vous lirez un décret d'Ugo Ier qui ordonne de transporter la statue hors de la ville. Avant, elle se dressait sur la place, face au palais. Ugo Ier s'en agaçait. Il n'aimait que la Renaissance et détestait les militaires. Ugo II a remplacé le Condottiere par la fontaine que vous avez vue. Pauvre Francesco détrôné par une sirène giambolonesque. Même pas une vraie ! Elle n'aurait pas supporté les intempéries et il a fallu en mouler une réplique. L'originale est dans le hall des statues que vous visiterez bientôt. Je crois qu'elle a les plus jolis seins du monde. Venez, j'ai froid.

Ils regagnèrent la place du Condottiere par d'autres ruelles à l'heure où la radio diffusait un feuilleton qui passionnait les Varélains. De maison en maison, un dialogue ponctué par le bruyant rire des figurants poursuivit les deux promeneurs. Jacques trouva intolérable cet anachronisme. Il arrivait à Varela comme dans un lieu sacro-saint, tombait sous le charme de Beatrice, habitait la chambre d'où il avait régné en qualité de régent sur la vallée, apercevait à travers une sorte de miroir sans tain un poète muré dans sa solitude et un peintre assassin, se promenait entre des haies de maisons le pas accordé à celui d'une frileuse jeune femme qui protégeait sa gorge avec un châle mauve, et voilà qu'au moment où une certaine exaltation le soulevait et allégeait sa marche sur les pavés disjoints, un feuilleton radiophonique foutait tout par terre avec des rires gras et des voix perçantes.

— Ne vous laissez pas agacer, dit Beatrice. Le feuilleton s'arrête à onze heures et les gens se couchent. Même Belponi et Gianni Coniglio.

— Et le Condottiere ?

— Il a payé très cher une potion magique pour ne pas dormir.

— Vous lisez dans mes pensées.

— Ah, j'aurais dû vous prévenir... Beaucoup de gens n'aiment
pas ça.

— Je surveillerai mes pensées.

— Impossible !

Le silence l'empêchait de dormir. Par la fenêtre restée grande ouverte passait un léger courant d'air sans aucun des bruits de la nuit, même pas une de ces batailles de chats qui interrompent les cauchemars. Sans chercher à lire quelques pages selon son habitude, il s'était couché tout de suite comme au temps où, enfant, il reconstituait dans l'obscurité de sa chambre, les événements marquants de la journée : la route sèche et hostile, l'éblouissement devant l'apparition de la vallée et de la forteresse de Varela, l'attitude de Beatrice et les personnages dont elle parlait : Francesca, Belponi, Gianni Coniglio. S'il avait dû se loger à l'hôtel ou ailleurs que dans la maison Varela, il aurait probablement éprouvé un sentiment voisin de la panique. Le fait de retrouver la maison où, par la grâce de Cléry, il avait régné sur la ville et la vallée, le rassurait. Les temps avaient certes changé, mais, malgré les années et la paix, un peu de son pouvoir lui restait. Beatrice ne l'aurait jamais accueilli de cette façon si elle ne s'était souvenue que, grâce à lui et à ses quelques hommes, la ville n'avait pas été plongée dans un bain de sang. Les chambres d'hôtel où, aux étapes depuis son départ de Paris, il s'écroulait, l'avaient toujours attristé par leur impersonnalité, leur médiocrité, leur laideur, mais ici il ne courait pas ces risques : la maison Varela respirait, parlait comme Beatrice. Le roman de la vie de cette femme seule, gardienne de l'histoire de la ville et de la vallée, tenait dans ces murs, dans l'usure des choses qui usait son âme. Au discours de Beatrice, le discours de la maison ajoutait une note assez désespérée. Par exemple, Folco évoquait le valet de chambre du *Huis clos* de Sartre. Et quoi de plus gênant que de n'avoir pas vu Francesca ? Il était difficile d'imaginer dans Varela tout entière occupée de s'épier, de se surveiller, de chuchoter, plus franche provocation que la vie des demoiselles Varela. Que n'avait-on pas murmuré quand Cléry 1er pendant l'heure de son passage, avait réquisitionné, pour son régent, cette chambre chez une femme seule, puisque Francesca était à trente kilomètres de là ? Que ne disait-on pas aujourd'hui où Beatrice accueillait sous son toit, sans l'excuse d'une réquisition militaire, un homme plus jeune qu'elle, et lui donnait la meilleure pièce de sa maison, même si on savait ses besoins d'argent et qu'un pensionnaire de deux mois l'aiderait à survivre. Francesca casquée, chevauchant sa grosse moto américaine, défiait l'ordre établi depuis des siècles par les Varélains, un ordre si rigide qu'il paralysait et pétrifiait dans le temps la cité oubliée du reste de l'Italie.

L'insomnie a besoin de repères dans le temps pour ne pas délirer. Jacques guettait le rappel d'une horloge. Il dut patienter de longues minutes avant d'entendre un carillon lointain égrener les douze coups de minuit et, peu après, le grondement d'une moto qui s'arrêta sous sa fenêtre. La porte d'entrée claqua, des pas précipités martelèrent l'escalier, une voix s'éleva à laquelle répondit une voix plus forte. Beatrice demandait à Francesca de respecter le sommeil de leur hôte. Francesca s'en moqua et ferma sans discrétion la porte de la salle de bains. Il y eut encore, un moment après, un bruit de pas dans le couloir — elle était pieds nus — et une porte voisine qu'on verrouilla. Francesca dormait donc dans une chambre voisine, sur le même palier.

La nuit fraîchit et Jacques tira la couverture jusqu'à son menton. Le retour de Francesca ayant rendu l'ordre à la maison Varela, il s'endormit enfin. Quand, plus tard, un des battants de la fenêtre claqua violemment, le réveillant en sursaut, il sauta du lit pour le bloquer. Le carillon sonnait trois heures. Sur la place, le vent baladait les pages d'un journal abandonné. Le papier froissé dansait diaboliquement dans la lumière pauvre des réverbères aux quatre coins de la place. Le vent tomba aussi brusquement qu'il s'était levé, et le journal s'affaissa sur la chaussée de briques rouges, frappé de mort. Plus rien ne bougeait. Jacques resta encore un moment à la fenêtre avec l'impression que la ville cessait soudain de respirer. À peine entendait-on le mince filet d'eau dans les vasques de la fontaine.

Il était déjà neuf heures à sa montre quand il rouvrit les yeux. La salle de bains était libre. Face au miroir, il étudia son visage avec étonnement comme s'il se voyait pour la première fois. Pour être franc, il ne se trouvait pas très séduisant : des joues trop creuses accentuant la proéminence du nez, le front qui s'agrandissait, mais enfin... il avait les beaux yeux de sa mère et s'il se décidait à se laisser pousser une moustache comme celle de son père, nul doute que son expression y gagnerait en autorité. Tel quel, à vingt-neuf ans, il avait encore un air terriblement jeunot, au point qu'on le confondait souvent avec ses étudiants. Mme Sauvage assurait qu'il n'avait jamais été aussi bien qu'en uniforme. Sur sa table de nuit, elle gardait une photo de Jacques en sous-lieutenant, au garde-à-vous, pendant qu'un colonel bedonnant accrochait à sa vareuse une croix de guerre. Cela dit, il n'était plus question de se présenter à Beatrice et à Francesca en uniforme, et Jacques convenait que seul de l'esprit compenserait le prestige des galons perdus. Ainsi Cléry faisait-il oublier sa petite taille, son air trop rusé, son regard inquiétant à force d'être perçant, mais il n'était pas depuis cinq minutes au milieu de quelques hommes ou femmes, que l'attention se concentrait sur lui, qu'on n'écoutait que lui.

Après la paix, à Paris, Cléry secouait son ancien chef de section.

— Ça ne marche pas. Vous êtes bloqué. La parole rouillée, les articulations rouillées. Moi, je vais vous dérouiller. Vous vous habillez comme si vous n'étiez jamais sorti de Fouilly-les-Oies. Un costume rayé, une chemise rayée, une cravate à pois ! Mon petit Jacques, vous êtes fou ! Vous le faites exprès ou quoi ?

— Je n'ai pas les moyens.

Plate excuse même si elle était en partie vraie. Impossibilité d'avouer que costume, chemise et cravate venaient de l'armoire de son père mort en janvier 45. Il n'avait jamais pensé que ce père aimé, respecté s'habillait mal.

— « Pas les moyens » sont trois mots à rayer de votre vocabulaire. Mettez un vieux pantalon de coutil, un chandail troué aux coudes, et vous aurez l'air d'un homme, pas d'un universitaire.

Il regagnait sa chambre quand les cloches sonnèrent la fin de la messe. Un suisse en bicorne impérial, redingote rouge, culotte noire et bas blancs ouvrait à deux battants le portail de l'église. Beatrice apparut la première, non qu'elle fût restée près de la sortie — au contraire sa chaise et son prie-Dieu étaient les plus proches de l'autel — mais personne ne quittait son banc avant qu'elle ait traversé la nef et gagné le parvis. Jacques chercha en vain une silhouette qui pourrait être celle de Francesca. Rien. Elle n'assistait pas à la messe du dimanche. Beatrice traversa la place, aperçut Jacques à la fenêtre et lui adressa un signe de la main. Il fut en bas quand Folco, ouvrant la porte à Beatrice, lui prenait son missel et la résille noire qui couvrait sa tête.

— Vous n'auriez pas dû m'attendre pour le petit déjeuner. Vous devez mourir de faim.

— Je viens de me lever.

— Ah bon...

Il aurait été injuste d'exiger d'elle des paroles toujours sublimes. D'ailleurs, il était encore l'hôte de la veille, celui à qui l'on apprend les rites de la maison. Dans quelques jours, il saurait l'heure des repas, de la messe, la patère à laquelle on accroche son manteau ou sa casquette, ce qu'on demande à Folco et ce qu'on fait soi-même. Brusquement une inquiétude le prit : avait-il bien nettoyé le lavabo de la salle de bains ? C'était horrible de laisser des poils de barbe collés à la porcelaine par le savon.

— Une seconde. Je monte dans ma chambre et je reviens.

Il feignit d'entrer dans la chambre puis tenta d'ouvrir la porte de la salle de bains. Elle était fermée de l'intérieur. De l'eau coulait dans la baignoire. Mortifié, il redescendit. Dans la salle à manger, Folco avait disposé trois bols, une corbeille de pain grillé, un pot de miel, une motte de beurre campagnard et une cafetière. Jacques calcula que s'il parvenait à faire traîner le petit déjeuner, Francesca risquait d'apparaître.

— Il faut, dit Beatrice, que vous vous sentiez très libre dans la maison. Peut-être pas autant que Francesca qui apparaît seulement quand on ne l'attend plus. Nous sommes souvent une semaine sans nous voir et ensuite elle est là pendant une autre semaine, collée à moi, avançant ma tapisserie, ou, au musée, un chiffon à la main, de la cire, une brosse. Je ne veux pas que mes horaires vous emprisonnent. Il suffit de moi. Par goût, je serais plutôt tentée d'être comme Francesca, mais deux folles dans la même maison, c'est l'enfer. Alors, je suis l'armature. Je tiens ferme pour sauver l'essentiel. Aux autres, la liberté... Si, dans la bibliothèque du musée, vous préférez déjeuner d'un sandwich et d'une tasse de café pour ne pas interrompre votre travail, Folco vous les apportera. Autrement, le déjeuner est à une heure et ne vous croyez pas obligé de venir parce que je serai seule. J'ai l'habitude. Je lis en déjeunant. Presque toujours des livres français. J'aimerais bien écouter de la musique, mais nous n'avons qu'un vieux phonographe, des disques rayés qu'il faut tout le temps se lever pour retourner et changer.

— Les Américains ont inventé un disque qui joue pendant une demi-heure. Une symphonie de Beethoven tient sur deux faces. On appelle ça des microsillons. Cléry a acheté le brevet. Il passe son temps à acheter des brevets et à fonder des sociétés. J'imagine que, dans peu d'années, il sera milliardaire ou ruiné. Le pire qui pourrait lui arriver, c'est de n'être ni l'un, ni l'autre...

— Il faudra une génération pour que cette invention merveilleuse parvienne jusqu'à nous.

— Non. La guerre a secoué l'Histoire. Elle s'est réveillée, elle marche plus vite. Varela sera contaminée. Vous n'échapperez pas aux temps modernes.

Comme il étalait du miel sur son pain grillé, Beatrice sourit :

— C'est le miel d'Assunta. Elle a ses ruches à flanc de coteau, parmi le thym et la lavande. Quand les temps modernes, comme vous dites, tomberont sur nous, Assunta ne récoltera plus son miel. Elle l'achètera en pots. Nous aurons des microsillons, mais nous n'aurons plus de miel parfumé au thym et à la lavande. Qu'est-ce qui vaut mieux ?

— Vous n'avez pas le choix. On vous jettera de force dans les temps modernes. On vous oblige déjà à vous éclairer à l'électricité. Hier soir, en nous promenant, nous avons entendu des radios, et toutes captaient la même émission. Folco va au cinéma.

— C'est le curé qui choisit les films.

— Il ne les choisira pas toujours.

— Rien ne nous atteindra au fond du cœur. Varela est immuable.

— Il n'y a rien d'immuable. Entre 1939 et 1945 le monde a cassé sa tirelire. Nous dépenserons tout notre argent en quelques décennies. Dix siècles d'épargne partiront en fumée.

— Et après ?

— Je ne sais pas. Je ne suis ni économiste, ni astrologue.

Beatrice resta pensive. Jacques détourna la tête pour voir si les ancêtres approuvaient ou désapprouvaient. Les deux gentilshommes, les deux nobles dames — plus visibles ce matin que la veille, pendant le dîner, bien que la lumière fût pauvre à ce rez-de-chaussée — ne se préoccupaient pas du pessimisme de Jacques, pessimisme qui, il faut le dire, empruntait pas mal aux sarcasmes clériens. Figés dans leurs baroques cadres dorés, derrière un écran d'épais vernis, ils concentraient leur attention sur ce qui les préoccupait quand l'artiste les avait fait poser : songes perdus pour tous que seul un génie aurait pu aider à deviner par une expression, une certaine intensité ou même une absence du regard. Mais on avait prié l'artiste de refouler son génie, — s'il en avait —, de le garder éventuellement pour quelque scène de bataille ou de naufrage et de ne s'attacher qu'à une ressemblance idéale pour que ceux qui contempleraient les portraits, des années ou des siècles plus tard, devinassent d'emblée que les modèles appartenaient à la race des seigneurs. Le peintre les avait probablement flattés, avec un rien de servilité, prêtant son talent à leur ambitieuse morgue. Le choix du décor et les objets à la portée des deux gentilshommes et des deux nobles dames sentaient la commande. Le premier, accoté à une table, posait sa main près d'une dague et d'un crucifix. Le second, assis à côté de la même table (on reconnaissait le soubassement sculpté), tenait ouvert un livre dont on devait pouvoir, en s'approchant, déchif-

45

frer la typographie. Une des jeunes femmes assise, très raide comme si elle voulait bomber son torse pourtant déjà généreux, tenait entre ses doigts blancs un chapelet d'ambre. L'autre, très jeune, avec une expression presque enfantine sur son visage livide, serrait dans ses bras un petit chien gris à poil ras, au cou orné d'un ruban rose, image d'une frivolité innocente qui contrastait tristement avec la dévotion affichée de la femme au chapelet.

Beatrice observait Jacques, une lueur amusée dans les yeux.

— Je jurerais, dit-il, que vous devinez mes pensées.

— Je ne devine rien. Je vous prête simplement les réflexions qu'un homme comme vous, un historien, ferait dans une situation semblable. Vos regards sont éloquents. Vous interrogez tout : Folco, moi, les objets, les meubles, la place du Condottiere la nuit quand le vent traîne sur les briques les pages d'un journal abandonné... oui, je vous ai entendu vous lever, j'habite la chambre en dessous de la vôtre... vous interrogez les portraits et vous avez raison de remarquer que je ne ressemble à aucun d'eux. L'homme à la dague et au crucifix est Bernardo II, celui qui a dédaigné de recevoir le Président De Brosses. La femme au chapelet est Catherine la Sicilienne. Ce sont les parents d'Ugo III, dernier souverain de Varela, et la jolie jeune femme au chien est Béatrice son épouse, une Française. Le même artiste, Luigi Campello, a peint les quatre portraits, sans doute à l'époque du mariage, en 1749, quelques mois avant la mort de Bernardo II. Aujourd'hui, vous le traiteriez de peintre mondain. Pour l'époque, c'était un peintre de cour. Il vagabondait en Europe et peignait, en les flattant, les princesses à marier. Je ne crois pas qu'il ait flatté Béatrice. Tout le monde dit qu'elle était belle, et mieux encore, gracieuse. Il est probable que Campello a commencé les tableaux aux fêtes du mariage et qu'il les a terminés en Bavière où ils sont restés près de deux siècles à Bamberg jusqu'à ce qu'un officier allemand en 1943 les fasse venir ici et nous les donne. Le livre que maintient ouvert Ugo III — dont vous aimeriez bien lire le titre courant, oui, j'ai remarqué déjà hier soir que vous vous intéressez aux livres de vos amis — ce livre est une édition en grec des *Histoires* de Polybe. La page que lit mon aïeul est celle où

Polybe fait l'éloge de la démocratie. Vous voyez qu'en 1749 — six ans avant que l'autorité des Varela ne s'effondre — le ver était déjà dans le fruit.

— C'est bien ça !

— *Signor professore*, je crois que je vais vous faire confiance.

Elle lui tendit la main par-dessus la table, un rassurant geste d'amitié. Jacques serra la main et se dit aussitôt qu'il aurait dû se lever et s'incliner mais il était déjà trop tard et Beatrice définissait leurs relations avant qu'il ait eu un mot à dire.

— Pourquoi m'appelez vous « signor professore » ?

— Parce qu'à partir d'aujourd'hui vous êtes italien à cent pour cent, et qu'en Italie les titres sont généreusement distribués. Si vous n'êtes pas au moins baron, il faut que vous soyez *commendatore, ingegnere, cavaliere,* ou *professore...* Je trouve que monsieur le Professeur vous va bien même si vous ne portez pas de lunettes...

Un bruit assourdissant s'éleva dans la ruelle. Quelqu'un mettait en marche une puissante moto et saccadait ses coups d'accélérateur avant de démarrer dans un tonnerre d'échappement libre.

— Vous aimez la moto ? demanda Beatrice.

— Non, pas spécialement !

— Alors, j'espère que vous trouverez un autre sujet de conversation avec Francesca, mais ce n'est pas sûr.

— Je ne la verrai pas ce matin ?

— Je ne sais jamais ce qu'elle va faire.

— Comment est-elle ?

— Physiquement ?

— Entre autres...

— Et moi comment suis-je ?

— Comme je vous vois !

— Eh bien, imaginez le contraire.

Elle plia sa serviette, but le fond de café de sa tasse, et joua quelques secondes à remuer le marc resté au fond de la porcelaine.

— Vous lisez dans le marc de café ?

— Oui, monsieur le Professeur, et, par exemple, je vois que

vous allez vous promener en ville pendant une heure, puis vous reviendrez me chercher et nous irons à la ferme.

À peine dehors, Jacques aperçut sa Topolino d'un vert si brillant que les arcades s'y reflétaient en une longue image gondolée qui épousait le toit renflé, le pare-brise et le court nez du capot. La veille, la petite voiture était arrivée boueuse — il pleut toujours quand on quitte Rome — et poudrée de la poussière des mauvaises routes ombriennes. Folco n'avait pas dû supporter la présence d'un véhicule aussi déshonorant devant la maison Varela. Cléry disait souvent : « Nous devons nous surpasser pour nos domestiques. Sans eux, nous laisserions bien tout aller, mais ils sont là, exigeants, critiques, prêts à nous couper le cou dès que nous montrons de l'indifférence. La civilisation sans domestiques vers laquelle nous avançons à grands pas, pourrira de sa propre veulerie. »

Devant Jacques se planta l'enfant qui, la veille, l'avait guidé jusqu'à la maison Varela, un garçon d'une douzaine d'années, maigriot, la tête rasée, l'œil bleu, la bouche rouge. Il portait des culottes jusqu'au genou, des bottines noires. Jacques se souvint que la veille il n'avait pas pensé à lui donner un petit cadeau et lui tendit un billet de cinq lires. De la tête, l'enfant fit non et dit :

— C'est trop !

— Comment t'appelles-tu ?

— Umberto.

— Tu peux me montrer la ville ?

Umberto le prit par la main et le conduisit vers la fontaine. La jeune nymphe de bronze, au nez grec, au long cou, à la chevelure en nattes nouées au-dessus de la tête, petite sœur souriante, aux yeux plissés de plaisir des sirènes de Giambologna, place della Signoria à Florence, la jeune nymphe tenait dans ses bras un poisson dont la gueule ouverte laissait échapper un filet d'eau qui remplissait les ruisselantes pyramides de vasques en marbre.

— Elle est belle, n'est-ce pas ? dit Umberto.

— Elle est charmante.

— Elle a de jolis seins comme ma sœur.

— Quel âge a ta sœur ?

— Adriana a quinze ans.

— Et elle est belle comme la statue ?

La bouche d'Umberto esquissa une moue gourmande.

— Bon, dit Jacques, je vois...

Umberto reprit la main de son ami et lui désigna le palais.

— On ne peut pas visiter aujourd'hui. Demain la Contessina vous conduira.

— Oui, le palais attendra demain. Promène-moi dans les rues.

Le jour découpait Varela en pans de lumière et d'ombres suivant l'orientation des ruelles si étroites qu'il avait fallu les doter de sens uniques. Les maisons étaient ocres, jaunes ou carrément rouges, les volets d'un vert délavé par le soleil ou la pluie. Avec le bleu léger du ciel, c'étaient les couleurs de la palette italienne tant aimée de Jacques, une harmonie instinctive qui l'enthousiasmait depuis que le transporteur de troupes les avait débarqués à Salerne où ils avaient défilé avec leurs véhicules entre deux haies de femmes aux bras tendus pour qu'on leur jette du chocolat et des cigarettes. En réponse, les tirailleurs algériens croyant, ou feignant de croire, à un cri d'amour, leur lançaient des obscénités. Cléry avait frappé au visage un homme qui, débraguetté, offrait à ce qu'il croyait être l'admiration d'une foule hurlante, son membre énorme, dressé comme un canon antiaérien.

À Varela, les femmes n'avaient pas mendié. Pendant les sept jours de l'occupation par une section de l'armée royale clérienne elles ne s'étaient pratiquement pas montrées, restant cloîtrées. Seuls de petits groupes d'hommes observaient sur la place les mouvements des tirailleurs, contemplant à la dérobée le ballet des jeeps, l'automitrailleuse et les camions G.M.C., mécaniques nouvelles plus souples, moins bruyantes et surtout bariolées, peintes en vert et beige, alors que les Allemands se caparaçonnaient d'acier gris. Quatre ans à peine ! Tout cela semblait loin. Après le passage des armées qui creuse une longue et tortueuse blessure dans la vie d'un pays, les lèvres de la plaie se referment, la cicatrice s'efface, la haine ou la joie de la délivrance retombent. Pour faire place à quoi ? Si c'est à un morne ennui, alors vive la guerre ! L'Italie est un merveilleux théâtre de manœuvres avec ses vallées coupe-gorge, ses longues rives offertes à l'envahisseur, ses villes tortueuses où l'on se massacre à bout portant, et cinquante millions de spectateurs qui applaudissent les bons acteurs, huent les mauvais, et ensuite règlent leurs propres comptes. Qui n'aurait pas envie de jouer devant eux ? Seul le Condottiere avait eu la tête tranchée, punition méprisante parce que sa statue, à la porte d'entrée, n'avait pas arrêté l'étranger.

Umberto attira l'attention de Jacques sur une maison patricienne. Le soleil frappait de biais la façade aux fenêtres hautaines dans leur cadre de granit. Soigneusement entretenus, les cuivres de la porte à caissons brillaient dans la lumière suave qui baignait cette moitié de la rue.

— La maison du poète ! dit l'enfant.

— Gianni Coniglio.

— Vous le connaissez ? Vous l'avez lu ?

— Non, je ne le connais pas, mais je vais le lire. Tu sais ses poèmes ?

— Bien sûr !

Et, sans reprendre son souffle, Umberto récita d'un trait quelques vers mais si vite, avec une telle atonalité que Jacques en comprit mal le sens. À n'en pas douter, c'était l'ode à Francesco di Varela, ce poème dont, disait Beatrice, les Varélains refusaient la paternité à Gianni Coniglio.

— Mais, dit Jacques, ce n'est pas de Coniglio, c'est de Gianfranco Arpa.

Umberto éclata de rire.

— Voyons, monsieur le Professeur, c'est le même homme.

— Bon, d'accord... mais qui t'a appris ces vers ?

— La Contessina Beatrice. Maintenant tout le monde les récite à l'école parce que le maître aime beaucoup la poésie de Gianni Coniglio.

— Ils sont amis ?

— Ils ne se sont jamais parlé.

Ainsi dans cette petite ville qui avait l'honneur insigne, la chance imméritée de compter un poète parmi ses habitants, personne, sauf Beatrice, n'approchait le poète.

— Le poète n'aime pas les gens alors les gens ne l'aiment pas, dit l'enfant avec la logique irréfutable de son âge.

— Et personne ne fera un pas vers lui ?

— Comment ?

Il ne fallait pas trop demander à Umberto. Les choses étaient ainsi et il aurait été vain, à douze ans, de vouloir les changer. Si injuste et incompréhensible que fût le monde, c'était le monde, une valeur qu'on respecte. Il serait temps plus tard, d'essayer de le refaire moins injuste, moins incompréhensible, moins étouffant.

Jacques suivit son guide qui l'arrêta devant de belles portes, seul signe distinguant les maisons nobles des autres. La ville avait été construite avec un souci d'uniformité respecté par les siècles. Le Condottiere n'aimait pas qu'un de ses sujets se poussât du col. Toutes les rues étaient de la même largeur. Par un effet d'optique, en levant la tête on croyait que les derniers étages des maisons se penchaient l'un vers l'autre, ne laissant entre leurs rebords de tuiles rondes qu'une étroite coulée de ciel. Les vis-à-vis devaient pouvoir se toucher la main. Au contraire de tant d'autres villes italiennes qui, sitôt après la mort de Mussolini, pavoisaient de linge à sécher, Varela ne déployait pas au-dessus des passants un arc-en-ciel de draps, de chemises et de jupons. L'urbaniste qui avait conçu cette ville forte d'après les idées du Condottiere, avait prévu, à l'intérieur des pâtés de maisons, des courettes vouées aux étalages domestiques, aux chiens, aux chats et même aux ânes.

Dans les rues, les femmes endimanchées trébuchaient sur le sol inégal, accrochées aux bras de leurs maris, ces certitudes, ces piliers de la vie. Les hommes portaient le chapeau mou de feutre noir pelucheux, un gilet parfois de couleur, barré d'une chaîne de montre en or ou en argent, qui relevait ce que le costume avait d'étriqué ou de trop sombre. À Jacques on jetait de temps à autre un regard, et s'il accrochait le regard, l'homme ou la femme détournait aussitôt la tête. La rumeur s'était déjà répandue : la maison de la Contessina logeait un étranger. Grâce à Folco on devait savoir que c'était l'officier français qui avait occupé Varela en 1944 Les échoppes étaient fermées sauf celle d'un boulanger-pâtissier d'où les femmes sortaient, tenant au bout de l'auriculaire

51

un paquet de gâteaux. Pendant qu'elles procédaient à leurs achats, les hommes restaient dehors avec les enfants, le mégot collé au coin des lèvres, ne le retirant que pour lancer loin, à deux mètres, un glaviot qui souillait le pavé. Dans une rue plus populaire, s'ouvraient des marchands de vins : *Vini*. Deux marches descendaient vers une salle basse voûtée au fond de laquelle des tonneaux obèses montés sur des béquilles débitaient dans les carafons plombés des demi-litres d'un vin violet dont l'odeur âcre s'évadait jusque dans la ruelle. Le cabaretier en bras de chemise, manches retroussées, la taille ceinte d'un tablier rouille, servait les hommes assis sur des bancs disposés autour des larges tables en bois recouvertes d'une toile cirée à fleurs.

Un assez large espace séparait du rempart les dernières maisons. Le Condottiere avait voulu qu'on pût circuler rapidement autour de la ville et apporter des munitions aux combattants juchés sur le chemin de ronde crénelé ou dans les quatre tours. La disparition du commandant en chef et d'éventuels ennemis avait laissé place à un encombrement de voitures à bras, de charrettes, de tilburys et même d'automobiles recouvertes de housses, mais Jacques retrouva le raide escalier par lequel il accédait au rempart et montait le jour ou la nuit pour surveiller le dispositif d'alerte, à peine une demi-douzaine de sentinelles scrutant l'ombre ou clignant des yeux dans la lumière crue du jour.

— C'est dangereux, dit Umberto quand il vit Jacques escalader les premières marches. Des pierres tombent.

— Laisse-les tomber et attends-moi.

Du chemin de ronde, le contraste entre la ville et la campagne était si brutal qu'il vit d'abord une confuse masse blanche et grise, qui, au fur et à mesure qu'on accommodait sa vision, prenait forme, relief et profondeur. Autant Varela enfermée dans sa citadelle filtrait et découpait en ombres tièdes et secrètes l'éclat de cette journée d'été, autant la vallée, tel un grand animal couché, s'étalait pour offrir son corps à la brûlure du soleil. Rien ne troublait la lumière éblouissante, ni un nuage promenant son ombre, ni ces buées de chaleur attardées autour des étangs et le long des canaux, lambeaux d'un grand voile mal déchiré par le jour naissant. Le paysage se gavait de cette lumière blanche et l'attirait jusque dans les saignées au flanc des deux chaînes apennines, à l'est et à l'ouest. Dans un lointain de plus en plus précis à mesure que l'œil s'habituait à l'éclairage et à la distance, des torrents, des cascades blanches étincelaient comme de mobiles signaux lumineux sur les parois des montagnes. En arrivant par le col on pouvait croire que la vallée était plate, sans accidents, mais, de l'éminence où, au centre géométrique du paysage, Varela dominait son territoire, la vision différait : des plissements légers, des travaux humains modifiaient le profil de la plaine. Des canaux drainaient l'eau vers les orangeraies, et les fermes à demi enfouies dans les creux de terrain apparaissaient timidement derrière leurs enclos de cyprès. Le plus saisissant était la couleur de cet ensemble : le gris miroitant du schiste des montagnes se fondait avec la terre de Sienne des olivettes, le jaune des prés fauchés, le vert sombre et chaud des murailles de cyprès, le sillon argenté de la route rectiligne et les chemins de traverse saupoudrés de blanc.

Dans ce petit royaume si bien clos, quelqu'un avait nargué le « Régent » de Varela, le sous-lieutenant Sauvage, investi par Cléry des pouvoirs absolus. On se souvient qu'une automitrailleuse à croix noire s'était échappée du hameau lors de l'explosion du dépôt de munitions, et qu'il avait été impossible de lui donner la chasse. Logiquement, elle aurait dû rejoindre les Allemands par le col de la Bianca, mais son pilote, loin de fuir les Français, était resté dans la vallée. Si on ne le voyait pas de jour, on l'entendait la nuit, se déplaçant autour de Varela, pion invisible qui se mouvait avec une insolence calculée sur le damier de la plaine. La seconde nuit, il avait même eu l'audace d'approcher Varela, et là, posément, comme à l'exercice, avait fauché d'un obus antichar la tête du Condottiere Francesco. Par un incroyable hasard, la tête semblait avoir été découpée par une scie à métaux et, au lieu de rouler au pied de la statue, s'était lovée dans le bras gauche qui tient les rênes. Le lendemain, Jacques avait découvert cet impressionnant guillotiné qui ne foudroyait plus du regard la vallée. Un mécanicien de chars avait aussitôt ressoudé la tête et l'automitrailleuse fantôme ne s'était plus avancée si près de la ville. Elle continuait cependant de bourdonner dans la vallée et si l'écho renvoyé par les montagnes empêchait de la repérer au son, on la devinait, provoquant les guetteurs de la citadelle, errant comme un zombie dans la campagne sans lune. Le jour, des patrouilles de tirailleurs fouillaient les fermes, les bois, retrouvant des traces de pneu, des taches d'huile dont elles relevaient l'emplacement. Sur une carte assez grossière quant au relief, mais précise quant aux routes et aux chemins de terre, le sous-lieutenant Sauvage déplaçait avec rage des petits drapeaux. Apparemment l'engin se cachait bien et bénéficiait de complicités dans la vallée. Le conducteur — Allemand ou Italien — semblait parfaitement à l'aise et s'amusait comme un enfant. Plus Jacques multipliait les embuscades, plus l'automitrailleuse se moquait des Français, disparaissant soudain et réapparaissant à l'endroit où on l'attendait le moins. Enfin, le dernier matin, le poste de garde à l'entrée de la ville l'avait trouvée arrêtée, sur la grand-route à cinq cents mètres à peine, bien en vue, près d'une fontaine. Il ne restait plus une goutte d'essence dans le réservoir. Aidé par une légère pente, son pilote avait dû la pousser jusque-là, après avoir saboté le canon antichar et la mitrailleuse de tourelle. À part cela, tout paraissait en parfait état, et si on l'avait arrêtée près d'une fontaine, c'était pour laver sa carrosserie de la poussière et de la boue. Dans son camouflage gris et vert, elle brillait comme pour une revue, et sur le capot flottait un fanion blanc à liséré rouge avec la devise du Condottiere :

Varela
Vincit

L'intérieur de l'automitrailleuse frappait plus encore que cette élégante reddition. Au lieu d'y laisser un capharnaüm comme il est d'usage dans les blindés, le conducteur avait rangé avec soin les munitions désormais inutiles, les outils et les cartes. Près du volant, dans une boîte de conserve fixée au tableau de bord, on avait disposé un bouquet de fleurs de lavande fraîchement cueillies...

Après les remparts, Umberto reprit la main de Jacques et le conduisit par d'autres ruelles vers le centre de la ville. Ils marchaient depuis quelques minutes quand l'enfant tira le bras de son nouvel ami pour lui parler à l'oreille :

— Celui-là, c'est un assassin.

Jacques reconnut aussitôt le peintre Belponi qui marchait devant eux, colosse de près de deux mètres, maladroit sur des jambes qu'affectait, à partir des genoux, un strabisme divergent. Belponi était nu-tête, ses cheveux gris plantés bas sur le front si serrés qu'on eût dit d'un casque médiéval d'où émergeaient les lobes rougis des oreilles décollées. Cet Hercule sinistre tenait dans sa main droite une ravissante gerbe de fleurs des champs fraîchement cueillies et dont, en peintre, il avait harmonisé les couleurs, mêlant le blanc des lys d'eau, le jaune des boutons-d'or et le rose pâle des glaïeuls sauvages.

— Il va déjeuner chez sa mère ! dit Umberto.

Jacques s'arrêta, se pencha vers l'enfant et lui prit la tête à deux mains. Umberto eut un moment d'effroi et leva des yeux implorants.

— N'aie pas peur, mon petit garçon. Je te trouve gentil et drôle, mais je voudrais savoir comment, à ton âge, tu sais tout de cette ville.

Rassuré, Umberto sourit et haussa les épaules dans un geste d'ignorance.

— Je regarde... c'est tout. Et la Contessina me raconte les choses de la vie. C'est ma marraine.

— Tu veux me servir de guide et d'ami ?

— Oui.

— Alors, après l'école et le dimanche, tu viendras me trouver et nous nous promènerons dans Varela.

— D'accord.

Ils revinrent vers la place du Condottiere. La seconde messe s'achevait et le suisse ouvrait la porte à deux battants, libérant les fidèles qui sortaient sans hâte. En 1944, Don Fabio avait voulu dire la messe pour les blessés, mais Jacques l'avait prévenu :

— Ce sont des Sarrasins !

Le curé ne se démontait pas si facilement :

— Il faut les convertir.

Et désignant le sergent Lévy qui devait mourir dans la soirée :

— Par exemple, celui-là n'est pas un Sarrasin, j'en suis sûr.

— Non, avait répondu Jacques, celui-là est un Hébreu.

— Un Hébreu !

Le curé était parti en courant comme si le Diable mettait le feu à sa soutane. Quand il avait retrouvé Cléry quelques jours plus tard, Jacques lui avait raconté l'histoire.

— Vous avez eu tout à fait raison, avait dit le capitaine. Je ne suis pas anticlérical comme vous l'êtes sottement en fils d'universitaire radical-socialiste. Non, j'ai été élevé par les bons pères et je leur en garde une reconnaissance éternelle, mais je refuse le prosélytisme catholique ou protestant. Je ne veux pas qu'on parle de convertir qui que ce soit. C'est un principe. Faux comme tous les principes, mais c'est le mien et je m'y accroche. Nous n'avons déjà que trop bouleversé le monde et il est difficile, pour ne pas dire impossible, de revenir en arrière, bien que je m'y sois efforcé déjà plusieurs fois dans ma vie, et en particulier à Varela où j'ai rétabli une monarchie temporaire aux bienfaits de laquelle ils rêveront quand, en partant, les Alliés les rendront à leurs querelles intestines...

— À quoi pensez-vous ? demanda Umberto en le tirant par la manche pour le ramener sur terre.

— Au moins, toi tu ne devines pas ce que je pense. Ce n'est pas comme la Contessina Beatrice à laquelle je pourrais aussi bien ne pas parler : elle sait tout ce qui se passe dans ma tête.

— Oui, c'est très facile pour elle. On s'en est aperçu ici et on a un peu peur d'elle. Enfin... les autres. Pas moi ! Alors, dites, monsieur le Professeur, à quoi pensiez-vous ?

— À ce qui se passait dans cette église, il y a quatre ans !

— Donc, c'est bien vous l'officier du Roi !

— Tu m'as reconnu !

— Non, mais on l'a dit en ville. Moi, je ne vous aurais pas reconnu. J'avais sept ans et je promenais l'encensoir dans l'église pour chasser les mauvaises odeurs des blessés.

Pour entrer dans la Topolino, Beatrice dut ôter et tenir à deux mains sur ses genoux son chapeau de paille à larges bords retombants, à la calotte ceinte d'un ruban rouge. Elle y avait ajouté un bouquet de primevères artificielles et, à son apparition sur le seuil, Jacques pensa tout de suite à un tableau de Manet, une de ces scènes champêtres où l'on reconnaît le goût du peintre pour les visages mats, les lourdes chevelures brunes serrées sur la nuque, les bouches amoureuses. Même si elle ne s'habillait pas d'une robe à panier, si elle se contentait d'une jupe plissée droite et blanche, d'un chemisier à fleurs qui laissait ses bras à demi nus, Beatrice évoquait irrésistiblement ces nymphes paisibles aimées des grands barbus pré-impressionnistes ou impressionnistes.

— Qu'est-ce qui vous surprend ? demanda Beatrice quand ils eurent dépassé la statue du Condottiere.

— Tout. Je ne me souvenais pas de la vallée comme elle m'apparaît aujourd'hui. Et hier, en fin d'après-midi, à mon arrivée, ou même ce matin elle ne ressemblait pas à celle que je vois maintenant. On dirait qu'il y a plusieurs vallées, selon les heures et les jours, et même que plusieurs époques s'enchevêtrent, ou se superposent, ou coïncident par hasard, comme dans l'idée nietzschéenne de l'éternel retour. On ne peut pas rêver quelque chose de plus exaltant et de plus confondant pour un historien. Franchement, je ne sais pas à quelle époque je vis depuis hier. En descendant la route en lacets du col, j'ai revécu l'attaque du hameau en 1944 ; en me promenant avec vous la nuit je me suis cru à l'époque du Condottiere ; ce matin, avec Umberto, je visitais la Varela moderne. Les romanciers de la fiction scientifique épuisent leur imagination à inventer des machines à remonter ou à détraquer le temps, alors qu'il serait si simple de venir ici et d'ouvrir les yeux à un fantastique kaléidoscope de décennies et même de siècles... Où allons-nous, à propos ?

— Au XIXᵉ siècle si ça ne vous ennuie pas. Vous verrez comment vivaient des cultivateurs italiens au temps du Risorgimento. Prenez la grand-route à droite et ensuite la deuxième à gauche.

— Rencontrerons-nous Stendhal ?

— Oh, non, il y a peu de chances... Il mentionne à peine les Ombriens, pour dire seulement que nous sommes des paresseux sur une terre fertile...

Le chemin conduisant à la ferme d'Assunta était de terre battue et, bien que la Topolino avançât doucement pour éviter les nids-de-poule, elle soulevait une traînée de poussière blanche. À sa rencontre se dessina bientôt une autre traînée de poussière tirée par une sorte de comète qu₁ grossit à vue d'œil et devint un motocycliste aux bras écartés sur le large guidon, au dos arrondi pour faire bloc avec la machine. Quand ils se croisèrent, Jacques eut juste le temps d'apercevoir un corps anonyme dans une salopette bleue, un bonnet d'aviateur et deux gros yeux de mica. La traînée de poussière isola quelques secondes la voiture dans un tourbillon. Jacques redressa : il avait failli verser dans le fossé.

— Quand je pense, dit-il, que Folco a si bien nettoyé ma voiture ce matin !

— Ce n'est sûrement pas lui. Il déteste les mécaniques. C'est même le seul Italien qui ne les aime pas.

— Alors qui est-ce ?

— Francesca, sûrement.

— Mais pourquoi ?

— Elle aime ça.

— Ah bon !

Le mieux n'était-il pas de feindre l'indifférence, de trouver tout à fait naturelles les manies de cette jeune fille ?

— Vous êtes vexé ? demanda Beatrice.

— Moi ? Pas du tout.

Dans la seconde, il regretta ce « pas du tout » qui ne correspondait pas à la réalité, mais pourquoi disait-elle « vexé » qui est un verbe irritant, insupportable. Elle aurait dit : « Êtes-vous surpris ? » qu'il l'aurait volontiers concédé.

La route s'encaissait entre deux champs d'oliviers aux troncs si puissamment noués qu'ils semblaient pétrifiés dans d'atroces souffrances, peut-être au cours de cette lutte qui remontait à des millénaires quand les Titans ravageaient l'Italie, effaçaient la civilisation étrusque. Seuls les oliviers luttaient contre leur invasion, corps à corps, si profondément enracinés dans le sol que les Titans qui essayaient de les arracher pour les fracasser contre les flancs des Apennins n'avaient réussi qu'à les tordre, à leur déchirer les membres, vaine torture car, l'an suivant, un rameau jaune s'élançait de la plaie ouverte et donnait à l'olivier une feuille, un fruit, l'espoir de la paix.

— On y croit, n'est-ce pas ? dit Beatrice. Ils sont si beaux ! Ce sont les soldats de l'Italie.

Cette fois Jacques arrêta la voiture, sans mot dire et plongea de la tête contre le volant.

— Qu'avez-vous ? dit-elle en posant la main sur la nuque du jeune homme. Vous êtes malade ?

— Je ne suis pas malade. Je n'ai jamais été aussi bien portant mais voilà... je m'interroge pour savoir jusqu'à quel point je supporterai d'être aussi transparent pour vous. Je ne l'ai pas encore ressenti, pourtant je suis sûr qu'à un moment donné j'éprouverai un malaise.

— Parce que je vous ai parlé des Titans et des oliviers ?

— Oui, vous le savez bien.

— Vraiment, monsieur le Professeur, dit-elle avec une nuance de gaieté à laquelle il fut tout de suite sensible, voyons, n'est-il pas raisonnable que vous et moi qui savons un certain nombre de choses sur les légendes de l'Italie primitive, ayons eu la même pensée en arrivant au milieu des ces olivettes ?

— Oui, c'est possible, et j'y croirais si ce n'était qu'une réflexion au hasard, mais c'est la centième fois depuis hier.

— Vous exagérez !

— Archibald Pontozane dit qu'il faut toujours exagérer, grossir démesurément pour être « un peu » compris.

— Qui est Archibald Pontozane ?

— Un auteur que je suis seul à avoir lu.

Il remit le moteur en marche. La route descendait vers une sorte de cuvette au fond de laquelle dormait un étang, ou, plutôt, une large mare bordée de saules chétifs.

— Il manque une vache pour que nous parlions d'un Corot.

— Un Corot ?

— Comment ? Vous ne connaissez pas Corot ? Même pas un faux Corot ? Il a peint des vaches par milliers et l'Italie dans un moment de bonheur idyllique.

— Non, je ne connais pas Corot. Je connais peu de peintres en dehors de ceux qui ont laissé des œuvres au palais. Vous savez... je ne suis guère sortie de Varela et tout ce que j'ai appris, c'est par l'intermédiaire de Mlle Elisabeth. Mon éducation est à compléter. Je compte sur vous.

— Ne vous moquez pas !

La route contournait la mare, remontait entre deux champs de maïs, puis, de nouveau, descendait vers un verger d'amandiers qui ployaient sous les feuilles et les fruits dont les cosses éclataient en cette chaude journée de juillet. L'Apennin rapprochait ses parois abruptes dans lesquelles l'homme avait taillé des terrasses, dévié des sources vers les canalisations en corniche qui cernaient les lopins de vigne, de lavande et de sauge. Ces taches de couleur plaquées au flanc de la montagne s'harmonisaient avec une surprenante grâce naturelle, comme si un peintre avait pris du recul, cligné des yeux pour en juger l'effet, un peintre géant, comme Belponi, avec des mains de fer, pour écraser des lumières sur la roche grise. Par une faille une eau écumeuse bondissait de terrasse en terrasse et disparaissait dans un goulet. Le toit de tuiles rondes de la ferme apparut entre les échancrures d'une inégale barrière de cyprès. La route contournait le verger, longeait une vigne, passait un pont de pierre — des pierres cyclopéennes emboîtées les unes dans les autres — enjambant l'eau d'un torrent qui polissait soigneusement les cailloux noirs et blancs disposés en damier. La ferme — trois bâtiments en fer à cheval — était de ce bel ocre qu'on voit plus en Toscane qu'en Ombrie, avec des murs chaulés auxquels s'agrippait la vigne vierge, une clématite rose, et, encadrant la porte principale, une glycine au tronc noueux dont les lianes s'enlaçaient tellement pour s'affermir qu'elles semblaient, quand on approchait, animées d'un mouvement continu comme ces enseignes de coiffeur qui tournent des spirales tricolores sans fin. Au milieu de la cour se dressait un beau puits rond, surmonté d'une arche en fer forgé à laquelle pendaient une poulie et un seau. Le décor était d'une opérette bucolique où un metteur en scène réaliste aurait pris soin de placer un vrai âne, des poules, quelques dindons et un chien jaune qui se précipita au-devant de la voiture, le poil hérissé, une oreille droite, l'autre cassée, tandis qu'apparut sur le seuil une femme bien en chair, à peu près de l'âge de Beatrice, en corsage blanc, jupe rouge et tablier noir. Un foulard noué derrière la nuque enserrait une sauvage masse de cheveux bruns. Déjà elle criait :

— Antonio, Antonio, ils sont là !

Elle enferma Beatrice dans ses bras et la serra contre sa poitrine, couvrant son visage de baisers avec une joie gourmande, ne s'arrêtant que pour tendre la main à Jacques et lui désigner son mari apparu sur le seuil :

— Antonio ! dit-elle encore comme si elle donnait la clé d'un trésor.

— Et moi, Giacomo Selvaggio ! répondit-il, heureux de s'italianiser sans danger.

Assunta et Beatrice se tenaient par la taille. Elles ne se ressemblaient pas, mais il y avait entre elles quelque chose de plus subtil, une secrète parenté révélée surtout par la brillance du regard noir et — plus visible chez Assunta parce qu'on s'y attendait moins d'une campagnarde — une grâce légère et mûre que soulignait leur gaieté de se retrouver.

Antonio ne laissa pas Jacques s'attarder au spectacle offert par les deux femmes, et l'entraîna vers une porte si basse qu'il fallait se courber pour la franchir. Quelques marches descendaient au cellier éclairé par deux soupiraux dont les barreaux découpaient la lumière en longs faisceaux d'or pâle où dansaient des moucherons. Dans un angle, luisait le pressoir à l'odeur sure, légèrement vinaigrée. Contre le mur, s'alignaient trois tonneaux posés sur des tréteaux comme dans les tavernes de Varela. Antonio ouvrit le premier robinet et recueillit dans un pichet un clair filet de vin. Jacques goûta ce que dans le Midi de la France on appelle une « piquette », vin de vendange dont la saveur acide de raisin vert ne mûrit pas et qu'on sert aux moissonneurs dans des cruches de terre enveloppées d'un chiffon humide pour le garder frais. Antonio plissa les yeux, et son visage ridé et tanné, assombri aux pommettes par un duvet noir, attendit l'approbation de Jacques qui, ne voulant pas le décevoir, claqua la langue. Le deuxième tonneau donnait un vin gris qui aurait du charme avec du pain de campagne beurré, peut-être une grosse tartine de haricots rouges, mais tel quel il ne valait pas grand-chose. Le troisième robinet débita un lourd vin violet si épais qu'il semblait gélatineux. Jacques en but une gorgée et se souvint d'un autre vin découvert l'été précédent en Galice dans des bols de grosse porcelaine blanche où le tanin laissait une marque mauve irisée. D'un clin d'œil, il rassura Antonio et ils remontèrent chacun une cruche. La cour était vide. Le chien, de retour dans sa niche, le corps à l'ombre, la tête affalée en travers de la porte, jeta un coup d'œil et referma les yeux. Beatrice et Assunta avaient disparu, mais leurs voix résonnaient derrière le bâtiment principal que les deux hommes contournèrent pour les retrouver sous une tonnelle de vigne. Beatrice, assise sur un banc, coiffée de son romanesque chapeau de paille, parlait avec Assunta qu'on apercevait par la porte ouverte de sa cuisine, devant le fourneau, remuant la polenta dans un grand fait-tout de fonte émaillée. Le chevreau cuisait à l'extérieur dans le four à pain.

— Tu ne veux vraiment pas que je t'aide ? demanda Beatrice, mains ouvertes, paumes en l'air.

— Ne bouge pas. Reste là où tu es, sous ton grand beau chapeau, pour le plaisir de mes yeux.

— Tu me traites comme une reine !

— Mais tu es une reine !

— Vous voyez, dit Beatrice en se tournant vers Jacques, vous voyez : je ne suis bonne à rien. Est-ce que les reines ne servent à rien ? Vous devez le savoir vous qui avez été si près du pouvoir, monsieur le Régent...

Antonio posa les cruchons sur la table où la lumière tremblée de la treille jouait sur la nappe brodée à fleurs. Les assiettes étaient les mêmes que celles de la maison Varela : de la solide faïence de Vietri cerclée de bleu de prusse, comme le vase avec sa gerbe de roses rouges. Il y avait là une série de raffinements tout à fait inattendus chez de petits fermiers d'une région perdue, mais dans la joie avec laquelle Beatrice avait été accueillie par Assunta, dans ce dialogue curieux qu'elles venaient d'échanger à distance avec une liberté et une profonde tendresse, Jacques ne pouvait douter de l'influence presque charnelle que Beatrice exerçait sur Assunta. Alors qu'Antonio usait de la troisième personne quand il s'adressait à la Contessina, Assunta la tutoyait gaiement comme elle aurait fait d'une amie d'enfance, presque d'une sœur. Jacques eut une pensée curieuse qu'il ne s'expliquait pas et qui ne voulait peut-être rien dire bien qu'elle s'imposât : ces deux femmes avaient la même odeur, impression sans doute fausse mais qui exprimait un ensemble de relations physiques secrètes, la même peau mate —

plus dorée par la vie au grand air chez Assunta — les mêmes chevelures bleues traversées de fils blancs, les mêmes intonations — bien que celles d'Assunta fussent plus paysannes —, la même gaieté dans les yeux quand elles se parlaient, mais alors que Beatrice tendait vers une maturité plus sèche, Assunta s'enveloppait déjà de belles chairs douces aux bras, au cou et aux jambes.

— Vous allez encore croire que je devine ce qui vous étonne, dit Beatrice. Non ! Je ne devine pas. C'est si évident que j'aurais dû vous prévenir : Assunta me ressemble parce qu'elle est à peu près sûrement ma demi-sœur. Évidemment mon père ne me l'a pas raconté et ma mère aurait été la dernière à le savoir, mais enfin mon père prenait ses distractions ailleurs que dans le lit conjugal. Comme vous dites en français, c'était un chaud lapin. La mère d'Assunta servait chez nous : une forte brune, aux dents éclatantes. Elles nous a élevées ensemble si bien que nous ne sommes pas seulement demi-sœurs, nous sommes aussi sœurs de lait. Assunta est née deux jours après moi, ce qui tendrait à prouver que mon père s'activait beaucoup. Quand nous nous promènerons dans Varela, — si le hasard nous aide — je vous ferai aussi connaître deux autres demi-sœurs et un demi-frère. Il paraît que notre famille s'étend jusqu'à Viterbe et Spolète. Mon père est mort dans un bordel à Rome où il s'était rendu pour un procès, un procès perdu comme tous les procès des Varela. Ça coûte très cher d'être un bel homme et de ne pas résister à ses envies...

Assunta qui avait posé le fait-tout sur la table, écoutait, un sourire sur les lèvres. Elle n'avait pas compris, elle devinait, et, se tournant vers Antonio :

— Beatrice a mis monsieur le Professeur au courant... Et toi de qui es-tu le fils ?

Il remplissait les verres, prenant garde de ne pas tacher la nappe.

— J'espère être le fils de mon père et de ma mère. Je suis né ici, dans cette maison. Monsieur le Professeur voit bien que je suis un homme très ordinaire.

Ils s'assirent autour de la table et Assunta les servit, Beatrice la première tandis qu'Antonio coupait en grosses tranches le pain de campagne à la mie légère de brioche.

— Antonio ne raconte rien, dit Assunta. Comme son père, comme son grand-père, il a un don pour la musique. Avec ce don, les pères reconnaissent toujours leurs fils dans la famille Trucchi. S'il y en a un qui n'a pas le don, c'est que la mère a trompé le mari.

— Ça n'est encore jamais arrivé ! dit Antonio fièrement.

— Que tu es naïf mon pauvre mari : suppose que ta mère ait trompé ton père avec un autre musicien ! Tu aurais le don et tu serais quand même un bâtard.

— Ah ma pauvre mère ! Elle n'aurait même pas eu l'idée qu'on pouvait faire ça avec un autre que son mari !

Antonio les quitta et revint avec le chevreau visiblement découpé à la hachette :

— C'est trop ! dit Beatrice. Je vais dormir comme une bête après déjeuner.

— Tu dors toujours après mes déjeuners.

— C'est le vin, dit Antonio.

Assunta passa la main sur la nuque bouclée de son mari.

— Monsieur le Professeur, il faut savoir que mon homme fait le meilleur vin de la vallée.

— Tu ne pourrais pas trouver un petit défaut à ton Antonio ? demanda Beatrice.

— Impossible ! Il joue de la flûte, du violon, de la guitare et même de l'harmonium à l'église quand Mme Tita est malade. Mais Don Fabio n'aime pas ça. Il dit que nous sommes des païens, que le dimanche matin, nous ne prenons pas nos bicyclettes pour aller à la messe. Dix kilomètres à l'aller, dix kilomètres au retour, le père d'Antonio disait déjà que c'était trop, qu'il préférait encore aller en Enfer et que, d'ailleurs, l'Enfer ça n'existe pas, parce que Dieu est très bon ou alors ce n'est pas Dieu, celui qui pardonne tout, comprend tout, même qu'on ne laisse pas sa maison sans personne, avec le chien qui aboie mais file dans sa niche si on lui parle fort. Oui, Dieu a compris ces choses-là !

Assunta parlait avec une volubilité charmante, de sa belle voix chantante sans aucune des intonations criardes ou geignardes des paysannes italiennes. On la sentait possédée du plaisir joyeux de raconter ce qui lui passait par la tête. Antonio acquiesçait et Beatrice souriait :

— Don Fabio est un homme très bon, dit Beatrice.

— Oui, dit Assunta, sûrement qu'il est très bon, mais il se croit obligé de crier, de nous menacer du Diable. Il le voit partout. Moi je dis que c'est pas vrai, le Diable n'est pas partout. C'est Dieu qui est partout. Sous notre toit le Diable ne vient pas. Il n'a rien à ramasser, personne qui l'écoutera conseiller le mal.

— Et puis il a trop à faire à Varela, dit Antonio.

— Le Diable va là où il trouve à manger et à boire, reprit Assunta, pleine de son sujet, la fourchette en l'air. Vous croyez, vous, que le Diable s'occupe vraiment d'eux ? Les Varélains sont si contents de vivre comme ils vivent qu'ils n'ont plus le temps de voler, de mentir, d'assassiner. Tout ce qu'ils demandent c'est qu'on les laisse coller une oreille à leur poste de radio et que les fentes des volets soient assez espacées pour qu'ils puissent espionner leur voisin sans être vus. Avant la guerre, on cherchait Antonio et son père pour faire danser une noce ou pour accompagner la procession de Santa Lucia. Maintenant les Varélains ont leur boîte à musique et ne veulent plus des violoneux.

Antonio alla remplir au cellier les cruchons vides. Le vin incendiait les joues d'Assunta, autant peut-être que le plaisir de parler. Elle semblait indifférente à la lourdeur qui s'installait en ce début d'après-midi où le soleil à pic au-dessus d'eux transperçait la treille et brûlait la table. Jacques fut frappé par les mains d'Assunta qui devait traire les chèvres et les brebis, nourrir les poules, cuisiner, allumer le feu du grand fourneau noir de la cuisine, pétrir, laver, repasser, coudre et caresser Antonio. Les doigts souffraient de légères crevasses à leurs extrémités, mais la forme de la main ressemblait à la forme des mains de Beatrice et nul ne pouvait douter, malgré l'exubérance de l'une et la réserve de l'autre, qu'elles fussent sœurs. Sur la table, il ne restait plus qu'une part de tarte aux amandes et deux tranches de pastèque autour desquelles tournait une abeille.

— Je chauffe l'eau du café, dit Assunta en se levant.

Antonio ramassa les assiettes et la suivit. À Beatrice le lourd vin violet mettait aussi de la chaleur aux joues et son visage mat en était fardé, avivé par le plaisir. Elle sortit un paquet de cigarettes de son sac et en offrit une à Jacques, mais dans la poche de sa chemise, il avait ses cigarillos noirs et noueux.

— Merci, dit-il. J'ai mes petits cigares. À Paris, j'ai du mal à en trouver, et quand j'en trouve un c'est comme si je voyageais d'un coup de baguette magique. Je ne serais pas tout à fait en Italie si je n'en fumais pas un cet après-midi.

— Avez-vous du feu ?

Il tâta ses poches. Les allumettes étaient restées sur la table de sa chambre.

— Une seconde... Antonio en a sûrement.

La cuisine était sombre mais, du seuil, Jacques distingua l'homme et la femme dans une attitude qu'il ne comprit d'abord pas : Assunta était à son fourneau et, collé à elle, dans son dos, Antonio plongeait la main dans le corsage de sa femme, tandis qu'elle, de son bras libre, caressait l'entrecuisse de son mari, presque avec indifférence.

— L'eau bout, dit-elle à voix basse.

Ils se séparèrent et Jacques revint s'asseoir à côté de Beatrice.

— Je n'ai pas les allumettes. Je n'ai pas osé en demander, je les aurais dérangés.

Beatrice sourit :

— L'envie les prend souvent. Comment les trouvez-vous ?

— Comme nous devrions tous être. Pourquoi Francesca n'est-elle pas restée ?

— Francesca passe une partie de sa vie ici. Sans moi, elle s'installerait une paillasse dans le grenier et vivrait avec eux. Je suppose qu'elle n'est pas restée à déjeuner parce que vous êtes là, que votre présence dérange l'ordre des choses établies, son royaume, le couple qu'elle aime et qui l'a adoptée comme son enfant. Ne cherchez pas ailleurs.

— Et chez vous aussi, je dérange l'ordre des choses établies, n'est-ce pas ?

— Chez moi ? Non ! Pour Francesca, ne vous inquiétez pas . elle se calmera, mais n'oubliez pas d'enlever les poils de barbe qui restent collés à la cuvette du lavabo de la salle de bains. Ça l'agace énormément.

Jacques rougit de s'être si maladroitement conduit le premier matin.

— J'ai eu un moment d'inattention, dit-il. J'y ai pensé après. Trop tard ! J'espère que Francesca ne m'excommuniera pour quelques poils de barbe.

— Avec elle, rien n'est prévisible. Elle peut ne jurer que par vous dans huit jours. Ou ne jamais laisser son regard tomber sur vous.

Assunta revint tenant la cafetière, suivie d'Antonio. Si le corsage de la jeune femme n'était resté entrouvert sur sa belle poitrine, rien n'aurait laissé deviner le brusque désir qui les avait saisis et la mutuelle caresse échangée dans l'ombre de la cuisine. Assunta versa le café dans les bols et Antonio acheva de desservir la table, gardant seulement les verres pour la grappa qu'il apporta dans une dame-jeanne paillée. Beatrice se défendit mollement, Jacques pas du tout, la gorge encore serrée de ce qu'il venait de voir. Des cernes de sueur se dessinaient sous les aisselles d'Assunta. Antonio fait d'une pâte sèche ne risquait pas de transpirer. Il buvait sa grappa à petites gorgées. Assunta repartit sur son idée :

— L'Enfer, je n'y crois pas ! C'est une menterie. Mais le Purgatoire ça existe. Ça existe sur terre. On ne l'a pas inventé. On en a besoin pour aimer mieux ce que Dieu nous donne. N'est-ce pas, Antonio ?

— Tu as raison.

— Alors quand on a quelque chose de bon, de beau, il faut le garder et bien l'aimer parce que le mal est toujours à rôder autour. J'ai l'œil quand les hommes de Varela viennent ici pour acheter nos olives, nos amandes, un tonneau de vin ou la lavande.

— Quand elle leur parle, dit Antonio en riant, elle croise deux doigts dans son dos. Il y en a même un qui s'en est aperçu : Luigi Bassano, celui qui tient l'épicerie de la Via del Gatto. Il était furieux, mais elle l'a fait taire et maintenant il envoie son commis qui a de grandes oreilles décollées comme Belponi et qui est bègue. Avec lui, Assunta ne croise plus les doitgs parce que les bègues portent bonheur. Enfin... c'est elle qui le dit.

— C'est pas moi qui le dis, c'est tout le monde !

Ils avaient bu leur café. La grappa descendait dans la gorge comme une brûlante lame d'acier déchirant tout sur son passage. Malgré l'amusante vivacité du discours d'Assunta, la somnolence gagnait Jacques.

— Tu ne veux pas dormir un peu ? demanda Assunta à Beatrice.

— Oui, c'est une idée.

— Alors je te mets un drap propre.

— Non, laisse-moi une chaise longue à l'ombre. Ce sera bien suffisant.

— Il y en a deux. Monsieur le Professeur en aura une aussi.

Elle acheva de desservir la table pendant qu'Antonio dressait les chaises longues dans le coin le plus ombré de la tonnelle, le dos à la fenêtre voilée de tulle.

— Nous, dit Assunta, nous ne sommes pas fiers. Le sommeil, c'est le sommeil. Alors pourquoi pas dormir dans un lit puisque un lit c'est fait pour dormir ?

Elle porta la main à son corsage et probablement sans y penser, défit un nouveau bouton, découvrant un peu plus de sa poitrine, puis s'apercevant de son indécence qui, bien que légère, laissait deviner la blancheur de ses seins contrastant avec le visage, le cou et le triangle du décolleté brûlés sainement par le soleil, elle maintint fermé son chemisier, esquissant un sourire confus qui retirait une arrière-pensée à son geste.

— Je vous laisse, dit-elle. Rêvez bien.

Beatrice s'allongea dans la chaise longue, posa son chapeau de paille sur ses genoux et soupira :

— C'est divin.

Jacques s'installa sur la chaise voisine. Oui, c'était divin. Ils avaient bavardé à tort et à travers, bu pas mal, mangé beaucoup et, à l'ombre mouvante et rieuse de la tonnelle, l'air se gonflait du bourdonnement des abeilles butinant les grappes aux grains verdâtres, de l'appel grinçant des cigales dans le champ d'oliviers voisin. *Farniente* était un des plus beaux mots de la langue italienne. Il ferma les yeux. Derrière le rideau de tulle de la fenêtre, Antonio et Assunta chuchotaient doucement dans la chambre. Il les entendit se mouvoir, ôter leurs chaussures, peut-être leurs vêtements. Le sommier du lit grinça. Jacques fut certain qu'ils se caressaient, là, à trois mètres de lui et de Beatrice avec un plaisir animal né de la chaleur, du lourd repas, du besoin à la fois tendre et gourmand de frôler leurs peaux nues, mais le soupir qu'il perçut ne venait pas d'Assunta dont il imagina, à l'instant, le beau corps riche, aux seins blancs, au ventre bombé au-dessus de la toison noire, aux cuisses fortes ouvertes puis refermées avec une avide violence sur les hanches d'Antonio, le soupir venait de Beatrice qui, les yeux clos, la tête renversée, les lèvres entrouvertes, les mains à plat sur son ventre, en apparence déjà endormie — et plus sûrement au bord du sommeil, mi-éveillée, mi-flottante dans l'irréel — épousait dans une inconscience crispée les mouvements imaginés d'Assunta et d'Antonio accouplés si près d'elle. Son visage d'ordinaire calme, maître de ses expressions, trahissait par des tressaillements les ondes qui la parcouraient au fur et à mesure que, dans la chambre, le souffle d'Assunta se faisait plus court, plus rauque bien qu'étouffé. Les mains de Beatrice se refermèrent comme si, à travers le tissu de sa jupe, elle retenait une douleur enivrante, irrésistible, à laquelle elle finit par se livrer, jambes raidies au moment même où, sur son lit, le couple pourtant si discret s'abandonnait dans un faible râle qui ne laissait pas de doutes sur son plaisir furtif. Les tressaillements cessèrent de courir sur le visage de Beatrice, son corps se détendit et, dans un geste instinctif, pour cacher le centre de son émotion, comme une femme reprise par la pudeur après l'amour, elle ramena sur son ventre le grand chapeau de paille au ruban rouge et au bouquet de primevères artificielles. Elle dormait.

Jacques se leva, esquissa quelques pas sous la tonnelle, se servit un doigt de grappa resté dans la dame-jeanne, revint vers la chaise longue de Beatrice et se pencha sur le grave visage aux paupières ombrées par le regard qu'elles voilaient. De fines gouttelettes de sueur se formaient sur le front et au-dessus de la lèvre supérieure. Étonnamment belle dans son abandon, elle se livrait à l'inquisition du jeune homme qui mesurait soudain sa profonde ignorance des femmes. Penché, retenant son souffle de crainte de l'éveiller, il était devant un abîme, scrutant au-delà de la noblesse des traits, du sensuel dessin de la bouche aux lèvres mauves, du grand front pur, un secret dont il venait de découvrir une infime partie, à peine la surface sous laquelle se cachaient peut-être mille autre passions refoulées.

Dans la chambre, le silence succédait à l'amour. Jacques regagna sa chaise longue. Il aurait été vain d'espérer s'endormir. La chaleur, l'enveloppante rumeur des abeilles et des cigales, et, plus que tout, le sentiment aigu, presque douloureux, d'avoir été le seul à ne pas prendre de plaisir, l'empêchaient de se laisser aller à un sommeil où il aurait retrouvé la paix des sens. Une heure passa ainsi jusqu'à ce qu'Antonio parût sur le seuil, un doigt sur la bouche et lui fit signe de le suivre.

À l'ombre d'un auvent, l'âne somnolait debout, tête basse et oreilles couchées. Antonio fixa un bât et ils traversèrent l'olivette qui s'étendait jusqu'au pied de la paroi abrupte de la montagne. Un chemin assez large montait en lacets vers une série de terrasses étagées au flanc de la dure paroi. Ingénieusement taillé dans la roche, le chemin profitait d'un repli, d'un glacis, du lit d'un ancien torrent, ménageant ainsi des pauses à l'effort du grimpeur.

— Mon arrière-grand-père l'a tracé, expliqua Antonio. Avant, on montait aux terrasses avec des cordes. Ses fils ont travaillé avec lui, Giuseppe, le plus jeune est mort écrasé par une grosse roche en équilibre peut-être depuis des siècles et qui attendait son heure. Quand la roche qui avait la taille d'un bœuf est arrivée en bas, elle a rencontré un caillou et elle a éclaté. Mon grand-père racontait souvent l'histoire de la tête de son frère Giuseppe si aplatie qu'on aurait cru une pizza à la cervelle et à la tomate, de la roche qui déboulait vers la ferme et l'aurait sûrement traversée de part en part s'il n'y avait pas eu ce petit caillou. Il disait que c'était comme l'histoire de David et Goliath. C'est arrivé un 29 avril, le jour de la fête de sainte Catherine de Sienne...

Des touffes de lentisques, des massifs de gentiane aux fleurs d'un jaune triste et fané, les tiges desséchées des asphodèles, les scilles, l'élégante architecture des scrofulaires, bordaient le chemin. Par bouffées, descendait sur eux l'odeur de la lavande qui les attendait plus haut. Jacques modelait son allure sur celle d'Antonio qui, avec une souple badine, caressait sans violence la croupe de l'âne pour lui rappeler sa présence et le réveiller. Le champ de lavande à près de cent mètres au-dessus de la ferme épousait la forme triangulaire d'une entaille dans le flanc de la montagne. Le point de vue stupéfiait de beauté. L'ombre de la crête couvrait le champ, laissant la vallée en pleine lumière comme dans la salle d'un théâtre, au bord de la rampe, rideau levé sur le décor d'une plaine ondoyante tachée de masses grises et vertes, de champs brûlés. Au centre, en trompe-l'œil, se dressait la citadelle de Varela foudroyée par l'éclat oblique du soleil comme si l'action allait commencer devant ses remparts fauves, entre personnages minuscules qu'un zoom rapprocherait lentement jusqu'à ce qu'on distinguât leurs gestes et entendît leur discours.

Antonio se mit à couper les fleurs de lavande qu'il enfournait dans un sac de toile d'un geste précis et rapide que Jacques, désireux de l'aider, s'efforça d'imiter.

— Monsieur le Professeur ne saura pas. Ce n'est pas sa partie. Qu'il se promène ou qu'il redescende pour couper la parole à Assunta qui parle trop. Je cueillerai la lavande seul, j'ai l'habitude.

D'en haut, on ne voyait rien bouger à la ferme. La tonnelle se trouvait à l'abri côté est, et si les deux femmes s'étaient réveillées, elles restaient à l'ombre pour échapper à la pesanteur de l'après-midi. Comme la Topolino était aussi garée à l'ombre d'une grange, rien ne troublait le sentiment que cette vision si parfaite d'une campagne de l'Italie se situait hors du siècle, hors du temps : le Condottiere Francesco di Varela venait de planter sa lance sur l'éminence dominant la vallée et il avait ordonné à ses hommes d'ériger la citadelle qui veillerait sur les terres données par le pape en reconnaissance des services rendus.

Convaincu par Antonio de son inutilité, Jacques redescendit lentement dans l'odeur enivrante de la lavande. L'ombre de la crête ne s'allongeait pas aussi vite que lui et bientôt il marcha en plein soleil, attentif à ses pas sur ce chemin où les cailloux polis par la pluie et le vent, lisses comme des galets, roulaient sous ses pieds et dévalaient en ricochets jusqu'au prochain lacet. À mi-hauteur, un caprice de la nature l'arrêta : à un tournant, un arbre avait trouvé la force désespérée de pousser dans une faille. Un jour, apportée par le vent ou la pluie, une pigne s'était accrochée à la pierre. La faible graine avait réussi à fendre la roche par la seule force de ses racines qui agrippaient le schiste comme des serres d'aigle. Ce petit pin ne dépassait pas deux mètres et dressait deux branches étiques, mais son triomphe était absolu. Écartant un fourré de ronciers, Jacques s'approcha de l'arbre. Des branchages et des lianes masquaient un trou béant, invisible du chemin, une caverne en apparence peu profonde où la lumière pénétrait par une cheminée naturelle dans laquelle se contorsionnaient les racines du pin. L'arbre avait pris naissance là, cherché désespérément le jour et bondi vers l'extérieur. Des troglodytes y habitaient, longtemps avant la civilisation étrusque, à l'abri des loups qui hantaient la vallée. Sans chemin, l'accès à la grotte devait être extrêmement difficile. S'habituant au demi-jour de la caverne, Jacques distingua, tout à fait au fond, une bouche d'ombre, l'amorce d'un tunnel creusé à coups de barres à mines. Mais la roche trop dure ou jugée d'une composition inintéressante, avait arrêté le forage. Bien qu'il eût de faibles notions de minéralogie, Jacques reconnut parmi les gravats du sol le vert-gris de la chrysocolle et la rouille de l'œil-de-tigre. Si des troglodytes s'étaient réfugiés là à une époque difficile à déterminer, ils avaient pu laisser des traces que seul un regard exercé reconnaîtrait. L'année précédente, Jacques avait suivi des fouilles dans le Lot. Deux de ses confrères y participaient, et il s'était émerveillé de ce sixième sens avec lequel, d'un tas de cailloux, ils tiraient une obsidienne taillée en fer de lance, un silex tranchant, un os limé en hameçon. À tout hasard, il s'agenouilla et promena sa main dans les gravats. Il n'était pas besoin d'être archéologue pour reconnaître que le premier objet rencontré en tâtonnant n'avait rien à voir avec la préhistoire : mangée de rouille, une pince dont les deux leviers avaient perdu leur gaine de caoutchouc. Glissant l'outil dans sa poche, il continua de fouiller, souleva deux mœllons et, sous l'un d'eux, trouva une vieille peau de chamois graisseuse à demi rongée par les mulots. Il la remit en place. La pince suffirait. Hors de la grotte, il examina le chemin en lacets : une voiture à quatre roues motrices avait très bien pu accéder à cet abri. En quatre ans, les ronciers avaient masqué l'entrée.

Un chaton tigré jouait avec le chapeau de Beatrice posé sur la table. Il avait réussi à découdre le bouquet de primevères et le déchiquetait de ses griffes.

— Ne lui faites pas peur, dit Beatrice apparaissant sur le seuil de la cuisine. Tant pis pour les primevères !

— Je n'ai pas vu ce chat pendant le déjeuner !

— Ce n'est pas un chat, c'est une chatte, et elle s'appelle Diva. Vous ne l'avez pas vue parce que les chattes italiennes dorment à l'heure du déjeuner. C'est une règle absolue. Comment trouvez-vous ce champ de lavande ?

— La vue sur la vallée est inouïe. J'aurais voulu aider Antonio, mais il m'a renvoyé. Je suis un type des villes qui ne distingue pas un épi de maïs d'un épi de blé, qui mourrait de faim à côté d'un champ de pommes de terre et de soif à côté d'une source, le parasite d'une société industrieuse.

— Antonio aime travailler seul, comme il aime vivre seul avec Assunta. Il ne supporte même pas un ouvrier agricole.

Elle tenait un livre à la main, l'index marquant une page.

— Que lisez-vous ?

— Je ne lis pas. Je relis. Des poèmes d'Eugenio Montale. C'est mon poète italien. Quand vous serez plus grand, je vous en réciterai.

— Pourquoi plus grand ?

— Oh, je veux dire : plus mûr... quand vous connaîtrez la vie.

Pouvait-on connaître la vie en deux mois ? Jacques resta pensif. Oui, peut-être. À Varela, en vingt-quatre heures, il avait déjà appris pas mal de choses. Mais la vie, la vie entière, c'est beaucoup.

— Vous me traitez comme un enfant, dit-il.

— Ne vous plaignez pas, je traite mal les adultes, mais vous, vous je vous aime bien.

— Dieu merci vous n'avez pas lu dans mes pensées.

— Serais-je obligée de vous le dire ?

— Non, évidemment.

— Alors, rassurez-vous monsieur le Professeur, chaque fois que vos pensées seront justes et droites, vous n'avez rien à craindre quand je les lirai. Demandez une brosse à Assunta. Les genoux de vos pantalons sont couverts de poussière. À quoi avez-vous joué ?

Assunta apparut, un seau de lait de chèvre à la main. La lumière moins crue de cette fin d'après-midi adoucissait son visage. Elle n'avait pas la noblesse totale de Beatrice, mais une autre beauté émanait d'elle, un accord parfait avec sa vie, sa ferme, la tonnelle, les animaux qui l'entouraient. Souveraine de son royaume indisputé. Là-haut, dans la lavande, travaillait l'homme de son choix, un bel homme, mince dans sa chemise blanche, son pantalon noir serré à la taille par une ceinture de drap bleu qui tournait plusieurs fois autour des hanches. Pendant la sieste, elle s'était donnée à lui, et des cernes sous les yeux sombres témoignaient encore de ce plaisir délicieux.

— Tu emporteras du lait de chèvre ? demanda Assunta.

— Non, mais des fromages si tu en as.

— Tu pars déjà ?

— Il faut que je fasse travailler monsieur le Professeur. J'ai une malle remplie de vieux papiers pour lui et il n'a pas trop de deux mois pour les lire. Donne-lui une brosse. Il est tombé à genoux devant je ne sais qui ou quoi.

Passé le plus fort de la chaleur, la vallée apaisée changeait de voix. À l'incessant bourdonnement des abeilles qui regagnaient leurs ruches, aux cigales qui stridulaient dans le plus grand désordre, succédait un silence lourd d'attente. La réponse se fit désirer pendant quelques minutes puis, des airs, tomba la vie. Les pigeons gorgés de grain après avoir piété toute la journée dans les champs, regagnaient leurs pigeonniers en vols serrés ou piquaient comme des avions fous vers leurs abris secrets dans la paroi de la montagne. Le ciel perdait de son azur bleu pâle, et un voile laiteux et plat repoussait l'infini qui avait donné à la vallée une dimension folle, l'illusion d'être une parcelle du Royaume de Dieu. Sur ce plafond informe, sans relief, gorgé de chaleur, se dessinaient de grands vols de corneilles qui froissaient leurs

74

ailes de soie et lâchaient au passage d'imbéciles criaillements.

Assunta partie à la recherche d'une brosse, Beatrice coiffa son chapeau de paille et se tourna vers Jacques. Le visage protégé par l'ombre du chapeau, elle était, se dit-il, d'une singulière beauté. On ne voyait plus les fils gris dans ses cheveux, ses traits s'adoucissaient et sa bouche aux lèvres mauves donnait faim comme d'un fruit.

— Eh bien, dit-elle, on dirait que vous me voyez pour la première fois !

— Je suis très maladroit, n'est-ce pas ?

— Maladroit et flatteur. Il ne faut pas, vous et moi, nous amuser à ces petites choses-là. Nous nous sommes retrouvés avec une autre ambition.

— Je le sais ! dit-il avec fermeté bien que n'en étant, à la seconde, plus du tout convaincu.

Il eut un mouvement de recul quand Assunta s'agenouilla devant lui pour brosser ses genoux.

— Ah non, s'il vous plaît, personne ne m'a jamais servi.

— Je me doutais bien qu'il vous manquait quelque chose, dit Beatrice en riant.

— Vous trouvez ridicule mon réflexe ?

— Ridicule n'est pas le mot. Des hommes sont ridicules avec des riens qu'on ne pense jamais reprocher à d'autres comme votre ami Cléry qui n'a pas craint de se proclamer roi de Varela. Donne-moi ces fromages, Assunta, nous rentrons.

Elle les avait préparés dans une boîte en carton qui aurait mieux servi à des chocolats.

— Quand reviens-tu Beatrice ? Maintenant tu as une voiture et un chauffeur.

— Demande à mon chauffeur.

— Bientôt, dit Jacques. J'aurai besoin de vacances si la Contessina me fait trop travailler.

— Oui, c'est ça... venez vous reposer ici et respirer le bon air. À Varela, on ne respire que l'hypocrisie et la fourberie qui attaquent les poumons.

Ils arrivaient près de la Topolino. Jacques ouvrit le coffre et y rangea les fromages, un sac d'amandes et un autre de lavande.

Assunta posa ses mains sur les hanches de Beatrice et, bien qu'il se penchât à ce moment-là, Jacques fut sûr qu'elles échangèrent un rapide baiser, un effleurement des lèvres qui les fit sourire comme une maladresse.

— Tu as aimé ? demanda Assunta.

— Beaucoup.

Assunta eut un bref regard pour Jacques.

— Je crois que monsieur le Professeur sera notre ami, dit-elle.

— Alors, j'aurai aussi le droit de vous embrasser.

Il lui plaqua deux baisers sur les joues. Dommage qu'elle sentît le lait de chèvre.

Beatrice se cala dans son siège et eut un geste que Jacques n'attendait pas d'elle : après avoir délacé ses espadrilles, elle posa ses pieds nus sur le tableau de bord. Le ruban qui enlaçait la cheville avait laissé une marque plus claire sur la peau mate bien qu'elle eût passé la journée à l'ombre de la tonnelle, à l'ombre de son chapeau de paille qu'elle tenait maintenant serré contre sa poitrine, jouant avec les primevères décousues par Diva. L'attitude désinvolte, inattendue de Beatrice troubla tant Jacques que, obsédé par ces pieds nus dont les doigts s'agitaient avec drôlerie comme s'ils pianotaient, il prit mal un virage et une deuxième fois manqua de verser dans le fossé.

— Mes pieds vous gênent ? demanda Beatrice.

— Absolument pas, mais ils me regardaient, je les regardais et j'en ai oublié que je conduisais.

— Ce sont des pieds tout à fait ordinaires. J'ai la cheville forte comme beaucoup de Varela depuis deux siècles. Nous tenons ça d'une ancêtre espagnole, une Aragonaise qu'un aïeul est allé pêcher à la fin du XVIIe siècle en Sardaigne. Vous verrez son portrait au palais : Doña María del Begonia, épouse d'Ernesto III, une belle femme avec de grands yeux charbonneux et un vaste corps comme on les aimait à l'époque. Nous avons des tas d'esquisses de ce portrait. Le peintre, un Romain, avec un drôle de nom, Bomboletto, a dessiné les pieds, le nez, les mains, les oreilles de María del Begonia. Il devait regarder une Aragonaise de Sardaigne avec autant de curiosité qu'une Cafre ou une Chinoise, et finalement il a eu raison : ce sang s'est perpétué et, à chaque génération, une Varela lui a rendu hommage avec une peau mate, de grands yeux noirs, des chevilles fortes comme les aimait Michel-Ange. Vous verrez, dans quelques jours, quand vous étudierez notre histoire, quel vase clos est Varela. À l'abri de nos remparts, nous reproduisons depuis quatre siècles, des types physiques qui bravent le temps.

Braver le temps ! Braver les siècles ! Quelle idée superbe. Il aurait applaudi s'il n'avait dû tenir fermement le volant de la Topolino qui naviguait à la diable sur les nids-de-poule de la route.

— Je suis un historien, dit-il, alors j'éprouve une exaltation sans nom quand le passé redevient le présent. Il n'y a pas de justification plus belle de ce métier. Par exemple, ce que vous venez de dire m'explique pourquoi, sans connaître encore l'histoire des Varela, j'ai tout de suite aimé vos pieds quand je les ai vus posés sur le tableau de bord. Je ne savais pas pourquoi, maintenant je le sais. Vraiment, je les aime.

— Vous me faites plaisir, mais avant de vous exalter, voyez Francesca. Elle tient d'une autre Varela, une Anglaise, Lady Rosalynde Bambridge, qu'à la fin du XVIIᵉ siècle Francesco II a ramenée de Londres. Elle s'est tellement ennuyée à Varela qu'après deux ans de mariage et deux enfants, elle s'est enfuie. Il a fallu cinq ans à Francesco II pour la découvrir, vivant dans le Somerset avec un palefrenier.

— Et elle est revenue avec lui ?

— Oh non, pas du tout, mais Francesco a séduit le palefrenier l'a enlevé et installé ici où, de palefrenier il est devenu écuyer en chef. Ils ont vécu maritalement pendant dix ans, mais n'ont pas eu d'enfants.

— Je m'en doutais. Et Lady Rosalynde ?

— Reconvertie dans les bonnes œuvres. Il paraît qu'elle était devenue très laide.

Près de trois jours furent nécessaires pour dresser la généalogie des Varela. Si tous les actes de naissance avaient été conservés, en revanche les actes de mariage étaient rares, souvent rédigés à l'étranger. On a déjà vu apparaître une Anglaise, Rosalynde, et une Française, Béatrice, la femme au chiot gris du portrait. Il y avait eu aussi une Bavaroise, une Portugaise, une Russe, une Autrichienne et même une Médicis, une Farnèse, deux Vénitiennes. Les comtes de Varela s'ennuyaient à mort chez eux et parcouraient l'Europe pour capturer des oiselles qu'ils enfermaient dans leur volière fortifiée et laissaient périr d'ennui après qu'elles avaient enfanté. Elles portaient de jolis noms : Maria-Pia, Reine-Marie, Alexandra-Petrovna, Olympe, Brunehilde, Deborah et, bien sûr, Béatrice, aïeule de celle qui était la dernière âme de la maison Varela. De Francesca, Jacques ne connaissait toujours que le vacarme de la moto à des heures indues, des pas dans le couloir, des portes qui claquaient, une voix irritée. Jusqu'à ce que le soleil eût tourné, il vivait les volets tirés autant pour tamiser l'aveuglante lumière du jour que pour garder un reste de fraîcheur à la chambre où il travaillait. Collant ensemble plusieurs feuilles de papier, il avait dessiné un arbre dont les branches portaient des noms avec des dates, des points d'interrogation. Certains rejetons disparaissaient dans un oubli total : cadets engagés comme mercenaires dans une armée étrangère, benjamines entrées au couvent et consumées par l'exercice de la religion. Du troisième garçon de Francesco II, on ne savait rien sinon que, dans une lettre officielle au comte, le gouverneur du château Saint-Ange, avec une sécheresse qui laissait peu d'illusions, annonçait sa mort lors d'une tentative d'évasion. En ligne droite, on arrivait à Beatrice et à Francesca, la quatorzième génération des Varela. Le nom s'éteindrait avec elles. Tout cela était facile. Jacques ne s'ennuyait pas mais prévoyait des difficultés : les Varela n'écrivaient pas ou peu, apposaient leur sceau sur des ordonnances rédigées par des inconnus, signaient des créances, des reconnaissances de dettes ou des inventaires. Cette partie des archives laissait une marge à l'imagination. Il était tentant, par exemple, de s'intéresser, plus qu'à un fils mercenaire au service de Louis XIV, au mauvais garçon prisonnier du château Saint-Ange. Qu'avait-il fait pour être incarcéré et probablement abattu en tentant de s'évader ? Qui était le Carlo muni d'une bourse de cinquante ducats pour aller étudier la peinture à Venise ?

Jacques entrouvrait les volets, contemplait la place du Condottiere tantôt déserte aux heures chaudes, tantôt animée par les promenades vespérales. La nuit, le café où Belponi et Gianni Coniglio s'asseyaient sans échanger un mot projetait sous les arcades le reflet verdâtre de sa vitrine. Jacques s'endormait difficilement. Il brûlait de connaître Francesca et de comprendre l'origine de l'étrange plaisir pris par Beatrice pendant qu'Assunta et Antonio s'aimaient.

Un mystère au moins s'était déjà éclairci. En nettoyant l'outil découvert dans la grotte, il avait mis au jour une inscription en allemand. Ainsi l'automitrailleuse s'était cachée là, à l'abri des patrouilles de tirailleurs. Restait à connaître l'insolent pilote de l'engin. Jacques penchait pour Francesca, bien qu'elle eût, selon Beatrice, le fragile physique d'une Anglaise, lointain héritage de Lady Rosalynde. Mais enfin ce n'était pas un hasard si l'automitrailleuse s'était rendue aux Français, nettoyée à fond avec un soin presque maniaque et si, quatre ans plus tard, Francesca, outrée de la saleté de la Topolino, avait profité de la nuit pour la laver. Quant au coup de canon tiré contre la statue du Condottiere, il fallait y voir une injure méprisante à l'ancêtre dont la farouche statue n'avait pas empêché l'entrée de l'envahisseur.

C'était puéril, mais compréhensible dans la solitude délirante de la cité oubliée, l'exaltation des imaginations. Jacques avait tout de suite écrit un mot à Cléry pour l'en informer. Le reste offrait plus de mystères dont Beatrice ne se laisserait pas si aisément dépouiller.

À vivre entre ces deux femmes, l'une invisible et bruyante, l'autre présente, ouverte mais intouchable par le commun des mortels, Jacques sentait la tête lui tourner. Il ne pouvait repenser à la sieste de Beatrice sous la tonnelle sans une émotion proche de celle qu'elle avait révélée. Cléry avait raison : les petites « étudiantes maigrichonnes » — il ajoutait : raisonneuses — qui faisaient son ordinaire de célibataire, à Paris, souffraient mal la comparaison avec cette femme dont l'ambiguïté perçait sous le calme et la maîtrise de soi. Il n'avait jamais non plus rencontré d'être qui parlât avec tant d'intuition, d'esprit et de liberté. Désemparé par cette découverte, il se voyait avec effroi et plaisir, tomber dans un abîme de sentiments dont il mesurait mal encore combien ils pouvaient le broyer. Pétrifié à l'idée qu'un seul geste maladroit briserait leur entente, il se tenait à une distance si nette d'elle que Beatrice devait le croire d'une timidité maladive. Devant de telles contradictions, il se concentrait mal sur l'histoire confuse des Varela. Quand il eut enfin établi l'arbre généalogique qui donnerait un fil conducteur à ses recherches, il pria Beatrice de lui faire visiter le palais, ce qui restait des collections, et la bibliothèque où dormait la mémoire de la dynastie ombrienne.

Elle lui avait déjà installé une table dans la salle des Archives contiguë à la bibliothèque, au dernier étage du palais, sous la terrasse à laquelle on accédait par un escalier en colimaçon.

— Il n'y a pas d'électricité, dit Beatrice. Vous ne travaillerez là que le jour et, malheureusement, le jour il fait très chaud sous la terrasse. Il vous faudra ouvrir les fenêtres au sud et au nord pour capter le seul vent qui passe sur la ville. Vous vous délasserez les jambes en descendant vous promener dans la galerie aux statues. Ouvrez les tiroirs des commodes, des secrétaires, des tables de nuit. Il y a encore des papiers qui traînent... je suis dépassée...

Elle se tenait debout entre la fenêtre et la table sur laquelle il s'était assis machinalement, et le soleil montant éclairait Beatrice à contre-jour, dessinant l'ombre de son corps sous la robe de toile blanche, allumant autour de sa chevelure noire ébouriffée par le courant d'air une auréole phosphorescente.

— Vous ne m'écoutez pas ! dit-elle amusée.

— C'est vrai : je vous regardais.

À cette seconde-là il fut certain qu'elle avait fait exprès de se placer ainsi entre lui et la lumière, et n'avait pas douté de provoquer son attention. D'un pas de côté elle s'écarta de la fenêtre et l'ombre de son corps disparut par enchantement sous la robe au mince tissu.

— Vous ne voudriez pas recommencer, dit-il. Ça me fait penser aux ombres chinoises de mon enfance.

— Comment disent les Français ? Vous savez, d'après un auteur du XVIIIᵉ siècle... Malivaudage.

— Marivaudage, d'après Marivaux. Une idée tout à fait fausse du talent raffiné et désabusé de ce dramaturge de l'amour. Ce que je vous disais n'a rien à voir avec les passes d'armes entre les personnages de Marivaux. C'était ma façon — quelque peu imitée de Cléry, j'en conviens, mais déjà je me démarque de lui et de sa philosophie sarcastique — c'était ma façon de dissimuler mon trouble à la seconde où je découvrais que vous n'êtes pas seulement belle et intelligente avec des intuitions qui me dépassent, mais que vous avez aussi un corps. Maintenant, je sais qu'il est beau.

— Ce genre de conversation me gêne.

— Croyez bien que je ne suis pas plus habile que vous, mais qu'espérez-vous ? Je suis là depuis plusieurs jours, vivant dans votre maison, entendant vos pas dans le couloir, fasciné par ce que vous représentez pour un universitaire comme moi, fils d'universitaire, qui n'a connu qu'une aventure, la guerre, apparition fulgurante — vite évanouie — de possibilités infinies alors que j'aurais vécu paisible et méthodique, enfermé dans mes recherches si les circonstances ne m'avaient offert l'occasion de commander, de provoquer la mort, de sauver la vie, de sortir de mon personnage... Ouf... c'est une trop longue tirade. Je ne sais pas en finir mais c'est votre faute, Beatrice, vous me provoquez ! Il me faudrait de l'imagination, de la hardiesse, un côté hussard qui me manque terriblement. Je n'ai été qu'un sous-lieutenant de tirailleurs algériens. Ma seule ouverture sur la vie a été Cléry qui me secoue, qui me refuse le sommeil, qui vous a vue cinq minutes dans sa vie et n'a pas, depuis, cessé de me dire que vous êtes... que vous êtes...

— Quoi ? dit-elle la voix angoissée.

— Oh, ne craignez rien : je vous parle comme à une statue, je vous respecte. Il a dit ce que je pensais sans savoir l'exprimer : on ne vous oublie pas. Cléry est un romancier qui n'écrit rien. Pour se distraire de ses réussites ou de ses échecs, il jette ses amis dans les aventures qu'il n'a pas le temps de vivre ou de raconter.

— Alors, ce n'est pas pour reconstituer l'histoire des Varela que vous êtes venu ici !

— Non, c'est pour vous d'abord.

— Oh !

Elle fit un pas de côté, se plaça de nouveau entre la fenêtre et la table, offrant délibérément au jeune homme l'ombre de son corps sous la robe transparente et fermant les yeux pour ne pas subir le regard inquisiteur qui la violait.

— Êtes-vous content ? dit-elle.

— Je ne sais pas grand-chose du désir, mais je devine qu'il avance par étapes et qu'il ne recommence jamais. Tout à l'heure, je vous ai désirée parce que c'était la première fois que je voyais ainsi votre corps. Maintenant, je suis habitué. Je voudrais déjà faire un pas de plus.

— N'y comptez pas. Je vous laisse. Folco vous servira le déjeuner. Je m'absente toute la journée.

Elle sortit d'un pas précipité et ses talons claquèrent sur les marches de marbre de l'escalier. Si elle ne s'était pas exposée de nouveau à contre-jour, il aurait pu la croire fâchée, mais à supposer que la première fois ait été un jeu du hasard, la seconde fois était, sans hésitation, un défi. Et qui défie-t-on ? Pas un indifférent. Ce raisonnement exact et simpliste remplit Jacques d'une jubilation exquise. Au lieu de commencer à ouvrir les dossiers des archives, il prit du papier blanc et commença une lettre pour Cléry :

Sire,

Je vous écris d'Italie. Votre envoyé extraordinaire est à Varela où, suivant ses premières constatations, règne un mystérieux désordre sous les apparences les plus constipées. Il était temps que le Régent, qui avait délaissé ses fonctions pour passer de misérables examens, reprît les rênes du Pouvoir et rétablît l'Ordre. Cette citadelle endormie est une poudrière au cœur de l'Italie. Nous avons déjà repéré deux comploteurs, habillés de noir, chapeautés de noir, qui s'attardent la nuit jusqu'à des dix heures, dans le seul café ouvert. Assis à des tables voisines, ils affectent de ne pas se parler, mais se passent des messages par signes. Nos services sont en train de décoder ces signes et nous ne doutons pas que leur transcription en clair nous fournisse des renseignements précieux sur ce qui se trame ici. Ajoutez à cela que les deux personnages se prétendent — circonstance aggravante — l'un peintre, et l'autre poète. Le moment venu, ils seront sommés de le prouver.

Une autre enquête minutieuse nous a également convaincus que, contrairement à une étude hâtive de la situation en 1944, il existait deux et non pas un représentant de la dynastie déchue des Varela. Représentantes, devrions-nous dire, car la Contessina Beatrice a une sœur cadette, Francesca, passionnée de moto qui, par une suite de circonstances restant à établir, s'est trouvée piloter l'automitrailleuse de la Wehrmacht au moment de l'entrée des Français dans la vallée. Nous avons même découvert sa cache, une grotte à flanc de montagne. Quel jeu jouait-elle ? C'est un des nombreux mystères à élucider dans l'histoire contemporaine du Comté. La demoiselle Francesca est, jusqu'aujourd'hui, restée invisible, mais nous avons des indices : le son de ses pas dans le couloir et l'escalier, l'odeur de son savon de toilette, et quelques éclats de voix irrités. Quant à la Contessina, c'est bien — comme Votre Majesté l'avait deviné après avoir à peine échangé quelques mots avec elle — une souveraine égarée dans ce siècle de démocratiques turpitudes. Sa parole est admirable, son regard pénètre au fond des êtres, son comportement se maintient avec poésie à la limite du soupçon. Votre envoyé extraordinaire est cependant intrigué par certaines attitudes qui sembleraient indiquer une sensualité longtemps étouffée se libérant par d'étranges biais. Je sais combien Votre Majesté a horreur des mots crus dans la correspondance officielle, mais qu'il me soit permis de dire que mes études universitaires (Azincourt 1415 ; Marignan 1515 ; Fontenoy 1745 ; Valmy 1792..., etc.) et mes travaux pratiques avec celles que vous appelez les « étudiantes maigrichonnes et raisonneuses » ne m'ont pas préparé au genre de mission qui s'impose ici. Vous aimez que vos plénipotentiaires fassent preuve d'initiative et je ne décevrai pas la confiance placée en moi, mais voyez mon embarras : par où commencer ? Et puis pardonnez un aveu : l'enjeu est redoutable. Si ma vie est au service de Votre Majesté et de Ses vastes desseins, puis-je marquer quelque réticence à l'idée d'engager mes sentiments qui n'appartiennent qu'à moi et sont la partie frémissante de mon être. En deux mots, je risque de succomber au charme béatricien, à moins d'être persuadé par quelque grand voyageur expérimenté qu'il existe sur terre des dizaines de femmes de son rayonnement, de son mystère, de sa beauté. Qu'on me les désigne, et je partirai, sac au dos, à la rencontre de ces merveilles. Pour l'instant, je cultive la croyance dangereuse que la Contessina est unique et que la grâce de mon souverain bien-aimé l'a placée sur ma route pour que le destin s'accomplisse.

Je n'oublie pas notre objectif et des nouvelles vous parviendront par un prochain courrier. À partir de cet après-midi, installé dans le saint des saints des archives nationales, je m'attaque aux raisons de la chute des Varela (anno 1755) à cette fête qui les dépouilla de leur autorité.

      Votre dévoué

                                    Giacomo Selvaggio.

Dans un tiroir il trouva de la cire à cacheter et un sceau aux armes des Varela. L'enveloppe scellée il regretta de ne pas s'être relu. Il avait écrit trop vite cet aveu et le pastiche souffrait d'un déséquilibre : on ne passe pas de la troisième personne majestueuse au vous. Cléry froncerait le sourcil, mais il fallait, dans les rapports avec ce difficile ami, offrir quelque prise à son didactisme. Sa Majesté lui en serait reconnaissante. À moins qu'Elle eût totalement oublié pour quelle raison Elle avait financé l'enquête sur Varela et fût tout entière accaparée par un nouveau projet : le chauffage de Paris par la nappe chaude de Dogger, le déchiffrement de la Bible, les autoroutes en caoutchouc, le catalogue définitif des œuvres du Titien.

Jacques commença d'inventorier ce que Beatrice appelait, avec un rien de pompe, les archives. Des rayonnages en bois doré garnissaient la pièce où elles se trouvaient. Sur ces rayonnages, des boîtes en carton, dépareillées, souvent moisies, écornées. Les étiquettes jaunies portaient de vagues indications : correspondance avec le Bernin, voyage à Paris, nomination de magistrats, actes de baptême, ordonnances, comptabilité. À part la correspondance avec le Bernin qui pouvait présenter quelque intérêt, il n'y avait là, on le voit, rien qui fît rêver. Des hauteurs où Jacques se promenait en imagination avec Beatrice il retombait à plat dans le médiocre fonctionnement d'un État qui se croyait un peu trop souverain. Ces papiers jaunis, où les jambages prétentieux des scribes pâlissaient lentement avec les siècles, démontraient assez que la vie mnémonique est un incertain refuge contre les tentations charnelles du présent. Il eut envie de tout envoyer balader : boîtes poussiéreuses, dossiers inutiles qui ne rappelleraient jamais sur terre les laissés pour compte du destin. Seule l'arrêta l'idée que Beatrice mettait son espoir en lui pour sauver de l'oubli l'histoire de Varela. Jacques commençait d'opérer un tri sommaire quand, relevant la tête, il découvrit Umberto sur le seuil de la porte, probablement là depuis quelques minutes, immobile et silencieux.

— Et la classe ? demanda bêtement Jacques.

— Ce sont les vacances.

— Alors que veux-tu ?

— Folco a dit que le déjeuner était prêt.

— Je n'avais justement pas envie de déjeuner.

— Il vous attend.

— Bon, je viens.

Umberto lui prit la main et le guida vers une porte dissimulée dans la boiserie. En appuyant sur une latte du plancher, la porte s'entrebâillait. Il suffisait de la pousser pour passer sur un palier d'où descendait un escalier en spirales.

— Comment connaissais-tu ce passage ?

— Je connais bien le palais. Quand la Contessina m'amène ici pour l'aider, je fouille partout. J'ai découvert bien d'autres choses dans les appartements du dessous. Et je n'ai pas tout dit à la Contessina... enfin pas encore.

L'escalier plongeait dans une obscurité totale. Comme s'il avait deviné la crainte de Jacques, Umberto lui prit la main et l'entraîna doucement. Derrière eux, la porte palière animée d'un ressort s'était refermée. Quand ils furent en bas, l'enfant gratta une allumette, tâtonna dans la cloison et poussa un panneau. Ils se trouvaient dans la salle du Conseil municipal, déserte à cette heure mais prodigieusement occupée par le portrait en pied du

Condottiere qui dominait la longue table ovale. Dans le vestibule de l'entrée, le gardien lisait un journal. Jacques reconnut l'homme qui, le soir, amenait le drapeau et s'accoudait au balcon du palais pour contempler la place et ses promeneurs.

— Qu'est-ce que tu fais là ? demanda l'homme en forçant sa voix.

— Monsieur Domenico, je montre le palais à monsieur le Professeur.

— Le palais ? Tu veux dire la mairie.

— En haut, c'est le palais pour les nobles, en bas c'est la mairie pour le peuple.

— Le peuple...le peuple...comme tu y vas ! Qui est-ce qui t'a mis ces idées dans la tête ?

— C'est de l'Histoire, n'est-ce pas monsieur le Professeur ?

— En tout cas, tu n'as pas le droit de faire visiter la salle du Conseil quand le *sindaco* n'est pas là.

L'homme n'était pas méchant, mais, devant l'enfant, montrait sa petite autorité. Il sourit à Jacques et lui demanda s'il n'étouffait pas là-haut sous les combles.

— Non, vraiment pas. C'est supportable ! Je reviendrai après le déjeuner.

— On ferait aussi bien de mettre le feu à ces paperasses. Ça sert à rien et ça tient de la place. Depuis des siècles que ça s'accumule ! On croirait que les gens ont rien à faire... Allez, monsieur le Professeur, bon appétit, mais ne vous laissez pas dévorer par ce gamin. C'est un diable : il est partout. La Contessina est beaucoup trop gentille avec son filleul.

Ils traversèrent la place déserte à l'odeur de pierre chaude. Umberto lâcha la main de son ami et marcha en sautillant d'un pied sur l'autre.

— Je suis un diable, dit-il. Ici, tout le monde croit au diable. Et vous dans votre ville ?

— Tu sais, ma ville, c'est Paris. Il y a des millions et des millions d'habitants. Chacun a son diable, mais sans le savoir. Pour y croire, il faudrait être moins occupé.

Ils arrivaient à l'ombre des arcades. Folco se tenait sur le pas de la porte, les épiant depuis leur sortie du palais.

— Le déjeuner est prêt, monsieur le Professeur.

— A tout à l'heure ! cria Umberto qui s'enfuit en courant.

À la place où la veille dînait Beatrice, se tenait une jeune fille aux cheveux cendrés, un verre de vin à la main, le dos appuyé à sa chaise :

— Ah, vous voilà enfin !

Jacques fut si surpris qu'il resta sur le seuil, incapable de répondre, ne sachant si elle se plaignait de son retard ou de ne pas l'avoir rencontré plus tôt.

— Asseyez-vous ! dit-elle. Folco n'aime pas attendre. Je suis Francesca. Je ne vous imaginais pas du tout comme ça.

— Pour être franc, moi aussi je vous croyais différente.

— Servez-vous ! Je suis allée spécialement chercher du vin d'Antonio ce matin. Il m'a assuré que vous l'aimez.

Quand Beatrice avait dit que sa sœur était son contraire, elle ne se trompait guère. Francesca était petite et mince avec un visage effilé dans lequel luisaient des yeux verts en amande, un cou qui paraissait d'autant plus long que Francesca portait à même la peau un chandail de coton blanc écru largement échancré, découvrant la moitié de ses épaules aux clavicules saillantes et plongeant entre ses seins qu'elle avait libres comme on s'en apercevait dès qu'elle bougeait son buste. Alors que Beatrice parlait un français presque parfait, hésitant à peine sur quelques mots, oubliant parfois un « e » muet ou plaçant un accent tonique inutile, Francesca, qui maniait le français avec autant d'aisance, n'en avait pas assimilé les sonorités. Dans sa bouche, l'accent italien chantait fortement, donnant à ce qu'elle disait une gaieté involontaire d'une grande séduction.

— Eh bien, dit-elle, pour vous rassurer, je vous avoue que je craignais de vous rencontrer depuis votre arrivée. Je vous ai évité, puis Assunta m'a convaincue que vous n'êtes pas un « méchant homme »... Parce qu'il y en a, n'est-ce pas ?

— Je ne vous répondrai pas avant d'avoir réfléchi longuement.

— Moi je ne réfléchis pas ou très peu, mais je dois avoir de la chance. Chaque fois que je prends une décision, c'est la bonne.

— Comment le savez-vous ?

— Par la suite des événements.

Sur le point de lui rappeler les « événements » de 1944, il jugea prématuré de se découvrir dès leur première rencontre. Francesca feignait de manger, portant à sa bouche des *piccata* préparés par Folco, les reposant sur son assiette, étalant sa purée dans la sauce brune. Le domestique peu dupe posait sur elle un regard d'une tendre sévérité. Quand elle aligna le couteau et la fourchette pour signifier qu'elle avait terminé, Folco soupira, desservit et apporta du fromage dont elle grignota trois grammes. En revanche, Francesca buvait bien, verre après verre, assez adroite cependant pour échapper à l'attention de son vis-à-vis et de Folco à qui elle réclama deux fois de remplir la carafe comme si Jacques était le coupable. Ce petit jeu l'amusait bien. Jacques s'en aperçut et affecta d'en être complice, non sans un certain malaise. Il cultivait encore l'idée bourgeoise que seules boivent les femmes de mauvaise vie et n'avait jamais vu sa mère ou sa sœur goûter à du vin. Francesca tenait bien le coup, le verre à la main, vidé d'un trait dès que Folco tournait le dos.

— À quoi pensez-vous, monsieur le Professeur ? Je vous ferai remarquer que pendant l'espace d'une minute ou deux, sans la permission de la maîtresse de maison, vous avez quitté la table et vous vous êtes lancé à corps perdu dans les hypothèses.

— Moi ?

— Oui, vous !

Elle tapa du plat de la main sur la table. Les verres s'entrechoquèrent. Folco redressa le buste sous le gilet rayé noir et rouge.

— J'ai été seul un très court instant.

— Ça vous arrive souvent ?

— En présence des personnes très volubiles.

— Je ne dirai plus un mot.

— D'abord je n'en crois rien, et ensuite voyez dans ma distraction un intérêt très vif pour une de vos réflexions. Vous ne me laissez pas le temps de la savourer, alors je m'évade.

Folco apporta une corbeille de fruits. Francesca mangea une prune et alluma un petit cigare noir et noueux, du type qu'on appelait autrefois crapulos. Jacques en avait vu fumer à son grand-père qui était ébéniste, qui sentait toujours la colle à bois et dessous sa moustache, le tabac âcre et froid. Se pouvait-il qu'en se penchant sur les lèvres de Francesca, on recueillît la même odeur que dans les baisers humides et piquants du grand-père ?

— Vous connaissez beaucoup de femmes qui fument le cigare ? demanda Francesca.

— Oui, pas mal. C'est très à la mode.

Elle haussa les épaules.

— Je ne vous crois pas.

— Vous avez raison.

— Que faites-vous cet après-midi ?

— Je travaille là-haut, dans les archives.

Il n'avait pas du tout envie de travailler. Le lourd vin rouge d'Antonio prédisposait à une attente indéfinissable, de lentes paroles échangées après des silences. Francesca se leva. Il la trouva d'une maigreur excessive et pourtant troublante, avec des gestes de chat qui étire ses longs membres souples. Quand la parole ou un sourire ne l'animaient pas, le visage se fermait, devenait presque dur. On l'imaginait bien ainsi sur sa moto, lancée à plus de cent à l'heure sur la route de la vallée.

— Ce palais est sépulcral, dit-elle. Si nous l'habitions encore, il nous transformerait en momies. Allez-vous trouver pourquoi Ugo III et sa femme en ont été chassés ? Il y a une raison.

— Avez-vous une idée ?

— Une idée ? Oui, c'est tout ce que j'ai.

— Vous ne me la direz pas ?

— Non, parce que si elle est fausse, vous perdriez votre temps. Je vous laisse. Ne bougez pas, buvez tranquillement votre café, deux ou trois cafés pour rester éveillé.

Peu après, il entendit la moto pétarader à l'extérieur, le bruit de la première vitesse enclenchée et le départ brutal. Folco acheva de desservir et Jacques reprit le chemin du palais. Domenico, le planton, somnolait dans le vestibule de l'entrée, ses pieds chaussés d'espadrilles sur le comptoir. Les bureaux ouvraient à quatre heures. Au deuxième étage, Jacques s'arrêta dans la galerie des statues alignées le long des murs et entre les fenêtres. Une Diane accroupie baisait le museau d'un faon. L'avancée des lèvres surprenait de vérité pour une sculpture assez conventionnelle, mais l'artiste avait aimé son modèle et tendrement poli les cuisses, le sein laissé à découvert par la tunique plissée. Une dormeuse, renversée sur le dos, entrouvrait les jambes. La tête n'était qu'un bloc de marbre informe comme si le sculpteur, négligeant ce détail, avait voulu concentrer l'attention sur le galbe du ventre et la poitrine effacée par l'arc du corps. La main gauche n'avait pas été dégagée non plus et restait prisonnière d'un cube de marbre strié de coups de ciseaux alors que la main droite aux longs doigts effilés serrait un objet encore informe et bien rugueux pour un geste aussi tendre. Deux nymphes adolescentes debout, face à face, front contre front, mains unies pour danser un ballet à deux, arrêtaient le temps. Ugo II ne collectionnait que les statues de femmes et ce qui n'apparaissait peut-être pas au premier regard, devenait l'évidence même si on scrutait chaque modèle, chaque groupe de marbre, de bronze ou de granit : un érotisme diffus, mais insistant beaucoup plus qu'une invite, créant un malaise léger, indicible, une insatisfaction qui laissait comme un bourdonnement dans les oreilles, une faim de chair vraie, de chair rose et pâle pour animer ce musée frappé par la foudre. Ainsi s'expliquait pourquoi Beatrice guidant Jacques le matin vers les archives, avait traversé la galerie rapidement, sans s'y arrêter, sans permettre à son hôte de s'y attarder, pensant probablement qu'il aurait tout le temps de découvrir seul la passion qui animait Ugo II, le collectionneur, l'ami des beaux-arts, le mécène qui voulait supplanter dans l'histoire de la sculpture et de la peinture, les somptueux Médicis. Mais les Médicis avaient eu Michel-Ange et le Vinci, deux hommes isolés de tous les autres artistes par leur génie, alors qu'Ugo II n'avait eu à sa disposition que des néoclassiques, les précurseurs de Canova dont le style sucré signe le déclin du XVIIIᵉ siècle. On ne pouvait nier cependant qu'il y eût dans cette galerie beaucoup de talent à moins que ce fût simplement du savoir-faire, une parfaite technique au service d'une imagerie plutôt scabreuse si l'on soupçonnait, par exemple, que l'objet oblong, encore englué dans le granit, que serrait dans sa main la baigneuse, était le sexe de son amant couché à côté d'elle après l'amour, pétrifié au cœur d'un bloc oublié dans l'atelier de l'artiste. Ugo II aimait la sculpture suggestive, un délicat appel au

90

plaisir des sens par la grâce et la beauté des corps, et devait tenir pour grossier ou populaire l'art pornographique auquel les Borgia donnèrent un essor délirant, et qui avait fleuri à la fin du XVIIe siècle et au début du XVIIIe pour les délices du prince Sansovino à Rome, du duc de Portovenere à Miniato ou du chevalier Brandini à Padoue dont les collections, refoulées dans les greniers de leurs palais, restaient ignorées du public et même de la plupart des historiens d'art. Jacques se souvenait avec un certain dégoût de la soirée où, à Miniato occupé par les tirailleurs dans l'après-midi, Cléry informé on ne sait comment du musée interdit, s'était fait ouvrir pistolet au poing, le palais et avait entraîné son lieutenant sous les combles. À la lueur des flambeaux qui auraient bien pu mettre le feu aux poutres et au toit, ils avaient visité le délirant musée du duc Cosme de Portovenere (1650-1705, n'oublions pas les dates en bons historiens) un ramassis hétéroclite de marbres, de bronzes, de moulages et même de statues en cires plutôt fatiguées et croulantes à cause de la chaleur et de l'humidité qui régnaient sous les toits. Cléry, déjà vexé de n'avoir pas été accueilli à Miniato avec ces transports de joie, méditait de faire visiter le musée à ses tirailleurs : « Et demain il n'y aura plus une vierge, plus une femme qui n'aura pas été sodomisée au moins trois fois à Miniato. Jolie leçon, n'est-ce pas ? » Non, c'était une mauvaise idée et Cléry le savait bien. Le lendemain, la première émotion passée, et certains de ne pas avoir affaire à des communistes, les Miniatiens avaient monté un arc de triomphe en fleurs pour les soldats alliés. Jacques se souvenait bien en revanche qu'il avait regretté sa visite du musée. Loin de provoquer en lui une excitation comparable à celle qui aurait agité les tirailleurs, la collection de Cosme de Portovenere avait levé en lui un profond dégoût, une répulsion instinctive pour cette exhibition complaisante de plaisirs et de vices que le talent des artistes — peintres ou sculpteurs — ne sauvait pas souvent du désastre. Bien que son expérience de l'érotisme fût assez limitée, Jacques persistait à se faire une idée plus belle de l'amour physique et refusait les outrances. De loin, il préférait le charme subtil et peut-être plus dangereux de la collection Varela. Dans le silence de cette galerie où la lumière entrait maintenant de biais, il avait l'impression de se promener dans un élégant empyrée. Les passions humaines y naissaient d'un état de grâce que les modèles se renvoyaient de stèle en stèle comme une chaîne sans fin.

Voilà qui, peut-être, éclairerait sa quête. Des signes se plaçaient un à un, discrètement, pour le guider sur sa route. Leur discrétion même rendait prudent. Avant déjeuner, Umberto avait révélé un des trucages du palais. L'escalier secret permettait aux différents étages de communiquer sans passer par l'escalier principal. Ce n'était sûrement pas tout. Jacques regagna les archives et fouilla plus méthodiquement les boîtes empilées sur les rayonnages. Il y avait là les éléments de plusieurs sujets de ces thèses qui le faisaient toujours rire et qu'un aréopage de professeurs écoutait gravement, en réalité surtout préoccupé de vaincre sa somnolence : « Consommation de chandelles par décennies dans une principauté italienne du XVIIIe siècle », « Rentes aux domestiques mâles italiens ayant servi plus de soixante ans », « Budget des fêtes d'un seigneur ombrien », « Instructions au gouverneur et au confesseur d'un jeune dauphin en 1682 ». Un étudiant habile et baratineur en tirerait aisément trois cents pages dont les membres du jury de soutenance ne liraient que les notes citant leurs propres travaux.

Le fatras de ces archives décevait. Personne ne les avait consultées depuis deux cents ans et on avait tout aussi bien fait. Née de l'ennui, la torpeur de l'après-midi envahissait Jacques et il regrettait de ne pas s'être abandonné à la sieste après le départ de Francesca. Au moins aurait-il imprudemment rêvassé d'elle. Il gardait de leur rencontre un goût bizarre qui tenait d'ailleurs plus à sa propre erreur de jugement qu'à elle. Si, un instant, il avait pu la croire futile, elle s'était vite chargée de le détromper. Il n'oubliait pas non plus le jeu narquois auquel elle s'était livrée lors de l'arrivée des Français en 1944. Sur une fiche préparée pour de plus sérieuses notes, il traça un F majuscule, en dessous : « Francesca Varela, âge 25 ? Taille 1 m 60, cheveux cendrés, yeux gris-vert, poitrine insignifiante, salières aux épaules, pas de fesses. Signe particulier : croit être seule au monde à fumer des crapulos. Appréciation personnelle : faisons les plus grandes réserves. » La fiche prit place dans une boîte indexée. Ainsi se venge-t-on d'avoir été séduit. Mais comment l'aurait-il déjà su alors que Francesca venait à peine de le quitter, que le matin même Beatrice avec une impudeur peu croyable pour une femme comme elle, avait volontairement offert en gage l'ombre chinoise de son corps sous la légère robe de toile blanche. Cette audace que Jacques n'avait pas sollicitée restait incompréhensible et le déroutait au point qu'il en éprouva un véritable malaise et tourna plusieurs fois dans la pièce si basse de plafond qu'en son milieu, une poutre traversière l'obligeait à rentrer la tête dans les épaules. De la fenêtre, il embrassait du regard toute la place du Condottiere où un balayeur, poussant une poubelle à roulettes, piquait avec un petit harpon des morceaux de papier. Indifférent à son manège, un corniaud noir et blanc poursuivait une chienne jaune, la coinçait entre ses pattes avant, se faisait mordre, recommençait son manège. Surgissant des arcades comme s'il avait longtemps guetté ses ébats pour n'intervenir qu'au moment du crime, un prêtre en noir, coiffé d'une toque, tapa dans ses mains pour les séparer. Le corniaud s'enfuit et le prêtre, probablement Don Fabio, entra dans l'église par une porte latérale.

Au hasard, Jacques se saisit d'une boîte encore inexplorée à l'étiquette jaunie : « Linge B. » Elle contenait des factures datées des années 1751, 52, 53, 54 établies par une Mme Tulane, marchande à la toilette au Palais-Royal. L'écriture ampoulée disait assez bien la personnalité de Mme Tulane qui adressait sa note à Madame la Princesse Béatrice de Varela née de Granson de Bormes. Madame la Princesse ! ! ! Il n'y a pas plus snob que les boutiquiers. Une comtesse, fût-elle régnante, ne suffisait pas à la marchande à la toilette qui rêvait d'altesses dans sa boutique. Jacques suspecta une courtisane rangée des voitures mais faisant profiter ses clientes de son expérience. Son grand argument était le mot « unique ». Tout était « unique » dans ses factures qui comprenaient des heures de dentellières et de brodeuses, de la soie de Chine, du linon d'Angleterre, de la gaze turque, des guipures de Hollande.

Jacques ferma les yeux pour mieux se souvenir du portrait accroché au mur de la salle à manger de Beatrice : une douce et innocente créature retenant dans ses mains un chiot amoureusement toiletté. La même innocente, un an après son mariage, se commandait à Paris, dans une boutique de cocottes, des sous-vêtements licencieux : corsets roses à lacets, pantalons de dentelle noire, bas de soie blancs, chemises de nuit « arachnéennes » (spécifiait la facture). Pour faire bonne mesure, Mme Tulane avait donné sur des feuillets à part, quelques conseils destinés à émouvoir un mari indifférent ou, comme elle le disait, à multiplier les preuves de son amour. Selon elle, les hommes se plaisaient souvent après des plaisirs raffinés dans du linge précieux, à retrouver l'oie blanche du soir des noces. À cet effet elle recommandait en alternance des dessous de cotonnade blanche, des chemises de toile boutonnées au cou et des chaussettes de laine pour la nuit, « bed socks comme disent nos amis de Londres ». Elle invitait la « Princesse de Varela » à revenir de temps à autre à Paris choisir ses vêtements intimes et à converser avec elle. La dernière facture datait de décembre 1754, six ou sept mois avant la fameuse fête. Elle s'élevait à un montant assez fabuleux pour l'époque et avait été réglée sur place par un certain Amedeo Campari, envoyé spécial de la comtesse.

Jacques rêva d'un autre beau sujet de thèse :« Les maquerelles du Palais-Royal et les sous-vêtements féminins à la moitié du XVIIIe siècle » qui tiendrait éveillé un jury si souvent somnolent. Ou encore d'une question au dernier certificat d'une licence de psychologie : « Le raffinement pervers du sous-vêtement féminin au temps de Louis XV annonce-t-il un déclin du sentiment amoureux classique et ne serait-il pas le signe précurseur des débordements du romantisme ? » Hélas, l'Université n'était pas encore prête pour ce genre de sujet. Dommage ! Il appartenait à l'historien de prêter cependant attention à ces détails qui éclairaient le caractère des personnages. S'il tentait d'écrire à la fin de son séjour une courte étude sur la fin du règne d'Ugo III, époux de Béatrice, Jacques devrait tenir compte des frivolités de la comtesse de Varela. Jusqu'à quel point ces frivolités avaient-elles contribué à ruiner financièrement et moralement la petite dynastie qui régnait depuis deux siècles sur la ville fortifiée et sa vallée ? Au moment même où Jacques, trop attiré par le jeu singulier de Francesca et de sa sœur, désespérait de s'intéresser au passé des

Varela, voilà qu'une découverte en apparence d'un maigre intérêt, en réalité trop symptomatique pour être négligée, donnait vie et passion à d'ennuyeuses archives. Sans ces récompenses soudaines, la recherche historique s'enliserait dans la poussière. Jacques prit une fiche, inscrivit B. en haut, puis : « Béatrice de Varela, née Granson de Bormes, épouse Ugo III le 27 mars 1749. Un chien (probablement un lévrier d'Italie, de la race qu'aimait tant Frédéric le Grand. À vérifier.) Correspondance avec Mme Tulane, marchande à la toilette. Fait payer ses notes par Amedeo Campari. » À tout hasard il ouvrit une autre fiche au nom de ce dernier.

Il était six heures quand le planton de la mairie monta lui annoncer que les bureaux d'en bas fermaient et qu'on ne pouvait le laisser seul au dernier étage. Jacques prit ses fiches et descendit. Avec la tiédeur du soir, la place du Condottiere s'animait de nouveau. En plus du marchand de glaces un gnome bossu coiffé d'un feutre mou délavé, poussait une voiturette d'enfant remplie de graines de pastèque, de sucreries et de clous de girofle. Jacques aperçut Umberto qui se promenait sous les arcades mais l'enfant, pourtant si vif et peu timide, feignit de ne pas le voir et s'arrêta près du gnome pour lui acheter un sac de graines qu'il commença aussitôt de mâchonner, crachant l'écorce. Folco se tenait sur le pas de la porte, et la moto de Francesca était là : verte, brillante, astiquée, inclinée sur sa béquille, pesante monture dont on imaginait mal qu'elle pût être domptée par une si mince jeune femme. Jacques n'avait rien à faire qu'à écrire à sa mère une lettre comme elle les aimait avec des foules de détails sur la chambre, ce qu'il mangeait, qui lavait son linge et quel exercice il prenait le matin avant de plonger dans son travail. Il l'aimait beaucoup bien qu'il n'eût rien de commun avec elle, mais depuis son départ de l'appartement rue Vercingétorix et son installation au Quartier Latin, près de la Sorbonne, il se montrait plus attentif pour cette femme seule, à la vie brisée par la mort de son mari. Ils n'avaient rien en commum, et leur conversation roulait le plus souvent autour de questions de santé, de nourritures, de tricot car elle tricotait éperdument pour elle-même, pour son fils, pour sa fille Edmée dont il n'a pas encore été question parce qu'elle n'a rien à voir avec cette histoire, qu'elle est mariée à un homme sensiblement plus âgé — il aurait même pu être son père — et qu'elle n'a pas d'enfants. Les chandails tricotés par Mme Sauvage étaient un problème pour Jacques et pour Edmée : tous trop gros, trop chauds, trop longs. Il fallait les porter quand on la visitait sinon elle s'inquiétait, même en plein été. Jacques avait connu de grandes périodes d'agacement dépassées depuis son déménagement et il reconnaissait dans cet être qui lui avait donné la vie, une femme simple et généreuse, sans ambitions, qu'il fallait accepter telle quelle exactement comme elle acceptait les destins de son fils et de sa fille. Lui écrire régulièrement était une bonne action pas seulement pour elle, pour lui-même aussi tant il gardait de son enfance le souvenir qu'un devoir accompli est une libération. Il ferma l'enveloppe et la laissa sur la table à côté de la lettre pour Cléry qu'il n'avait toujours pas postée, retenu par le sentiment que ses relations avec Beatrice, changeraient de jour en jour, qu'en écrivant quoi que ce fût sur elle, il serait démenti le lendemain par une conversation ou un geste comme celui de ce matin : l'ombre chinoise du corps devant la fenêtre. Il n'arrivait pas à y croire. C'était impossible. Elle ne voulait pas cela... De la place parvenaient les cris aigus des hirondelles, la voix geignarde du gnome bossu, l'appel monotone du marchand de glaces : « gelati » et son silence quand un enfant lui achetait un cornet. Que faire d'autre dans une si petite ville que se promener le soir — chacun avec sa chacune — sur la place ? Les femmes mettaient leur robe la plus habillée et les maris les promenaient comme des signes extérieurs de richesse. Le feuilleton radiophonique passait à dix heures. Entre-temps les Varélains dîneraient, coucheraient les enfants et tourneraient le bouton. On trouvait le bonheur dans cette vie végétative réglée par les subtilités du savoir-vivre à condition de ne pas se rebeller. Jacques ne doutait néanmoins plus qu'il y eût derrière la façade orgueilleusement maintenue d'inquiétantes failles, des passions étouffées, de sordides intérêts que l'on transformait en questions d'honneur, des haines recuites de génération en génération et peut-être aussi, bien qu'il en fût moins sûr, des passions amoureuses portées secrètes dans les cœurs comme un cilice.

Ni Francesca, ni Beatrice n'apparurent pour le dîner que Folco, lugubre, servit dans la salle à manger. Et Jacques mangea distraitement, le regard attiré par les portraits qui déjà lui parlaient beaucoup plus qu'à la première rencontre, en particulier celui de la comtesse Béatrice, la Française. Dans l'après-midi, elle venait de lui livrer un secret. Sous la robe de velours brodée d'or minutieusement peinte par Luigi Campello, portait-elle déjà d'affriolants dessous ? Son air candide, ses yeux clairs ne laissaient en rien supposer la moindre perversion. Et comment imaginer qu'Ugo III, ce lecteur de Polybe, attirait sa jeune épouse dans des plaisirs douteux ? Même si le portraitiste flattait le jeune comte il n'inventait pas la sérénité du visage qui avait dû être le trait dominant du caractère de ce jeune homme désireux de vivre avec son siècle. Quant aux parents, Bernardo II et Catherine la Sicilienne, ils semblaient avoir été peints en même temps, exprès pour mettre en valeur le charme réfléchi du jeune homme et la grâce de la jeune femme.

— Monsieur le Professeur a terminé ?

Jacques avala son dernier quartier de pêche, plia sa serviette et remercia Folco.

— Bonsoir, monsieur le Professeur ! Monsieur le Professeur aura peut-être besoin d'une clé ?

— Ah oui, c'est une idée.

Le domestique sortit une clé de la poche de son gilet.

— Deux fois, dit-il. Tournez deux fois !

— À propos Folco vous souvenez-vous du nom de l'officier allemand qui a retrouvé à Munich les quatre portraits et les a donnés à la Contessina ?

— Je ne me souviens pas. Je n'ai rien su de tout ça.

Jacques eut la conviction qu'il mentait.

— Merci ! Je demanderai à la Contessina. Ça m'étonnerait qu'elle ait oublié.

Il s'attarda un moment dans le boudoir où Beatrice l'avait accueilli le premier soir. Assise dans le fauteuil, sous la lampe à pied, elle avait tendu la main vers un rayonnage où s'alignaient les chers poètes dont Mlle Chalgrin lui avait donné le goût. Ils étaient tous là, les Français, les Anglais, les Allemands et, parmi les Italiens, Eugenio Montale dont, la veille encore, elle lui avait récité :

Non domandarci la formula che mondi possa aprirti,
si qualche storta sillaba e secca come un ramo.
Codesto solo oggi possiamo dirti,
cio che non *siamo, cio che* non *vogliamo*[1].

Comme elle le disait bien de sa voix grave et flexible qui appelait du fond des mots un amer refus.

Jacques chercha le poème et le retrouva dans une plaquette ancienne : *Os de seiche.* Les derniers vers cités seuls par Beatrice reprenaient l'antienne de la première strophe :

Non chiederci la parola che squadri da ogni lato
l'animo nostro informe, e a lettere di fuoco
lo dichiari e risplenda come un croco
perduto in mezzo a un polveroso prato[2].

Il mit la plaquette dans sa poche et monta dans sa chambre. Sur la place, la nuit encore légère, se teintait d'ocre dans le ciel. Le gnome poussant sa voiture d'enfant sous les arcades disparut dans la ruelle derrière l'église. Un couple se hâtait : suivi avec peine par son énorme femme, l'homme parlait en gesticulant. La lueur verdâtre du café s'allongeait jusqu'aux pavés de brique. À quoi rêvaient Coniglio et Belponi dans leur ennui sans fin ? Jacques descendit, vérifia qu'il saurait rouvrir la porte et se dirigea vers le café. Ils étaient là comme tous les soirs, seuls. Un garçon en veste blanche empilait les chaises de la terrasse. Belponi

1. N'exige pas de nous une formule qui puisse t'ouvrir des mondes,
   plutôt quelque syllabe torte et sèche comme une branche.
   Ceci seul aujourd'hui pouvons-nous dire
   ce que nous *ne* sommes *pas*, ce que nous *ne* voulons *pas*.

   (Traduction de Louise Herlin.)

2. Ne nous demande pas un mot qui cerne de tous côtés
   notre âme informe et en lettres de feu
   l'affirme, et resplendisse comme un crocus
   perdu dans la pelouse poussiéreuse

   (Traduction de Louise Herlin.)

accorda un bref regard à l'étranger qui osait entrer et, pour montrer son indifférence, remua sa cuillère dans la tasse vide. Coniglio souleva son feutre noir, découvrant son front blanc dégarni, et invita Jacques à s'asseoir :

— Faites-moi l'honneur !

— L'honneur, comme vous y allez ! C'est vous le poète !

— Le poète ? Pas ici, pas à Varela. Il n'y a pas de poètes ici, monsieur le Professeur. On ne saurait quoi en faire. Nous avons besoin de balayeurs ; les rues sont très sales. Nous avons besoin de marchands : l'homme ne vit pas sans parasites. Nous avons besoin de putes, monsieur le Professeur, de putes pour défouler nos pauvres âmes sordides. Mais il n'y a pas de putes, monsieur le Professeur, c'est interdit ! Il est même interdit d'y penser. Comme vous me voyez je suis en état de péché mortel à la seconde même où je vous confie le fond de mon cœur... Le fond ? j'exagère... Les Italiens exagèrent toujours. Vous ne savez pas comme ça les rassure.

Il parlait le français aussi bien que Beatrice avec à peine une pointe d'accent.

— Je voudrais lire un poème de Gianfranco Arpa, dit Jacques.

— Gianfranco Arpa est un poète qu'on ne lit pas à Varela. Pourtant les Varélains devraient lui édifier un monument : il a chanté la gloire du Condottiere, mais le Condottiere leur fait peur. Vous avez vu ce qu'ils ont fait au fondateur de la cité ? Ils l'ont chassé. Il est planton à la grande porte comme ce crétin de Domenico à l'entrée de la mairie. Ce serait pardonnable s'ils osaient regarder la jolie nymphe qu'Ugo II a plantée au milieu de la place... pff... en passant à côté, ils détournent la tête. Ce sont des hypocrites, monsieur le Professeur : ils veulent bien forniquer à condition qu'on ne les voie pas et que ça ne se sache pas. Que prenez-vous ?

La question était si abrupte après cette violente tirade que Jacques hésita un instant.

— Un café comme moi bien sûr ! reprit Gianni Coniglio. Sandro ! Deux cafés.

— J'en serai quitte pour ne pas dormir.

— Dormir ? Qui parle de dormir ? Je vous attendais. Nous avons à parler...

Il tendit à Jacques un petit cigare :

— Vous fumez des crapulos, monsieur le Professeur ?

— Oui, merci, et Francesca aussi.

— C'est moi qui lui ai appris.

Il alluma le sien avec un briquet à amadou.

— Il y a longtemps que je n'ai plus vu de briquet comme ça, dit Jacques.

— C'est une prise de guerre. Je l'ai volé à un de vos tirailleurs.

— Je ne le répéterai pas.

Sandro apportait les cafés. À deux tables d'eux, Belponi croisait et décroisait les bras et les jambes avec une nervosité croissante. Il finit par se lever et, après avoir jeté quelques lires sur la table, sortit à grands pas, la tête rentrée dans les épaules.

— C'est un homme d'habitudes, dit Gianni Coniglio, et d'habitude nous sommes seuls dans ce café... enfin café est un bien grand mot, on se croirait plutôt dans une pissotière... regardez les traînées jaunes sur les murs, la sciure par terre, les ampoules couvertes de chiures de mouches et Sandro qui a l'air d'un avorteur...

— L'endroit n'est pas très gai.

— Il n'y en a pas d'autre.

Les yeux du poète brillaient de plaisir et sa main tremblait.

— Il n'y en a pas d'autre, reprit-il. Varela est un cul-de-sac. Sortez de la vallée et vous tomberez dans le vide, l'infini.

— Non, j'irai à Spolète, à Florence, à Milan, à Venise, à Paris.

Gianni éclata de rire, découvrant de petites dents jaunes qui se chevauchaient méchamment. Le rebord de son feutre ombrait le front jusqu'aux sourcils noirs effilés vers les tempes.

— Vous n'irez pas, dit-il. Vous êtes enfermé, prisonnier. Dans quelques jours, vous vous promènerez sur la place du Condottiere avec une femme sanglée dans un corset. Vous n'oserez même plus regarder la jolie nymphe de la fontaine. Vous aurez peur de ses seins et de son ventre.

— Je ne crois pas. L'autre matin, Umberto, un petit garçon qui est mon poisson-pilote dans Varela, m'a dit que sa sœur avait d'aussi jolis seins que la nymphe.

— Et vous avez eu envie de connaître la sœur !

— Pourquoi pas ?

— Cet Umberto se vante. Sa sœur ne peut pas avoir les plus jolis seins de la ville.

— Pourquoi ?

— Parce que c'est une de mes sœurs à moi, Emilia, qui a les plus beaux.

— Je ne suis pas obsédé.

Gianni se tapa sur les cuisses.

— Vous le serez ! Vous le serez ! Comme moi, comme tous les autres ! Comme le comte Ugo II, comme le comte Ugo III et sa Béatrice. C'est contagieux : on n'en dort plus.

Il but sa tasse de café d'un trait. Jacques ne toucha pas au sien. Sandro s'agitait autour d'eux, empilant les chaises sur les tables. L'heure de son feuilleton radiophonique approchait.

— Je sais ce qu'il a, dit Gianni Coniglio. Il veut savoir si malgré l'opposition des fils et de la sœur, Mariella, la petite bonne ambitieuse, réussira à épouser le riche veuf dont elle tient le ménage. Intense drame familial ! ! ! Vous savez comment s'intitule cette « chiennerie » ? : *Il Cuore battuto, « Le Cœur battu »*. Joli titre, n'est-ce pas ? On en rêve dans les galetas des souillons... l'amour... immense sujet ! Des millions d'auditeurs, chaque soir, entendent parler d'amour, un mot dont ils ne connaissent même pas le sens.

— Et vous, vous savez ce qu'il signifie ?

L'excitation du poète tomba d'un coup. Il posa ses mains sur la table, les retourna comme pour en lire les lignes brouillées par une peau squameuse.

— Oui, moi je sais parce que je suis un poète et que les poètes savent tout par une grâce divine. Et puis, j'aime une femme depuis mon enfance et je ne le lui avouerai jamais. Et si vous voulez savoir pourquoi, regardez-moi : dents jaunes, mains qui pèlent, nez de comique, sourcils de Méphisto. Je m'habille mal : mes manches de chemise sont toujours trop courtes pour des manches de veston trop longues. Mon radius saille comme celui d'un squelette, et la pomme d'Adam aussi, du poil dans les oreilles... non, non, je ne suis pas présentable. Vous m'imaginez auprès d'elle ?

— Elle, qui ?

— Beatrice, bien sûr ! Je devrais vous haïr : en 1944, vous aviez réquisitionné une chambre chez elle, mais j'ai su que vous aviez dédaigné exercer le droit de cuissage du vainqueur. Honneur à vous ! Vous voilà revenu, vous dormez sous son toit, vous la voyez aux repas, elle vous emmène chez Assunta et Antonio, vous lui empruntez les poèmes de Montale... je les aperçois là, dans la poche de votre veste... Monsieur le Professeur, je devrais vous tuer, mais je préfère vous dire « bonne chance ». Et ne vous laissez pas impressionner : c'est une femme comme les autres. Avec ses airs éthérés, ses chers poètes, le musée du palais auquel elle a voué sa vie, elle a besoin — un besoin intense — de se faire foutre ! Sur ce, j'ai bien l'honneur de vous saluer. Nous nous rencontrerons peut-être encore... le monde n'est pas si grand !

Gianni Coniglio serra la main de Jacques et sortit à grands pas, aussitôt avalé par la nuit.

— On ferme, dit Sandro.

Jacques voulut régler les cafés.

— M. Coniglio a un compte ici.

Sandro était si pressé qu'il aurait bien réglé les cafés de sa poche. À la porte, un chien attendait : le corniaud noir et blanc qui, dans l'après-midi, essayait de détendre un peu la torpeur de Varela et que Don Fabio avait chassé en tapant dans ses mains. Jacques se pencha, lui gratta la tête entre les oreilles. Le chien remua la queue et le suivit. Comme le soir de la promenade avec Beatrice, les rues étaient vides. Quelques lumières s'éteignirent derrière les volets, mais la première curiosité était rassasiée. Il alla jusqu'à la porte vérifier que le Condottiere surveillait toujours la vallée où tremblotaient les lumières jaunes d'une douzaine de fermes. Un vent tiède enveloppait les remparts. Sur la grand-route apparut un phare secoué par les cahots. Bientôt Jacques entendit le son du moteur. Ce n'était pas une voiture borgne :

Francesca revenait de chez Assunta. Dissimulé derrière la stèle du Condottiere, il la vit passer au ralenti. Elle enleva son serre-tête et ses lunettes d'écaille, coupa les gaz et descendit en roue libre vers la place. Jacques la suivit, accompagné de maison en maison par les cris et les rires des radios, le chien toujours sur ses talons. Des barreaux de fer forgé protégeaient les fenêtres du rez-de-chaussée et, comme on n'avait pas pu y fixer de volets, de lourds rideaux étouffaient la lumière. Par l'entrebâillement d'un rideau mal tiré, il aperçut une jeune femme en chemise de nuit blanche qui brossait lentement ses cheveux. Le visage restait invisible. Il ne voyait qu'une masse épaisse de crins noirs tombant jusqu'à la ceinture et le mouvement de la brosse qui les caressait. Quand la femme secouait la tête, la chevelure ondulait. Il attendit qu'elle bougeât, qu'elle montrât au moins son profil, mais elle devait se trouver devant un miroir et ne pensait qu'à se contempler. Un long moment il resta ainsi, désespérant de la voir, lorsqu'elle posa la brosse, rassembla ses cheveux à hauteur de la nuque et les noua d'un ruban bleu. En se détournant enfin du miroir, elle découvrit un ravissant visage à demi mangé par un lupus.

Un proverbe arabe dit : « Tout voyageur solitaire est un diable. » Diable, Jacques commençait à se demander s'il ne l'était pas : le même soir il rencontrait un poète fou de dégoût, un chien noir et blanc, une motocycliste de la nuit, une femme aux cheveux de rêve et au visage d'horreur. Le Prince de ce monde, encore, envoyait Umberto et Gianni Coniglio qui vantaient la poitrine de leurs sœurs, Folco témoin impassible et sans mémoire des déchirures humaines dans un monde hermétiquement clos, Belponi traînant comme des Erinyes l'ombre de ses victimes égorgées que rien ne lui faisait oublier, ni les fleurs des champs cueillies pour sa mère, ni l'histoire d'amour du *Cœur battu*. Le diable, le diable partout qui, faute d'un plus grand royaume, se réfugiait dans la vallée oubliée des dieux.

Abandonnant la fenêtre, Jacques se dirigea vers la place du Condottiere et la maison Varela. Sur le pas de la porte, il dit adieu au corniaud.

— Comment t'appelles-tu ? Ah, je suppose que tu ne le sais pas. Eh bien moi, je t'appellerai Diavolo. D'accord ?

Assis, le chien le contemplait de ses yeux jaunes à l'intensite troublante.

— Je ne suis pas chez moi, je ne peux pas te laisser entrer. mais nous nous reverrons demain. Sûrement !

À peine fut-il dans le vestibule que la voix de Beatrice lui parvint du boudoir où elle aimait se tenir le soir :

— Jacques !

En robe de chambre grenat, elle l'attendait, un livre sur les genoux.

— Vous percez les nuits, vous êtes le noctambule de Varela.

— J'ai travaillé toute la journée. J'avais besoin d'air. Et vous ?

— Le jeudi est mon jour secret.

— Ah, pardon... je vous ai emprunté *Os de seiche*. Je voulais retrouver le poème que vous m'aviez cité.

— Il y est, n'est-ce pas ? je ne l'ai pas inventé...

— Il y est !

Elle referma le livre posé sur ses genoux.

— Ne cherchez pas à lire le titre à l'envers. Ce sont les *Canti* de Leopardi où j'ai trouvé ce soir quelques vers pour vous dans un poème qui s'intitule « La pensée dominante ». Écoutez :

> *La vie n'a pas de prix, de raison,*
> *Si non par elle seule qui est tout pour l'homme,*
> *Seule excuse au Destin,*
> *Qui nous impose, mortels, sur cette terre*
> *De tant souffrir sans autre fruit,*
> *Par qui seule parfois,*
> *Non pour les sots, mais pour les âmes fières,*
> *La vie soit plus aimable que la mort.*

— N'est-ce pas beau ? Et dans toute l'œuvre, si désespérée, de Leopardi, c'est le seul cri d'amour à la vie. Rien n'est jamais tout à fait sombre.

— Même à Varela ?

— Même à Varela... Qui avez-vous rencontré ?

— Un chien qui s'appelle Diavolo...

— Personne ici n'appellerait son chien Diavolo.

— C'est moi qui l'ai baptisé.

— Ah, je préfère ça... Voulez-vous boire quelque chose ? Antonio a donné pour vous à Francesca une bouteille de sa grappa.

Il fut sur le point de dire qu'il avait vu la jeune fille revenir ce soir sur sa moto, mais préféra se taire.

— Nous avons déjeuné ensemble, dit-il.

— Oui, je sais. Et que pensez-vous d'elle ?

— Ne croyez-vous pas qu'il faudrait inverser les rôles et que je vous demande : que pense-t-elle de moi ?

— Je le lui ai demandé et elle a répondu : « Ça va ! »

— Vous me voyez soulagé.

Elle se leva et lui versa un verre d'alcool qu'il huma avant de le goûter.

— Ce n'est pas, dit-elle, le même parfum qu'à la campagne après un lourd repas. Antonio fait grand cas de sa grappa, mais sorti de chez lui, sans le sourire attendri d'Assunta qui espère votre plaisir, sans les odeurs de la campagne, la chaleur, la lumière, ce n'est plus qu'un tord-boyaux. Ne vous croyez pas obligé de le boire.

La robe de chambre échancrée dégageait son noble cou nu.

— J'ai découvert quelque chose dans les archives, dit-il. Ce n'est pas d'un intérêt historique foudroyant, mais ça donne une idée de la comtesse Béatrice. Elle se fournissait à Paris, chez une marchande à la toilette, en dessous affriolants.

— Affriolants ?

— Excitants, si vous préférez.

— C'était peut-être pour plaire à son mari.

— Peut-être. Avez-vous souvenir, dans les papiers que vous rangez, du nom d'Amedeo Campari ?

Beatrice porta la main à sa gorge pour dissimuler une légère roseur qui venait d'affleurer sous la peau.

— Déjà ! dit-elle. Vous avez déjà trouvé ?

— Quoi ?

— Autant vous épargner des recherches. J'ai mis de côté leurs lettres. J'hésitais...

— Deux cents ans ont passé.

— Vous avez raison. De toute façon il est trop tard pour vous les cacher.

Elle se dirigea vers une écritoire en marqueterie, souleva le couvercle et prit deux enveloppes.

— Est-ce une belle histoire d'amour ? Vous le jugerez mieux que moi. Si ce n'est pas une belle histoire, brûlez ces lettres. Moi aussi, je m'appelle Beatrice et, si absurde que ça paraisse, je l'aime, mon aïeule. Bonsoir, Jacques.

Un orage éclata le lendemain après-midi. Enfermé dans les archives, Jacques écouta la pluie crépiter sur la terrasse du palais juste au-dessus de sa tête. Des éclairs blancs traversaient le ciel gris soudain très bas. Les torrents d'eau qui ruisselaient vers la place du Condottiere auraient dû l'inonder mais les bâtisseurs avaient intelligemment utilisé la configuration de la ville pour remplir des citernes. Le trop-plein se déversait par des conduits creusés sous les remparts si bien que, les jours d'orage, la citadelle ressemblait à une énorme gargouille dégorgeant des torrents d'eau boueuse sur la vallée. De nombreux Varélains surprirent Jacques en se promenant sous leurs parapluies noirs : hommes et femmes célébraient à leur manière un déluge qui annonçait une pause de la canicule. Le fait est qu'après l'orage une agréable fraîcheur monta des ruelles et de la place et qu'une haleine chatoyante trembla un moment au-dessus de la ville avant d'être dispersée par le retour du soleil. Pendant les coups de tonnerre, Diavolo s'était caché sous la table en claquant des dents. Dès la fin de la pluie, il reprit sa place dans l'embrasure de la fenêtre, le nez pointant sous l'accoudoir. Il n'aboya qu'une fois mais furieusement, et quand Jacques intrigué se pencha pour en découvrir la raison, il aperçut l'ennemi personnel de Diavolo, Don Fabio, qui traversait la place pour entrer dans son église.

La comtesse Béatrice signait ses lettres d'un B. et dédaignait de les dater. Grâce aux questions et aux réponses, il était cependant assez facile de les ordonner par rapport aux lettres d'Amedeo qui signait d'un dessin — un chat assis de face — et datait soigneusement. Il était possible aussi de se repérer sur des fêtes ou des célébrations et, par exemple, le bicentenaire de la fondation de Varela par le Condottiere. Béatrice se plaignait qu'à la messe du matin ou le soir, au palais, la foule et leurs occupations permettaient tout juste de se serrer furtivement la main. La correspondance portait sur trois années 1753, 54, 55, juste après que Béatrice eut eu un fils, Benoît, qu'Amedeo s'obstinait à nommer Benito. Le style de Béatrice surprenait. Alors qu'on s'attendait d'après le portrait au mur de la maison Varela à une gentille écriture mièvre, presque à des enfantillages, on découvrait, au fur et à mesure que les lettres prenaient de l'ampleur, une aisance de ton, des bonheurs d'expression, une libre élégance qui était bien dans la manière du XVIIIᵉ siècle et souffraient la comparaison avec des correspondances célèbres comme celles de Mme du Deffand, de Mlle de Lespinasse ou de Mlle Aïssé. Bien que la comtesse Béatrice se laissât parfois entraîner par l'aveu de vifs désirs et qu'elle arrachât à son amant, surtout la dernière année, des promesses de plaisirs d'une assez singulière précision, elle exprimait ses sentiments avec une grâce naturelle, une fraîcheur d'invention qui ravissaient encore son indiscret lecteur deux siècles plus tard et, en même temps, le désolaient car l'objet de cet amour, Amedeo Campari, ne semblait pas à la hauteur de Mlle Béatrice de Granson de Bormes. Armé d'une meilleure expérience de la vie — ou à la rigueur de quelques lectures qui ne fussent pas uniquement orientées par ses examens ou ses cours —, Jacques aurait jeté un regard plus serein sur cet amour qui le troublait et que, dans son for intérieur, il condamnait comme on condamne tout ce dont on est exclu. Il aurait été le premier étonné si on lui avait dit que cette jeune femme au visage angélique, maintenant réduite à un squelette dans une tombe dont il ignorait encore l'emplacement, lui inspirait, bien qu'il la connût depuis si peu de temps, une sorte d'amour à retardement comme si l'avait envoûté son graphisme noble et, à la différence de beaucoup de graphismes du XVIIIᵉ siècle, aéré, détachant les mots pour leur donner plus de force. Pire même, il jalousait l'amant, Amedeo Campari, qui lui volait son bien, s'interposait entre Jacques et la pure inspiratrice. Si une quelconque collection d'histoire romancée avait, à cette minute-là, commandé à Jacques une évocation des amours de Béatrice et d'Amedeo, il n'eût pas épargné ce dernier, relevant dans sa correspondance tout ce qui pouvait accuser cet impudent jeune homme. Amedeo, entre autres, n'hésitait pas à emprunter deux cents louis d'or à Béatrice pour s'acheter un étalon capable de parcourir en quatre heures les dix lieues qui séparaient les amants quand la jeune souveraine de Varela prenait les eaux à Erbe : « Parti à huit heures, je serai à minuit dans tes bras, à minuit une dans ton lit, à minuit deux dans toi... » En post-scriptum, cet homme de tête ajoutait : « Pas de billet à ordre, je t'en prie, mon amour, cela laisse des traces. Fais-moi porter les deux cents louis par Lazaro qui revient demain à Varela. »

Cet étalon de deux cents louis évoqua quelque chose dans l'esprit de Jacques. La veille, il avait empilé dans une boîte un lot de billets à ordre et de reçus qui présentaient peu d'intérêt, pourtant il lui semblait bien avoir aperçu quelque papier ayant trait à l'achat d'un étalon. Fouillant de nouveau dans la boîte, il eut la chance de trouver presque aussitôt un papier froissé, maculé de graisse. « Reçu du Chevalier Campari, la somme de 50 louis pour un étalon bai. Signé : Augusto Salto. » La date correspondait à celle de la lettre ! Amedeo avait mis cent cinquante louis dans sa poche. La cause était entendue. Une immense pitié pour la comtesse Béatrice envahit le cœur de Jacques. Comment son mari ne l'avait-il pas protégée ? Et pourquoi n'en était-il pas plus jaloux ? Ainsi, en très peu de jours, et même d'heures, Jacques plongeant dans le passé, en venait à éprouver à l'égard de cette affaire des sentiments tout à fait présents. Épris de la comtesse Béatrice, il acceptait qu'elle le trompât avec son mari, mais accusait le mari de faiblesse impardonnable parce qu'elle les trompait, tous les deux, avec un troisième homme, et quel homme ! Un maquereau qui la grugeait et ne l'aimait peut-être même pas ! Pourtant à relire les lettres d'Amedeo, on croyait mal qu'il fût tout à fait cynique, encore qu'il parlât un peu trop le cœur sur la main, mais les mots étaient justes et il écrivait un français presque aussi élégant que celui de Béatrice. Il citait Corneille et Racine, des vers ridicules de Voltaire, une jolie réplique de Regnard, un mot de

Diderot. Conseiller favori d'Ugo III, il partait en mission pour l'étranger. Le pape Benoît XIV avec lequel il cousinait par sa mère, une Bolognaise, le recevait deux fois, en 1752 et 1753. Louis XV lui remettait une médaille d'or à son effigie pour le comte de Varela. Frédéric II lui octroyait un brevet de sous-lieutenant de grenadiers. À Paris, dans un cercle, il perdait deux mille livres, laissait en gage un diamant (offert par Béatrice ?), revenait le lendemain et partait avec son diamant plus dix mille livres avec lesquelles il achetait un palazetto à Venise : « Mon amour, c'est là que nous vivrons, quand tu voudras, quand tu pourras... » Dans une lettre indignée, Béatrice l'accusait d'avoir été, au passage à Vienne, l'amant d'une nièce de Marie-Thérèse de Habsbourg, impératrice d'Autriche-Hongrie et Amedeo répondait : « Nous étions séparés depuis un mois, je ne pensais qu'à ton divin visage. Elle te ressemblait. C'est toi que j'ai étreint en elle. Je ne sais même plus la couleur de ses yeux. Ne me juge pas sans arrêt. Aime-moi ! J'en ai bien plus besoin. » Dans la réponse, Béatrice pardonnait : de l'épreuve son amour sortait fortifié.

Si le mot avait été utilisé au XVIIIe siècle, le chevalier Amedeo Campari aurait été exactement ce que l'on appelle un *play boy*. Il en avait le charme, l'esprit, le vernis, la mobilité, la célébrité éphémère.

Jacques enferma les lettres dans un dossier séparé, ouvrit une fiche au nom d'Amedeo et nota l'essentiel. Diavolo aboya. Relevant la tête, il vit, sur le pas de la porte, Umberto, pieds nus, ses chaussures à la main.

— Je ne voulais pas faire de bruit, monsieur le Professeur, je pensais que vous dormiez.

— L'orage m'en aurait empêché.

— En ville, tout le monde est allé dormir.

— Pas toi !

— Oh moi, je ne dors pas l'après-midi. Je me promène ou j'aide la Contessina.

— Allons nous promener ensemble. J'ai assez travaillé aujourd'hui.

Il rangea sa table pendant qu'Umberto remettait ses souliers.

— Ça me fera du bien de marcher, dit Jacques. Si je ne prends pas l'air, je finirai par devenir un vieux papier, tout jaune et tout froissé.

— C'est comme Marco, le cordonnier : il ne sort jamais de son magasin et il a le menton en galoche, plein de clous sur la figure et il sent tellement fort le cuir que les gens se bouchent le nez en lui parlant. Monsieur le Professeur ?

— Oui.

— Est-ce qu'on pourrait prendre la Topolino ? On irait à la Cascade du Centaure et Adriana, ma sœur, vous savez celle qui...

Il arrondit ses mains sur sa poitrine.

— Oui, je sais.

— Elle viendrait.

— Va la chercher. Je vous attends dans la voiture.

Quelques minutes plus tard, Umberto revint sur la place, traînant par la main une jeune fille de quinze, seize ans au plus en robe noire trop courte découvrant de jolies et maigres jambes hâlées. Un genou couronné témoignait de jeux encore enfantins qui contrastaient avec la gravité du visage aux cheveux de jais séparés à la naissance du front par une raie médiane et rassemblés sur la nuque par un ruban bleu. Une chaîne en argent autour de son gracile cou nu retenait une croix en émail.

— C'est Adriana, dit Umberto.

— Je m'en doutais. Montez tous les deux. Vous n'êtes pas gros et Diavolo non plus.

Par un chemin de traverse opposé à celui qui conduisait chez Assunta, ils gagnèrent l'autre versant des Apennins. Nettoyé par l'orage, l'air était si pur, si transparent que le paysage de la vallée apparaissait avec une netteté à peine croyable comme si les lointains contreforts s'étaient soudain rapprochés. Dans un état d'excitation folle, Adriana et Umberto battaient des mains, riaient des fondrières qui secouaient la Topolino. Cette promenade était le grand événement de leur vie. Tapi sous leurs pieds, Diavolo semblait beaucoup moins content, levant, de temps à autre, un regard d'une infinie tristesse vers Jacques que touchait l'attachement

111

soudain de ce chien. Dans toute petite ville, il y a ainsi un chien disponible, aimant l'aventure et gardant sa liberté pour un étranger de passage. Il ne faut jamais emmener ces chiens-là en les croyant abandonnés. Ils appartiennent à la communauté sans appartenir à personne, et leur force est de connaître les secrets de la ville, les endroits où l'on mange, ceux où l'on dort, ceux où l'on se soulage, et d'attendre, après le départ de celui qu'ils ont servi, un nouvel étranger dont ils seront les pilotes et les discrets mentors. Mais Jacques ne savait pas encore cela et l'attachement que lui montrait Diavolo depuis la veille l'émouvait autant qu'un amour humain, par son silence, l'échange de regards indicibles, la confiance muette.

Ils roulèrent ainsi pendant une dizaine de kilomètres jusqu'à se trouver au pied abrupt de l'Apennin. Dans une entaille de la roche grise, coulait un torrent qui se terminait par une chute d'une dizaine de mètres d'où l'eau tombait en une nappe d'écume irisée jusque dans un large bassin bordé de cytises et de ronciers. On en approchait par un chemin que les troupeaux de chèvres avaient tracé, sinueux et pierreux, jusqu'à une sorte de petite plage de galets où les bêtes pouvaient boire l'eau si claire qu'on voyait le dessin des roches plates d'un rouge ferrugineux et les éclairs argentés des truites.

— C'est là ! dit Umberto en sautillant sur place. On peut se baigner.

Jacques faillit objecter qu'ils n'avaient pas apporté de maillot, mais se tut en voyant Adriana défaire son ruban bleu et libérer une masse de cheveux noirs aussi beaux, aussi longs que ceux de la femme au lupus. Elle ôta ses souliers, ses socquettes blanches et tâta l'eau du pied.

— Elle est froide, dit-elle, en tournant vers Jacques un visage rayonnant de plaisir pour l'inviter à faire comme elle, comme Umberto qui retirait sa chemisette et sa culotte, ne gardant qu'un caleçon de grosse toile.

Il trépignait déjà au bord de l'eau.

— Allez, monsieur le Professeur, à vous ! cria-t-il.

Jacques ôta sa chemise, son pantalon, ses souliers. Adriana le regardait en souriant toujours mais ce n'était plus le sourire d'une petite fille devant un homme en slip, à la peau blanche, beaucoup plus gêné qu'elle quand elle commença de déboutonner sa robe dans le dos pour la laisser glisser à terre, apparaissant en combinaison de batiste si courte qu'elle arrivait au ras de ses fesses.

— Vous savez nager, monsieur le Professeur ? demanda-t-elle.

— Bien sûr !

— Alors montrez-moi comment vous faites et vous m'apprendrez.

— À moi aussi ! cria Umberto.

L'eau de la cascade recueillie par le bassin s'écoulait vers la plaine par une rivière et n'avait pas eu le temps de se réchauffer. Elle était même glacée. Jacques en eut le souffle coupé. Mais par amour-propre pour Adriana, pour Umberto, il ne ressortit pas aussitôt, nagea quelques brasses et s'habitua à la paralysante morsure du froid.

— Venez ! C'est très bon.

Il n'était pas besoin de les convaincre : ils entrèrent sans hésitation. Adriana avançait, les bras croisés sur sa poitrine étreignant ses épaules maigres, bien carrées comme celles d'un garçon. Autour de son buste la combinaison de batiste se souleva et, pendant un instant, Adriana fut le pistil d'une fleur à la blanche corolle qui lentement se fana et disparut sous l'eau. Ses longs cheveux flottaient dans son dos en nappe soyeuse et brillante.

— Montrez-moi ! dit-elle.

Jacques mit la main droite sous le gentil menton pointu et lui soutint la tête hors de l'eau.

— Allonge-toi !

Elle n'y arrivait pas, soit par un restant de peur, soit parce que sa combinaison gorgée d'eau l'en empêchait.

— Il faut m'aider ! dit-elle.

Sans l'invite, il n'aurait pas osé. Sa main gauche passa sous le ventre d'Adriana, le relevant doucement pour qu'elle s'étendît sans crainte. Elle était si légère que ce fut facile. Docilement, elle imita la brasse de Jacques, tendue, frissonnante, prenant peu à peu confiance. Dans sa main, il sentait le petit ventre dont les muscles se tendaient ou se relâchaient quand elle allongeait ou rétractait ses jambes hâlées. Les fesses affleuraient la surface, charmantes, creusées de fossettes. Jacques n'osait pas bouger sa main gauche. Eût-il voulu la soutenir plus bas pour qu'elle fût en meilleur équilibre, il aurait approché, frôlé son secret dont il avait deviné l'ombre à travers la batiste.

— À moi, maintenant ! dit Umberto mettant fin au plaisir torturant de Jacques, plaisir probablement partagé par Adriana qui se laissait porter sans plus nager.

Le garçon avait déjà des notions. Disons qu'il barbotait, tapant des pieds, aspergeant Jacques et sa sœur. Il parvint à faire quelques brasses, but de l'eau, suffoqua et revint vers le bord, essoufflé, secoué de rire. Adriana sortit à son tour, moulée dans la combinaison devenue transparente. La fleur de ses seins, le triangle de son sexe dessinaient des taches sombres sous l'étoffe légère et les longs cheveux noirs humides collaient à sa nuque, ses épaules et ses reins cambrés. C'était vrai qu'ainsi, au sortir du bain, avec sa peau mate brillante de gouttelettes, Adriana ressemblait à la nymphe de la fontaine qui, un sourire figé sur les lèvres, versait sans marquer la moindre lassitude, jour et nuit, l'eau dans les vasques de marbre. Adriana, plus gracile peut-être, à peine pubère, se tenait à un carrefour miraculeux de sa vie : plus une enfant, pas encore la femme dont on pouvait craindre qu'avec les maternités, les spaghetti et les pâtisseries, elle devînt, la trentaine passée, une de ces masses informes et boudinées qui traversent la place du Condottiere pour la promenade vespérale, au bras d'un mari soutenant leur pas chancelant. Telle quelle, en cet instant de grâce de son existence, et bien que son visage au nez grec et aux yeux noirs sous les épais sourcils ne fût pas d'une beauté remarquable, Adriana symbolisait avec hardiesse et impudeur la gloire fugitive de l'adolescence en liberté.

Elle tapait dans le dos de son frère qui reprenait mal son souffle quand, soudain, elle s'arrêta et pointant du doigt vers le caleçon entrebâillé d'où émergeait une verge encore garçonnière mais déjà capable d'admiration, elle lui dit sur un ton qui voulait être de la gronderie et qui était surtout rieur :

— Voyons Umberto ! Tu n'as pas honte ! Cache ta vergogne.

114

— Non, je n'ai pas honte ! Et monsieur le Professeur non plus, parce que lui aussi il...

Adriana lui plaqua la main sur la bouche.

— Tais-toi et si tu dis encore des vilains mots je te gifle.

— Tu me laisses même pas le temps de les dire. Et puis c'est ta faute, à cause de tes seins. Le Professeur sait que tu en as d'aussi jolis que la nymphe, et il est venu jusqu'ici pour que tu les lui montres.

Jacques s'indigna :

— Écoute Umberto, tu inventes n'importe quoi ! Je n'ai jamais demandé ça.

La franchise, la désinvolture du garçon l'embarrassaient au point qu'il ne savait quoi dire. Avec sa propre sœur, il n'avait jamais eu cette sorte de rapports. Jusqu'à l'adolescence, ils s'étaient cachés l'un de l'autre, Edmée se verrouillant à double tour dans la salle de bains ou sa chambre quand elle s'habillait, pudiquement recouverte de maillots une pièce à Houlgate, l'été, puis femme, attentive à ne jamais croiser les jambes quand elle s'asseyait. Par dérision, il la surnommait « Serre-les-cuisses » ce qui la mettait en fureur sans rien changer à sa maladive pudeur. Aussi les rapports de ces deux enfants l'émerveillaient par leur naturel et leur simplicité.

— Ce n'est pas grand-chose, dit Adriana, ils ne sont pas encore très gros, et si vous voulez les voir, c'est facile, mais toi, Umberto, tu ne les touches pas !

— Et lui, il peut... il peut les toucher ?

— Je ne les toucherai pas non plus, rassure-toi, dit Jacques.

— Personne encore ne les a touchés, dit Adriana. Il ne faut pas... ce serait un péché... Don Fabio l'a dit : mes seins ils seront pour mon mari.

— Pour ce crétin d'Andrea qui a encore la morve au nez !!!

— Non pas Andrea. Sûrement pas lui ! Un autre, un beau, peut-être un étranger, un homme qui m'emmènera vivre loin de Varela, dans une grande ville...

Elle fit glisser les bretelles de sa combinaison qui tomba jusqu'à mi-hanche, découvrant son joli torse élancé à la peau brune, et, dans un geste que personne ne pouvait lui avoir appris,

115

elle joignit les mains derrière sa nuque, cambrée, la poitrine presque effacée par la tension des muscles, les aisselles déjà soyeuses, découvertes, si tentantes que c'est là qu'on eût aimé déposer un baiser.

— J'ai vu, dit Jacques qui ne pouvait en tolérer beaucoup plus. J'ai vu, et maintenant sèche-toi, Adriana. Tu grelottes et la pointe de tes seins est toute mauve.

— Est-ce que je suis plus jolie que la nymphe ?

— Comment en doutes-tu ? Elle est en bronze et tu es en chair fraîche.

Ils avaient apporté une serviette de bain et se séchèrent l'un après l'autre, Adriana passant longuement, sans gêne, la serviette entre ses cuisses. Allongée sur une large dalle de granit, entre Jacques et son frère, elle s'offrit avec de gentils frissons à la tiède caresse du soleil de cette si claire fin d'après-midi. La cascade qu'ils avaient oubliée dans leurs cris et leurs rires sembla se rapprocher d'eux, et son bruit lancinant et régulier doucement calma leur excitation. La dalle était chaude, le ciel traversé d'oiseaux qui filaient vers la montagne ou s'en laissaient tomber comme des flèches dans un champ, un verger. Jacques ferma les yeux avec le vain espoir de n'être plus distrait ni par le ciel, ni par le corps d'Adriana si près du sien, et de mettre un peu d'ordre dans des pensées agressives. Tout cela n'était qu'un jeu, un délicieux jeu bucolique digne de l'enchantement de la vallée. Le briser par un geste — peut-être prendre sa main comme il en mourait d'envie, à supposer qu'Adriana l'eût supporté et il était probable que non, même si elle n'était pas innocente au point de ne pas y penser —, briser ce jeu aurait été d'une insigne maladresse. Ils restaient là, au bord du plaisir, gonflés de sève tous les trois, à des âges en apparence si différents, en réalité si proches que la révélation de leur complicité consacrait déjà pour eux une aventure merveilleuse dont ils devinaient, d'instinct, la fragilité.

Ils étaient secs et réchauffés quand le soleil déclinant atteignit la crête de l'Apennin.

— Il faut rentrer, dit Adriana. Ce soir c'est moi qui fais manger les petits.

— Combien d'enfants êtes-vous ?

— Oh, trois seulement.

— Qui est l'aîné ?

— Moi, et ensuite il y a Umberto et Dado.

Elle passa sa robe qui ressemblait plus à un sarrau qu'à une robe et fut de nouveau une enfant.

— Et tes cheveux ? La Mamma verra que tu t'es baignée.

— Je dirai que des copains à toi m'ont plongé la tête dans la fontaine.

— Elle te demandera qui...

— Ils m'ont surprise, je ne les ai pas vus.

Jacques admira tant de présence d'esprit.

— Quel âge as-tu ?

— Seize ans.

— C'est pas vrai, dit Umberto, tu en as quinze.

— Seize dans un mois, imbécile, et ferme ta braguette, on voit ta chose et elle n'est pas jolie.

Umberto écarta les bras :

— Tu en as vu de plus jolies, des grandes comme ça ?

— Écoutez monsieur le Professeur, il ne pense qu'à ça. C'est de son âge, mais quand même ! Maintenant il faut rentrer.

Jacques les laissa à l'entrée de la ville et ils s'enfuirent, main dans la main. En roulant lentement par la ruelle qui descendait à la place du Condottiere, il nota que les têtes ne se détournaient plus à son passage. Le cordonnier — l'homme à la face pleine de clous et au menton en galoche — lui accorda même un signe de la main, et Jacques sut que, peu à peu, on l'admettrait, qu'il fallait certes encore passer un long et difficile examen, subir des épreuves dont on ne lui donnerait même pas l'énoncé. La rumeur publique était en marche. Elle s'avérait favorable et s'il voulait pénétrer quelques-uns des secrets de Varela, il ne fallait pas la décevoir. Cet après-midi, il avait inconsidérément pris des risques, et s'il ne les regrettait pas, il mesurait le danger encouru. Attention au petit messager du diable, aux adolescentes qui se baignent en chemise de batiste dans les eaux froides d'un torrent ! Tout se sait et se devine. Sans compter que de cette fête impromptue, il gardait une difficilement résistible envie de faire l'amour. On passe de mauvaises heures sur un livre ou dans des archives quand une pareille pensée vous poursuit.

Fort heureusement, Beatrice était là pour le dîner. Un rien d'hypocrisie n'est pas inutile quand des rapports subtils se nouent entre deux êtres qui s'ignoraient. Dans l'instant où ils furent assis en face l'un de l'autre, Jacques, bien qu'il craignît le don singulier qu'avait Beatrice de devancer ou de deviner ses pensées, fut heureux d'avoir à lui taire sa sortie de l'après-midi. Si elle l'avait appris — et Umberto était très capable d'être déjà venu la lui raconter — en tout cas elle le cachait et, pendant le dîner, elle ne parla que de ce qu'elle avait lu avant qu'il ne revînt.

— En hommage à votre présence à Varela, disait-elle, j'ai relu des poètes français. Mlle Chalgrin ne me laisse jamais en manquer. Elle m'envoie des anthologies, des essais sur la poésie, des articles recopiés pour moi de sa fine écriture de vieille fille. Mlle Chalgrin a des coups de foudre parfois pour des poètes nouveaux, parfois pour des poètes disparus dont pendant quelques mois elle est la vestale sacrée. J'ai connu une période Mallarmé, une période Moréas, une période Toulet. En ce moment, nous sommes dans une période Laforgue, et je partage son enthousiasme, bien que je ne saisisse pas toujours tout, mais si je vous dis ceux sur lesquels j'hésite, vous m'aiderez.

— Beatrice, croyez-moi quand je vous dis que j'ai peu lu les poètes. Avant le bachot, je n'ai eu que des curiosités superficielles. Après, j'ai travaillé jour et nuit à ma licence. Pendant la guerre, j'ai lu les journaux, de temps à autre un livre dépareillé. Après la guerre, j'ai repris l'histoire pour ma thèse, et depuis deux ans pour mes cours que je prépare longuement. Où la poésie trouverait-elle le temps de m'atteindre dans tout cela ?

— Quand même vous n'y êtes pas insensible ?

— Insensible, non. Ignorant, oui. Chacun met de la poésie dans sa passion. Par exemple, j'ai trouvé votre aïeule, la comtesse Béatrice, un être historiquement poétique. Il y a un... flou poétique autour d'elle. Je ne sais pas encore où elle est née, à quel âge elle s'est mariée, et pourquoi, malgré un séduisant mari, elle a eu besoin d'un amant. Autant vous avouer tout de suite que j'ai l'intention de l'accabler, cet Amedeo Campari. Je le trouve dépourvu de poésie, surtout quand il escroque sa maîtresse de cent cinquante louis.

— En êtes-vous certain ?

— Absolument certain. J'ai la preuve là-haut, dans les archives.

— Je suis déçue.

Elle l'était réellement. Elle avait cru à une passion admirable et Jacques la ramenait sur terre. Il sut qu'il avait touché à un point sensible du mythe que Beatrice caressait depuis son enfance. En même temps, il la comprenait mieux. Enfermée par la nécessité dans cette ville sans issue dont rien ne semblait assez puissant pour la libérer, elle vivait l'amour des autres : l'amour de la comtesse Béatrice pour Amedeo, l'amour rustique d'Assunta pour Antonio. Jacques se tourna vers le portrait de la jeune femme au lévrier d'Italie. La légère impression de mièvrerie qu'elle donnait au premier regard se dissipait après un examen plus attentif. Bien que Luigi Campello eût sacrifié à la mode de peindre avec un soin minutieux la robe et les bijoux plutôt que de porter ses efforts sur le caractère de son modèle, il avait suggéré une légère moue qui trahissait l'ennui de Béatrice. À bien observer les lèvres et l'œil distrait, on devinait que la jeune femme endurait mal les séances de pose. Autre détail significatif : pour qu'elle fût plus attentive, le peintre lui avait demandé de prendre sur ses genoux la levrette alors que le portrait était déjà très avancé, et il avait modifié le mouvement des avant-bras. Sous le vernis, apparaissait l'esquisse d'un bras dont la main, primitivement, se posait sur le genou, main certainement mise en valeur par l'artiste amoureux des bagues et des bracelets de Béatrice. Et pour complaire à la jeune femme, Campello avait particulièrement soigné le chien. Pourtant, dans la mesure où Jacques se souvenait d'avoir lu une étude sur ce peintre de cour si en faveur à la moitié du XVIIIᵉ siècle, l'Italien n'était pas un animalier :

— Qu'avez-vous découvert ? demanda Beatrice.

— Deux choses, je crois. La première est que votre aïeule était probablement la vivacité même, qu'assise elle s'ennuyait aussitôt. Puisque je ne sais encore rien de son passé avant qu'elle épouse Ugo III j'imagine pour elle une jeunesse libre et heureuse qui n'a pas pu trouver à s'affirmer dans l'atmosphère gourmée de Varela. La seconde chose est que si Luigi Campello n'a pas livré ici les portraits, c'est qu'il ne s'est pas senti capable de peindre cette levrette italienne. Il a emporté sa commande sous un prétexte quelconque et à Munich il a fait peindre le chien par un animalier connu, probablement Hans Meyerbach. Bien que je ne sois pas un expert, j'ai quand même étudié la question et je suis à peu près certain que le même pinceau n'a pas peint le portrait et le chien.

— Est-ce important ?

— Non, c'est un détail, mais avec beaucoup de détails de ce genre, je comprendrai un jour le caractère de votre aïeule. Il est visible qu'elle adore son chien. Dans plusieurs de ses lettres, j'en ai trouvé mention. Il s'appelle Sardanapale, ce qui est longuet et a dû inévitablement finir en Sarda. Dans une correspondance amoureuse, un chien est très commode : on peut, par pudeur, lui prêter des sentiments qu'il serait délicat d'avouer. Quand la comtesse Béatrice écrit à son amant que, depuis son départ, Sardanapale tourne en rond dans la chambre et qu'elle assiste, impuissante, à son désarroi, il faut lire le contraire : Béatrice tourne en rond dans sa chambre sous l'œil indifférent du chien. J'en suis encore aux hypothèses et vous devez me trouver téméraire. Un historien est un détective privé, une sorte de Sherlock Holmes qui ne traque pas un criminel mais un événement effacé par le temps.

Beatrice souriait. Jacques sut qu'il lui parlait avec justesse, qu'elle était sensible à son intérêt pour le passé qui les préoccupait. Folco apportait un plateau avec trois tasses de café. Ils le suivirent dans le boudoir voisin de la salle à manger pour y retrouver Francesca en robe de chambre, des lunettes sur le nez, absorbée par une tapisserie qu'elle brodait sur ses genoux.

— Comment ? Tu es là ? dit Beatrice. Pourquoi n'as-tu pas dîné avec nous ?

— Je n'ai pas faim. Je ne pourrais pas vivre sans Folco, mais c'est un cuisinier de merde.

— Vous êtes injuste ! dit Jacques.

— Allons... allons... ne vous croyez pas obligé... De quoi parliez-vous tous les deux ?

120

— De Béatrice et d'Amedeo Campari.

— Campari ? Ah oui... son amant. Intéressant ? Non, je n'en sais rien. Il faudrait connaître les détails. Vous devriez, monsieur le Professeur, en demander à la vieille demoiselle Campari qui habite Folignano. Elle en parle comme si elle l'avait connu. C'est la plus grande gloire de sa famille : un Campari a été l'amant d'une comtesse Varela. On n'a pas fini d'en rêver.

— Où est Folignano ?

— Dans la vallée, au nord. Ce n'est même pas un village. Il y a une jolie maison et deux fermes. La maison vous plaira. Vous aimez les vieilleries.

— Qu'est-ce qui vous fait dire ça ?

— Rien ! Une idée.

— Tu pourrais emmener Jacques chez elle, dit Beatrice.

— Ça vous amuserait ?

— Bien sûr.

— Alors, demain.

Elle rattrapa les lunettes qui glissaient sur son nez et plongea dans sa tapisserie. Était-ce la même qui qualifiait Folco de « cuisinier de merde » ? On avait du mal à le croire en la voyant là, tout d'un coup, absorbée par sa tapisserie, fronçant les sourcils pour reprendre un point, assez puérile en somme, assagie ou indifférente.

— Jacques s'intéresse au portrait de Béatrice par Campello, dit Beatrice.

— Je déteste son chien, dit Francesca. Un chien gris, aux yeux fardés. Pas de menton, le poil ras. C'est un chien obscène. On imagine des choses...

— Tu es folle, ma pauvre !

— C'était le chien à la mode, dit Jacques. Frédéric II en avait trente dans un chenil près de chez lui.

— Je ne suis pas étonnée que la comtesse Béatrice ait suivi la mode. Elle n'avait rien d'autre à faire.

Jacques se garda de répondre. Les sarcasmes de Francesca mitrailleraient tout ce qu'on dirait de la comtesse Béatrice. En un sens Francesca raisonnait juste et son intuition féminine ne la trompait pas tellement. Dans les lettres à Campari on devinait bien Béatrice telle qu'elle devait être : une femme terriblement inoccupée, emplissant le vide de ses journées avec un amant et le chouchoutage d'une levrette. Quelle autre ressource eût-elle trouvée, cette déracinée, arrachée à la France par l'ambition de ses parents, enfermée dans Varela où les conventions pesaient si lourd qu'une belle jeune femme n'avait d'autre ressource que la frivolité ou l'adultère pour s'échapper ?

— Vous remarquerez, dit Jacques, que cette jeune femme méprisée par vous parce qu'elle sacrifie à la mode n'est peut-être pas aussi creuse qu'il y paraît. Bien que vous parliez toutes les deux parfaitement le français, vous n'êtes sans doute pas aussi sensibles que je le suis, à sa façon d'écrire. Il est impossible qu'une certaine élégance d'écriture ne corresponde pas à une certaine élégance d'âme. Faites-lui crédit... Je vous trouverai d'autres raisons de ne pas la condamner.

— Vous feriez un bon avocat, dit Beatrice.

— Toute l'histoire est une plaidoirie.

— Et un acte d'accusation ! dit Francesca.

— J'ai choisi, aujourd'hui, la défense...

Plus tard, seul dans sa chambre, il compléta ses fiches sur la comtesse Béatrice et sur Amedeo Campari, mais le cœur n'y était pas. Le présent insistait. L'émotion du bain avec Umberto et Adriana s'effaçait derrière la voix grave de Beatrice et l'attitude de Francesca. Il eût bien volontiers ouvert aussi une fiche sur Beatrice, mais pour quoi y noter ? Qu'elle ne correspondait à rien de ce qu'il avait connu dans un proche passé ? Il chassa ces réflexions et entreprit d'écrire de nouveau à Cléry. Le ton de continuelle raillerie qui était de mise entre eux les préservait des lieux communs de l'amitié et réglait leurs rapports sur un pied d'égalité, ne lui vint pas naturellement. Jacques hésita sur la manière de commencer : « Sire » ne se répétait pas deux fois, ni le pompeux « Mon Capitaine ». « Cher Ami » restait vague. « Cher André » ouvrait une confidence. Mieux valait se dispenser de formule.

Je me demande pourquoi vous m'avez si facilement jeté dans cette aventure. Parce que c'est une aventure ou des aventures. Il est sidérant de penser que vous vous êtes arrêté une heure à Varela en 1944 et que vous avez deviné qu'il s'y était passé des choses, qu'il s'en passerait encore. Je n'ai pas votre flair, mais je suis un homme méthodique et appliqué. J'apporte méthode et application aux différents mystères de Varela. L'un des mystères commence à s'éclaircir. J'ai rencontré Francesca passionnée de mécanique et de tapisserie. Seule m'intéresse la mécanique qui conduit droit à l'automitrailleuse dont je vous ai raconté qu'elle nous a nargués plusieurs jours en 1944. J'ai, comme vous le savez déjà, trouvé l'endroit où se cachait cet engin : une grotte à flanc de montagne, au-dessus d'une ferme où Francesca vit la moitié du temps. Est-ce elle qui conduisait l'automitrailleuse ? Je n'en sais rien. Peut-être accompagnait-elle simplement le conducteur. Elle avait dix-neuf ou vingt ans et considérait cette aventure comme une farce, mais c'est à elle que nous devons le boulet qui décapita le Condottiere. Elle l'a puni de n'avoir pas su arrêter l'invasion de sa vallée, comme elle le punirait volontiers encore aujourd'hui de la décadence de Varela. Autre détail que j'ignorais : dans la maison où j'habite maintenant a séjourné, avant la libération de la ville, un officier allemand (arme, grade, nom, âge encore ignorés) qui, après une permission, a rapporté de Munich quatre portraits commencés en 1750 par un peintre de cour : Luigi Campello. Tous les jours je déjeune ou dîne sous les regards distants de Bernardo II et de sa femme, Catherine la Sicilienne, de son fils Ugo III et de sa bru, Béatrice de Granson de Bormes (âge, origine exacte encore inconnus). Ces quatre portraits oubliés dans la tourmente qui a secoué Varela étaient restés en Bavière depuis 1755. Beatrice (la nôtre, la Contessina, il faut le préciser chaque fois de peur que vous confondiez la morte et la vivante), Beatrice a conservé les tableaux pour sa maison. Elle aime prendre ses repas sous le regard sévère de Bernardo II et de Catherine, protégée par l'intelligent visage d'Ugo III et la grâce de la comtesse Béatrice. Quand je ne suis pas là, j'imagine qu'elle leur parle et qu'ils lui répondent.

À propos de la comtesse Béatrice, j'ai découvert cet après-midi qu'elle avait pris, peu après son mariage et la naissance de son fils (Benito), un amant le *Cavaliere* Amedeo Campari (comme l'apéritif hélas !) et que cet amant, si tendre fût-il en paroles, se conduisait avec elle comme un vulgaire maquereau. J'ai éprouvé un véritable sentiment de haine pour ce séducteur intéressé. Il sait trop bien s'y prendre avec sa maîtresse. Si j'avais le dixième de son habileté, je serais un homme couvert de femmes depuis mon arrivée en Italie, mais voilà... je ne sais pas, je ne saurai jamais, et la duplicité si naturelle à mon bel Amedeo est pour moi une épreuve où je déploie ma maladresse. J'ai l'intention d'écraser (historiquement) le chevalier Campari et de purifier la comtesse Béatrice. Par instants, je ne sais plus en quelle année, en quel siècle, je vis.

Si vous ouvrez l'album dans lequel sont réunies les photos prises par vous à Varela en 1944, vous retrouverez celle de la jolie nymphe qui domine la fontaine, place du Condottiere. Elle vous plaisait, je m'en souviens, et vous avez en vain cherché le nom du sculpteur. Je n'oublie pas que je dois vous le procurer. En attendant, cet après-midi, la jolie nymphe est descendue de sa pyramide de vasques et m'a emmené baigner dans un bassin d'eau glacée au pied de la montagne. Je lui ai appris à nager, en la tenant d'une main par le menton, de l'autre sous le ventre. Si l'eau n'avait pas été aussi froide, je ne sais pas ce qui se serait passé. Que cette eau qui tombe en cascade de la montagne se réchauffe et je cours un risque. Quand vous apprendrez que je suis en prison, vous direz, en plaidant ma cause : « Je connais cet homme, il ne peut avoir détourné une mineure. Ce sont les mineures qui le détournent. » Vous voyez que Varela sécrète des passions diverses : les plus nobles (les deux Béatrice), les plus intrigantes (Francesca et le poète Gianni Coniglio), les plus érotiques (la nymphe Adriana et dans une certaine mesure encore notre Beatrice). Plaignez-moi : je navigue entre ces passions sans être sûr de l'heure à laquelle je vis : 1750 ; 1755 ; 1944 ; 1949. Je vous prie de m'accorder quelque indulgence quand vous vous apercevrez de mes confusions.

Votre Giacomo Selvaggio.

Depuis qu'il savait que Beatrice dormait dans une chambre juste au-dessous de la sienne, Jacques se déplaçait pieds nus, prenant soin de ne pas heurter les meubles ou déplacer une chaise. Pour aller sans bruit s'accouder à la fenêtre, il évitait les deux lattes disjointes. Par les fenêtres ouvertes, des papillons de nuit entraient et voletaient dans la pièce autour de la lampe sur sa table de travail. Dès que le café éteignait sa vitrine, signal du départ de Belponi, de Coniglio et du garçon, la place se vidait. Seule la nymphette continuait de vivre sur sa fontaine, et les soirs sans vent on entendait le joli son régulier des vasques ruisselantes. Diavolo disparaissait vers une de ses caches. Une oreille très fine aurait perçu la rumeur des radios qui captaient toutes, de dix heures à onze heures, l'histoire interminable de Mariella, de son riche veuf et de la famille qui s'opposait par mille moyens déloyaux au mariage de la petite bonne. À l'aube seulement, le silence se déchirait : suivi par un tombereau que tirait un mulet, un homme en bleu de chauffe vidait les poubelles de la place.

Alors les hirondelles sortaient de leurs nids sous les corniches et traçaient de leur ventre blanc des trajectoires idéales qui zébraient le ciel pâle.

Folignano n'était pas un village. À peine un hameau : une maison de maître, à quelques mètres de la route, dominait deux fermes en contrebas parmi les olivettes, des champs de maïs et des vergers irrigués par des canaux qui serpentaient entre les arbres. La maison de maître était belle dans sa sévère hauteur. Les fenêtres les plus basses, protégées par d'épais barreaux, s'ouvraient à trois mètres. Un ancien pont-levis avait défendu l'entrée. Depuis si longtemps baissé au-dessus du fossé, il faisait maintenant office de pont. Les murs étaient de pierre brute. À l'angle le plus proche de la route, partie intégrante de la maison, s'élevait une tour qui avait dû être autrefois crénelée et que coiffait maintenant un toit conique en ardoise.

Quand ils arrivèrent, un homme en pantalon de velours et chemise kaki déchargeait un mulet devant la porte : un tonnelet, un sac de farine, une jarre d'huile et un plein panier de pêches. Francesca avait refusé de monter dans la Topolino :

— Je n'aime pas les sardines et encore moins leurs boîtes. Votre voiture est bonne pour un musée. Avez-vous un serre-tête et des lunettes ?

— Ce n'est pas dans ma panoplie.

— Alors, tant pis ! Vous fermerez les yeux.

À cheval sur le tan-sad, il avait gardé les yeux ouverts, posé ses mains sur les épaules de la jeune fille.

— Non ! Pas comme ça. Vous me gênez. Posez les mains sur mes hanches.

126

Une ceinture cloutée de cuivre sanglait sa taille déjà étroite et il eut l'impression de la tenir tout entière dans ses mains jointes. Dix kilomètres ainsi, à plus de cent à l'heure, sur une route inégale où la moto s'envolait au moindre dos d'âne, lui semblèrent une éternité malgré l'adresse avec laquelle Francesca maniait sa grosse Harley-Davidson et la maintenait en ligne quand elle quittait le macadam.

— Vous avez eu peur ? demanda-t-elle en ôtant son serre-tête de cuir et ses lunettes.

— Non, pas tellement ! Chaque fois que j'aurai besoin d'un massage facial, je vous demanderai une place sur le tan-sad.

— En hiver, c'est bien plus grisant. On a l'impression que le vent est plein de lames de rasoir.

Le muletier les regardait sans étonnement.

— Salut, Tonino !

— Bonjour, Signorina Francesca. C'est encore une belle journée. Nous avons de la chance. J'ai vu deux compagnies de perdreaux dans les champs de maïs. Ils sont revenus cette année.

— Nous les tirerons en septembre. Je ne vois pas ton chien...

— Oh lui, dès qu'il arrive ici, il sait où aller... dans la cuisine. Donna Vittoria est toujours à le gâter.

— Veux-tu lui dire que je suis là avec un Français.

— Ne vous en faites pas. Elle le sait déjà. Elle sait tout.

En effet, Vittoria Campari apparut sur le seuil en chandail et pantalon, grande et grosse femme aux cheveux gris ébouriffés, au visage luisant avec de fortes lèvres et des yeux d'un velours noir aussi somptueux que celui des yeux de Beatrice. Hommasse, oui, certainement, mais avec bonne humeur et gourmandise.

— Francesca, je t'ai attendue hier pour dîner !

— Je n'avais pas dit que je viendrais sûrement et Beatrice voulait que je dîne avec notre ami français que je te présente. Il aime qu'on italianise son nom. Alors voilà Giacomo Selvaggio que tout le monde appelle respectueusement monsieur le Professeur.

— Bon : vous restez déjeuner tous les deux. J'ai justement un *osso bucco*...

Francesca joignit les mains comme une prière :

— Vittoria, je t'en supplie, ne parle pas tout le temps de bouffe.

— Toi tu n'en parles pas assez. Entrez, mes enfants. Tonino, tu attaches ton mulet et tu prends un café avec nous.

Un escalier montait au niveau du rez-de-chaussée.

— Vous voyez, monsieur le Professeur, on n'était sûr de rien à cette époque-là, quand le Condottiere s'est installé dans la vallée. Les Infidèles ne venaient pas jusqu'ici mais tout l'Apennin servait de repaire à des bandes de brigands pires qu'eux. Quand ils arrivaient, les paysans s'enfermaient ici avec nous. On garait des vaches et des moutons en bas, et on tirait sur les brigands par les fenêtres et les meurtrières qu'on ne voit plus parce que je les ai comblées. J'ai horreur des courants d'air.

Dans la cheminée de l'immense cuisine on aurait pu rôtir un bœuf, mais Vittoria Campari ne rôtissait pas : elle aimait les ragoûts qui mijotaient lentement sur un fourneau de fonte noire, bagué de cuivre. Une chaleur épouvantable régnait dans ce monde clos.

— Si vous trouvez qu'il fait trop chaud, on peut ouvrir un vasistas. Moi, je ferme tout parce que je vous l'ai dit, je n'aime pas les courants d'air, et les courants d'air ne m'aiment pas.

Et frappant les deux calebasses sous son chandail :

— Je suis faible de la poitrine, moi. Oui, ça n'a pas l'air.

Avec une obscène vulgarité tout à fait inattendue, elle prit à pleines mains ses énormes seins flasques sous le chandail et les souleva plusieurs fois en riant :

— À Bali, je ne ferais pas fortune avec les touristes qui traversent l'océan Indien pour photographier des seins nus. Mais c'est pas ça qu'on vient chercher chez moi, n'est-ce pas, ma Francesca ?

— Arrête tes exhibitions dégoûtantes et donne-nous du café.

Vittoria tapa dans ses mains. Entre le fourneau et une armoire se déplia une chose étrange, un tas de chiffons blanchâtres et rouges qui emmaillotaient une sorte de momie à la tête à peine plus grosse que le poing, visage si tanné par la station près du feu qu'il semblait passé au brou de noix jusqu'au plus profond des rides et entre les lèvres rentrées sous les gencives. Ce tas de chiffons marchait les mains en avant, des mains décharnées aux longs doigts noirs qui tremblaient.

— Il ne faut pas la brusquer, dit Vittoria. Elle est aveugle et elle a quatre-vingt-dix-neuf ans. Nous voudrions tous qu'elle atteigne le siècle. Ce serait une gloire de plus pour la vallée. Les autorités viendraient de Pérouse et Monseigneur l'Évêque, et les journalistes et la radio. À propos de radio, tu as écouté, hier soir, Francesca, *Le Cœur battu*. Tu sais que c'est rudement bien fait ! La pauvre Mariella est mal partie. Tu veux que je te dise : elle n'épousera jamais son vieux ! La famille est trop forte.

— Je n'écoute pas ces conneries-là, dit tranquillement Francesca. Comment cette pauvre Annunciata fait-elle pour savoir où sont toutes les choses ?

En effet, Annunciata la centenaire prenait des tasses sur une étagère, les alignait sur la table de marbre, versait le café à ras bord sans perdre une goutte, apportait le sucre, la crème et une boîte de biscuits.

— Annunciata est née dans cette cuisine. Oui, je t'assure que c'est vrai. On me l'a raconté cent fois quand j'étais enfant. Sa mère qui lavait la vaisselle est allée se coucher dans le coin près de la fenêtre. Le bébé est né. On l'a enveloppé dans un torchon et la mère a repris la vaisselle. Mon arrière-grand-père avait vu la mère d'Annunciata quand il était enfant. Elle avait de beaux yeux, de gros bras et de grosses jambes comme moi. On n'a jamais su qui était le père mais il y a des chances pour qu'il fasse partie de la famille. Tonino, je suis sûre que tu ne veux pas de biscuits, mais du pain. Sers-toi.

— Non merci, Donna Vittoria, je ne suis pas venu pour manger. Juste un café, ça suffit. Je vais encore à Varela cet après-midi livrer un tonnelet de vin chez les Coniglio. C'est bien cinq heures aller-et-retour, et si je m'endors sur ma mule, elle en profite pour rentrer à la maison et j'ai l'air d'un imbécile.

— Tu as vu Gianni, ces temps derniers ? demanda Vittoria à Francesca.

— Qu'est-ce que tu crois ? On ne le voit pas, on le croise dans la rue.

— Je lui ai parlé, l'autre soir, dit Jacques. Au café, avant la fermeture. Il n'est pas d'une excessive gaieté.

Annunciata avait regagné son antre à côté du fourneau. Tête baissée, elle ne formait vraiment plus qu'un tas de chiffons. Tonino essuyait sa moustache balai.

— Merci, Donna Vittoria. C'est bien le meilleur café d'Italie.

— D'Italie ? Je ne sais pas. De la vallée sûrement. C'est mon frère Amedeo qui me l'envoie du Brésil et je le grille moi-même. Avec le reste de la cafetière, je vous ferai des sorbets au café pour le déjeuner.

— Nous ne sommes pas venus déjeuner, dit Francesca.

— Et alors, qu'est-ce que tu fais ici ?

— J'aurais aimé vous parler d'Amedeo Campari, pas votre frère, celui qui était l'amant de la comtesse Béatrice vers 1750.

— Ça, c'est une autre histoire. Venez, mes enfants...

En sortant de la cuisine, elle prit un biscuit et le mit dans la main d'Annunciata qui le suça.

— Elle ne mange que ça et un bol de soupe le soir, rien d'autre toute sa vie même quand elle avait des dents.

— Est-ce qu'elle est sortie de la cuisine depuis cent ans ? demanda Jacques.

— Pas souvent ! Avant la guerre, je l'ai emmenée une fois à Varela. Elle en a parlé pendant dix ans. Maintenant, elle ne parle plus. Le soir, elle déplie une paillasse et se couche dans le coin où elle est née. Pour les petits besoins — mais elle en a très peu — elle va sur le palier. Qu'est-ce qu'il y a à voir dans le monde, je vous le demande ? Rien. Rien que des horreurs et des crimes. Quand je pense à cette pauvre Mariella qui ne peut même pas épouser son veuf ! Comment s'appelle-t-il, au fait, ce veuf ? Roberto, Ernesto... j'ai la mémoire en compote...

— Je t'ai déjà dit que je n'écoute pas ces conneries-là !

— Tu as bien tort. Ça te parlerait d'amour et ça te donnerait envie de savoir ce que c'est !

— Très peu pour moi !

— Tu y viendras comme tout le monde. Moi aussi, je suis passée par là.

Elle les avait entraînés dans un salon bourgeois aux fauteuils d'ébène tapissés de velours rouge grenat. Sur une table recouverte d'un châle indien trônaient une dizaine de photos dans des cadres dorés. Vittoria ouvrit une desserte, en sortit trois verres et un carafon de cristal.

— Vous prendrez bien un marasquin ? dit Vittoria. Ça ouvre l'appétit.

Francesca refusa énergiquement. Jacques n'osa pas.

— Vous pouvez y aller, dit Vittoria, je le prépare moi-même avec mes griottes de Marasca. C'est du pur.

D'une boîte en fer-blanc, elle tira des gaufrettes qu'elle dispersa en roue sur une assiette de cristal.

— Il faut toujours manger quelque chose en buvant de l'alcool. Mon père n'aurait pas touché un verre de vin sans un bout de pain ou de fromage.

— Et il est mort d'apoplexie, dit Francesca. Regardez-le, Jacques.

Elle désignait dans un des cadres la photo sépia d'un gros homme à la barbe garibaldienne. Il paraissait gonfler ses joues et son cou étranglé par un col de celluloïd. Sur son ventre rebondi, sa main boudinée jouait avec une chaîne de montre.

— Il n'était pas plus bête qu'un autre, dit Vittoria. Puisqu'il aimait la bonne chère, pourquoi s'en serait-il privé ? C'est de tradition dans la famille. L'Amedeo qui vous intéresse, monsieur le Professeur, a fini sa vie en 1780, je crois, gros comme un porc.

— Comment le savez-vous ?

— J'ai deux portraits de lui. L'un à vingt-cinq ans, beau comme un Jésus. L'autre à soixante, où la graisse a mangé sa jolie figure.

— Jacques est venu pour voir les portraits, dit Francesca.

— Alors dans ce cas, vous restez déjeuner. Et toi tu ne chipoteras pas dans ton assiette, ou alors un jour, tu t'envoleras comme une plume, avec ta moto entre les jambes. On te verra passer par-dessus nos montagnes... et adieu Francesca, ce n'était pas une jeune fille, c'était un oiseau...

Les deux portraits, un pastel pour le jeune homme, une huile pour le gros homme, étaient en effet des plus intéressants. Sous les bouffissures du second, on retrouvait les traits du premier, l'œil insolent, la bouche sensuelle, une façon de lever le menton avec suffisance. On voyait bien ce qu'avait eu de séduisant le chevalier Campari : un visage mâle et une gaieté charmante. Vittoria déploya une large feuille de parchemin sur laquelle son père avait dressé un arbre généalogique qui remontait au début du XVIe siècle. Un Campari déjà officier de l'armée du Condottiere, avait été anobli chevalier lors de la fondation de Varela et nommé commandant du secteur de la vallée où vivait maintenant Vittoria.

— Les familles de soldats dégénèrent dans la paix, dit Vittoria. Après deux siècles, les Campari vivaient de la terre et envoyaient un fils, pas deux, à Rome, pendant trois ans, au service du pape. Amedeo est revenu à Varela pour le mariage d'Ugo III. Il a vécu à la cour, ses frères travaillaient pour lui. Et puis il y a eu l'amour ! J'ai une trentaine de lettres d'Amedeo et de sa sœur, Vittoria... Oui, ne vous étonnez pas, c'est une tradition : Amedeo et Vittoria sont des prénoms de famille. Ils sautent une génération et réapparaissent avec les petits-enfants. Et nous sommes encore un Amedeo au Brésil, et une Vittoria à Varela. Les derniers. Mon frère ne se mariera pas. Il est missionnaire. Quant à moi...

En pouffant de rire, elle se claqua une fesse.

— ... j'avais à choisir entre l'amour et mon derrière. J'ai choisi mon derrière. Je vous prête les trente lettres. Vous les copierez et me les rendrez. Si vous ne me les rendez pas, je vous trucide avec ma lardoire. Vous verrez : c'est encore une histoire d'amour. Amedeo n'a eu qu'une confidente : sa sœur. Et Vittoria n'a qu'un confident : son frère. Au XVIIIe siècle, les Italiens n'étaient pas constipés par la Démocratie chrétienne comme maintenant, ils écrivaient tout ce qui leur passait par la tête. Pour Vittoria, un cul ça s'écrit c, u, l, et pas de pudibonderies ! C'était une famille de chauds lapins, les Campari de ce temps-là ! On embrochait tout ce qui était à portée de la main. Ou on se faisait embrocher. Voyez comme ça finit : un Amedeo missionnaire et sa sœur aux fourneaux. Décadence des décadences...

Jacques l'aurait écoutée pendant des heures, mais après le déjeuner, Francesca manifesta de l'impatience. Déjouant l'attention de Vittoria elle avait caché de la viande et du pain dans un sac en plastique. En revanche, elle buvait bien l'épais vin rouge à léger goût de framboise qui provenait d'une vigne de Tonino.

— Vous reviendrez ! dit Vittoria. Je compte sur vous.

— Je dois vous rapporter les lettres, de toute façon, dès que je les aurai copiées.

— Nous en reparlerons. J'y tiens, naturellement, mais après moi... à qui iront ces choses-là ? Personne ne les aimera. Pour les Campari, maintenant, la mort c'est la fin du monde.

Elle embrassa Francesca :

— Ne me laisse pas si longtemps sans venir. Il faut que je t'engraisse, comme la petite oie que tu es. Au moins, tu as déjeuné aujourd'hui... Ta moto ne s'envolera pas. Dis à Beatrice que je voudrais la voir aussi. À bientôt mes enfants...

Vittoria se trompait. Le vin avait donné des ailes à la moto qui plusieurs fois s'envola mais Francesca la rattrapait adroitement coupant les gaz, puis accélérant dès que la roue arrière retouchait le macadam. Elle débarqua Jacques place du Condottiere, devant le palais.

— Je vous laisse à vos lettres. Vous brûlez d'envie de les lire, je le sais. Moi, je ne pourrais pas. Toute cette bouffe...

— Vous n'avez rien mangé. Je vous ai vue cacher la viande et le pain dans un sac en plastique. D'ailleurs, donnez-le-moi, ce sera pour mon ami Diavolo qui m'attend devant la porte, plutôt pas très content.

Elle lui tendit le paquet de viande et de pain.

— Je n'ai peut-être pas *beaucoup* mangé, mais j'ai bien bu. Sur la route, j'avais sommeil. Deux ou trois fois, j'ai failli m'endormir.

— Dieux du ciel !

— Et alors ?

— Je tiens à la vie.

— Moi aussi !

— Et pendant la guerre ?

— C'est le seul moment où on ne pense pas à la mort. J'aurais bien aimé être soldate.

Il fut sur le point de dire qu'elle avait joué à être soldate, mais ce serait pour plus tard. Ou peut-être jamais.

— Allez dormir et faites de beaux rêves de guerre.

Jacques déchira le sac en plastique et en étala le contenu à l'ombre.

— Je n'ai pas d'assiette, mon pauvre Diavolo, et j'ai honte de te donner à manger par terre, mais personne ne te regarde.

Le chien mangea sans hâte la viande, laissa le pain, partit lever la patte contre l'escalier du palais et commença de monter comme s'il montrait le chemin. À leur passage, Domenico leva un œil atone, retira ses pieds du bureau, dit d'une voix enrouée :

— C'est ouvert pour vous là-haut. La Contessina vous a attendu. Elle est repartie à l'instant.

Sur la table où il avait rangé ses quelques fiches et un dossier, Beatrice avait laissé une bouteille d'eau minérale, un verre et une petite note : « À cinq heures, allez à la poste et attendez un téléphone de votre ami Cléry. Umberto viendra vous chercher et vous conduira. Il fait horriblement chaud ici, j'ai aménagé un courant d'air mais si cela vous dérange, fermez la fenêtre dans votre dos. Je vous abandonne pour l'après-midi ce quatrain de Laforgue :

> *Quand ce jeune homm' rentra chez lui,*
> *Quand ce jeune homm' rentra chez lui ;*
> *Il prit à deux mains son vieux crâne,*
> *Qui de science était un puits !*

Méditez ! Je vous embrasse. B. »

« Je vous embrasse » ! ! ! Alors que leurs rapports étaient si formels ! Beatrice faisait plus de pas vers lui qu'il n'en faisait vers elle. Il leva la tête comme si elle allait de nouveau s'interposer entre lui et la fenêtre, offrant le contour flou de son corps sous la robe de toile blanche. S'il n'avait vu qu'elle depuis son arrivée, tout aurait été parfait : une lente reconnaissance réciproque, des arrière-pensées devinées, un geste troublant. Mais le bain d'Adriana — presque insupportable quand il l'évoquait —, la rencontre de Francesca et la promenade éclair à moto, les mains

134

enserrant sa taille de guêpe, et même le bavardage décousu de Vittoria avaient, par moments, oblitéré l'insistante présence de Beatrice. Pourtant, ce qui restait d'âme dans cette ville se réfugiait en elle. De Varela, elle avait la mélancolique grandeur et l'impuissance à sortir de l'ornière.

Jacques prit une fiche et inscrivit en tête :

Jacques Sauvage, dit Giacomo Selvaggio, il Varelano.
Né : 1920. Agrégé d'histoire. Lieutenant d'infanterie de réserve.
Caractère : inconstant, bien que l'on se demande si ce n'est pas « inconsistant » qu'il faudrait écrire.
But officiel de son été 1949 : retracer la vie des Varela de 1550 à 1755 à l'aide de documents inédits et trouver les causes de la chute des comtes.
But (non avoué) : ayant rencontré en 1944 une des femmes les plus dignes d'être aimée au monde, est passé à côté sans la deviner. Lente cristallisation de l'amour en lui, pendant cinq années. Jeté à l'eau par son ami Cléry qui dit que les rêveurs doivent étreindre leur rêve.
But (secret) : découvrir qui conduisait l'automitrailleuse fantôme en 1944.
Morale : assez mince. L'école laïque et un père anti-clérical ne prédisposent pas aux examens de conscience.
Conduite : maladroite au possible. Il voudrait jouer au maladroit pour faire croire à sa sincérité qu'il ne s'y prendrait pas mieux. Il est temps pour lui de reprendre en main les événements et de les diriger. Pas assez *macho* ce personnage. À réveiller avant que sa faiblesse gâche tout. A besoin de sport.
Signe particulier : un chien noir et blanc, pur bâtard.
À suivre.

Il rangea la fiche dans le tiroir et commença de lire la correspondance échangée entre Amedeo Campari et sa sœur Vittoria. Le frère et la sœur s'écrivaient des banalités en italien, mais passaient au français quand il s'agissait de confidences. Et quelles confidences ! Ces deux êtres ne se cachaient rien.

Petite sœur : je suis dans la place. Écuyer depuis une semaine. Merveilleuse situation pour voir sans être vu. Les regards des conseillers ne s'abaissent pas jusqu'à moi. Ou plutôt ne s'élèvent pas, car je suis debout, derrière mon seigneur et maître, le cruchon à la main pour remplir son verre qui est souvent vide. Il n'a même pas à m'appeler. Je suis toujours là. Pour le faire boire ou manger. Ranger ses vêtements quand il se couche. Seller son cheval. Tourner les pages de la partition quand il joue du violon. On a beau ne pas me voir, *moi je vois !* Il y a des crapules faciles à confondre : j'ai les preuves. Il y a aussi deux honnêtes gentilshommes qui sont un obstacle bien plus redoutable. Le Comte m'écoute et me fait confiance dès que nous sommes seuls. Homme d'une rare intelligence, mais le contraire d'un prince : il ne décide de rien, tout lui paraît inutile ou absurde. Il gouverne à pile ou face. C'est sa façon de mépriser le monde. La petite Comtesse est charmante. Je l'ai d'abord prise pour une sotte parce qu'elle veut ne parler qu'italien. Elle n'y arrivera jamais. Avec les quatre mots qu'elle a retenus ce qu'elle dit est infantile. Mais quand elle parle français par distraction (ça lui arrive souvent avec moi) elle a une autre voix, pas du tout sotte. Elle est jolie et a plus d'influence qu'on ne croit sur Ugo. Ils font chambre à part, et à mon avis il n'a pas beaucoup de goût pour elle. Je crois qu'elle est enceinte : yeux battus, buste penché en avant, elle mime déjà la femme qui mettra au monde une merveille. La Comtesse Béatrice est de ces femmes que la maternité embellit. Je crois qu'elle me voit.

Me voilà très occupé. Je n'irai pas à Folignano même pour un jour. Ici, les absents ont toujours tort. Moi, je suis constamment présent. Écris dès que tu trouveras quelqu'un de sûr pour porter la lettre. Je n'ai pas encore parlé de toi. Il y a déjà deux dames d'honneur, la baronne Tozzi qui a quatre-vingts ans et Mme Duccio qui en a soixante. Elles ne dureront pas. La Comtesse Béatrice bâille en leur compagnie. Il lui faut une confidente. Tu vois à qui je pense... Aussi, je serais ravi que tu envoies paître ce crétin de Girolamo. Plus d'hommes, je t'en prie, pendant quelques semaines. C'est une pure jeune fille que j'entends imposer ici. Je t'adore, petite sœur.

D'après les lettres suivantes, le plan d'Amedeo paraissait plus difficile à réaliser qu'au premier abord. Les mauvais conseillers écartés, les bons se défendaient et prenaient toute la part du gâteau. Quant à la comtesse Béatrice, son gros ventre l'irritait tant qu'elle ne supportait personne. Amedeo piaffait et menaçait sa sœur de ne plus rien tenter pour elle si le « crétin de Girolamo » la revoyait. Vittoria répondait des crudités. Si Girolamo s'en allait, qui la satisferait ? Il était commode et possédait des avantages certains dont Vittoria, dans une envolée rien moins que poétique, décrivait les formes et mesurait le poids. Amedeo feignait de s'indigner qu'une jeune fille de la noblesse (même petite) eût ces libertés de langage. Vittoria répondait : « C'est toi qui m'a appris quand j'étais enfant. » Enfin la comtesse Béatrice accouchait de Benito. Délivrée de son angoisse, elle retrouvait son charme. Amedeo la voyait souvent, lui apportait des fleurs et des fruits de Folignano, des livres français. La souveraine donnait l'impression de jouer à la poupée avec Benito. Un des deux conseillers honnêtes mourait et l'autre renonçait. Amedeo devenait Conseiller privé d'Ugo III, fonction peu enviée qui avait jusque-là masqué des services assez sordides de valet de chambre et porte-coton. Ugo III n'aurait pas souffert qu'on lui essuyât le derrière. Il opérait lui-même. En prenant un titre qui provoquait les ricanements de ses adversaires, Amedeo muselait les envieux et n'en restait pas moins mêlé de très près aux affaires du Comté. Il approchait aussi, plus souvent, la comtesse Béatrice. La lettre annonçant à Vittoria que le pas était sauté empruntait le ton d'un communiqué de guerre : « Les derniers bastions investis, j'ai enlevé la forteresse. Victoire acquise debout contre un mur. » À partir de ce moment, la correspondance s'espaçait. Le comte et la comtesse de Varela prenaient tout le temps d'Amedeo, à des heures différentes, il est vrai.

Le deuxième objectif du plan amédéen était atteint trois mois après la chute de la forteresse : Vittoria supplantait la baronne Tozzi et devenait première dame d'honneur. Le frère et la sœur échangeaient encore des billets (manifestement il en manquait dans le lot prêté par Mlle Campari) mais ce n'était que pour arranger des rendez-vous nocturnes au palais ou diurnes à la campagne quand la comtesse d'humeur champêtre se rendait chez un fermier dont Amedeo s'assurait la complicité. Ou bien Vittoria, avec un zèle assez curieux pour son âge (sûrement moins de vingt ans), répétait à son frère les confidences les plus intimes de Béatrice. On trouvait trace du voyage à Paris et des commissions chez Mme Tulane, marchande à la toilette. Amedeo, de plus en plus sûr de son pouvoir, se faisait envoyer en mission (Potsdam, Vienne, Versailles) et revenait chargé de cadeaux pour « petite sœur » qui, confinée au palais dans les appartements de Béatrice, se morfondait à jouer la vertu.

Le troisième objectif semblait le plus difficile. On a deviné qu'Amedeo entendait glisser sa sœur dans le lit du jeune souverain, mais Ugo III vivait dans un monde à part. Béatrice ne cachait pas à sa nouvelle confidente que le comte était peu porté sur la chose. Il accomplissait son devoir assez régulièrement et, semblait-il, plus par politesse que par goût. Vittoria avait beau multiplier les occasions, Ugo III n'y prêtait pas attention, puis, un jour, de façon inattendue, le feu s'était allumé. Vittoria traversant la galerie des statues avait surpris Ugo III caressant de la main le marbre de la femme sans tête. Elle l'avait convaincu sans mal que le marbre était froid et sa chair à elle tiède. Le comte avait pris Vittoria debout (décidément, c'était une manie dans la famille), appuyée à la stèle. Le lendemain, il offrait un diamant et recommençait dans une position plus confortable. Les Campari étaient dans la place. Sans avoir jamais lu Machiavel. L'idée de la fête naissait vers 1754, mais la correspondance ne donnait aucun détail. Quelques billets sans intérêt suivaient puis, le 10 juin 1755 (l'heure était notée), Vittoria écrivait à son frère : « Es-tu sûr de toi ? »

Au fur et à mesure de sa lecture, Jacques avait noté les dates et les faits. Il lui suffit de reporter sur les fiches ce qui concernait chacun. Peu avant cinq heures, Umberto apparut sur le seuil :

— Monsieur le Professeur, il faut aller à la poste attendre votre téléphone.

— Je viens ! Comment va Adriana ?

— Très bien. Elle voulait venir vous voir. Je lui ai dit que vous travailliez.

— Tu as raison...

La demoiselle du téléphone lisait un roman d'amour à quatre sous, pages jaunies et cornées chaque fois qu'un appel la dérangeait.

— Asseyez-vous, dit-elle. Ils ont dit cinq heures mais ça peut être beaucoup plus tard ou pas du tout. Moi, je ferme à huit heures du soir.

Jacques se demanda si le service du téléphone n'avait pas engagé cette demoiselle pour sa voix. Une voix chantante, d'une exquise gaieté. Le visage n'avait pas le même attrait, loin de là, ni le corps qui dégageait une franche odeur sure dès qu'elle bougeait un bras. « Asseyez-vous » était vite dit. Il n'y avait qu'une chaise boiteuse près de la cabine dont la porte bâillait, à demi démantelée. Mégots écrasés et crachats jonchaient le sol de linoléum de cette pièce si petite que cinq personnes n'y auraient pas tenu. À son habitude, Jacques jeta un coup d'œil sur le titre du livre : *L'amour a des ailes* et il espéra généreusement que ces ailes permettaient à Giuseppina d'oublier la tristesse infâme du décor. Elle reprenait sa lecture quand une lumière clignota. L'appel venait de Pérouse et, au bout d'un moment, Jacques comprit que Giuseppina entretenait avec un confrère du standard de cette ville un dialogue qui tournait en grande partie autour de l'épisode, diffusé la veille, du *Cœur battu*.

Le collègue pérugin prenait la défense de la famille contre Mariella, et Giuseppina soutenait que Mariella aimait réellement le riche veuf. Elle-même avait toujours trouvé aux veufs une grande séduction. Quant à sa fortune il était parfaitement injuste de la reprocher à ce pauvre homme dont la famille guettait l'héritage. Mariella était au-dessus de ça. Les deux points de vue semblaient irréconciliables. La jeune fille eut deux ou trois mots un peu vifs et le Pérugin battit en retraite. Cette conversation interminable risquait de décourager l'appel de Paris. Jacques finit par glisser un mot sous le nez de Giuseppina qui sourit gentiment et demanda si le central de Pérouse n'avait pas un appel en attente pour Monsieur... Monsieur comment ?

— Giacomo Selvaggio.

Oui, il y avait bien un appel, mais ce n'était pas pour ce nom là, c'était pour un nom anglais, Jack...Jack... comment ? À l'autre bout du fil, le Pérugin répétait sans se lasser un mot que Giuseppina tentait en vain d'épeler. Jacques comprit son erreur :

— Mais c'est moi, dit-il.

Un instant après, il avait Cléry dont la voix survivait difficilement à une épouvantable friture.

— Eh bien, mon cher, c'est toute une affaire de vous avoir. Voilà un quart d'heure que le central de Pérouse me tient l'écouteur collé à l'oreille. Pourquoi perd-on tellement de temps dans la vie ? La prochaine fois je vous enverrai un pli par porteur, ce sera plus rapide même s'il vient à pied... allô, allô, vous m'entendez...

— Mal, mais je vous entends.

— J'ai reçu une lettre de vous.

— Une autre est partie hier.

— Où en est votre enquête ?

— Elle avance.

— Pas très vite il me semble, mais je vous fais confiance. Que diriez-vous d'une récréation ? Hier, je me suis acheté une Bentley 6 cyl 1939. Elle n'a pas fait mille kilomètres. Elle était réservée au maharadjah de je-ne-sais-plus-quoi...

— Les pare-chocs sont en or massif ?

— Presque. Il faut la roder. Je pars demain pour Rome. Venez me rejoindre dans trois jours à l'hôtel Asler.

— Pourquoi ne passez-vous pas par Varela ?

Il y eut un silence. Cléry détestait qu'on eût des idées pour lui.

— Ce n'est pas ma route.

— Il n'y a pas mieux que les Apennins pour tester un moteur.

— Je verrai.

— André, je ne vous entends plus du tout...

Ce n'était pas vrai, mais il n'y avait pas de meilleur moyen de forcer Cléry à passer par Varela.

— Je vous attends, dit encore Jacques. Inutile de continuer à nous téléphoner, je ne comprends plus rien de ce que vous dites. Je vous attends...

Il raccrocha, assez content de son adresse à forcer la main de son ami.

— Alors ? demanda Umberto.

— J'ai un ami qui vient de Paris dans une magnifique voiture.

— Je pourrai monter dedans avec Adriana ?

— Après ça tu ne voudras plus regarder ma Topolino.

— Ce n'est pas la même chose, vous êtes un ami.

Ils sortirent au moment où Giuseppina reprenait sa conversation avec son collègue de Pérouse :

— Tu sais qu'Agostina Bossi qui joue le rôle de Mariella est tellement prise par son rôle qu'elle refuse de se marier...

Umberto marchait, pensivement, à côté de Jacques.

— Tu es bien songeur, dit Jacques.

— C'est à cause d'Adriana. Elle voudrait être actrice comme Agostina Bossi. Vous croyez qu'elle est assez jolie ?

— À la radio, ça n'a pas beaucoup d'importance.

— Elle ferait aussi du cinéma.

— Là, oui c'est nécessaire.

— Vous ne pourriez pas l'aider à trouver un rôle ?

— Moi ? Comment veux-tu ? Je ne connais personne dans les milieux du cinéma, mais peut-être que si mon ami vient de Paris dans sa belle voiture, il lui donnera un conseil. Il a produit deux ou trois films et il voit souvent des metteurs en scène et des acteurs.

— Pourvu qu'il vienne ! dit Umberto.

Ils arrivaient place du Condottiere où quelques promeneurs du soir tournaient déjà en rond.

— Je t'offre une glace, dit Jacques.

— Le marchand n'est pas encore là.

— Alors, allons au café !

Ils s'assirent à la terrasse sous les arcades.

— Autrefois, dit Umberto, il y avait de la musique.

— Quand est cet « autrefois » ?

— L'année dernière.

— Un orchestre ?

— Non, le vieux Zingaroni qui jouait du violon. On lui donnait quelques lires parce qu'on le croyait pauvre mais quand il est mort cet hiver on a trouvé des milliers de lires dans son matelas. C'était un faux pauvre.

— Et il jouait bien ?

— Très, très bien. Il avait joué dans un orchestre, à l'étranger, je crois, enfin à Milan.

Belponi apparut le premier, sombre et monolithique. Il eut un petit mouvement de tête pour Jacques et s'assit à l'intérieur, à son poste d'observation habituel.

— Il a demandé à Adriana de poser pour lui, dit Umberto.

— Et elle l'a fait ?

— Oh non, elle a trop peur. L'année dernière, il a fait poser mon copain Emilio. Il paraît que c'était un tableau horrible, mais alors si horrible que je peux pas le dire. On reconnaissait sa tête, pas son corps qui était tout vert avec des plaies. Un mois après, Emilio est tombé malade à en mourir. On a dit que Belponi lui a jeté un sort. Il voulait qu'Adriana pose nue...

— Ce n'est pas ça qui la gênerait.

— Elle s'est montrée à vous, mais c'est différent, vous êtes un ami.

— Je suis flatté... Tiens voilà Diavolo qui traverse la place. Je l'avais oublié là-haut.

Le chien venait vers eux en trottinant sur ses affreuses pattes tordues. Il tournait la tête alternativement à droite et à gauche. Arrivé à leur table il s'assit et les regarda comme s'il les rencontrait pour la première fois.

— Il est vexé que je l'aie oublié, dit Jacques. Donne-lui un biscuit. Je t'en offrirai d'autres avec une seconde glace.

Diavolo flaira le biscuit mais le dédaigna.

— Il sait des choses, dit Umberto. Dommage qu'il ne parle pas.

— Quelles choses ?

— Des choses de la guerre quand il y avait des Allemands ici. Il était toujours avec eux, enfin surtout avec un officier qui habitait chez la Contessina.

— Tu ne te rappelles pas le nom de cet officier ?

— Ça non... C'était il y a très longtemps...

— Cinq ans seulement.

— J'étais très petit. Souvenez-vous : c'est moi qui promenais l'encensoir dans l'église. Tout ce que je sais, c'est que quand l'officier est parti avant votre arrivée, il a emmené le chien et que le chien est revenu un mois après, maigre et sale. Il avait dû s'évader d'Allemagne.

— Connais-tu quelqu'un qui pourrait me donner le nom de cet officier ?

— La Contessina... si elle veut bien.

— Je n'aimerais pas le lui demander.

— Alors, peut-être Gianni Coniglio...

La place s'animait lentement. Les comédiens entraient côté cour et côté jardin, se croisaient sous les arcades ou traversaient la chaussée en diagonale. Des enfants entouraient la fontaine et s'aspergeaient d'eau. Leurs cris et leurs rires secouaient la réserve des promeneurs qui s'arrêtaient pour les regarder ou les rappeler à eux. Une grosse femme s'assit à côté de Jacques. Sa robe noire trop courte distendue par d'énormes cuisses dévoilait ses jambes. Umberto poussa Jacques du coude et cligna de l'œil.

— Vous avez vu ?

— Oui, et je continue de préférer ta sœur.

— Ça c'est vrai, elle est drôlement mieux.

Ils se sentaient vraiment bien tous les deux, ils s'entendaient à demi-mot, prêtaient attention aux mêmes choses, aux mêmes êtres. Grâce à leur rencontre, la ville devenait plus fraternelle, plus aimable. Une partie du voile se levait : les enfants qui jouaient avec l'eau de la fontaine déchiraient le silence opaque des premiers jours ; la téléphoniste Giuseppina révélait le fond de son âme romanesque ; Belponi faisait un signe de tête en passant ; Adriana voulait être actrice ; un jeune officier allemand avait joué un rôle encore mystérieux, et dans le passé l'amour et l'ambition avaient régné sur ce microcosme d'État.

— Voilà le poète, dit Umberto.

Comme le mot « poète » est beau en italien, pensa Jacques. Dans la bouche du peuple il prend une sonorité épique et n'a rien de cette dérision qu'on lui donne si souvent en français. Le mot convenait certes plus à Gianfranco Arpa, auteur d'une ode au Condottiere, qu'à Gianni Coniglio auteur de poèmes libertins, maigres vengeances d'un homme qu'on ne reconnaissait pas dans sa seule grande œuvre, comme si Coniglio blessé à mort par l'incompréhension et l'incrédulité de ses concitoyens avait décidé de ne leur offrir que ce qui flattait leurs goûts les plus bas. Coniglio avait entendu Umberto l'appeler le « poète » et cela dut lui sembler si étrange, si invraisemblable qu'il s'arrêta et, sans même saluer Jacques, les poings sur les hanches, dit avec une douceur inattendue :

— Comment sais-tu, petit garçon, que je suis un poète ?

— Vous êtes Gianfranco Arpa.

— Qui t'a raconté ces bêtises-là ?

— Notre instituteur. Il vous admire. Tenez, même, je sais par cœur votre ode.

Umberto se dressa et, les mains derrière le dos, comme s'il répondait à l'invite du professeur, il récita les premiers vers de l'ode.

— Arrête... arrête... Je te montrerai comment on dit ces vers. Mais qui te les a appris ? La Contessina Beatrice ?

— Non, c'est l'instituteur. Il sait par cœur toute l'ode au Condottiere.

— Qui est cet homme extraordinaire ?

— Un étranger ! Il vient de Spolète.

— Spolète ce n'est pas l'étranger. C'est encore l'Ombrie.

Coniglio parut enfin voir Jacques et souleva son chapeau.

— Monsieur le Professeur vous êtes témoin d'un événement extraordinaire dans la vie de Varela. Un poète maudit se découvre des amis.

— Je le savais déjà.

— Alors, je vous félicite parce que, moi, j'ai encore du mal à le croire.

— Vous ne voulez pas vous asseoir avec nous ?

— Non, je ne m'assieds jamais à la terrasse. Je suis mieux à l'intérieur. Si je m'exhibais, les gens n'oseraient plus passer devant le café. J'ai une tête à paniquer les femmes enceintes. Je me fais penser à ce héros espagnol, le sergent Contreras, si laid qu'il est mort de frayeur en se regardant dans un miroir.

— Vous n'êtes pas laid ! dit avec force Umberto.

— Écoute petit garçon, c'est assez pour aujourd'hui. Tu as déjà reconnu que je suis un poète ce qui est tout à fait miraculeux. Tu ne vas pas essayer de me faire croire maintenant que je suis beau.

À la table voisine, la grosse femme qui mangeait sa glace le

144

petit doigt levé, essuyant ses lèvres carminées avec une serviette en papier à chaque cuillerée, cacarda comme une oie. Coniglio la fusilla du regard et, en français, dit à Jacques :

— La bourgeoisie varélaine est symbolisée par ce gros tas de merde à côté de vous. Tout ce qu'elle ingurgite : le pain, les mots, l'histoire de Mariella, la glace à la fraise, le foutre de son mari, les gâteaux du dimanche, la polenta, les sermons de Don Fabio, tout, tout est transformé en merde. Là, vous ne voyez que l'enveloppe. À l'intérieur, c'est plein de merde et ça va éclater d'une minute à l'autre, une épouvantable odeur se répandra dans la ville, ça giclera sur les murs jusqu'au premier étage des maisons.

— Qu'est-ce qu'il dit ? demanda Umberto.

Coniglio sourit, posa sa main sur la tête de l'enfant.

— Viens me voir un jour, je t'apprendrai à réciter des vers.

Sans au revoir, il entra dans le café et s'assit à sa table habituelle séparé de Belponi par quelques chaises. Le soir tombait. Les lampadaires s'allumèrent. Umberto se leva.

— Merci pour la glace, monsieur le Professeur, il faut que je rentre.

— Bonsoir Umberto. Tu as fait plaisir au poète. C'est une belle journée pour lui. Il ne doit pas en avoir beaucoup de pareilles. Viens me voir de temps à autre au palais. J'aime bien être distrait de mon travail.

Francesca et Beatrice l'attendaient dans le boudoir. Francesca lisait un magazine de moto avec une application si soutenue qu'il se demanda si elle savait vraiment lire ou faisait semblant. À dîner, il raconta sa journée et surtout ce qu'il avait découvert dans les lettres d'Amedeo et de Vittoria.

— J'aurais préféré ne pas savoir, dit Beatrice.

— Tu es une autruche ! remarqua Francesca. D'ailleurs, moi aussi. C'est tellement plus simple de fermer les yeux.

— Il est encore possible, dit Jacques, de ne pas aller plus loin. Demain, nous brûlons les archives. Personne ne protestera. Même pas Donna Vittoria qui est la dernière du nom, qui n'aura pas d'enfants et qui ne pense qu'à manger...

— Bouffer, vous voulez dire, fit Francesca avec une moue

d'intense dégoût. Il n'y a qu'à voir ses fesses. Un jour, elle barrera le fond de la vallée. On ne pourra plus sortir que par le sud.

— De toute façon, tu n'en sors jamais, dit Beatrice.

— Justement... si ! J'ai l'intention d'en sortir, d'aller à Rome m'acheter une nouvelle moto.

— Avec quel argent ?

— Tu n'as qu'à vendre le portrait du cocu.

D'un mouvement de tête elle désigna le portrait d'Ugo III dont le regard pensif et absent trahissait le peu d'intérêt qu'il portait à cette conversation et probablement à toute conversation. Polybe n'avait jamais rien écrit sur l'intense désir de posséder une nouvelle moto, en particulier lorsqu'il s'agissait d'une jeune fille.

— La vôtre n'est pas assez rapide ? demanda Jacques.

— Moi, elle me terrifie ! avoua Beatrice.

— Tout te terrifie ! Tu adorerais que je me promène en robe d'organdi rose, la tête protégée du soleil par une ombrelle japonaise, comme sur les papiers peints du mur de ta chambre. Beatrice, tu dates. Il s'est passé des choses.

— Comment le sais-tu ?

— N'aie pas peur ! Je n'écoute pas *Le Cœur battu*. La Mariella et son vieux peuvent aller se faire voir ailleurs. Non, j'ai lu des journaux, j'ai vu des films cons à notre patronage et j'ai parlé avec Jeannot Lapin. Il connaît la vie, lui !

À travers Gianni Coniglio, elle s'était fait de « la vie » une idée qui pour n'être pas entièrement fausse, n'en était pas moins réinventée par le poète pour justifier son échec et son amertume.

— Ce qu'il connaît de la vie, dit Jacques, ne provoque pas son enthousiasme.

— Vous l'avez revu ? demanda Beatrice.

— Encore ce soir.

— Et ça ne vous a pas rendu sinistre ?

— Non, il était plutôt gai... oh pas gai avec gentillesse, mais gai dans la dérision. Il ignorait qu'il a un admirateur fervent dans la personne de l'instituteur et que les enfants de Varela savent par cœur son ode au Condottiere, que d'ailleurs j'aimerais bien lire un jour parce que quand Umberto la récite, je n'y comprends pas grand-chose.

146

Folco desservait la table. Ils passèrent dans le boudoir et Béa-trice prit sur une étagère une plaquette reliée en maroquin rouge et, debout, lut les trois cents vers de l'ode, sans emphase, avec la sourde ferveur de sa voix grave. Coniglio — ou plutôt Arpa — intimait au Condottiere l'ordre de reprendre en main sa cité et sa vallée, de rappeler à ses sujets qu'une vie sans héroïsme et sans sacrifices est un leurre. Autant que Jacques pût en juger à cette première audition, la cadence était belle, l'inspiration épique et hautaine, mais la poésie étant une musique que chacun entend selon sa propre voix, il avait besoin pour pénétrer plus profondé-ment dans le lyrisme de Gianfranco Arpa de le lire en solitaire.

— On ne réveille pas les morts, dit Francesca. Gianni est fou. Le ciel lui est tombé sur la tête. Il croit parler à des hommes, il parle à des limaces. Et lui, qu'est-ce qu'il est aussi ? Une limace qui rampe comme les autres. Il marine dans son échec. Il a peur du monde et il attend que l'Italie reconnaissante se jette à ses pieds en lui criant qu'il est son nouveau d'Annunzio.

— Son nouveau d'Annunzio ? dit Jacques. La comparaison est bonne, mais il n'en voudra pas. Je crois qu'il serait même vexé qu'on puisse le comparer à qui que ce soit. Il est très à l'aise dans une situation sans issue. Beatrice, pouvez-vous me prêter ce beau livre si bien relié ?

Elle lui tendit l'ode, après une hésitation.

— Je vous le prête pour ce soir. Ne l'abîmez pas, ne le sortez pas de la maison. C'est le dernier hommage au nom des Varela. Il n'y en aura plus d'autres. J'y tiens. Gianni est mon ami d'enfance et nous avons découvert la poésie ensemble, grâce à Mlle Chal-grin. Quand elle a lu cette ode, elle lui a répondu dans une lettre tachée de larmes, que toute sa vie en était justifiée. Elle a éveillé un poète qui, sans elle, serait mort-né.

— Est-ce que ça ne vaudrait pas mieux ? dit Francesca en riant.

Jacques ouvrit la plaquette à la page de garde :

Pour Béatrice que j'aime,
pour Francesca qui me supporte !
Gianfranco Arpa.

Le graphisme était si menu, si serré et en même temps si régulier, si élégant qu'on aurait pu croire que Gianni écrivait à travers une loupe.

— J'aimerais être graphologue, dit Jacques. Il y a là quelque chose de très raffiné qui s'oppose à ses outrances verbales, à la noirceur dont il se barbouille. Si on lui retirait son étiquette de poète maudit, ce serait un homme intensément malheureux. Mais il vous aime, Beatrice, c'est certain. Et probablement depuis l'enfance. Mlle Chalgrin a exalté une âme passionnée. Je ne suis pas de l'avis de Francesca. Votre préceptrice a donné à cet homme le sentiment d'exister : il souffre, il se déchire, mais il existe. Comparé à tous ces gens que je vois le soir, avant dîner, tourner autour de la place, Gianni Coniglio est un privilégié. Les autres sont des larves.

— Heureux d'être des larves, dit Francesca.

— Quoi faire pour l'aider ? demanda Beatrice. Vous n'allez pas me prier de lui ouvrir les bras. Il m'émeut, j'ai de la tendresse pour lui comme s'il était mon frère. C'est tout.

Francesca se leva pour atteindre sa boîte de crapulos, se saisit d'un cigarillo qu'elle roula entre le pouce et l'index d'un geste expert.

— Beatrice est une créature essentiellement romanesque, dit-elle. Les poètes avec lesquels elle vit bien plus qu'avec nous ont réussi à lui faire croire que l'amour est affaire de sublime. Conclusion : elle ne rencontrera jamais l'homme de sa vie.

Jacques commençait à trouver Francesca tout à fait intéressante. Sous de trompeuses apparences, une force et une intelligence évidentes possédaient cette mince créature et ses fugitifs éclats de violence l'emportaient ce soir sur la grave et mûre beauté de Beatrice. Que manquait-il cependant à Francesca ? Elle provoquait, elle n'émouvait pas. Comme Gianni Coniglio, elle pouvait dire des choses atroces qu'on était tenté de croire, qui étaient vraies sans doute, mais faisaient partie d'un jeu. Beatrice survivait dans une cité agonisante que Francesca achevait de détruire.

— Jacques, vous rêvez ! dit Beatrice.

— Je rêve mais je suis assez bien élevé pour rêver de vous

deux devant vous deux. Je me demande laquelle de vous a été aimée par l'officier allemand qui a rapporté les portraits de Munich.

— C'est une bonne question, dit Francesca. Bonsoir.

Il restait seul avec Beatrice qui lui avait tourné le dos.

— Je vous demande pardon, dit-il. Parfois, je pense tout haut, et comme les hommes distraits, je remue les lèvres mais ce que je dis ainsi n'a rien à voir avec ce que je me crois autorisé à dire quand je reprends conscience.

Beatrice se tourna lentement, les yeux brillants de larmes :

— Tout cela est enfoui déjà sous une montagne de jours, d'années... je ne sais plus quand c'est arrivé, je ne sais même pas si c'est arrivé. Pourquoi posez-vous une question pareille ?

Il aurait pu répondre qu'en 1944, après les huit jours d'occupation de Varela par sa section de tirailleurs, il avait quitté la vallée mortifié de n'avoir pas découvert le secret de l'automitrailleuse qui errait dans la nuit, mais cette raison — un moment justifiable — avait disparu et lui seul savait pourquoi, maintenant, il attendait de Francesca ou de Beatrice une réponse qui lui importait bien plus.

— Vous le savez, dit-il.

— Il ne faut pas jouer avec moi, avec nous. C'est injuste. Je vous ai accueilli comme un ami.

— Je reste un ami.

— Un jour je vous parlerai. Vous venez d'arriver. Pourquoi tout bousculer ?

Elle était si proche de lui qu'il eut à peine à se pencher pour poser ses lèvres sur la tempe où naissaient quelques fils blancs de l'éclatante chevelure noire.

— C'est mieux ainsi ! dit-elle. Bonsoir.

D'un hélicoptère — mais il n'en avait pas à sa disposition, seul Cléry pouvait se permettre ce luxe et malheureusement, préférait arriver un jour, sans prévenir, dans une Bentley d'avant-guerre qui susciterait l'admiration des Varélains et lui vaudrait un surcroît de légende — d'un hélicoptère, la ville dans ses remparts, avec son lacis de ruelles et la grand-place centrale, devait assez ressembler à un géant jeu de l'oie. On y risquait des gages, la prison, d'être renvoyé à la porte d'entrée sous l'œil malveillant du Condottiere brandissant son épée, ou même d'être éliminé. Après la question maladroite à Beatrice et bien qu'elle l'eût ensuite laissé approcher d'elle et poser sur sa tempe un furtif baiser, Jacques eut l'impression d'avoir, dans sa hâte, jeté sur le tapis les mauvais dés. Le lendemain, alors qu'il s'apprêtait à descendre déjeuner après une matinée à fouiller sans résultats une montagne de paperasserie sans intérêt, Folco apparut dans la salle des archives, un plateau à la main avec des sandwiches, un carafon de vin et du café.

— La Contessina pense que vous êtes trop occupé pour déjeuner avec elle. Je reprendrai le plateau dans une heure.

Elle le punissait. Ou elle désirait être seule pour réfléchir. Il accepta sans mélancolie, plutôt content de ne pas affronter Beatrice ou Francesca et craignant, plus encore, d'aborder le jour les interrogations que la nuit, dans son indulgence, permettait. La question n'en restait pas moins posée, et les deux sœurs auraient du mal à ne pas y répondre à moins de le confiner, comme venait de le faire Beatrice, dans le passé. À l'instar du jeu de l'oie, il y avait des coups heureux. Les dés vous faisaient sauter dans une case où un petit garçon aux yeux bleus, au crâne tondu, aux lèvres rouges vous prenait par la main pour vous montrer un escalier secret, aidait à de meilleurs rapports avec Gianni Coniglio et même offrait sur un plateau d'argent et en chemise de batiste sa sœur pubère. Le jeu de l'oie a ainsi ses fortunes et ses infortunes.

Jacques buvait son café déjà tiède quand Diavolo qui sommeillait sous la table aboya et courut vers la porte où apparaissait Umberto, son béret à la main.

— Vous mangez seul, monsieur le Professeur ?

— Oui, la Contessina m'a puni d'une question indiscrète.

— Elle ne vous empêche pas d'aller vous baigner ?

— Non. J'irais volontiers, mais je ne le mérite pas. Depuis ce matin, je me perds dans des tas de papiers et je ne trouve rien qui m'intéresse.

— Si vous voulez, je vous montrerai le cabinet secret. C'est à l'étage en dessous, dans les appartements des comtes, mais il ne faudra le dire à personne, même pas à la Contessina.

— Pourquoi pas à elle ?

— C'est pas un endroit pour une dame.

Les appartements donnaient tous sur la galerie aux statues. Les souverains de Varela y avaient eu chacun sa suite, mais ces suites ne communiquaient pas entre elles. Pour remplir ses devoirs, le comte devait passer par la galerie où, probablement, veillaient chaque nuit un valet et une femme de chambre, peut-être un garde armé. On comprenait que la comtesse Béatrice et Amedeo aient eu à ruser pour s'offrir des instants d'intimité, tandis que le comte, par l'escalier secret, s'évadait ou faisait venir Vittoria Campari. Le mobilier disparate accusait les sautes de goût d'une génération à l'autre. Au rustre Francesco II avait succédé le raffiné Ugo II, le premier s'entourant de lourds meubles Henri II, le second aimant la Régence française. À l'austère Bernardo II dont Beatrice possédait le portrait par Luigi Campello s'opposait la passion pour le Louis XV d'Ugo III, le dernier à régner. Le respect de chacun pour son prédécesseur créait une telle confusion de styles que ces nobles chambres, ces boudoirs, ces salons et ces salles d'eau évoquaient plus un coûteux bric-à-brac que les appartements d'un souverain, comme si les Varela avaient continuellement entassé des richesses pour oublier les modestes origines du mercenaire fondateur du Comté. Les fenêtres donnant toutes au nord, les pièces du deuxième étage baignaient dans une lumière froide et grise qui leur retirait la vie.

— C'est beau, n'est-ce pas ? dit Umberto quêtant de son ami une approbation de la chambre somptueuse où Ugo III avait dormi et embrassé quelques fois son épouse et beaucoup plus souvent Vittoria Campari sous le baldaquin d'un grand lit aux rideaux damassés.

— Oui, très beau, mais il n'y a rien de secret... Tout le monde peut visiter cette chambre.

— Il n'y a pas que ça !

De chaque côté de la tête du lit, une tenture de velours cramoisi (ou enfin qui avait été cramoisi) masquait le mur. En tâtonnant le long de la plinthe, Umberto fit jouer le ressort d'une porte ouvrant sur un palier de l'escalier secret.

— Vous reconnaissez ? dit l'enfant. Par là, il pouvait sortir.

Le même mécanisme ouvrit une autre porte sous la seconde tenture. Le « cabinet secret » annoncé par Umberto était une pièce de trois mètres sur quatre à peine, éclairée par une lumière beige filtrée par des lucarnes en albâtre. De l'extérieur, l'albâtre se fondant à la pierre du palais, personne ne pouvait deviner la présence d'une annexe de la chambre seigneuriale dont un ingénieux système d'aération renouvelait l'air et l'expulsait par un conduit montant jusqu'au toit en terrasse.

Les yeux s'habituaient vite à la demi-teinte du jour et découvraient une bibliothèque basse garnie sur trois rayonnages de livres reliés en maroquin rouge aux filets poussés à froid, et tout autour de la pièce des tableaux superposés sur deux rangées. Une sorte de lit occupait le centre, tête plus haute que les pieds, recouvert d'une étoffe qui avait pu être du satin et qui s'effrita sous les doigts de Jacques quand il la toucha.

— Comment as-tu découvert ça ?

— Quand j'aide la Contessina, je touche à tout. Un jour, j'ai touché le mur et il s'est ouvert.

— Et tu n'as rien dit ?

— C'est une dame. Elle ne doit pas voir ces choses-là !

Qu'est-ce qui pouvait choquer Beatrice ? La curieuse inclinaison du lit, la lumière tamisée ? Au hasard, Jacques prit un livre : les sonnets de l'Arétin illustrés par un artiste anonyme et, à côté, *La princesse de G.* par le chevalier X, également illustré sans équivoques. Rien qu'en parcourant les titres, on imaginait une assez belle et rare collection d'érotiques du XVIIIᵉ siècle. Jacques approcha son briquet d'un tableau. Une épaisse couche de poussière recouvrait le verre. En frottant avec l'index il aperçut l'amorce d'un dessin.

— J'en ai nettoyé un, dit Umberto en lui montrant à gauche de la porte une sanguine représentant un homme et une femme nus dans une position difficile à imiter, mais pas impossible.

Cette sanguine assez belle n'avait rien d'agressif, mais sa vérité criante donnait une indication précise sur l'utilisation du cabinet secret.

— Adriana dit que ce n'est pas comme ça qu'on fait.

— Parce que tu amènes ta sœur ici ! Et qu'est-ce qu'elle en sait ?

— Elle n'a pas essayé encore, mais elle a une amie mariée qui lui a tout dit.

— Qu'est-ce que tu racontes ? dit derrière eux la voix flûtée d'Adriana apparaissant sur le seuil dans son sarrau noir et ses socquettes blanches. Oui, qu'est-ce que tu racontes ? Tu n'es qu'un petit vicieux.

— Et toi alors ? Tu as regardé tous les livres !

— Pas tous. Deux ou trois seulement. C'est toujours la même chose. Est-ce qu'on va se baigner, monsieur le Professeur ?

— Tu permets que je regarde encore les tableaux ?

Avec son mouchoir, il ôta la poussière de deux autres sanguines. Il s'agissait bien d'une suite, sans signature et d'une belle précision anatomique. L'artiste faisait preuve d'imagination gymnastique. Deux siècles plus tôt, couché sur son lit de parade, Ugo III s'était offert d'agréables phantasmes. L'histoire ne s'écrivait pas seulement avec des documents, mais aussi avec les rêves de ses personnages. Pour pénétrer les raisons de la chute des Varela, le cabinet secret révélait bien mieux encore que des factures ou des lettres enflammées à une maîtresse ambitieuse, la psychologie du jeune comte qui, par ailleurs, passait pour un esprit éclairé, l'admirateur des Encyclopédistes. La cage aux phantasmes ugoliens devenait du coup terriblement significative. Personne depuis la chute du comte n'avait percé le secret d'Ugo III. Pénétrer dans cette pièce émouvait autant que de pénétrer dans une pyramide et de découvrir les bibelots et les jouets favoris d'un pharaon enseveli depuis trois mille ans. Trois millénaires ou deux siècles, quelle était la différence ? Le passé est un magma d'une profondeur inouïe où tout est interférences, où les êtres se démultiplient indéfiniment sans que nous puissions courir après chacun d'eux. La brutale décadence de la dynastie Varela était un beau sujet d'enquête qu'il faudrait doubler de recherches sur le libertinage au XVIIIᵉ siècle, l'évolution des idées, l'usure des pouvoirs féodaux, les mariages avec des étrangères et les défaillances de la sexualité primitive.

— Ça, c'est pas mal non plus ! dit Adriana.

Avec le bas de son sarrau relevé, découvrant ses fines jambes brunes, elle essuyait un objet en porcelaine qu'elle venait de prendre sur une étagère. Débarrassé de sa poussière, remis à l'endroit, le bibelot se révéla une parfaite imitation. Ugo III s'en servait-il quand sa partenaire ne l'inspirait pas ? Voir Adriana astiquer l'objet, le tourner et le retourner pour rendre évidente sa signification, était plus qu'embarrassant.

— Tu n'as pas de culotte ! cria Umberto.

Adriana baissa rapidement sa robe.

— C'est pas vrai ! Tu mens, sale type ! Monsieur le professeur n'aime pas quand tu dis ces choses-là ! N'est-ce pas ?

— Certainement ! Et, en plus, je crois qu'Umberto se trompe.

— Tu vois !

— Oh ça va, il est toujours de ton côté !

Était-il toujours du côté des femmes ? Enfin, oui, pourquoi pas ? Mais pouvait-on déjà classer Adriana parmi les femmes ?

Avec son gentil visage de pruneau cuit, son corps sec d'autant plus troublant qu'il n'était plus celui d'une enfant ni encore celui d'une femme, Adriana inspirait d'inévitables sentiments ambigus qu'il était honnête de s'avouer. Enfin le cabinet où Ugo III avait accumulé des stimulants à ses passions défaillantes sécrétait des désirs difficiles à contrôler.

— Pose ça sur l'étagère, dit-il à Adriana.

Et bêtement, il ajouta :

— Ça n'est pas pour toi.

Elle éclata de rire, imitée aussitôt par Umberto à l'instant où Beatrice apparut sur le seuil de la porte.

— Mais comment avez-vous découvert cette pièce ?

Adriana tourna vers elle un visage angélique :

— C'est Umberto.

— Quand ?

— L'année dernière, dit l'enfant.

— Comment ?

— Par hasard.

Elle entra, scruta le premier tableau, aperçut le bibelot reposé par Adriana sur l'étagère et comprit aussitôt.

— Eh bien, monsieur le Professeur, je vois que vous avancez à grands pas dans l'histoire des Varela. Vous commencez à en savoir plus que moi.

— Le hasard est le bon Dieu des historiens.

— Pourquoi y mêlez-vous des enfants ?

— Je n'y mêle pas des enfants, ce sont eux qui me font tout découvrir.

Il lut sur son visage une inquiétude et un désarroi peu accordés à son comportement habituel.

— Voulez-vous, dit-il, que nous refermions cette porte et n'en parlions plus jamais ? Après tout, le palais des Varela a vécu deux siècles avec son secret. Il peut le garder encore deux siècles, le temps pour vous de ne plus souffrir de notre indiscrétion.

— Croyez-vous qu'Ugo III...

— Je ne le crois pas, j'en suis certain. Cette étrange pièce a vu d'étranges scènes. Je commence à comprendre ce qui s'est passé.

Au hasard, elle prit un livre sur les rayonnages et l'ouvrit à une page où l'illustration ne laissait guère de doutes sur le texte. Adriana et Umberto tendirent le cou pour voir. Beatrice referma brusquement le livre et le rangea.

— J'avais rêvé d'un autre homme, dit-elle.

— Ne sommes-nous pas tous pareils ?

— Pareils ? Oui, sans doute...

Elle prit Adriana par les épaules et la serra contre elle avec une tendresse inattendue.

— Que sais-tu ma chérie ?

— Mais tout... Contessina. Est-ce qu'il y a des choses qu'il ne faut pas savoir ?

— Tu sais que tu commences à être une très jolie fille ?

— Elle ressemble à la nymphe de la fontaine, dit Umberto.

Jacques perçut le léger frisson de Beatrice.

— Je sais, dit-elle. J'y ai déjà pensé. Tu ne voudrais quand même pas prendre sa place ?

— Oh non... rester tout le temps là-haut... Quel ennui !

— Je ne me sens pas bien ici. Jacques, il faut refermer cette porte et prendre l'air. Nous reviendrons, ou plutôt vous reviendrez si vous croyez que vous n'en savez pas assez.

— Monsieur le Professeur a promis de nous emmener nous baigner à la Cascade du Centaure, dit Umberto.

— Je n'ai encore rien promis.

Peu après, ils roulaient vers la cascade. Umberto et Adriana recroquevillés dans le coffre derrière les fauteuils. La Topolino était brave et, en première, aurait escaladé l'Apennin. Une demi-heure après, ils étaient au bord du bassin. Beatrice s'assit sur une roche plate.

— Je vous regarde, dit-elle. L'eau est trop froide pour moi.

Jacques avait pris soin de se munir d'un maillot de bain, mais Adriana et Umberto apparurent, elle en chemisette de batiste, la même sans doute que la première fois, lui dans un caleçon de toile bleue trois fois trop grand, relique d'un aïeul qui avait dû le porter une vie entière, et qu'on ne retaillait pas pour qu'il le portât encore une vie entière, car pourquoi les choses changeraient-elles quand on restait si bien protégé du monde ? La présence de

Beatrice mettait un frein à l'excitation des deux enfants qui avaient d'instinct mis Jacques dans leur jeu, le considérant comme un des leurs bien qu'il eût le double de leur âge, mais la Contessina parce qu'elle appartenait à la vie quotidienne de Varela, peut-être aussi parce que la gravité naturelle de son visage s'accommodait mal de jeux à la limite de la licence, rappelait à l'ordre et interdisait à Umberto surtout ses habituelles crudités de langage. Tout ce qui avait pu sembler à Jacques une provocation à laquelle il avait rendu, malgré la froideur de l'eau, l'involontaire hommage d'un homme plutôt frustré depuis son départ de Paris : la chemisette de batiste qui flottait autour de la jeune fille, la petite poitrine durcie par l'entrée dans l'eau glacée, les longs cheveux noirs plaqués sur le cou fragile, toute cette scène renouvelée et qui avait des chances de se renouveler, ne fut plus qu'une jolie scène champêtre avec des cris et des rires mêlés au fracas de la cascade. Il tint Adriana sous le menton et sans qu'il eût à placer son autre main sous le ventre, elle réussit quelques brasses comme Umberto qui d'instinct, barbotant tel un jeune chien, se maintint à la surface et même osa perdre pied. Lorsque Adriana sortit de l'eau, la joie irradiait son visage. Beatrice l'appela près d'elle, lui ôta l'impudique chemisette transparente qui collait au mince corps brûlé et la sécha vigoureusement avec une serviette éponge. Y mit-elle trop d'énergie surtout quand elle lui frotta les cuisses, l'entrejambe, ses jolis seins à la pointe brune ? Jacques détourna les yeux, non pour préserver la pudeur de la jeune fille qui n'en avait guère et se laissait manipuler avec un abandon qui en disait long, mais pour ne pas voir dans l'expression de Beatrice ce qu'il craignait trop d'y trouver, un autre plaisir que celui d'Adriana, un trouble plaisir qu'il ne savait encore comment situer.

Plus près de la cascade, l'eau avait poli une large dalle de pierre inclinée sur laquelle Béatrice conduisit la jeune fille, la fit allonger et s'allongea elle-même, laissant un espace pour Jacques.

— Venez vous réchauffer, dit-elle.

Il se plaça entre elle et Adriana, Umberto près de sa sœur, et tous les quatre s'offrirent au soleil de l'après-midi, à la tièdeur montant de la dalle. À quelques mètres d'eux, la cascade ruisselait dans le bassin, rumeur qui étouffait les autres bruits de la vallée, cigales et croassements des choucas, et, parce qu'ils y étaient soudain livrés, les isolaient du reste du monde, concentrant leur attention sur eux-mêmes. La main de Beatrice se posa sur celle de Jacques. De l'index, il caressa la paume lisse, reconnut au toucher le modeste bracelet d'argent qu'elle portait chaque jour, l'anneau usé de la chevalière. Il y eut un moment d'intense bonheur. Ses battements de cœur s'apaisèrent et avec une joie indicible il sentit la main d'Adriana se poser contre son flanc et le gratter doucement de l'ongle comme pour jouer, appel misérieux, mi-tendre. Tournant la tête vers elle, il vit son léger profil impassible, le nez droit comme celui de la sirène de la fontaine, la poitrine encore enfantine, le ventre creux et le petit désordre de la toison bouclée entre les cuisses. Elle semblait à peine respirer alors que, à la gauche de Jacques, se faisait de plus en plus court le souffle de Beatrice qui gardait closes ses paupières aux longs cils noirs, entrouvrant ses belles lèvres mauves pour un murmure qui n'atteignait qu'elle-même comme une prière muette à la perfection de cette offrande au soleil. Jacques reconnut sur ce visage d'ordinaire plein de retenue les ondes annonciatrices d'un plaisir semblable à celui qui l'avait parcouru quand Antonio et Assunta s'aimaient derrière le treillage de la fenêtre. La main se crispa sur la sienne, des ongles entrèrent dans la chair de son poignet, et quand la tension extrême se relâcha, le souffle de Beatrice s'apaisa et les doigts caressèrent le dos de sa main avec la tendre reconnaissance d'après l'amour. Il tourna la tête vers Adriana : elle ne bougeait pas et lui serrait la main. Ses lèvres rouges comme celles d'Umberto esquissaient un léger sourire complice.

À vingt-neuf ans, Jacques s'étonnait d'ignorer tant de choses de la vie et finissait par se croire vraiment innocent. Au cours des rapides aventures, le plus souvent sans lendemain, qui avaient agrémenté sa vie d'étudiant, de jeune officier, puis d'universitaire, il n'avait rien appris sur les détours de la sexualité. Une existence peut ainsi s'écouler sans surprises et, disons-le, sans beaucoup perdre. Il ne se serait jamais interrogé si Beatrice ne l'avait à ce point inquiété. Des circonstances dont il ne connaissait encore que deux exemples, provoquaient chez elle la montée d'un désir auquel elle se livrait sans défense. Fallait-il attribuer à la solitude hautaine de sa vie cette aisance à éprouver une émotion que d'autres doivent rechercher dans des figures compliquées ? Après, tout de suite après, son visage retrouvait la paix. Les deux fois il avait été présent et il pouvait se demander dans quelle mesure il n'était pas un des éléments nécessaires à l'éclosion des plaisirs de Beatrice. S'il avait pu croire la première fois, à la ferme d'Assunta. que la jeune femme s'envolait ainsi seule rien qu'en écoutant le doux murmure des amants si proches d'elle, la seconde fois, au contraire, elle avait eu besoin de tenir sa main et il semblait bien que ce simple et pudique contact accélérait la montée du plaisir. Au frémissement qui secouait son corps, on savait qu'elle accédait à un réel orgasme avec une facilité désarmante, chaque fois les yeux clos sur un monde intérieur et des images qu'elle seule connaissait. Épuisée, elle sombrait dans le sommeil dont il eût peut-être été dangereux de la tirer. On ne bâtit cependant pas une théorie sur la sexualité compliquée des Varela à partir de quelques exemples comme celui de Francesco II qui revenait d'Angleterre avec l'amant palefrenier de sa femme, d'Ugo II qui aimait tant les sculptures provocantes, d'Ugo III et de son cabinet secret, du père de Beatrice et de Francesca qui engrossait sa femme et la bonne le même jour, de Beatrice elle-même et sans doute de Francesca qui éprouvait un besoin animal de chevaucher sa grosse moto. Il était possible que ce fût là une des clés de l'histoire des Varela, et même la clé de l'attitude compassée des Varélains qui derrière leurs volets clos et leurs costumes noirs, derrière un apparent et agressif puritanisme, étouffaient la violence de leurs appétits, violence que Gianni Coniglio, par défi, par goût de se venger, libérait en paroles cruelles et ordurières. À supposer que les Varélains craignissent Dieu, le seul homme qui devait tout savoir sur eux était le curé, Don Fabio, et, en second, le médecin, bien que l'on pût mentir ou dissimuler mieux au premier qu'au second.

Dans le silence de sa chambre où il était remonté après un dîner paisible en compagnie de Francesca et de Beatrice, Jacques agitait ces pensées qui ne relevaient plus seulement de la recherche historique. Il n'étudiait pas une matière morte, figée dans les plis des siècles, il étudiait une matière mouvante qui répétait le passé. Adriana évoquait la nymphette de la fontaine, Francesca Lady Rosalynde enfuie avec un palefrenier, Beatrice ressemblait presque trait pour trait à son aïeule, l'Aragonaise de Sardaigne, et dans son délire poétique, Gianni Coniglio se prenait pour le farouche et querelleur Condottiere. Les noms eux-mêmes perpétuaient une tradition à laquelle on sentait les Varélains superstitieusement attachés : le père de Beatrice et de Francesca se prénommait Ugo, Francesca descendait de Francesco le Condottiere, la Contessina rappelait le souvenir de la petite Française disparue dans la tourmente. À deux cents ans d'intervalle, on retrouvait dans la famille Campari une Vittoria et un Amedeo à la seule différence que celui-ci n'était pas un « play-boy » mais un missionnaire. À partir de ces êtres on remontait le temps comme un domaine familier, et on rencontrait des personnages déjà connus puisqu'on venait de les quitter, dans la rue, à table ou se promenant dans la vallée. L'histoire n'était plus un secret hostile et froid. Des portes mystérieuses s'ouvraient, des voiles se levaient et, dans la masse poussiéreuse et vaine des paperasses entassées aux archives, les factures d'une marchande à la toilette, et d'un bel étalon noir surgissaient magiquement sous la main. Il ne fallait pas s'impatienter : les pions se mettaient en place.

Jacques prit deux fiches et, en tête, inscrivit :

MÉDECIN : encore inconnu. L'interroger sur la vie secrète des Varélains.

DON FABIO : curé de Varela. Ennemi de mon chien Diavolo. À interroger également.

Il rangea les fiches dans la boîte de carton indexée, les compara avec les autres et conclut qu'il était encore dans la situation agréable de ne presque rien savoir.

Sur la place déserte, le café avait éteint ses lumières. Le feuilleton radiophonique du *Cœur battu* se terminait dans l'angoisse si bien ménagée à chaque épisode. Il fallait pour les âmes anxieuses que l'héroïne, la jolie Mariella, fût réduite au désespoir par l'hostilité des fils et des filles du riche veuf. Un magazine de radio avait publié en couverture, deux ou trois jours auparavant, la photo de la jeune actrice qui interprétait le rôle de Mariella : un charmant visage aux yeux clairs, encadré de beaux cheveux flous. À l'intérieur du magazine, on la voyait en pudique maillot de bain sur une plage en compagnie de sa famille, ou tricotant avec sa mère dans leur maison de la Riviera Ligure. Les images rassurantes visaient à la rapprocher le plus possible de son personnage du *Cœur battu*. L'article affirmait qu'à vingt-deux ans elle continuait de refuser le mariage. Elle céderait quand Mariella serait elle-même enfin mariée, soit au riche veuf, soit à un autre homme digne d'elle. Elle avait des ambitions : jouer dans un film avec Vittorio de Sica, mais pour l'instant son rôle dans *Le Cœur battu* accaparait toute son affectivité.

Les auditeurs pouvaient enfin, après tant de mois, mettre un visage sur la voix enchanteresse. Tout devenait plus vrai. Jacques souhaitait que les Varélains ouvrissent une nuit leur fenêtre. En poussant au maximum le son, ils adresseraient au ciel noir la prière ardente de la petite domestique vierge qui aspirait à une vie confortable. Ses sacrifices, les humiliations subies sans mot dire, son courage tranquille face à l'hypocrisie de la famille du veuf achetaient la rédemption des Varélains.

Couché depuis à peine un moment, au bord du sommeil, il attendait la visite du premier songe quand le sentiment d'une présence mouvante dans la chambre réveilla son attention. Le silence des nuits est souvent troublé par les bruits d'une maison dont les articulations craquent, les volets battent, les escaliers geignent, la tuyauterie tremble, mais cette fois la maison retenait son souffle. La faible lueur montant de la place ne dépassait guère le seuil de la fenêtre. À l'emplacement de la porte, il distinguait cependant un vague flou venant de l'escalier. Comment avait-il pu laisser ouvert ? Il se leva sans allumer, reconnut l'emplacement de la table et du fauteuil, et trouva, en effet, la porte entrouverte. Il la ferma et regagna son lit où une main se posa sur son bras, une autre sur sa bouche, étouffant le cri qu'il aurait dû pousser. À la petitesse et à la douceur de la main il ne pouvait s'agir que d'une femme déjà sous le drap, nue et fraîche. La main restait plaquée sur ses lèvres. Il l'écarta avec douceur. Quand il voulut toucher le corps allongé près de lui, deux mains nerveuses happèrent et lièrent ses poignets avec tant de force qu'il s'étendit sur le dos. Il avait compris : pas un mot ne devait passer leurs lèvres. Les mains se séparèrent et plaquèrent ses bras le long de son corps. Une ou deux minutes passèrent ainsi. L'ombre s'assurait de son obéissance avant de lui ôter son pyjama avec des gestes précautionneux, qu'il aida en se cambrant légèrement et en se redressant. Une bouche explora son visage, les yeux, l'arête du nez, frôla ses lèvres, caressa le cou, la poitrine, descendant le long de son corps pour l'atteindre à l'endroit où la tension était déjà si forte qu'il retenait, dents serrées, son plaisir pour qu'il dure indéfiniment, toute la nuit. Une grande quiétude l'envahit. Alors il se mit à penser à autre chose : au bain dans le bassin de la Cascade du Centaure, à Antonio dans son champ de lavande, à la proclamation de Cléry, à Diavolo qui attendait devant la porte, à Folco servant le dîner, à la silhouette de Beatrice découpée sous la robe par la lumière de la fenêtre. Enfin, il ne fut plus possible de penser à rien et il s'abandonna. Plus tard, sans qu'il ait osé la prendre dans ses bras pour lui dire sa reconnaissance, la légère forme se glissa hors du lit, ramassa sa robe qu'elle avait dû laisser tomber avant de le surprendre. La porte s'ouvrit sans grincer et il crut voir une silhouette sur le palier, mais déjà elle était loin, partie sur ses pieds nus, plus légère qu'un chat, et la maison geignit de nouveau, s'étirant dans la nuit. S'il ne s'était pas retrouvé nu, son désir calmé, il aurait juré que la scène relevait du rêve. Il fallait l'accepter ainsi : plaisir sans nom, sans visage, plaisir né des obsessions de la ville et de la vallée depuis des siècles. Son corps apaisé gardait la trace d'une bouche fraîche, fleur veloutée promenée sur ses lèvres, sa poitrine et son ventre, tendresse d'une esclave qui ne pensait qu'à la volupté de son maître, magie qui effaçait tout ce qu'il avait connu et connaîtrait.

Francesca et Beatrice avaient déjà pris leur petit déjeuner quand il descendit. Folco lui donna l'adresse de l'unique médecin de Varela.

— C'est un Ombrien, dit avec fierté le domestique en servant café et pain grillé. Il est de Pérouse, mais sa mère est née ici et il a épousé une Varélaine.

Le docteur Marcello Sobriano recevait chez lui le matin, petit homme cambré, d'une quarantaine d'années, aux cheveux noirs et crépus. Le regard était sévère comme il se doit à un homme de science parmi les ignorants, mais la voix chantante ôtait du sérieux aux propos. L'accent n'avait pas la rudesse de celui des Varélains. Comme en témoignait le diplôme encadré au mur derrière sa tête, il avait étudié la médecine à Rome et acquis des manières plus chantantes que celles de ses compatriotes. Il recevait assis derrière une affreuse table d'ébène aux pieds tourmentés, dans un cabinet encombré de livres de médecine et de piles de revues en français et en italien. Un lit pliant recouvert d'un drap blanc occupait le fond de la pièce.

— Docteur, je n'ai rien, dit Jacques en italien, mais je veux quand même une consultation.

Le médecin leva ses épais sourcils dessinant sur son front des ondes de rides.

— Ça me ferait plaisir de parler français avec vous, dit-il.

— Bien volontiers.

— Je n'ai pas souvent l'occasion, sauf avec la Contessina

Beatrice quand je la rencontre. À Rome, j'allais le soir aux cours de l'Institut français. Le professeur, M. Cambron, nous parlait de Paris. Un jour, j'irai voir si ce qu'il disait est vrai. Un jour... Je ne lis pas les poètes comme votre amie, mais j'aime vos magazines scientifiques. Ils me gardent vivant... Monsieur Sauvage, je n'ai pas de malades. Les Varélains se portent bien. Quand je vous ai vu entrer, j'ai eu un faible espoir... enfin quelqu'un qui aurait besoin de moi. Vous me retirez cet espoir...

— Il y a quand même des naissances et des morts.

Le docteur Sobriano esquissa une moue dubitative, réfléchit un instant, tête baissée, puis regarda en face Jacques.

— Monsieur, je n'accouche pas ces dames. Il y a une sage-femme. Pas un homme ici n'accepterait qu'un médecin voie les parties sexuelles de son épouse. C'est une question de principes. Quand une parturiente meurt en couches, on m'appelle pour dresser l'acte de décès. Elle est déjà lavée, peignée, vêtue de sa robe du dimanche, souvent en bière. Je n'ai même pas droit à un examen. On m'autorise seulement à prendre le pouls pour vérifier que la vie l'a quittée. Les hommes ont parfois rapporté du service militaire et de la guerre des maladies honteuses. Ils préfèrent se confier aux rebouteux qui cueillent des herbes dans la montagne et, je dois l'avouer, les guérissent assez bien. Quant aux morts, monsieur Sauvage, il n'y en a pratiquement pas, les gens ne meurent pas dans la vallée. Nous sommes trois mille environ, et il y a trente centenaires. C'est la plus forte proportion au monde...

Il se leva et fouilla dans une pile de revues.

— J'ai écrit un article à ce sujet dans *La Science médicale*. Aucune personnalité scientifique n'y a prêté attention mais la rédaction a reçu une cinquantaine de lettres demandant pourquoi on autorisait un fou à écrire dans une publication aussi sérieuse. Depuis, on refuse mes articles.

— J'ai vu une centenaire, chez Donna Vittoria.

— Annunciata ! dit le médecin. Elle a seulement quatre-vingt-dix-neuf ans. J'ai sa fiche.

D'une boîte verte, il tira un carton semblable à ceux sur lesquels Jacques notait les éléments de son enquête.

— Centenaire dans trois mois. Si d'ici là aucun de mes vieillards ne meurt, nous aurons trente et un centenaires dans la vallée. Avouez qu'il y a là quand même quelque chose de curieux. Un petit peu plus de sorcières et de rebouteux et nous deviendrions tous immortels. Il y a deux ou trois ans, le ministère de la Santé a voulu déléguer un autre médecin ici. Au bout d'un mois, ce jeune homme est reparti. Il n'avait pas vu un seul malade. Moi-même je n'ai droit qu'aux accidents. Quand le sang coule, on m'appelle. Je fais une ligature et on me renvoie. Le rebouteux raccommode les jambes, les bras, le dos avec des planches. Il y a ici un tonnelier analphabète qui guérit ses patients en triturant leurs vertèbres. Vous avez un rhume : il vous guérit d'un coup de poing dans le dos ; un eczéma il applique son gros pied de cochon sur vos vertèbres lombaires et le lendemain vous avez une peau de bébé. Si vous êtes malade, monsieur le Français, demandez rendez-vous à cet homme. Je vous arrangerai cela, mais il faut s'y prendre à l'avance. Vittorio est très occupé, surtout en ce moment : il fabrique ses tonneaux pour les vendanges de septembre. En revanche, si vous vous ennuyez, si vous ne savez pas à qui parler, venez me voir : j'ai du temps libre et j'adore parler français.

Le docteur Sobriano acceptait ses limites avec une résignation exemplaire. Jacques s'avoua qu'il le trouvait éminemment sympathique et regretta de n'être pas venu l'écouter plus tôt. L'idée que les Varélains accédaient au centenariat si aisément, guérissaient leurs maladies avec des rebouteux, naissaient entre les mains des femmes, cette idée expliquait un peu de leur comportement. Pourquoi s'ouvriraient-ils au monde extérieur qui charriait ses virus et ses maladies modernes ? Dans leur vase clos, ils traînaient bien quelques misères, mais elles s'intégraient à la vie et ils les acceptaient comme la rançon inévitable de la condition humaine.

— Vous savez sûrement, docteur, pourquoi je suis ici.

— Naturellement. De quoi pensez-vous que parlent les bourgeoises de la ville quand elles se retrouvent l'après-midi et se bourrent de pâtisseries ? J'étais médecin dans l'armée quand vos tirailleurs ont envahi la vallée...

— D'autres diraient qu'ils l'ont libérée...

— Laissez dire les autres ! Les parents de ma femme logeaient un sous-officier bavarois...

— Bavarois comme l'officier qui vivait chez les Varela ?

— Le lieutenant Helmut Strasser ! Un homme charmant si l'on en croit les personnes qui l'ont connu. Nous n'avions ici que des Bavarois, tous bons catholiques, pas fous de guerre, enchantés de se retrouver dans une vallée où il ne se passait rien, où les partisans dédaignaient de se montrer...

En entendant le nom d'Helmut Strasser, Jacques imagina aussitôt la fiche qu'il remplirait dès son retour.

— Les Varélains, continua le docteur, ne connaissent pas leur chance. Ce lieutenant parlait parfaitement l'italien. Avant la guerre il avait écrit une thèse sur l'art italien au XVIIIᵉ siècle. Il détestait l'armée et, pourtant, quand il a su que vous arriviez avec vos « Sarrasins » il a fait son devoir et votre chance a été de le pulvériser du premier coup.

— Il est mort ?

Le docteur Sobriano parut réfléchir, alluma une cigarette et se redressa sur son siège.

— Non, je ne pense pas. Je suis même sûr qu'il n'est pas mort, mais vous avez dérangé sa vie : il s'intéressait beaucoup à l'histoire de Varela, à la grande fête de 1755 qui a sonné le glas de la dynastie. J'imagine qu'on a dû, au début, vous considérer comme un intrus. Sans la proclamation de votre capitaine de Cléry qui les a frappés de stupeur — un roi ici ! un roi français ! — les Varélains vous auraient massacré après avoir capté votre confiance...

— Quatre ans ont passé !

Le docteur eut un geste élégant :

— Vous êtes jeune, monsieur Sauvage. Les Varélains ne vous en veulent plus, mais ils s'inquiètent que vous veniez fouiller leur passé. Ils ne sont pas lâches, cependant ils n'aiment pas se salir les mains. Si j'étais vous, je me méfierais de Belponi. Il n'y a rien de pire que les minus au cœur tendre. Êtes-vous sûr de n'être pas malade ?

Il suppliait presque. Jacques aurait aimé se trouver un malaise quelconque à lui offrir.

166

— Je regrette !

— Oh non, ne regrettez pas ! Je suis rouillé. À quarante-cinq ans, c'est tôt. Mon premier réflexe serait de vous envoyer à Vittorio, le tonnelier.

— Docteur, j'aime bien parler avec vous.

— Ne me flattez pas ! À force de vivre ici, je suis comme eux. Quand j'ai mal au foie, je demande conseil à Mme Cipriani qui me donne une tisane. Et elle me guérit. Je ne sers qu'à enterrer les morts. C'est un peu sinistre, mais on s'y fait.

On frappait trois coups à la porte.

— Entrez ! dit le docteur.

Une jeune femme au lourd chignon noir, aux yeux cernés et à la bouche triste passa la tête, timidement :

— Tu as sonné pour avoir du café ?

— Je n'ai pas sonné, mais nous boirions bien un café quand même.

Jacques s'était levé.

— Monsieur Sauvage, madame Sobriano, dit le docteur avec une satisfaction certaine et un rien de pompe.

La jeune femme inclina la tête et referma la porte.

— C'était un prétexte ! D'ailleurs il n'y a pas de sonnette, dit Marcello Sobriano. Elle voulait vous voir de près ! Une curiosité bien naturelle. Vous passez dans votre Topolino ou vous marchez le nez en l'air.

— L'architecture de Varela m'intéresse.

— Et vous intéressez ces dames !

— Je me demande en quoi.

Le petit docteur se leva et contourna sa table pour se promener de long en large dans le bureau. À la différence des Varélains si souvent en noir, il portait un costume d'été, bleu pastel à grosses rayures blanches, une cravate rouge à petits pois noirs. Il avait les pieds ridiculement petits dans des chaussures jaunes cannées. On l'imaginait assez bien en producteur de spectacles fumant un gros cigare, dans un bureau vitré avec vue panoramique sur New York ou Los Angeles.

— Monsieur le Professeur — puisqu'on vous appelle ainsi — ce qui intéresse tout le monde, ce sont vos relations avec la

Contessina Beatrice. Voilà une femme que tout le monde admire et respecte, qui ne s'est jamais mariée et qui, deux fois dans sa vie, a accueilli sous son toit de jeunes étrangers plutôt séduisants. Pire... Vous revenez après quatre ans, alors qu'on attendait plutôt le lieutenant Strasser.

— La première fois, ma chambre était réquisitionnée par l'autorité militaire. La seconde fois, je suis venu en invité payant. Vous n'ignorez pas les difficultés matérielles des demoiselles Varela...

Le docteur Sobriano l'arrêta de la main :

— Je vous en prie, ne cherchez pas d'excuses ! Le tribunal, ce n'est pas moi ! Je sais vos raisons, mais les Varélains imaginent que tout étranger est un monstre de duplicité. Vous ne savez pas le temps qu'il a fallu pour m'admettre ici. J'étais né à Pérouse ! Comme on serait né au Kamtchatka. Bien que ma mère soit varélaine, il a fallu, vraiment fallu que j'épouse une Varélaine pour qu'on ne me tourne plus le dos. Si je devais vivre de ma pratique, je serais déjà mort de faim. Heureusement, heureusement...

Il leva les bras au ciel pour en remercier le seigneur.

—... ma femme est riche et nous ne manquons de rien. J'ai tout mon temps pour écrire une physiologie de la vallée.

Sur une étagère, il prit un épais dossier noué par un ruban rouge et blanc, l'ouvrit, libérant une liasse de feuillets manuscrits d'une écriture à grands jambages, de diagrammes et de chiffres.

— Depuis cinquante ans, dit-il, la population de Varela n'augmente pas. Je n'ai pas pu établir de statistiques avant le début de ce siècle, mais il est probable que les résultats seraient identiques. Le taux de 2,5 suffit à renouveler les habitants de la ville et de la vallée et à compenser la mortalité infantile, les cas de célibat. On jurerait que les Varélains procréent les yeux fixés sur un programme. Poétique, n'est-ce pas ?

Jacques sourit en imaginant à la tête du lit conjugal le tableau indiquant le nombre d'enfants admis dans chaque famille.

— Il y a mieux, dit le docteur. Bien que vous n'ayez sans doute pas pu vous en apercevoir, cette ville est très rigidement stratifiée. En haut vous trouvez les demoiselles Varela qui continuent de représenter l'autorité, la haute noblesse. En dessous, se tient la caste des descendants de ceux qui servaient les comtes à l'époque féodale. Vous en avez un exemple avec Donna Vittoria Campari et son frère Amedeo, le missionnaire. Après, vient une bourgeoisie aisée, celle à laquelle appartient Mme Sobriano, et moi-même par le mariage. Puis une classe artisanale et ouvrière. À l'intérieur de ces catégories, règne le même consensus.

Du geste de la main qu'il avait eu un instant auparavant, le médecin arrêta l'objection que Jacques formulait déjà intérieurement.

— Je vous vois venir. Les demoiselles Varela ne sont pas mariées et n'y pensent pas. Les Campari non plus, ce qui pourrait déjà altérer la mécanique du système. Si dans quinze ans, disons, Francesca n'a pas d'enfants, la dynastie est éteinte et l'abstention des Campari ruine déjà la petite aristocratie car on imagine mal Gianni Coniglio se dévouant pour sauver les prérogatives de sa famille.

— Croyez-vous que ce contrôle naturel des naissances existait aux XVIIe et XVIIIe siècles ?

— Certainement : examinez les générations des comtes. Quand l'un a deux enfants, le suivant en a trois. Ugo III n'a eu qu'un dauphin : Benito. C'était un signe de décadence telle que la dynastie n'a pas survécu.

— Et l'amour dans tout cela ? dit Jacques en s'efforçant de mettre le maximum d'ingénuité dans sa question.

Le docteur Sobriano s'assit sur sa table, croisa les bras et contempla son vis-à-vis avec une ironie si vive que Jacques aurait pu s'en vexer s'il n'avait volontairement provoqué une réplique facile.

— L'amour, monsieur le Professeur, l'amour n'existe pas.

Mme Sobriano entrait avec un plateau de cuivre repoussé comme tous les touristes en achètent dans les bazars d'Orient. Elle avait sûrement entendu les derniers mots prononcés en italien par le médecin, mais n'en sembla pas offusquée. Sur le plateau, elle apportait trois tasses de café. C'était une assez belle femme en jupe et bas de soie noirs, chemisier mauve. Elle devait être enceinte de quatre ou cinq mois.

— Nous avons deux enfants, dit le docteur. En ce moment

nous sommes dans les normes de la statistique : deux et demi. Avec trois enfants, nous risquons un léger dépassement, mais la sœur de Graziella n'en a que deux et ne pourra plus en avoir.

Graziella Sobriano s'assit sur le bord d'une chaise et prit sa tasse en levant avec soin le petit doigt.

— Elle ne parle pas le français, dit le médecin. Elle n'a jamais quitté la vallée. Un jour, j'ai voulu l'emmener à Florence pour un congrès de médecins. À peine arrivée au col de la Bianca, elle a été prise de malaises. Nous avons dû revenir, et je suis allé seul à Florence.

Elle contemplait avec admiration son mari. Jacques n'avait pas encore eu droit à un regard et pourtant elle était là au nom de quelques dames varélaines qui voulaient savoir comment se comportait l'étranger.

— Je connais un couple d'amoureux, dit Jacques. Ils habitent une ferme de Beatrice dans la vallée. Je ne sais que leurs prénoms : Antonio et Assunta.

— Il n'y a pas de théories sans exceptions, cher monsieur le Professeur.

Jacques se tourna vers Mme Sobriano et lui dit en italien :

— J'aime beaucoup votre ville. C'est un des joyaux de l'Ombrie.

Elle jeta un regard éperdu vers son mari qui hocha la tête pour l'encourager.

— Oui ! dit-elle après un intense effort.

Le médecin lui sourit avec tendresse et reprit en français :

— C'est une très bonne femme d'intérieur. Elle élève remarquablement nos enfants.

Mme Sobriano posa sa tasse et sortit.

— Elle a de quoi parler tout un après-midi avec ses amies, dit le docteur. Son sens de l'observation est grand. Je suppose que mon dossier vous intéresse, mais j'hésite à vous le confier. Il est manuscrit et je n'ai pour doubles que des brouillons. Si vous désirez le consulter, venez ici quand cela vous plaira et prenez des notes.

— Avec grand plaisir. Une question encore, docteur : j'ai eu l'impression que les Varélains étaient assez portés sur l'amour.

— Les sentiments ou la chose ?

— La chose.

— Complètement obsédés, ils sont, monsieur le Professeur. Forniquant jour et nuit. N'en parlant jamais et y pensant tout le temps. Les rois de l'hypocrisie. Au début de mon installation, ça m'exaspérait, puis j'ai fini par y prendre goût et maintenant j'ai beaucoup de plaisir à être aussi hypocrite qu'eux. Au moins, c'est volontaire. Il vous faudra une vie pour les comprendre.

— Je n'ai qu'une vie.

— Hésitez avant de la consacrer à Varela. Il y a peut-être d'autres impasses plus intéressantes.

— Je voudrais la vérité sur ces gens.

— Oh ! doucement, monsieur le Professeur ! Revenez me voir. Nous parlerons. Mme Sobriano vous a trouvé très sympathique et moi aussi.

Jacques serra la main tendue qui mettait fin à la consultation. Dehors, Umberto l'attendait devant la porte, assis sur une borne de marbre, Diavolo couché à côté de lui. À quelques pas, Adriana, accotée au mur de la maison voisine, le regardait fixement. Elle ne portait plus son sarrau noir et ses socquettes blanches, mais une robe à fleurs et des souliers à petits talons. Il s'avança vers elle qui sourit une seconde avant de tourner le dos et de s'en aller à pas pressés.

— Monsieur le Professeur, dit Umberto, on vous attend au téléphone.

— Comment savais-tu que j'étais ici ?

L'enfant montra le chien qui ouvrait un œil distrait.

— Diavolo, tu es mon ombre.

Diavolo remua gentiment la queue, se redressa et s'étira sur ses pattes. La cabine téléphonique n'était qu'à deux ruelles plus loin. Giuseppina parut très nerveuse. Elle enfonçait à grands coups ses fiches dans le tableau dont les lumières clignotaient bêtement.

— On vous appelle de Florence, monsieur le Professeur.

Il prit l'écouteur dans la cabine, supporta deux minutes de friture, finit par entendre une voix terriblement lointaine.

171

— Allô, allô ! Qu'est-ce que vous foutez ? Voilà une demi-heure que j'appelle.

— Je ne peux pas passer ma vie à la poste.

— Je n'entends rien.

— Moi non plus. Parlez plus fort !

— Vous me comprenez ? Je suis à Florence. Une panne.

— Très bien !

— Comment « très bien » ?

— J'ai compris.

— Un mécanicien de Bentley vient de Londres me dépanner.

— On n'est pas plus chic !

— Qu'est-ce qui vous prend ? Depuis combien de temps pratiquez-vous l'ironie ?

— Je vous comprends à peine.

— Venez me rejoindre à Florence.

— Impossible, je suis en plein travail.

— Je vous attends.

— Impossible. Rappelez-moi quand vous serez dépanné.

La friture s'intensifia sur des paroles confuses. Quelqu'un jouait avec la ligne comme avec la corde d'une guitare. À l'autre bout, Cléry raccrocha avec un « merde » cette fois très clair. Giuseppina retira sa fiche et se plongea dans le magazine qui publiait quelques jours plus tôt le reportage sur la jolie vedette du *Cœur battu*. Jacques s'avoua qu'il était plutôt content du retard de Cléry. Le voir débarquer dans sa Bentley sublime aurait cassé l'espèce de plaisir fébrile qui l'agitait depuis quelques jours et particulièrement depuis la nuit dernière. Cléry était parfait à Paris ou dans sa maison de Deauville. Il avait encore été parfait en temps de guerre : Cléry Ier ! Il cadrait mal avec Varela en temps de paix. Cette ville close l'étoufferait et il ne verrait pas ce que Jacques découvrait depuis quelques jours : une beauté secouée de longs frémissements intérieurs, une vie secrète gorgée d'ombres et de passions.

— Je peux aller avec vous ? demanda Umberto inquiet du silence de son ami.

— Bien sûr. Je vais au palais. Je suis sûr que nous avons

encore beaucoup de choses à découvrir. Pourquoi ta sœur s'est-elle enfuie quand elle m'a vu ?

— Elle ne sait pas ce qu'elle veut !

— Tu vas encore dire que toutes les filles sont comme ça !

Umberto haussa les épaules. Il avait mis une jolie chemise à carreaux rouges et blancs, une culotte à sa taille et marchait pieds nus dans des spartiates.

— Vous vous êtes mis en frais de toilette tous les deux. Qu'est-ce qui se passe ?

— Rien. C'est pour changer. La Contessina m'a donné la chemise et les sandales. Adriana porte une robe de la Signorina Francesca. Elles ont la même taille.

Ils arrivaient place du Condottiere. Aux fenêtres du palais, des hommes armés de perches tendaient des filins supportant des fanions multicolores. De la place, un gros homme coiffé d'un canotier réglait leurs gestes d'une voix de stentor.

— C'est le maire ! dit Umberto. Vous le connaissez ?

— Non, mais je vais le connaître. Et pourquoi ces banderoles ?

— Comment, monsieur le Professeur, c'est après-demain la fête de Varela et vous l'ignorez ?

— On me cache tout !

L'autorité du gros homme était de ces spectacles auxquels on s'attarde. Sa voix tonitruante emplissait le volume de la place. Il représentait la supériorité innée, le pouvoir aux prises avec les minables ; il voyait ce que les autres ne voyaient pas : un filin détendu, une échelle en déséquilibre, des fanions manquants, la hampe du drapeau de la mairie à repeindre, ou qu'un homme allait tomber alors qu'un autre restait la bouche ouverte à regarder travailler ses camarades. Les bras courts du maire s'élevaient, s'écartaient, descendaient, mimant les ordres dont les murs de la place renvoyaient l'écho comme si un sous-fifre caché derrière un pilier de l'arcade, répétait servilement les commandements. À lui seul, dominant un peuple de figurants et de spectateurs admiratifs, le gros homme que l'on appelait tantôt Monsieur le Maire, tantôt *Commendatore,* jouait un spectacle dont les scènes oscillaient entre la tragédie et la comédie, avec des hurlements, des rires dédaigneux ou de suaves paroles quand passait une femme qu'il saluait avec une courtoisie inattendue en soulevant son canotier. Sous les arcades, des hommes attachaient d'autres banderoles, des lampions, des bouquets de feuillage, des écussons où se lisait le :

Varela
vincit

qui reprenait droit de cité pour la fête. La place du Condottiere y perdait de sa grandeur et se transformait peu à peu en un fébrile décor de théâtre. Une camionnette déboucha d'une ruelle, s'arrêta devant le porche du palais. Deux hommes déchargèrent les tréteaux d'une estrade.

— C'est pour l'orchestre du Maestro della Fortuna, dit Umberto.

Le maire retira son canotier et s'épongea avec un mouchoir écarlate. Domenico, le planton, lui apporta un verre d'eau et un café qu'il but debout sans quitter de l'œil ses employés.

— Il boit beaucoup de cafés, dit encore Umberto. Trente par jour. C'est pour ça qu'il est heureux. Venez lui parler.

Et, par la main, il entraîna son ami vers le maire qui reposait le verre sur le plateau et s'éventait avec son canotier. Sa bedaine menaçait de déchirer les boutonnières de son veston droit.

— Ah, monsieur le Professeur, vous assistez à nos préparatifs. Cette fête est ma croix. Un jour, j'en crèverai. Personne n'est jamais content. En une nuit, nous nous ruinons pour l'année. Pourquoi cette fête, je vous le demande ? Encore une superstition. Pour une fois je suis d'accord avec Don Fabio qui trouve toujours le moyen d'être appelé à Rome cette semaine-là... J'ai appris que vous travailliez là-haut dans les archives. Ouvrez bien les fenêtres, on meurt de chaleur. J'espère qu'il y a au moins des vieux papiers qui vous intéressent. Vous savez que si Umberto ne m'avait pas dit votre nom, je ne vous aurais pas remis. Nous nous sommes connus quand vous avez envahi la vallée et pris la ville...

Lui aussi disait « envahi » et il ajoutait même « prendre la ville » alors que Varela n'avait pas esquissé la moindre résistance.

— ... c'était une époque difficile. On ne savait pas qui avait raison. Vos « Sarrasins » ont été corrects, très corrects. Et qu'est devenu « notre » roi, monsieur le Professeur ? Un singulier capitaine, il doit être au moins général maintenant...

— Il est homme d'affaires.

— Homme d'affaires ! J'en ai connu un, une espèce de Lombard qui voulait inonder la vallée pour en faire un barrage ! Nous serions restés là, au milieu, comme dans une île sans pouvoir sortir autrement qu'en barque. J'ai écrit à Rome pour qu'on l'enferme. Je n'aime pas les fous... *Imbecille, imbecille*... à l'autre fenêtre, pas au balcon !

Il y a entre imbécile et *imbécille* une énorme différence. Le mot italien peut se hurler, il reste chaleureux. Jacques aimait bien la façon dont le maire disait *imbecille* d'une voix magnifique, étalant le triomphe de l'intelligence autoritaire sur la stupidité prolétarienne.

— La Contessina est là-haut sur le toit du palais, continua le maire. Je crois qu'elle a l'intention de vous y inviter pour que vous voyiez bien la fête. Naturellement le mieux est de se mêler à la foule quand on en a envie.

Beatrice était, en effet, sur le toit avec Adriana et Francesca, s'activant sous l'ardente brûlure du soleil. La terrasse, malgré sa hauteur, ne dépassait pas l'enceinte de Varela, mais, de là, on découvrait la forme parfaite de la ville et le dessin de ses rues. Au bord du parapet côté place du Condottiere, se dressaient deux sièges curules, non pas en ivoire comme il était d'usage au temps des Romains, mais en marbre blanc de Carrare, l'un légèrement plus haut que l'autre. Dans le plus bas était assise Adriana, jambes tendues, jouant avec ses pieds. Beatrice arrangeait dans une jarre un bouquet de feuillages, et Francesca, accroupie, nettoyait le verre rouge de photophores dans lesquels elle plantait ensuite des bougies. Arrivé sans bruit, il les regarda un moment avant d'attirer leur attention. Chacune représentait une énigme, mais il sentait, si différentes fussent-elles, combien elles l'avaient dominé, guidé, rapproché, maintenu à distance, intrigué ou déçu, sans se préoccuper de ses réactions. Et, la nuit précédente, l'une d'elles avait franchi un pas bien hardi dans leurs équivoques relations. Mais laquelle des trois ? Et les autres le savaient-elles ? Il ne pensait pas non plus sans émotion au geste si discret d'Adriana lorsqu'ils s'étaient séchés sur la dalle de pierre : le doigt qui effleurait ses côtes, puis la main qui avait saisi la sienne pour lui passer le message quand Beatrice s'était abandonnée à son spasme onirique. Il n'oubliait pas la beauté du petit profil au nez droit, le sourire esquissé sur les lèvres. Sa maladresse d'homme, son impuissance à les deviner éclataient devant leur évidente complicité. Il ne serait jamais qu'un balourd auprès d'elles, femmes ou jeunes filles comme il n'en connaissait pas, comme il n'en rencontrerait plus jamais d'autres. C'était cela le cadeau de l'Italie : une beauté de mystères et de sous-entendus où les étrangers se heurtaient aux frontières d'un royaume interdit. Beatrice était bien la figure la plus achevée du trio qui tournait autour de lui : elle incarnait la ville et la vallée, l'histoire obscure et tragique des Varela, et l'isolement presque total des descendants du Condottiere et de son armée de mercenaires. En même temps, Francesca, par son attitude et ses brutalités intermittentes, attirait irrésistiblement un homme que n'effrayait pas le danger. Bardée de défenses, en apparence inaccessible ! Il ne doutait néanmoins pas qu'elle fût fragile. Était-il possible qu'elle profitât de la nuit pour abolir dans le secret la distance qui les séparait ? Maintenant, plus rien ne serait pareil entre lui et les deux sœurs, l'une ne pouvant ignorer le jeu de l'autre. Enfin Adriana, dont le petit corps frais débarrassé du sarrau noir d'écolière et des socquettes blanches se féminisait étonnamment en un jour, rappelait par sa grâce et son impudeur les nymphes de bronze et de marbre dont Ugo II s'entourait. Elle y ajoutait, par son âge, l'attrait du fruit défendu. Elle était de la même essence que les sœurs Varela.

— Vous arrivez alors que tout est terminé, dit Beatrice quand elle l'aperçut enfin, suivi d'Umberto et de Diavolo.

— Ça vaut mieux. Je ne sais rien faire.

Adriana quitta son siège magistral et sauta plusieurs fois à pieds joints comme une enfant qui marque sa joie.

— Va chercher le balai ! dit-elle à son frère.

— C'est l'affaire des femmes de balayer.

— Petit imbécile, ce n'est pas l'affaire de la Contessina et de la Signorina Francesca.

— Mais c'est la tienne.

— J'ai déjà accroché les guirlandes.

Il y alla en rechignant.

— J'ignorais cette fête, dit Jacques à Beatrice. Vous ne m'en avez pas parlé.

— Je voulais que ce soit une surprise. Avez-vous eu votre téléphone ?

— Cléry est à Florence en panne avec sa magnifique Bentley en or massif. Il attend un mécanicien de Londres pour la réparer.

— En Toscane, tout est possible ! dit Francesca. Mais l'Ombrie est une autre affaire. Il n'arrivera jamais jusqu'ici. Ce n'est pas le premier qui essaie.

— Moi, j'y suis bien parvenu.

— Vous risquez de ne jamais en repartir.

— Pourquoi pas ? Je me sens déjà très varélain. M. le maire a été fort aimable.

— Si vous devenez varélain, il ne sera plus du tout aimable.

— Alors, je ne voterai pas pour lui.

— Il est toujours élu. Personne d'autre ne se présente.

— Je n'arrête pas de questionner.

— Adressez-vous plutôt à Beatrice.

Elle planta une bougie dans le dernier photophore et se redressa, essuyant ses mains sur les cuisses d'un pantalon de coutil bleu qui moulait très exactement ses fesses de garçon et ses maigres cuisses.

— Je ne vous ai jamais vue habillée en femme.

— Il m'arrive d'avoir des faiblesses.

— Ne faites pas attention, dit Beatrice, elle est de mauvaise humeur.

La ressemblance des silhouettes d'Adriana et de Francesca frappait immédiatement : même minceur, mêmes épaules carrées, même souplesse à la taille, comme si la première était en avance sur son âge et la seconde en retard. Il n'y avait cependant guère de doutes : elles étaient bien de la même essence, avec des caractères différents, sinon opposés. D'en bas, montèrent soudain, de nouveau, les accents désespérés du maire qui s'accommodait si mal de la connerie humaine. Par-dessus le parapet, on l'apercevait nettement au milieu de la place, gesticulant comme une marionnette.

— Lui non plus n'est pas de bonne humeur, dit Jacques.

— Il y a de quoi ! dit Francesca. Les employés de la mairie sont des demeurés...

Beatrice interrompit un échange de répliques qui auraient fini désagréablement.

— Vous devriez aller voir au premier étage. Nous avons fait le ménage jusque dans le cabinet secret que vous aimez tant.

— Je ne prétends pas l'aimer. Il m'intrigue. Mais qui a fait le ménage, Francesca et vous ?

— Nous trois. Adriana a brossé les livres. Francesca nettoyé les sous-verres.

Il chercha Adriana du regard. Accroupie à côté de Francesca, elle essuyait avec un chiffon le pied des photophores et les portait par deux sur la balustrade.

Elles avaient laissé ouverte la porte du cabinet secret. Au centre de la pièce, une fois enlevé le couvre-lit dont l'étoffe brûlée par les ans se cassait comme du carton, apparaissait le sommier de cuir marron dont deux plis montraient qu'à volonté, tel un li. d'hôpital, il se transformait en fauteuil ou se mettait à l'horizontale grâce à un mécanisme d'ailleurs bloqué par la rouille. Quand, dans l'euphorie de la vague de pudeur d'après la guerre, on avait vendu aux enchères le mobilier du plus célèbre bordel de Paris, le fauteuil orthopédique d'Edouard VII s'était révélé tout aussi pratique que la couche d'Ugo III. Adriana avait-elle réellement aidé les sœurs à nettoyer la poussière de la pièce ? Si oui, les demoiselles Varela méritaient un brevet de perversité ingénue. Les sanguines étaient de la même main, décrivant l'amour sous beaucoup de phases avec une aimable complaisance et un joyeux souci du détail bien que l'artiste n'y mît aucune agressivité. Si c'était une commande, Ugo III s'était adressé à un homme de qualité. Certains traits, la joliesse des visages féminins, la belle rondeur des hanches, les fortes cuisses et les pieds menus permettaient d'attribuer les sanguines à un élève de Watteau revu par Fragonard. On ne pouvait pas parler tout à fait de dessins érotiques. Derrière les personnages fort occupés par leurs expériences, le peintre avait esquissé des paysages, l'amorce d'un bois, un torrent, une chaumière perdue dans la campagne, ou alors il s'était amusé à croquer une quinzaine de visages aux expressions étonnées : têtes de paysans, de marins, de commères posées comme des remarques en marge de l'action principale. Tout au plus pouvait-on lui reprocher d'être obsédé par un seul type de femme : de grasses créatures aux chairs plutôt molles dont le plaisir ne se révélait que par des regards extasiés alors que dans leurs menus visages stéréotypés les bouches restaient rondes et fermes comme des cerises. Un bandeau ceignait les fronts et maintenait les cheveux relevés sur la nuque. Des pièces de vêtements hétéroclites gisaient autour des amants, et toutes les scènes impliquaient un désinvolte déshabillage tantôt sous la pression d'une envie foudroyante, tantôt lentement pour accroître le désir. Si, dans les premiers dessins, on reconnaissait le même couple dont l'artiste avait étudié les ébats, notant de scène en scène les progrès que font deux amants dans la reconnaissance de leurs corps, une autre série de sanguines faisait intervenir des tiers, d'abord un passant-voyeur à demi caché par un arbre, puis deux autres voyeurs, un homme et une femme se tenant par la taille et contemplant avidement par une fenêtre ouverte la bête à deux dos qui s'ébattait sur un grand lit à baldaquin, visible copie de celui de la chambre du comte. La progression continuait, c'est-à-dire que les personnages extérieurs ne se contentaient plus d'observer, ils intervenaient. Il avait fallu au peintre un réel talent pour rester dans les limites d'un art délicat sans rien perdre de sa précision. Jacques compta une cinquantaine de sanguines. Mises bout à bout, elles ne racontaient pas vraiment une histoire, mais on suivait néanmoins leur progression et on imaginait très bien qu'Ugo III et sa partenaire, légitime ou non, avant de passer aux essais pratiques sur le lit pliant, choisissaient une scène et s'en inspiraient. Pouvait-on qualifier ces jeux de puérils pour un lecteur de Polybe, un admirateur des Encyclopédistes, un jeune souverain « éclairé » ou bien tout se tenait-il et la recherche d'un érotisme supérieur allait-elle de pair avec un éclatement de la morale et l'essor des idées philosophiques du XVIIIᵉ siècle ?

Si Adriana, en époussetant les livres, avait tant soit peu regardé les planches illustrées, il ne devait plus y avoir grand-chose à lui apprendre de la vie. La collection aurait rejoint avec honneur l'Enfer de la Bibliothèque nationale dans lequel Jacques s'était parfois plongé quand il pensait à une étude sur le Régent. Il ouvrit au hasard quelques volumes et les feuilleta, notant curieusement combien l'érotisme à haute dose finit par être inopérant. L'intérêt de ces livres n'était pas didactique, mais bibliophilique. Une meilleure connaissance de l'époque 1750-1755 aurait permis d'apprécier la valeur de ces raretés. Telles quelles, elles constituaient un témoignage assez accablant sur la nature et le caractère d'Ugo III. Les dernières forces vives de ce jeune souverain décadent s'étaient épuisées là.

— C'est propre, maintenant, n'est-ce pas, monsieur le Professeur ?

Adriana se tenait sur le seuil. Pour le surprendre, elle avait ôté ses chaussures qu'elle tenait à la main. Ses pieds étaient encore d'une enfant, avec de gentils doigts écartés et déliés.

— Tu sais qu'avec ta robe tu as l'air d'une vieille dame. Je me demande si je ne te préfère pas dans ton sarrau noir... Non, non, ne fais pas cette tête-là... je n'ai pas voulu te vexer... j'ai seulement voulu te dire que je vous aime bien ton frère et toi, tels que vous êtes. Avoue-moi une chose : crois-tu que pour une jeune fille de quinze ans... pardon presque seize... un endroit comme le cabinet secret soit convenable ?

— Tout le monde parle de ces choses-là. Vous avez vu que la Contessina a sorti pour vous un livre noir ? Elle m'a donné la clé. La voilà...

Adriana tendit une petite clé d'argent terni et désignait sur une étagère un livre relié en velours noir avec un fermoir ouvragé. Il ne s'agissait pas d'un livre à proprement parler, mais d'un manuscrit en italien. L'écriture, très ample, courait de page en page sans alinéas ni autre ponctuation que des points-virgules, comme si l'auteur l'avait rédigé d'une traite. En l'étudiant de près, des dates apparaissaient dans le corps du texte : « ... vicino alla casa ; martedì venti cinque maggio ; è venuta sola ; giovedì venti sette ; piacere con ELLA... » Cette utilisation constante du point-virgule enchanterait Cléry. L'année précédente, après un joyeux déjeuner avec un agrégé de grammaire, il avait déposé les Statuts d'une Association pour la défense du Point-Virgule. L'Association réunissait des noms éminents : le cardinal Daniélou et Roger Caillois. De Vichy, Valery Larbaud avait fait connaître son accord. L'Association n'avait, bien entendu, jamais fonctionné, mais la vue de ce manuscrit risquait de ranimer le zèle de Cléry. Les pages, numérotées en bas, en chiffres romains, provenaient de la même rame d'un papier d'une si bonne qualité qu'il avait à peine jauni en deux siècles. Les tranches n'étaient pas ébarbées et l'encre devait être de Chine, d'un noir indélébile. L'homme qui tenait ce cahier aux environs de 1750 se contrôlait parfaitement. Pendant près de deux ans il avait maintenu le même style d'écriture sans une défaillance révélant des sautes d'humeur ou une lassitude. À moins que ce ne fût le masque d'un être acharné à enfouir en lui-même chagrins et peines, joies et illuminations, à ne confier au carnet que l'insignifiance des jours, sans penser que trois mots comme : « ...è venuta sola... », « elle est venue seule » donnaient à rêver bien plus que l'aveu d'émotions désordonnées. La dernière page du journal était rédigée en français : « dimanche 6 janvier ; fête des rois ; dont je ne suis pas ; lundi 1er février ; Vittoria enceinte ; Benito-Benoît joue dans ma chambre ; heurte la plinthe ; la porte s'ouvre ; je le laisse entrer ; il commence à feuilleter un livre ; pointe du doigt une gravure ; Maman et Amedeo ; dit-il ; je le renvoie à son précepteur ; mercredi trois ; tempête de neige ; décidé à fixer la fête le 25 juillet ; » Il s'agissait donc d'Ugo III.

Francesca et Beatrice avaient rejoint Adriana. Debout, dans l'encadrure de la porte, elles le regardaient depuis un moment si distrait par sa découverte qu'il ne remarquait pas leur présence.

— Emportez ce cahier, dit Beatrice. Bien qu'il s'arrête six mois avant la fête, il vous sera utile.

— Je viens seulement de comprendre que c'est un fragment du journal d'Ugo III. Il a sûrement laissé d'autres écrits, mais comment les trouver ? À mon avis, il faut qu'Umberto fouille partout. Cet enfant a un don pour découvrir les secrets du palais.

Diavolo se faufila entre les jambes des trois femmes, fit le tour de la pièce et, tranquillement, leva la patte sur un pied du lit, étalant une mare jaunâtre sur le sol dallé. C'était vraiment un corniaud issu d'un tel mélange de races qu'il ne ressemblait à rien de canin, mais sa personnalité, ses susceptibilités, son attachement, ses idées lui conféraient une personnalité d'une singulière présence. En compissant ce que des Japonais auraient peut-être appelé le « salon des désirs suggérés », il déclarait son mépris pour ces délicatesses, lui qui courait après les odeurs fortes des chiennes en chasse et s'attardait avec intérêt aux relents d'urine des ruelles les plus nauséabondes de Varela. Dans le désordre caché des mœurs, il flairait des aventures aussi peu relevées que les siennes. Alors pourquoi se gêner ? Jacques prit le cahier noir avec lui et siffla Diavolo qui le suivit aussitôt. Décidément, ils s'entendaient bien. Umberto, arrivé avec son balai, fut chargé d'éponger la mare.

Sur la place, le maire essuyait avec son mouchoir écarlate un front ruisselant. Il prit Beatrice à témoin :

— Une fois par an, je leur demande un effort. Et regardez... tout est de travers ! Pour moi c'est la dernière fois que j'organise cette fête. On se croirait au Moyen Âge. Qu'est-ce que ça veut dire ? Le monde a tourné. Les Américains ont rasé Hiroshima et nous allons danser comme s'il ne s'était rien passé.

— Je ne vois pas le rapport, dit sèchement Francesca qui passa devant lui sans accorder un regard.

— Soit, dit Beatrice qui, apparemment n'en croyait pas un mot, soit c'est notre dernière, c'est tous les ans notre dernière fête mais, au moins, monsieur le Professeur l'aura vue et en témoignera dans l'Histoire de Varela qu'il est en train d'écrire.

Le gros homme les accompagna jusqu'à leur porte, son canotier à la main.

— On s'en souviendra ! dit-il à Jacques.

Adriana suivait, pieds nus, ses chaussures à la main. Folco attendait sur le pas de la porte. Il s'effaça devant Beatrice, Francesca, le maire et Jacques et allait refermer au moment où Adriana et Umberto entraient.

— Ils déjeuneront dans la cuisine, dit Beatrice.

Bien qu'ils semblassent trouver cela tout naturel, Jacques en souffrit pour eux. Il aurait aimé les garder près de lui comme deux talismans : Umberto avec sa science des cachettes les plus secrètes, Adriana avec l'innocence de son imparfaite beauté. Dans le boudoir de Beatrice où il but une demi-bouteille de vermouth à lui seul, puis à table où il engloutit la nourriture avec une voracité qui souleva le cœur de Francesca, le maire continua sa longue plainte sur ses employés et ses administrés, comme l'aurait fait auprès d'un roi constitutionnel un Premier Ministre élu par le peuple. À sa déférence à l'égard de Beatrice, Jacques mesura le pouvoir invisible exercé encore par la jeune femme bien qu'elle ne fût plus qu'une Varélaine parmi les autres. Dans son impuissance à gouverner — certainement exagérée avec complaisance et pour se faire valoir — le maire se raccrochait inconsciemment à l'autorité de fait de la dernière des Varela. Tout y passa : le nettoyage de la ville, le déficit du budget municipal, l'indifférence de Rome aux problèmes de la vallée, l'ingratitude des administrés. Jacques cessa d'écouter, son regard errant du portrait de Béatrice de Granson de Bormes à la moderne Beatrice et à Francesca qui cachait de moins en moins son dégoût devant la gloutonnerie du maire. Dans son cadre baroque, la jeune Française esquissait un sourire. Sous le maquillage délicat du peintre, passait une onde de moquerie complice. Mais enfin, à moins de croire aux fées, on n'imaginait guère que la nuit elle sortait de son cadre pour se glisser dans les couloirs de la maison Varela et dans la chambre d'un invité. Il fallait bien se rabattre sur d'autres hypothèses. À examiner les deux jeunes femmes assises à cette table, il était pourtant impossible d'y croire. Rien dans leurs rapports avec lui n'avait changé, et même Beatrice paraissait plus grave que d'habitude bien que ce fût sans doute pure politesse pour prêter aux propos insipides du maire un intérêt flatteur. Quant à Francesca, son verbe cru, ses coups d'audace rendaient encore plus improbable la scène si délicatement harmonieuse de la nuit. Jacques regrettait presque de ne pouvoir glisser dans un rêve le souvenir de la bouche frôleuse qui avait déclenché en lui un tel plaisir. Mais est-ce que les précautions prises par l'inconnue, le soin qu'elle avait eu de ne pas se laisser toucher ni respirer, est-ce que cette scène impossible à croire, n'avait pas été inventée pour qu'il doutât de sa réalité ? Si oui, il fallait jouer le jeu, effacer le souvenir comme s'efface un rêve. Demain, il y croirait déjà moins, après-demain presque plus, dans huit jours plus du tout. Si on voulait de lui une discrétion parfaite, il l'observerait. Mais l'ordonnatrice de ce plaisir ignorait tout des hommes, de la faim qui renaît aussitôt, de l'insatisfaction maladive qui s'empare d'eux quand ils sont privés, parfois même ignorés le lendemain de leur triomphe qui n'est peut-être que soumission. Les sentiments qui agitaient Jacques de plus en plus confusément partaient dans toutes les directions. En même temps que l'impression d'avoir fait un pas capital dans le cœur de Beatrice, il se demandait si Francesca — et pourquoi pas, même la petite Adriana ? — ne le distrayaient pas de l'espoir inconsidéré qu'il avait mis dans son retour à Varela. Alors qu'il aurait dû se consacrer entièrement à l'idée-Beatrice, les tentations surgissaient et freinaient son élan. Que dire aussi de l'étrange sexualité de cette femme ? Avait-elle connu un homme ? D'où tenait-elle le pouvoir de se satisfaire par la seule puissance de son imagination ? À la voir ainsi parler au maire, répondre avec bon sens et générosité aux inepties répétitives de ce médiocre infatué, on comprenait mal qu'elle fût aussi ce médium aux dons troublants qui s'abandonnait à des transes délicieuses. Médium ? La sombre profondeur du regard, la sévérité de la beauté, un don télépathique certain, un commerce constant avec la poésie, lui dessinaient une aura que les gestes les plus simples de la vie quotidienne, la grâce avec laquelle elle redescendait sur terre, ne parvenaient pas à dissiper. Sans condescendance ironique, elle écoutait le maire aborder à son tour le sujet qui préoccupait tant les Varélains : les chances de Mariella, l'héroïne du *Cœur battu,* d'épouser son riche veuf.

— Je ne suis plus très au courant, disait-elle. Voilà plusieurs soirées que je n'ai pas écouté le feuilleton, mais on m'en parle...

— C'est débile, dit Francesca.

Interloqué, le maire resta la bouche ouverte un instant avant de battre précipitamment en retraite :

— Bien sûr, bien sûr, c'est débile. Je le disais ce matin même à ma femme, mais cette histoire tient en haleine notre petite ville, et il n'est pas mauvais de montrer à la jeunesse combien la vie est difficile et qu'il n'y a pas que l'argent qui compte...

— Alors, qu'est-ce qui compte ? dit Francesca.

— L'honneur, la famille, l'honnêteté. La petite Mariella, bien qu'elle soit du peuple, a le sens de l'honneur, de la famille à fonder, et elle est honnête.

— En somme, elle mérite de devenir une bourgeoise.

Sentant qu'il s'engageait sur un terrain dangereux où la hargne de Francesca aurait vite raison de lui, le maire changea de conversation :

— Vous savez... tout ce que je dis contre la fête du 25 juillet est un peu exagéré. En vérité, je crois à la nécessité d'une tradition dans une ville comme la nôtre qui ne sait plus trop pourquoi elle existe.

— Elle n'existe pas, dit Francesca.

— Arrête, ma chérie, dit Beatrice. Laisse-nous au moins une illusion.

— Pour quoi faire ?

Jacques vola au secours de Beatrice et du maire.

— Moi, je ne sais toujours pas à quoi rime cette fête. Peut-on m'expliquer ?

— C'est une idée d'Ugo III, dit Beatrice. Il voulait que, pour un soir, tous les Varélains fussent égaux.

— Et puissent forniquer incognito, ajouta Francesca en faisant signe à Folco de remplir la carafe de vin.

— On ne fornique plus, dit Beatrice avec calme. On se contente de boire, de manger et de danser.

— Nos jeunes n'ont pas tellement d'occasion de s'amuser et de se connaître, dit le maire. En cette soirée, les barrières tombent.

— Il faut expliquer à notre ami, dit Francesca, que Varela est une ville où les couches superposées de la population s'ignorent et ne se parlent pas.

— C'est tout à fait antidémocratique ! crut bon d'ajouter le maire.

Francesca leva les yeux au ciel.

Ils suivirent Folco qui apportait un plateau de café dans le boudoir voisin. Francesca sortit presque aussitôt et Jacques pria Beatrice de l'excuser : il retournait aux archives lire le cahier noir.

— Je viendrai vous voir, dit-elle.

Au passage, il entrouvrit la porte de la cuisine. Folco assis sur une chaise, fumait un crapulos.

— Les enfants ont fait la vaisselle avant de partir, dit le domestique sans bouger.

À l'entrée du palais, Domenico lisait le journal en se grattant la tête.

— Qu'est-ce qu'il leur a mis ! dit-il hilare.

— Qui ?

— De Gasperi aux cocos ! Avec lui ils ne passeront jamais.

Jacques s'arrêta à l'étage des appartements. Il ne se souvenait plus s'il avait ou non refermé la porte du cabinet secret. Assise à la turque, à même le cuir du lit pliant, Adriana feuilletait les images d'un livre doré.

— Qu'est-ce que tu fais là ? dit-il bien plus gêné qu'elle. Ce n'est pas un livre pour toi.

Il n'avait pas aperçu Francesca qui, elle, assise par terre, tenait également sur ses genoux un album dont elle avait déplié une planche gravée représentant l'accouplement d'un homme presque aussi velu qu'un singe avec une bergère à la jupe retroussée.

— Comment, ce n'est pas pour elle ? dit Francesca indignée Alors pour qui est-ce ? Elle a l'âge de savoir ces choses-là, sinon elle sera comme moi une pauvre idiote qui se satisfait d'une moto. C'est ça que vous voulez ?

— Vous n'êtes pas une pauvre idiote.

Adriana souriait exquisément. Elle posa le livre et s'allongea. Sa robe remontée découvrit ses genoux, l'un meurtri par une chute encore enfantine, l'autre sec et poli comme un beau caillou brun. Francesca replia la planche gravée, referma l'album et en chercha un autre sur l'étagère.

— *Les Aveux d'une comtesse*, lut-elle. Non, pas de comtesse, ni d'aveux. *Les Amours secrètes du Roi Soleil*, non plus. Personne ne regardait par le trou de la serrure. Ah... voilà qui est peut-être plus intéressant : *Le Bonheur des innocents*. Figurez-vous que je cherche un livre où des héros font l'amour dans une position à peu près normale. Notre cher arrière-arrière-grand-père semble n'avoir aimé que les figures compliquées. Moi, je voudrais savoir comment les gens font l'amour pour avoir des enfants sans se casser la tête.

— Les figures les plus simples finissent par sembler d'horribles perversions.

Adriana, les yeux clos, feignait de dormir. Ses longs cils soulignaient la courbe tendre des paupières.

— Regardez, dit Francesca, à condition de ne pas toucher.

— Je n'ai pas fait un geste.

— Je ne lis pas dans les pensées comme Beatrice, mais, tout de même, je lis sur les visages. Qu'est-ce que vous croyez ? Que vous alliez arriver ici avec le vague souvenir que ma sœur était une femme admirable, que vous n'aviez rien vu d'elle, et qu'à la minute où vous seriez dans les murs de notre prison, vous la séduiriez avec votre grand nez, vos longues jambes de coureur à pied, votre maladresse de timide. Un mot de vous, et elle tombait... Malheureusement, monsieur le Professeur a rencontré l'image troublante de la puberté en la personne de mademoiselle Adriana, et trouve que malgré mes brusqueries, ma grossièreté, mon anorexie et un fort penchant pour le vin rouge, je ne manque pas non plus de charme. Parce que je ne manque pas de charme, n'est-ce pas ? Avouez-le... avouez-le...

— J'avoue tout pour vous rassurer.

— Ce n'est pas assez. Savez-vous qui nous sommes ?

— Je commence à le comprendre.

— Eh bien, Giacomo Selvaggio, regardez-nous bien... les derniers spécimens d'une race qui disparaît... la mort d'une dynastie... comment dit-on ? Une fin de race...

Elle était pathétique dans sa véhémence, le visage enflammé, la parole saccadée, les yeux embués de larmes, les dents serrées. Francesca repoussa *Le Bonheur des innocents* dans le rayonnage, se leva et sortit.

— Je vous laisse seul avec elle. Il est encore temps. Pour moi, c'est trop tard.

Adriana ouvrit les yeux et sourit. Elle n'avait rien compris de cette conversation en français, mais les intonations de Francesca étaient si claires qu'on ne pouvait s'y tromper. Jacques tendit la main à Adriana et la força à se redresser sur le lit.

— Ne reste pas ici, dit-il. Viens à l'étage au-dessus. Tu m'aideras.

— Nous n'allons pas nous baigner aujourd'hui ? Nous deux, toi et moi ?

Elle le tutoyait pour la première fois, peut-être par inadvertance, peut-être par instinct pour le rapprocher d'elle.

— Non, pas aujourd'hui. Là-haut tu m'aideras. Je n'aime pas le cabinet secret. Ce n'est pas un endroit pour toi.

Adriana haussa les épaules. Ni les sanguines au mur, ni les livres illustrés n'atteignaient sa douce jeunesse.

— Viens, dit-il sèchement parce que c'en était trop.

Elle descendit de l'obscène lit, découvrant jusqu'aux cuisses ses longues jambes graciles, et ils montèrent au troisième étage où il lui confia une des boîtes noires remplies de factures et d'ordres de paiement qui avaient trait à la fête.

— Assieds-toi près de la fenêtre et trie-moi ces papiers. Tu me les classeras par ordre chronologique...

— Par ordre quoi ?

— Par dates.

— Et après ?

— Nous verrons.

Elle s'assit sur un tabouret bas, près de la fenêtre, installa une planche sur ses genoux nus et commença d'examiner avec un sérieux considérable la liasse des papiers jaunis, froissés, souvent même illisibles. Assis à sa table, s'efforçant de lire le cahier de velours noir, Jacques ne résistait pas à l'envie de lever les yeux pour contempler à contre-jour le joli profil attentif. S'il restait trop longtemps à le regarder, elle tournait vers lui son visage allongé et souriait :

— Il faut travailler, monsieur le Professeur. Moi, je travaille.

— Ça ne t'ennuie pas ?

— Non, mais vous, votre livre vous ennuie.

Il est vrai que le journal d'Ugo III, une fois passée la surprise de l'écriture et de la ponctuation, ne contenait rien de passionnant. Son auteur relevait avec une méticulosité de comptable des faits souvent d'une insignifiance totale. Tout au plus, voyait-on sa lucidité quant aux amours de Béatrice et, parfois, poindre une anxiété si Vittoria, empêchée par ses fonctions de dame d'honneur, tardait et ne le rejoignait qu'au milieu de la nuit. À part cela, Ugo III apparaissait comme un être sans impatience, acharné à réduire sa propre existence à des riens. Il élevait la futilité à la hauteur d'un art exemplaire, mais des notations aussi brèves que « jeudi 25 mai ; tout est inutile ; vendredi ; 26 mai ; laisser faire ; » indiquaient que, derrière une passivité trop évidente, se cachait une amère impuissance à dérouter le cours de la vie. Le jeune lecteur des considérations de Polybe sur la démocratie se résignait vite à n'être que ce qu'il appelait le 20 juillet 1754 un « chien crevé au fil de l'eau ; ne suis pas un héros ; instaurons le culte du jouisseur » et une semaine après : « peuple ingouvernable ; le pourrir en lui donnant plus qu'il ne veut ; mais quels jeux offrir à ces blasés ? » Par mépris, il ne retenait ensuite que des événements dépourvus d'intérêt qui témoignaient tous cependant d'une sombre délectation dans la défaite : « 30 juin ; à dîner poisson pourri ; Vittoria indisponible trois jours ; manqué un lièvre à trente pas ; le toit fuit ; caisses vides ; excellente journée ; » Aimait-il Vittoria Campari ou lui était-il seulement reconnaissant de réveiller dans son ventre une ardeur que Béatrice ne suscitait plus ? Sur la sincérité du frère et de la sœur il notait : « 15 juillet ; l'appétit des Campari fait plaisir à voir ; ils veulent l'argent ; le pouvoir ; les honneurs ; les corps ; naïveté désarmante ; » Chaque fois que le nom de Béatrice revenait, Jacques s'émouvait. Par-dessus les deux siècles qui les séparaient, les Béatrice s'entendaient par signes. La confusion des noms brouillait les dates et quand Ugo III écrivait : « Je ne suis plus sûr de rien » ; Jacques entrait comme un frère dans cet aveu.

— J'ai fini. On va se baigner ?

Elle se tenait entre lui et la fenêtre comme Beatrice quelques jours auparavant. Sous la robe se dessinait son corps adolescent : hanches plates, taille si étroite qu'il aurait pu la tenir entre ses deux mains jointes.

— Non, pas aujourd'hui. Demain.

Puis, pour désarmer ce que la promesse avait de dangereux :

— Nous irons avec Umberto et la Contessina.

— Demain, il pleuvra.

— Alors nous nous jetterons à l'eau pour ne pas être mouillés par la pluie.

Elle rit.

— Tu connais l'histoire de Gribouille ? demanda-t-il.

Adriana fit non de la tête.

— Alors, qu'est-ce que tu connais ?

— Pas grand-chose.

— Je m'en doutais.

— Est-ce que c'est important pour vous ?

— Quoi ?

— Quand une fille ne sait rien.

— Non. La preuve : je t'aime bien. Et moi aussi, je ne sais rien. Enfin rien d'utile, rien qui puisse me servir en ce moment.

Elle pirouetta sur son talon avec une surprenante légèreté.

— Tu danses ? dit-il.

— J'aimerais : la Signorina Francesca m'a appris deux ou trois choses, mais pour en savoir plus, il faut aller à Rome.

— Et qui t'emmènera ?

Adriana posa ses deux mains sur la table, bras tendus et se pencha vers Jacques.

— Vous ! dit-elle à voix basse, les yeux déjà brillants de plaisir.

Ainsi c'était leur rêve à presque toutes depuis la diffusion du feuilleton. Fuir Varela pour une vie exaltante sur la scène.

— À Rome tu seras tentée par mille autre choses plus faciles que la danse : la radio, le cinéma. Tu deviendras une star comme l'Agostina Bossi qui joue Mariella dans *Le Cœur battu*.

— Ça me plairait !

— Tu ne me regarderas même plus.

— Je t'aimerai toujours, mais toi tu aimeras toujours la Contessina Beatrice, n'est-ce pas ?

— Qu'en sais-tu ?

— Tout le monde en parle.

— Adriana, c'est un ordre : file jouer au ballon et à la poupée avec tes frères. Va vite t'amuser.

Elle avait gagné et le savait bien.

— Je ne joue plus au ballon et à la poupée, monsieur le Professeur, ou alors tu as la mémoire courte.

Ramassant ses souliers, elle courut à la porte, s'arrêta une seconde sur le seuil et sourit avant de disparaître.

Examinant les papiers classés par Adriana, Jacques s'aperçut qu'elle embrouillait tout joyeusement, ce qui était d'ailleurs de peu d'importance. Factures et ordres de paiement avaient déjà livré par chance leur seule information : la preuve de la malhonnêteté d'Amedeo Campari et encore cette preuve n'apportait-elle qu'une touche à la personnalité assez claire de l'ambitieux et peu scrupuleux chevalier Campari. Pendant près d'une heure, Adriana avait fait semblant de travailler avec un zèle émouvant. La tête pleine de rêves elle était restée là pour lui, feignant l'application, en réalité distraite, s'inventant une vie ardente et glorieuse, loin de Varela. Le tabouret bas était resté près de la fenêtre. Il voulut l'enlever pour effacer la présence muette d'Adriana. Au beau milieu de la place, un attelage extraordinaire attirait une douzaine d'enfants parmi lesquels il reconnut Umberto suivi de Diavolo. Le fermier de Vittoria Campari, Tonino, menait son mulet qui traînait une voiture découverte, une Bentley verte. Au volant, Cléry, furieux, un bras exécutant des moulinets semblait chasser les moqueries des enfants comme autant de mouches qui attentaient à ce qui lui restait de dignité dans une situation aussi humiliante. Le pire était, sans doute, que grâce aux fanions, aux banderoles, aux écussons et à l'estrade installés depuis le matin sur les ordres du maire, la place avait, pour l'arrivée pitoyable de Cléry, pris un air de fête. Jacques descendit quatre à quatre l'escalier. Domenico, sur le pas de la porte, contemplait goguenard le spectacle :

— C'est un Allemand, dit-il.

— Non, Domenico, c'est le Roi !

Cléry cessa de gesticuler quand il aperçut enfin Jacques.

— J'ai pensé que ça ferait plus couleur locale d'arriver en carrosse. Où y a-t-il un garage ?

— Je ne sais même pas s'il y en a un. Ma Topolino ne tombe jamais en panne. Et, à propos, bonjour Sire.

— Bonjour ! Et arrêtez vos plaisanteries. Je suis déjà assez ridicule comme ça. Il me faut un bon mécanicien.

— Où êtes-vous tombé en panne ?

— Un kilomètre avant d'arriver.

Tonino conduisit le mulet jusque devant la maison Varela. Jacques demanda à Umberto de prévenir la Contessina :

— Dis-lui que le Roi est arrivé.

— Le Roi ?

— Elle comprendra.

Cléry s'extirpa du cockpit, en élégant costume de flanelle blanc à rayures, chemise rose, foulard bleu noué autour du cou et serre-tête blanc.

— J'ai quand même gagné, dit-il avec soulagement. Figurez-vous, mon cher, que depuis Paris, j'ai évité trois accidents qui auraient dû me réduire en bouillie : à Fontainebleau, dans le Simplon, à la sortie de Milan. Les trois fois, c'était un camion fou. Après, avec un moteur impeccablement mis au point en Angleterre, j'ai eu trois pannes. La dernière, alors que je touchais au but. Croyez-vous à ces choses-là ? « On » ne veut pas de moi à Varela. Ce mystérieux « on » j'aimerais le débusquer. Comment est l'hôtel ?

— Franchement, je n'en sais rien. Il vaut mieux espérer que Beatrice aura une chambre pour vous. Venez, nous ne vous attendions plus.

— « Nous » ? Ce « nous » est-il royal ou concubinal ?

— « Concubinal » existe-t-il ?

— Depuis trois secondes. Inscrivez-le dans le dictionnaire de l'académie varélaine. De l'audace, voyons, ne restons pas enfermés dans d'absurdes préjugés. Le vocabulaire n'est pas une prison, c'est une libération.

— Un grand sujet, Sire. Nous le mettons au Concours pour les Jeux floraux.

Cléry s'arrêta, saisit Jacques aux deux bras et le regarda avec toute l'intensité dont il était capable quand il voulait savoir ce qu'on lui cachait.

192

— Mon cher, il s'est passé quelque chose. Vous avez changé !
« On » vous a changé.

Ils pouvaient se renvoyer la balle indéfiniment : « Vous avez changé ! — Non, c'est vous qui avez changé. » Serait-il arrivé triomphalement dans l'auto du maharadjah, accompagné du beau bruit d'orgue des voitures de sport anglaises, que Cléry aurait été de nouveau sacré Roi. Mais il avait eu le malheur de faire une entrée comique, tiré par le mulet de Tonino et poussé par une bande de gamins ricaneurs. Dans la vie magnifique et inventive de l'ancien capitaine, c'était une faillite, une sérieuse faillite. Jacques y était sensible et en éprouvait de la peine pour l'ami qui, depuis leur rencontre dans l'armée, ne cessait de bousculer sa vie, ses sentiments, peut-être même ses idées. Cela dit, le changement brutal dans leurs rapports ne tenait pas seulement à cet incident ridicule qui serait vite oublié. Si Cléry révélait une défaillance soudaine — et en grande partie excusable parce que involontaire — Jacques découvrait à la minute qu'il avait lui-même, dès son arrivée à Varela, dépouillé la peau du jeune universitaire que la vie intime.

Tonino dételà son mulet et l'orgueilleux roadster aux couleurs de la Grande-Bretagne ne fut plus qu'une épave sans vie.

— C'est vrai, dit Jacques, qu'il y a un « on ». Je commence à le comprendre. Restez : Varela et sa vallée vous changeront aussi.

— Rester ? J'ai rendez-vous à Rome demain.

Toujours ce même besoin de bouger, cette incapacité à se pénétrer lentement des choses de la vie.

— Vous partirez si nous trouvons un mécanicien.

— Il n'y a qu'à téléphoner.

— Vos expériences téléphoniques précédentes ne vous découragent pas ?

Beatrice passait la porte de la maison et s'approchait d'eux.

— C'est elle ? demanda Cléry.

— Comment ? Vous ne la reconnaissez pas ?

— Je l'ai vue une heure, en 1944.

— Et pendant cinq ans vous m'avez parlé d'elle !

— J'ai eu le temps d'en inventer une autre.

Cléry, ôta son serre-tête, rectifia le nœud du foulard autour du cou.

— Beatrice, dit Jacques, le Roi Cléry Ier est dans nos murs.

Francesca ne lâcha pas un mot pendant le dîner. Elle s'était contentée, lorsque Jacques lui avait présenté Cléry de demander la raison de sa panne. Il l'ignorait. De sa vie, il n'avait soulevé un capot. En revanche, du coffre, il avait sorti une caisse de champagne. Ils dînèrent donc au champagne. Folco ne s'était pas surpassé bien qu'il fût exagéré de prétendre, comme Mlle de Varela, que c'était un « cuisinier de merde ». Cléry, qui aimait éblouir à bon compte avec des considérations savantes sur les viandes et les fromages, se garda d'un commentaire. Jamais, dans une situation semblable, Jacques n'avait vu son ami laisser une gêne s'installer entre des convives. Cléry pouvait agacer ou lasser mais pas patauger lamentablement dans des lieux communs. Il ne s'aperçut pas assez vite qu'il partait du mauvais pied. Les sœurs Varela restaient insensibles à l'étalage de ses parentés : la cousine Unetelle, le beau-frère Chose, son ami le prince Rospigliosi, son cousin par alliance le duc Accame n'éveillaient aucun écho en elles. Ces noms chargés d'histoire au temps où les comtes régnaient sur Varela et s'alliaient éperdument à la grande et à la petite noblesse d'Europe, ces noms avaient disparu des préoccupations de Francesca et de Beatrice. Jacques souffrait pour son ami qu'il voyait s'enferrer et dont il craignait un éclat rageur devant tant d'indifférence. Cléry se contint, passa du coq à l'âne et raconta ses accidents manqués avec une drôlerie qui lui attira un regard méprisant de Francesca et un sourire — enfin un sourire ! — sur le visage de Beatrice. S'il croyait avoir redressé la situation et gagné la partie, la Contessina le surprit quand, au sortir de table, elle dit d'une voix qui n'admettait pas de réplique :

— Je suis sûre que Jacques meurt d'envie de vous faire visiter Varela de nuit. Il connaît la ville mieux que moi. Et puis c'est l'heure idéale : vous ne rencontrerez même pas un fantôme.

— Il n'y a pas de ville sans fantôme, dit Cléry.

— Ils se sont tellement ennuyés qu'ils sont partis ailleurs. Vous ne verrez pas une âme. Les Varélains n'ont pas d'âme à exhiber pour la bonne raison qu'ils habitent une âme sans le savoir. En fait, j'exagère : il y a peut-être une âme à Varela. Jacques vous la montrera s'il n'est pas trop tard, derrière la vitre d'un café. Et ne souriez pas : c'est un poète ! Nous avons l'honneur insigne d'avoir donné naissance à un poète.

— Et à un peintre ! dit Jacques.

— Belponi n'a pas d'âme. Il en avait peut-être une quand il peignait de jolis ex-voto naïfs, mais des gens sont venus et la lui ont volée...

Quand ils furent sur la place plongée dans la nuit, Cléry agrippa le bras de son ami :

— Est-elle toujours aussi sentencieuse ?

— Rarement !

— J'avais un bœuf sur la langue. Je n'ai avancé que des platitudes misérables.

— J'ai aussi souvent cette impression avec elle. Mais que voulez-vous lui dire ? Elle se défend trop bien.

Derrière la vitrine du café, rigides comme des mannequins dans leurs costumes noirs, Belponi et Gianni Coniglio résistaient à l'agitation désordonnée de Sandro qui empilait les chaises sur les tables. Belponi se leva le premier et passa devant les deux Français sans paraître les voir.

— Nos relations sont variables, dit Jacques. Hier, il m'a fait un petit signe de tête. Ce soir, plus rien. Tout est à recommencer.

— Et l'autre ?

— C'est le poète... oh, il parle, mais rien qu'à des étrangers. Vous avez une chance. Il faut d'abord qu'il vous jauge. Venez maintenant.

— Pourquoi murmurez-vous ?

— Varela est un tombeau. On ne crie pas dans les cimetières.

Ils enfilèrent une des ruelles en pente douce qui montait vers les remparts. Au premier croisement, assis dans la flaque jaune d'un réverbère, un chien les regardait venir.

— Nous ne sommes pas seuls, dit Cléry.

— C'est un ami. Je l'appelle Diavolo.

— Vous ne m'en voudrez pas si je le trouve assez laid ?

— Pas du tout. Je suis d'accord avec vous, mais je n'ai pas beaucoup de choix. Il y a aussi des chats. Hélas, on ne s'en fait pas des amis !

Derrière les volets clos les radios distillaient une sirupeuse chanson napolitaine.

— Pourquoi pas *La Danse macabre* ? demanda Cléry. Ça conviendrait beaucoup mieux. Varela est sinistre. Vous croyez qu'ils sont tous là autour du poste, en demi-cercle, la bouche ouverte sur leurs dents gâtées par ces sucreries romanesques ?

— Ils attendent Mariella.

— Mariella ?

Jacques raconta ce qu'il savait du feuilleton quotidien.

— Admirable histoire ! Et si vraie ! dit Cléry qui, seul avec son ami, retrouvait sa verve. J'aurais tant aimé, comme l'auteur du *Cœur battu*, être compté parmi les bienfaiteurs de l'humanité. Vendre du rêve, c'est mon rêve...

Diavolo emboîta le pas. Il marchait à côté de Cléry, le cou de travers, suivant des yeux le nouvel étranger.

— L'architecture ne vous intéresse plus ? demanda Jacques.

— Quelle architecture ? Autant que je puisse en juger dans la nuit, toutes ces maisons sont pareilles.

— Il y a des portes superbes !

— Ce qui se passe derrière les portes m'intéresse plus.

— Je commence à peine à le deviner.

— Franchement, Jacques, avez-vous trouvé quelque chose de passionnant ici ? Cette grande encyclopédie des fêtes à travers les âges que je voulais financer ne me dit plus rien et je me sens coupable de vous avoir poussé à revenir à Varela...

— Vous, coupable ?

— C'est une façon de parler. Pure politesse de ma part. Vous êtes majeur. Vous pouviez refuser. Mais je vous ai vu vous étioler à Paris. Vous mangiez des mites et de la poussière. Vous affichiez de petites liaisons médiocres. Alors, si je vous ai jeté sur la route, sorti de votre train-train, je ne le regrette pas trop.

— Et si je vous réponds la vérité ?

— Allez-y ! Prenez des risques.

— J'aime Varela et j'aimerais y rester.

— À cause de Beatrice ou de Francesca ?

— Un peu des deux mais il y a aussi la ville qui sécrète un maléfice, et la vallée qui sécrète un enchantement auxquels j'ai pris goût. Je suis comme un gros chien dans un jeu de quilles, je pose des questions gênantes ou absurdes et, pourtant, depuis mon arrivée j'ai fait des progrès immenses avec moi-même. Jusqu'à vingt-neuf ans, j'ai accepté la vie comme elle venait, et elle n'est pas venue si mal que ça ! J'aurais pu continuer longtemps sans me plaindre, mais depuis mon arrivée à Varela, j'ai pris des initiatives, je brusque le passé, le présent et je vais, peut-être, engager l'avenir.

Ils approchaient de la grande porte d'entrée. La statue du Condottiere dressait sa silhouette vert-de-gris à contre-ciel. La brise qui s'engouffrait sous la poterne apportait les parfums acides et sauvages de la campagne noyée dans la nuit, ponctuée ici et là de lumières tremblantes, étoiles jaunes d'un monde maintenant de plus en plus familier. Au grésillement des radios, succédait le silence aérien de la vallée encerclant la ville. À peine entendait-on, à intervalles irréguliers, le cri d'une chouette sur une des tours de guet, le froissement d'ailes d'un pigeon perché sur le Condottiere. Si à cet instant, pour Cléry, la nuit n'était que la nuit — une puissance paisible endormant la vie pour quelques heures —, pour Jacques la nuit vivait et se peuplait de personnages dont il percevait, comme dans un rêve, les voix : chantante d'Antonio, sensuelle d'Assunta, gourmande de Vittoria Campari, joyeuses d'Umberto et d'Adriana s'ébrouant dans le bassin de la Cascade du Centaure. Il aurait aimé, dès le premier soir, les offrir à Cléry, cet homme si impatient de tout connaître et comprendre à son entrée en scène, mais comment déchirer, pour lui qui s'impatientait déjà, l'ombre épaisse, redessiner du doigt dans la tiède caresse du vent la ligne de crête des Apennins, avec ses aspérités, ses trouées glaciaires, ses chutes d'eau et, autour d'eux, comme un grand lac moiré, la vallée avec les taches argentées des olivettes, jaunes des champs mûrs ou fauchés, vertes des vergers, et l'entrelacs des chemins de terre qui reliaient les fermes et les pâturages à la grande route médiane ?

— Il faut attendre le lever du rideau, dit Jacques conscient que son plaisir restait incompris. Nous sommes dans un théâtre. On vient de baisser les lumières. Il n'y a plus que la veilleuse de la porte de sortie. Un mélodrame va se jouer. Sujet : deux péchés, l'un capital, l'autre véniel : la luxure et la gourmandise.

— Je ne vois rien. Vous imaginez tout !

— Non, je vous assure que c'est vrai.

— Alors, changez les sujets du mélodrame. Il n'y a plus ni péchés capitaux, ni péchés véniels. Grâce au progrès — je devrais dire grâce à la guerre — la luxure est maintenant à la portée de toutes les bourses. On ne va pas condamner à l'Enfer l'humanité entière parce qu'elle baise avec entrain. Quant à la gourmandise, elle est l'enfant de la faim. Le monde a connu la faim. Aujourd'hui il baffre. Changez de sujet, je vous le dis, et ne dramatisons rien malgré le regard furieux du Condottiere.

Cléry caressa le jarret du cheval de bronze

— J'ai envie de le voler, reprit-il.

— Les Varélains l'ont posté là pour les garder et se rassurer.

— L'obélisque de la Concorde est aussi rassurant et bien que ce ne soit qu'une pierre phallique, il n'a pas l'air plus bête.

Ils empruntèrent une autre rue pour regagner la place. Le feuilleton radiophonique commençait, et la voix de Mariella courait de maison en maison, vibrante et claire bien qu'il fût difficile de saisir le sens de ce qu'elle disait. Des voix lui répondaient, l'une grasse et lente — probablement le veuf —, d'autres plus jeunes — probablement les enfants du veuf. À l'heure de l'envoûtement, pas une silhouette n'apparaissait derrière les volets. Varela retenait son souffle, penchée avec une tendresse inaccoutumée sur le sort de Mariella, bien qu'il y eût certainement des auditeurs qui prenaient parti pour la famille, mais la voix de l'enchanteresse l'emportait, avec des intonations émouvantes dans l'amour et inspirées dans le combat pour son honneur. Jacques et Cléry marchaient sans échanger un mot quand Diavolo qui les précédait aboya soudain, le poil du dos hérissé. Une porte s'ouvrait et, sur le seuil, se tenait Gianni Coniglio, en bras de chemise, nu-tête.

— Nous serions donc trois dans cette ville à ne pas écouter le *Cœur battu* ?

— Cinq ! dit Jacques. Francesca et Beatrice s'abstiennent.

— Par orgueil ! Mais elles en meurent d'envie... Vous avez fait, monsieur, une entrée moins brillante que la première fois sur votre char de feu !

— Je n'aime pas me répéter !

— Vous avez bien raison. Les hommes d'État — et vous avez été roi pendant une semaine à Varela — manquent par trop d'imagination... Permettez que je vous offre à boire ce que j'ai : du vin. Entrez sans crainte : mon honorable famille est au premier étage, autour du poste de radio. Si l'histoire de Mariella prend mauvaise tournure, tout ce que vous risquez c'est d'entendre sangloter ma mère et mes deux sœurs, et mon père se racler la gorge pour cacher son émotion.

Gianni les précéda dans un large vestibule meublé d'un bahut et d'un portemanteau surchargé de cannes, de parapluies et de chapeaux noirs.

— Ça sent un peu le termite, dit-il. Nous sommes rongés de l'intérieur. Une pourriture invisible. De temps à autre, un fauteuil, une table s'effondrent. Il n'y a plus qu'un tas de sciure proprement digérée. Personne n'y prend garde. Entrez...

Il s'effaça devant eux.

— C'est mon domaine. Même les termites ne s'y risquent pas. Je les maintiens à la porte. Une affaire de volonté. Il y a des barreaux aux fenêtres et j'ai fait insonoriser le plafond pour m'isoler des débiles conversations familiales.

Des étagères bourrées de livres occupaient la surface disponible des murs. Au centre, trônaient une table d'acajou et un siège anglais tapissé de cuir.

— Vous voyez, quand je travaille, je tourne le dos à la rue. Au début les gens, surtout les enfants, s'arrêtaient et me regardaient. Ils s'accrochaient aux barreaux, m'insultaient ou ricanaient. Vous n'avez pas idée de la façon dont je m'en suis débarrassé... Quand je les sentais là, derrière mon dos, je me levais légèrement de ma chaise et je pétais. Le pet, monsieur le Professeur, est l'arme absolue. Il humilie ceux qui le reçoivent en pleine figure et il fait passer les rieurs de notre côté. Un poète qui pète, avez-vous déjà rencontré ça, monsieur de Cléry ?

— Pas spécialement, mais ça doit exister. Je m'informerai.

Sur les étagères, séparant les livres, Gianni avait disposé des statuettes en bronze ou en marbre, des sulfures et quelques photos dans des cadres vieil argent. Jacques se pencha sur la première.

— Mlle Chalgrin, dit Gianni. Ma vraie mère. À côté, c'est Beatrice à douze ans quand nous écoutions Mademoiselle réciter Verlaine. Là, c'est Francesca à seize ans. On l'habillait encore en garçon. Et voici Beatrice à vingt, vingt-cinq et trente ans. Vous voyez, je collectionne tout d'elle. Dans cette boîte incrustée d'ivoire, j'ai les quelques billets qu'elle m'a envoyés dans sa vie. Oh, rien de très affolant : apporte-moi tel livre, habille-toi en vert, cesse de te curer le nez quand je te parle, viens me réciter *Mare Nostrum*, prête-moi ta bicyclette. Elle ne m'a jamais rien écrit de plus long, mais voyez, monsieur le Professeur, comme je suis : une âme inquiète qui reconstruit le monde avec des riens.

Sans cesser de parler, il avait ouvert un petit placard et pris une dame-jeanne paillée.

— Je la reconnais, dit Jacques. C'est le vin de Tonino, le fermier de Donna Campari, que j'ai vu l'autre jour à Folignano. Il partait vous le livrer.

— Une camionnette de la ville pourrait l'apporter, mais mon père prétend que le vin est meilleur quand il a été secoué plusieurs heures sur le dos d'un mulet.

Il remplit avec soin trois verres posés sur une table basse entre deux fauteuils. Les vifs et impertinents petits yeux bleus de Cléry scrutaient la pièce, suivaient les gestes emphatiques du personnage noir et blanc dont il savait seulement depuis le dîner qu'il était un poète et, peut-être, la seule âme de Varela.

— Je suppose, dit Gianni à Jacques, que vous aimeriez *aussi* savoir si je n'ai pas une photo de l'Allemand qui vous a précédé à Varela.

— Je ne vous ai rien demandé.

D'un tiroir de son bureau, il tira un cadre également en argent mais barré du ruban rouge et noir des décorations de la Wehrmacht, et surmonté d'un aigle tenant dans ses serres une croix gammée. La photo était celle d'un jeune homme émacié aux cheveux rasés sur les tempes et au-dessus des oreilles, aux fins sourcils et aux yeux si clairs qu'ils paraissaient d'un aveugle.

— C'est Helmut Strasser ? demanda Jacques.

— Je vois que Beatrice vous a dit son nom.

— Pas elle. Je le tiens du docteur Sobriano.

Cléry prit le cadre et l'examina de près, cherchant à distinguer les insignes du régiment, mais le lieutenant Strasser avait déboutonné sa vareuse dégageant un frêle cou blanc. Derrière lui, le paysage flou se laissait difficilement deviner. On distinguait des arbres et un fond gris strié de veinules blanches. La photo avait pu être prise à la ferme d'Antonio et d'Assunta, face à la montagne. L'idée même de la guerre en était absente. Ce n'était qu'un jeune homme réfléchi, au regard transparent, à l'air ennuyé parce qu'on l'interrompait dans une conversation ou un jeu pour prendre cette photo.

— On ne voit pas l'insigne de son régiment, dit Cléry.

— Nous avions fini par nous demander, au bout de six mois, s'il avait un régiment. Ses hommes et lui vivaient sur la vallée. Ils ont aidé pour la cueillette des olives à leur arrivée, puis au printemps à la cueillette des pêches et des prunes. Avant que vous les chassiez brutalement, monsieur le Capitaine, ils ont fait les foins. Tout s'est passé comme si, au moment de partir, ils avaient décidé de vous livrer la ville et la vallée bien rangées.

Jacques se souvint : en effet, tout était en ordre à leur arrivée et, à part un vague essai de résistance devant le hameau à l'entrée de la vallée — résistance qui avait déclenché une riposte disproportionnée — la passation des pouvoirs s'était déroulée sans histoire, et les règlements de compte intestins avaient été aussitôt étouffés par la proclamation de Cléry.

— À la guerre, monsieur Coniglio, il est recommandé de tirer le premier, et vite. Les regrets sont pour après.

Assis à sa table, Gianni, les bras croisés, contemplait ses deux interlocuteurs, un sourire ironique sur ses lèvres qu'il avait rouges comme celles du petit Umberto, un rouge fascinant dans ce visage blême aux joues et au menton bleus par la barbe du soir, au front livide élargi par la calvitie. Derrière le masque ingrat, se lisait la solitude sans espoir dans laquelle s'enfonçait cet homme.

Il n'avait personne à qui parler, sauf de temps a autre Beatrice, mais il méprisait les femmes, même sa tendre amie d'enfance, et son génie poétique s'était épuisé à chanter la gloire du Condottiere. Ne lui restait plus qu'une veine lubrique et obscène qui charriait son dégoût. Pourtant, ce soir-là, Jacques fut sûr que Gianni renaissait, ne fût-ce qu'un instant, en présence de deux étrangers. À part l'allusion plutôt rabelaisienne à sa manière d'écarter les passants trop curieux de son rez-de-chaussée, le poète ne s'était pas abandonné à la verve méchante avec laquelle il cinglait ses compatriotes. Était-ce la présence de Cléry ? Ou peut-être plus simplement que cette pièce où il passait ses journées à méditer son échec probablement irréversible le protégeait des ricanements et du mépris de Varela. Comme Beatrice, il alignait ses chers poètes sur les rayonnages. Grâce à Mlle Chalgrin, les Français dominaient, mais on y trouvait aussi les Allemands, Hofmannsthal, Hölderlin, George, Rilke dont les éditions, remarqua Jacques, étaient particulièrement usées comme si elles avaient longtemps séjourné dans des poches avant d'échouer sur ces rayonnages.

— J'ai vu votre regard, dit Gianni. Oui, ce sont des livres donnés par Helmut. Il est parti d'ici les mains vides et m'a laissé sa bibliothèque de campagne. C'est, ou c'était — car je ne l'ai pas vu depuis 1944 —, c'était, donc, un esprit distingué, un intellectuel travesti en soldat, passionné de l'art italien, amoureux de notre pays.

— Je croyais, dit Jacques, qu'après la guerre il avait envoyé de Munich les quatre portraits par Luigi Campello.

— Non, monsieur, il les a rapportés d'une courte permission aux Pâques de 44 et comme les partisans tendaient des embuscades contre les militaires isolés, je peux même vous préciser que ces portraits sont arrivés de Bavière, par l'Autriche, en automitrailleuse. Grâce à Helmut, j'ai pris goût à la poésie allemande bien que je lui préfère toujours la poésie italienne. En Italie, la poésie dit son nom, elle n'a pas peur d'être ! Savez-vous, monsieur le Professeur, quel est notre plus grand poète ?

— Dante ?

— Non, monsieur ! Le Tasse.

— Pourquoi ?

— Parce qu'il est mort fou.

Pensait-il que, pour assurer des ailes à sa poésie, un poète doit se livrer à la folie qui germe en lui comme dans tout homme inspiré ?

- En somme, dit Cléry, visiblement frappé par les propos de Coniglio, en somme, d'après vous, il n'y a pas de poésie sans comportement suicidaire. Je n'y avais pas réfléchi, mais c'est possible. Notre ami, ici présent, m'a assuré que vous aviez écrit une ode au Condottiere que l'instituteur apprend par cœur à ses élèves. Vous avez la courtoisie de ne pas me traiter comme un poète traite un homme d'affaires, par la dérision et la condescendance, alors, je vous le demande, confiez-moi cette ode, je la ferai traduire et publier en France, j'en ai les moyens, c'est assez vulgaire de le préciser, mais ce n'est pas inutile, et, pour vous dire la vérité, je compte en tirer une beaucoup plus grande satisfaction personnelle qu'en m'achetant, à prix d'or, une voiture de maharadjah qui me laisse en panne aux portes de Varela.

— Monsieur le Capitaine — ou doit-on vous appeler Sire ? — vous ne savez pas de quoi vous parlez. Vous n'avez jamais lu mon ode. Mes concitoyens en ont ri comme d'une farce.

— Les enfants la récitent !

— Un enfant : le petit Umberto.

— Les autres l'ont apprise, dit Jacques.

— Ils doivent ne rien y comprendre.

— Allons-nous nous faire longtemps des politesses de ce genre ? dit Cléry.

— Vous ne buvez pas ! remarqua Gianni.

Ils avaient en effet négligé de goûter le vin apporté par Tonino. Cléry, décidément dans un jour bienveillant, dissimula une grimace. Ce vin acide irritait le goût délicat d'un homme qui avait l'habitude d'arriver chez des amis avec son champagne ou son haut brion. Pendant la guerre, il n'avait pas montré trop de scrupules et, au passage, s'était largement approvisionné chez l'occupé quand la cave en valait la peine alors qu'il n'aurait pas touché à une baguette de pain ou à un morceau de fromage. Boire un verre plein de l'affreuse piquette coniglienne était un sacrifice offert à la poésie. Jacques admira cette concession qui le rapprochait de son ami après qu'il eut éprouvé une certaine gêne quand Cléry avait offert de financer une traduction et une publication de l'*Ode au Condottiere*. L'entreprise paraissait vouée à l'échec, comme dix autres entreprises « culturelles » de même nature, envisagées par un homme d'affaires qui aimait se faire pardonner un argent gagné si facilement grâce à l'essor économique de l'après-guerre. Les enthousiasmes de Cléry ne duraient pas toujours et l'Association pour la défense du Point-Virgule en était un exemple, mais plusieurs autres entreprises avaient continué : une revue de poésie dont son financier n'ouvrait pas un numéro, une fondation qui accordait cinq bourses par an à des jeunes écrivains pour un tour du monde et cinq autres bourses à des peintres et des sculpteurs. Cléry était sincère. Seul le temps lui manquait pour tout mener à bien. Il semblait déjà miraculeux de le voir arrivé à Varela malgré mille difficultés, et qu'il n'en fût pas reparti, même à dos d'âne, tant l'étreignait toujours l'angoisse de manquer quelque chose ailleurs.

Le visage de Gianni se figea : on frappait à la porte.

— Entre, cria-t-il, d'une voix soudain caverneuse.

Le battant s'ouvrit lentement, poussé par une main de femme.

— C'est ma sœur, Emilia, dit Gianni. Entre, voyons...

Une jeune fille d'une vingtaine d'années se tenait sur le seuil, les yeux écarquillés, comme si sortant de l'ombre elle arrivait en pleine lumière. Elle n'était pas divinement belle ainsi qu'on est en droit de l'exiger de la sœur d'un poète, mais la simplicité de son attitude, la rondeur de son visage aux cheveux châtains séparés par une raie médiane et ramassés par des macarons sur les oreilles, plaidaient pour sa grâce d'adolescente sage en talons plats et jupe à mi-mollet.

— Émilia, ce sont mes amis français : monsieur le Professeur Sauvage et M. de Cléry.

Elle inclina timidement la tête sans refermer la porte.

— Entre ou sors. Ou plutôt entre.

Docilement elle referma la porte et s'appuya contre le chambranle, les mains derrière le dos avec une soumission qui aurait pu paraître charmante si on n'y avait pas décelé une certaine crainte.

— Alors, Mariella a enfin mis le grappin sur son veuf?

Elle se contenta de hocher la tête de droite à gauche en signe de dénégation.

— J'ai peur, dit Jacques, que le jour où elle se mariera, le feuilleton soit épuisé.

Emilia le regarda sans comprendre.

— Elle ne parle pas français, dit son frère. À Varela, à moins d'être Beatrice ou Francesca, ça ne servirait à rien. Emilia ne sortira jamais d'ici. C'est malheureux d'ailleurs car, comme je vous le disais, monsieur le Professeur, quand vous me parliez des vantardises du petit Umberto sur les seins d'Adriana aussi beaux, d'après lui, que ceux de la nymphe de la place du Condottiere, la poitrine d'Emilia est certainement encore plus belle.

Et, en italien, il ordonna à sa sœur d'avancer et de la montrer. Alors que Jacques et Cléry s'attendaient à la voir prendre la porte et s'enfuir, Emilia se planta devant eux et, posément, comme si elle avait déjà fait cela cent fois dans sa vie, elle déboutonna son chemisier et l'ouvrit sur de beaux seins libres et blancs qui n'avaient rien d'indécent et dont le poids et la forme faisaient penser aux sages modèles peints par Bonnard près de leur tub ou se déshabillant dans la lumière chiffonnée d'une lampe de chevet. Comparer ces seins, ceux d'Adriana et ceux de la nymphe était une erreur esthétique. Autant Adriana évoquait une petite Diane au corps épicé, autant Emilia personnifiait Cérès apportant aux hommes les fruits mûrs de la saison.

— Voulez-vous lui demander de se rhabiller! dit Cléry très pâle.

Emilia reboutonna son chemisier avec indifférence. Elle n'avait pas encore prononcé un mot et, sans être dépourvu d'expression, son visage reflétait une telle absence, un tel détachement de tout que les gestes de ses mains glissant les boutons dans les boutonnières, sans hâte, avec un grand soin, semblaient les gestes d'un merveilleux automate de chair rose et blanche. Quand elle eut fini, Emilia se tint droite, les bras le long du corps dans une attitude qui aurait presque pu être un garde-à-vous si, d'une voix trop jeune pour sa stature et son âge, elle n'avait soudain demandé :

— Veux-tu que je demande à Lucia de venir aussi ?

— Non, non. Pas Lucia ! Tu peux t'en aller.

Le charme était rompu. Cléry se leva.

— Vous me pardonnerez. Je suis mort de fatigue.

— Voyons, dit Gianni, vous prendrez bien un autre verre de vin. Vous n'en goûterez pas souvent de pareil. Dans la vallée, on presse encore le raisin aux pieds.

Cléry réprima un haut-le-cœur. Gastronome, il détestait traverser une cuisine, œnologue, il n'aimait pas les vendanges. Seul comptait le résultat : ce qu'il goûtait dans son assiette ou son verre. Et en amour, pareil : une froide répulsion pour tout ce qui n'était pas lavé, stérilisé, poncé, embelli par des ombres et des lumières douces. Mme de Cléry était une jolie femme accaparée par les instituts de beauté et les coiffeurs. Au demeurant, excellente poulinière : trois enfants élevés dans l'asepsie la plus rigoureuse. L'idée qu'il avait bu du vin foulé au pied par des rustres aux orteils crasseux, déclenchait la panique chez Cléry.

Comme ils passaient dans le vestibule, une silhouette en robe de chambre molletonnée blanche passa devant eux en se cachant le visage et se réfugia dans une chambre dont elle claqua la porte. Aux longs cheveux de jais, Jacques fut certain d'avoir reconnu la jeune femme à la moitié du visage dévoré par un lupus.

— Si c'est Lucia, pourquoi nous fuit-elle ? demanda-t-il.

— Lucia est la tragédie ! dit Gianni en écartant les bras. Je vous expliquerai.

Dans la ruelle Diavolo assis à l'abri d'une porte les attendait. Ou plutôt attendait Cléry car — Jacques venait de s'en rendre compte — le chien avait trouvé un nouvel étranger à servir et l'ami de la veille l'indifférait. Il manqua faire tomber Cléry en se jetant entre ses jambes.

— Ce chien est intelligent, dit l'ex-capitaine. Il a compris que je n'aime pas particulièrement les chiens et qu'il peut donc m'aimer sans qu'il y ait besoin d'une vulgaire réciprocité.

Quand ils furent assez loin de la maison des Coniglio pour être surs que Gianni ne les entendrait pas, Cléry exposa :

— C'était à la limite du tolérable ! J'ai failli sortir. Cette pauvre fille... Comment s'appelle-t-elle ?

— Emilia.

— Ah oui, Emilia... Peut-on imaginer soumission pareille à un sadique ?

— N'avez-vous pas imaginé une seconde qu'elle y trouve du plaisir ?

Cléry s'arrêta net. Ils se trouvaient à un carrefour, devant une taverne à la porte close. L'après-midi, le cabaretier avait lavé un tonneau dans la rigole, et, de la chaussée encore poisseuse, montait l'odeur âcre de la lie de vin. Toutes les lumières étaient éteintes. Les Varélains, par souci d'économie, se couchaient aussitôt après le feuilleton du *Cœur battu*. Plus bas, à une centaine de mètres, la ruelle s'élargissait et on apercevait la lueur blafarde des lampadaires de la place du Condottiere.

— Cher monsieur le Professeur — puisque c'est ainsi que vous vous laissez appeler — cher monsieur le Professeur je me demande si les vapeurs méphitiques de la vallée n'ont pas commencé d'altérer votre sensibilité. Comment ? Vous voilà indifférent, complice même, d'une scène délirante... et j'ai l'air d'un imbécile parce que je m'en offusque. Vous renversez les rôles ! Je vous rappelle que c'est moi qui vous ai appris juste ce qu'il faut de cynisme pour ne pas s'irriter et maintenant vous m'en remontrez ! Je veux bien des tas de choses, mais pas qu'un frère exhibe sa sœur...

Était-ce une habitude des Varélains ? Déjà Umberto faisait de même avec Adriana.

— Sire, permettez-moi... je suis comme vous, pétrifié et d'autant plus que de ma propre sœur, en vingt ans, j'ai à peine aperçu le genou. Aussi suis-je persuadé que si Emilia se prête aux ordres de Gianni, c'est qu'elle y prend plaisir. À moins encore qu'ayant conscience de posséder une belle poitrine, elle se conduise en altruiste et nous en fasse profiter dans un esprit de pure générosité. Gianni le sait et nous a offert ce cadeau parce qu'il nous apprécie. Gianni est poète, ne l'oubliez pas, et peut-être même un grand poète. La gloire n'a pas été au rendez-vous de son ode à Francesco de Varela et il se venge par des outrages et des insultes.

— Bon, je veux bien, mais pourquoi son vin est-il si mauvais ?

— Il ne *sait* pas que son vin est mauvais. Il le croit bon. N'est-ce pas suffisant ? Dans quelques jours, vous serez probablement de son avis.

— Dans quelques jours ? Je pars demain.

— Vous oubliez votre panne.

— Je téléphonerai à Rome qu'on m'envoie une auto de louage.

— À votre place, j'assisterais à la fête.

— Je me fous de leur fête. Ce sont des sauvages.

— Oui et non. Ils doivent dire la même chose de nous. Quand vous serez calmé, je vous raconterai ce que le docteur Sobriano m'a dit sur la façon dont les Varélains règlent la perpétuation de leur espèce

Ils arrivaient sur la place du Condottiere, déserte. La nymphe versait l'eau dans ses vasques, mais alors que, dans la journée, elle y prenait plaisir sous les yeux des promeneurs, dans la demi-obscurité de la nuit, son attitude figée, l'inutilité spectaculaire de son gracieux geste, prenaient un tour infiniment mélancolique. À quoi sert la beauté quand les voyeurs s'absentent ? Diavolo les dépassa et se dirigea vers la fontaine contre laquelle il leva une patte torve.

— Ce chien aime les gestes symboliques, dit Cléry. Il lui plaît d'offenser nos prétentions esthétiques. Nous décrétons la beauté architecturale d'une place, d'une ville au nom de principes parfaitement conventionnels. Encore une manifestation de la dictature du goût le plus égoïste. Qui sait si en offrant aux Varélains un ensemble de béton avec des monuments et des statues cubiques, nous n'obtiendrions pas d'eux qu'ils brûlent leur ville au nom de la modernité.

— Essayez !

— Désolé, j'ai des moyens, mais pas à cette échelle.

Ils se tenaient à l'angle de la rue et de la place quand une petite silhouette claire sortant de la maison Varela, hésita sur le seuil éclairé, se glissa le long des arcades, hésita de nouveau et, se croyant seule, traversa en direction de la fontaine. La lueur des lampadaires permit à Jacques de reconnaître Adriana ses chaussures à la main, trottant comme un elfe nocturne. Au bord de la fontaine, elle s'arrêta et tirant sa robe par-dessus sa tête, apparut en culotte blanche, se hissa sur la margelle et, escaladant les trois étages de vasques, empoigna la nymphe par le cou et se colla contre elle, agitant les jambes dans l'eau qui ruisselait autour de leurs deux corps mêlés. À peine distinguait-on le corps de bronze et le corps de chair intimement mêlés dans un joyeux ébat qui projetait des éclaboussures autour de la fontaine. L'enfant — mais était-ce encore une enfant ? Jacques en doutait de plus en plus — s'offrait une fête avec sa jumelle giambolognesque qui s'ennuyait tant la nuit quand plus aucun passant ne lui décochait de ces regards obliques révélant tant de désirs et de frustrations. Adriana couvrait de ses baisers et de ses caresses la nymphe solitaire. Cléry murmura :

— J'en ai le souffle coupé.

— Et moi donc !

— Vous la connaissez ?

— Oui.

— Quel âge ?

— Seize ans.

— Êtes-vous sûr de ne pas vous laisser distraire de vos premières intentions, cher Jacques, je veux dire : l'histoire de la fête qui coûta leur souveraineté aux comtes Varela ?

— Je n'en suis pas du tout sûr.

— Ah !

Adriana redescendait de vasque en vasque jusqu'à la margelle où elle récupéra sa robe qu'elle enfila, bras dressés, en un mouvement si preste qu'il semblait tenir de la magie ! Ses chaussures à la main, suivie par Diavolo, elle traversa la place dans l'autre direction et disparut par la ruelle qui longeait l'église.

— Alors ? dit Cléry.

— Je suis encore loin de tout comprendre.

— La sexualité infantile est claire comme le jour. Surtout la nuit.

— Le mot « infantile » paraît dépassé pour Adriana.

Ils se dirigèrent vers la maison Varela. Sous l'arcade voisine, la Topolino et la Bentley luisaient dans l'ombre. Cléry caressa le capot sanglé de cuir de sa voiture comme il l'aurait fait d'un cheval.

— C'est un bel animal, dit-il. Boiteux, en ce moment. Je l'ai avertie : pas de pardon la troisième fois. À la boucherie.

Folco laissait toujours une lumière dans l'entrée. Jacques conduisit Cléry à sa chambre au deuxième étage, juste au-dessus de celle de Francesca. Ils ouvrirent les volets et contemplèrent un instant la place du Condottiere. Les papillons de nuit entouraient d'un nuage phosphorescent les lampadaires postés aux quatre coins. Le cœur de Varela battait dans la pesante obscurité où se distinguait à peine la fontaine. Et si Adriana ayant pris sa place, la nymphe se promenait maintenant dans les ruelles désertées vêtue de sa robe printanière de jeune fille, collant son oreille aux portes pour écouter les soupirs et les murmures des couples forniquant ou respirant bruyamment dans les premières affres du sommeil quand les rêves s'efforcent de chasser les relents du jour, l'âcre odeur des corps fatigués, la médiocrité des mots, la vulgarité des gestes ? Quel monde — pendant qu'Adriana juchée sur la fontaine imitait ses gestes de son mieux — quel monde découvrait la nymphe à l'oblique sourire, descendue de son piédestal parmi les morts vivants de la cité percluse dans son passé ?

— J'imagine, murmura Cléry que nous pensons la même chose, mais non... c'est impossible, non pas matériellement, mais moralement... les statues sont immortelles... ou enfin elles vivent cent, mille, deux mille, trois mille ans, et elles ne vont pas compromettre cette superbe durée pour une simple curiosité. Votre amie ne remplace pas la nymphe sur la fontaine si fort que soit son exhibitionnisme. À Capri, Tibère donnait des fêtes illuminées par des statues vivantes brandissant des torches. Nous n'en demandons pas tant, mais quelle exquise surprise si demain matin, au réveil, les Varélains découvraient une nouvelle nymphe, rose de confusion dans sa nudité ! Dommage, je vous comprends...

— Oh moi... je ne suis pas difficile à comprendre Les autres sont beaucoup plus difficiles.

— Impossibles, vous voulez dire !

210

— Je ne sais plus ! avoua Jacques. Bonsoir !

Dans sa chambre, il trouva la lampe de chevet allumée mettant en évidence un carton avec l'écriture de Beatrice : « Descendez me voir. J'ai à vous parler. » Il était sûr de n'avoir, en passant, vu aucune lumière en accompagnant Cléry au deuxième étage. Beatrice avait donc profité de ces quelques minutes pour lui monter le message. L'initiation de Cléry aux arcanes de Varela avait détourné Jacques de ses relations avec Beatrice. Qu'elle se glissât aussi silencieusement dans sa chambre, pouvait suggérer qu'elle était la bienfaitrice de la nuit précédente. Pourtant si discrète, si autoritaire et si perfectionniste qu'avait été cette bienfaitrice, il doutait qu'elle eût le poids d'une femme mûre, au corps épanoui, à la grave beauté. Il eût aimé y réfléchir, y rêver pour retrouver dans la solitude de sa chambre d'abord l'exquise sensation, puis son explication, mais le message était impérieux.

Il s'attendait à la voir en robe de chambre comme elle était souvent les soirs de leurs dîners en tête à tête, et non dans son lit, adossée à deux oreillers, à demi assise, le buste émergeant des draps, les seins visiblement libres sous une chemise de nuit d'un bleu très pâle contrastant avec la matité de sa peau. La lampe de chevet éclairait ses avant-bras, et ses mains posées à plat comme si elle venait de passer un long moment à observer ses ongles et ses doigts dans une de ces contemplations dont les femmes sont coutumières quand leurs pensées s'égarent en de mélancoliques retours sur elles-mêmes, sur leur vie gâchée, retrouvée ou à venir. Ainsi exposée, et malgré la troublante saveur de sa chair, elle imposait un respect qui arrêta Jacques au milieu de la chambre. Il attendit qu'elle l'invitât à s'approcher, ce qu'elle fit après un temps, comme si, après s'être rassurée, elle estimait que son invité ne profiterait pas de la situation.

— Asseyez-vous, dit-elle en désignant un fauteuil à côté de la table de nuit, si proche du lit que Jacques heurta de ses genoux le bois du sommier et fit vaciller la lampe de chevet.

— Je suis vraiment très maladroit.

— Qui ne le serait pas dans la situation où vous êtes, cher Jacques ? Vous tombez comme un Martien dans un monde trop petit pour vous. Nos rues sont trop étroites, notre mentalité est trop mesquine. Vous vous cognez partout. Je pourrais vous aider sans savoir par où commencer. Je me dis que vous vous rebellerez si je vous mets en garde. Vous n'êtes plus un enfant, mais peut-être n'avez-vous pas encore saisi combien Varela est une ville de chausse-trapes. Vous vous doutez qu'on vous observe sans cesse, qu'on guette le moindre de vos mouvements, qu'on rapporte la moindre de vos paroles. La femme du docteur Sobriano peut tenir en haleine ses amies tout un après-midi avec ce que vous lui avez raconté...

— Je lui ai dit trois mots et elle a répondu « oui ».

— Ça suffit. De sa vie elle n'avait parlé à un étranger.

— J'ai eu l'impression de l'avoir complètement paralysée.

— Ne vous en faites pas. À peine étiez-vous sorti qu'elle a dû jacasser et assourdir son mari qui, entre parenthèses, est un des rares hommes intelligents de Varela. Vous avez bien fait d'aller le voir, et si j'ai un conseil à vous donner, ne tardez pas trop à voir notre curé, Don Fabio, qui s'étonne déjà de votre incuriosité à son égard. Rendez-lui visite demain avant qu'il ne s'en aille. Cet excellent prêtre ne supporte pas ce qu'il appelle les « païenneries » de notre fête. Pauvre fête... elle n'est plus qu'un simulacre.

Jacques se demanda si le mot simulacre surgi dans le monologue de Beatrice, n'était pas la clé de Varela et des Varélains, comme Mariella dans *Le Cœur battu* était le simulacre de l'amour, Gianni Coniglio celui de la poésie, Belponi celui de la peinture, Francesca celui de la liberté et Adriana celui de la tentation. En ce cas, seule Beatrice aurait été l'expression d'une vérité. Plus il la regardait, plus il admirait la quiétude qui émanait d'elle, une assurance protectrice dont il ressentait l'emprise avec une gratitude impossible à formuler.

— Où êtes-vous ? demanda Beatrice le voyant absent, soudain à des lieues d'elle.

— Pas loin, je vous assure. J'essaye de voir les choses à travers vous, mais l'écran se brouille et des événements restés inexplicables me distraient.

— Dites-moi lesquels !

Il lui raconta comment Cléry et lui avaient été harponnés au passage par Gianni Congiglio, la scène qui s'en était suivie avec Emilia et l'indignation de son pourtant cynique ami. L'histoire ne surprit pas Beatrice. Dans un de ses poèmes érotiques, deux ou trois ans auparavant, Gianni imaginait une scène pareille, scène qui avait longuement mûri dans son esprit et que, pour étonner les deux Français autant que pour défier la morale et les conventions étouffantes de Varela, il avait soudain réalisée grâce à la soumission d'Emilia. Gianni ne doutait pas que cela serait rapporté à Beatrice et peut-être le grandirait aux yeux de l'aimée. À moins que l'hystérie de la scène achevât de le détruire dans le cœur de la jeune femme... destruction qu'il appelait avec rage et que Beatrice lui refusait.

— Je suis son bourreau, dit-elle. Je ne lui accorderai jamais le mépris qu'il ambitionne. Et vous ?

— Je ferai comme vous, mais avec plus de difficultés. Nous venons, Cléry et moi d'un monde où les phantasmes sont depuis longtemps en liberté, et j'ai pitié d'un homme qui fait des siens une éthique provocante. Où est la provocation quand tout est provocation ? Il y a encore autre chose...

Et il raconta la vision, sur la place du Condottiere, d'Adriana escaladant à demi nue la fontaine, embrassant la nymphe et s'éclaboussant avec l'eau des vasques. La statue et l'adolescente, jumelles de corps et de visages, se ressemblaient tant que ce jeu évoquait irrésistiblement des amours incestueuses. Autant le déshabillage d'Emilia surprenait et même écœurait, autant la jolie imagination d'Adriana évoquait les sonnets licencieux de l'Arétin. L'une et l'autre scène levaient un peu du voile dont s'enveloppait la prude Varela. Sous les apparences dormaient des obsessions révélées par le seul hasard.

En un geste que Jacques connaissait déjà, Beatrice avait porté ses mains à sa gorge nue pour masquer une rougeur qui affleurait dès qu'une gêne la saisissait. Sous la peau mate, une veine se gonflait traçant un sinueux parcours vert pâle jusqu'à la chemise de nuit. Il avança la main, dessinant dans l'air le trajet de la veine que Beatrice s'efforçait de cacher.

— J'aimerais, dit-il, suivre jusqu'au bout le chemin de votre veine. Où se perd-elle ?

Beatrice baissa ses mains, découvrant son beau cou nu, ses épaules doucement enveloppées d'une chair dont la lumière jaune de la lampe de chevet, accentuait le mordoré.

— Vous vous méprenez complètement, dit Beatrice la voix altérée. On ne me touche pas.

Des refus sont de lents acquiescements, mais Jacques ne pouvait se tromper. Le « non » de Beatrice était un vrai refus.

— Je suis désolé. Ne m'en veuillez pas ! Quel autre homme n'aurait pas eu cette pensée ?

— Vous êtes jeune, très jeune. Je vous comprends, mais nous ne nous connaissons pas assez pour que je vous dise tout et nous ne nous connaîtrons peut-être jamais assez. Je suis condamnée à vivre dans ce tombeau. Pas vous ! À la fin de l'été, vous remonterez dans votre petite voiture, vous disparaîtrez par le col de la Bianca et je resterai seule.

— Et le plaisir ?

— Vous avez déjà deviné que je le vole partout où je peux.

La main de Beatrice descendit sur le genou de Jacques qu'elle étreignit ; il frissonna, mais tout désir s'était enfui quand, à un marivaudage, elle avait répondu par une confession si grave, avouant le fond d'une résignation qui marquait déjà son visage, sa voix et ses gestes au point qu'aux moments où son genre de beauté captivait le plus, une aura de mélancolie et de sacrifice rayonnait autour d'elle, inspirant un respect dont elle se serait peut-être bien passée.

— Embrassez-moi, dit-elle et montez vous coucher.

Il posa un baiser sur la tempe de Beatrice et s'apprêtait à sortir, la main sur le bouton de la porte, lorsqu'elle le rappela :

— Jacques, j'aimerais devancer une question que vous ne semblez pas pressé de poser.

— Est-ce que tout ne serait pas mieux si nous n'en parlions pas.

— Alors, nous sommes d'accord et ce soir endormez-vous mais vous ne retrouverez pas le rêve de la nuit précédente.

— Ai-je rêvé ?

— J'ai entendu vos pas au-dessus de ma tête, cette fameuse

lame de parquet qui grince chaque fois qu'on pose le pied dessus. Il faut absolument la réparer.

— Quand je marchais je ne rêvais plus.

— Non, c'est avant, n'est-ce pas, c'est avant que vous rêviez ! N'est-ce pas ? N'est-ce pas ?

Elle implorait l'oubli, le silence. Il revint vers elle, se pencha et baisa doucement ses lèvres closes.

— Je m'interroge sur ce qui vous prend, dit-il. Je n'ai rien de séduisant à part le fait d'avoir moins de trente ans. Je suis timide et maladroit, je n'ai pas d'esprit, mon nez est trop grand et vous me laissez goûter à des plaisirs comme je n'en ai jamais connu. Pourquoi ? Parce que vous n'avez personne d'autre ?

— Le regrettez-vous ?

— Non.

— Allez dormir, Giacomo Selvaggio.

Don Fabio était probablement le premier prêtre auquel Jacques parlait. Si forte demeurait la tradition agnostique et anticléricale héritée de son père, et même de son grand-père — ancien Compagnon du Tour de France et franc-maçon — que Jacques avait endossé inconsciemment leur indifférence à l'égard des choses de la religion et une méfiance instinctive à l'égard de ses hommes. Il visitait des églises sans éprouver d'autre émotion qu'esthétique ou historique, et celle qu'il connaissait le mieux, dont il appréciait la rigoureuse simplicité restait, dans son souvenir, l'église de Varela mais il l'associait autant à une infirmerie qu'à un lieu saint. Vers la fin de l'année universitaire, ayant découvert qu'un de ses étudiants était un jeune jésuite que rien, ni dans sa façon de se vêtir, ni dans son travail ou ses questions, ne distinguait des autres étudiants, il avait ressenti une certaine gêne lors de ses commentaires sur l'histoire de Port-Royal et s'était efforcé de ne pas noircir exagérément le rôle des jésuites, comme il l'avait fait l'année précédente. Le jeune homme s'était montré assez sensible à cette réserve pour venir l'en remercier de quelques mots sans tomber dans l'excès habituel des jésuites, si habiles à transformer toute conversation, même la plus banale, en tentative de conversion.

Le curé de Varela aurait pu être un de ces gros et gras prêtres de campagne qui passent tout au rouleau compresseur de leur impétueuse foi, ou l'un de ces ascètes brûlés par une flamme intérieure qui terrifient leurs paroissiens, mais rien n'était aussi simple avec Don Fabio, ancien moine qui n'avait pas supporté la clôture et descendait d'un étage intermédiaire, entre le ciel et la terre, pour assumer avec courage les péchés capitaux d'une vallée manifestement oubliée de Dieu. Petit, râblé, l'œil toujours en éveil, Don Fabio régnait sur les brebis du Seigneur, armé de sa foi combative et d'une certaine brutalité qui lui tenait lieu d'argument face aux imbéciles.

Il attendait la visite de Jacques depuis plusieurs jours et montra une légère irritation dans les premières minutes de leur rencontre, ayant, avec quelque raison, flairé dans son interlocuteur un de ces esprits qui, même sans répandre de sulfureuses vapeurs, respirent l'indifférence. Or, l'indifférence était ce que Don Fabio craignait le plus. Il lui préférait même l'hypocrisie de ses paroissiens tant l'hypocrisie révèle la crainte du péché, la crainte de Dieu, alors que ce Français apparu la première fois entouré d'Infidèles armés, la seconde fois protégé par la Contessina, échappait aux classifications rapides du catéchisme rural en vigueur à Varela.

— Je vous espérais, depuis quelques jours, dit Don Fabio avec un rien d'aigreur.

Il le recevait dans une pièce quasiment nue, aux murs chaulés, avec un prie-Dieu face à un Christ en croix, sanglant et décharné. Installé devant une table de cuisine en bois blanc, Don Fabio désignait un tabouret boiteux, mettant son visiteur dans une position aussi inconfortable qu'un projecteur en plein visage dans le bureau d'un commissaire de police. Jacques, insensible au procédé, à cent lieues d'en imaginer le naïf machiavélisme, mourait plutôt d'envie de rire, prévenu de cette mise en scène et assuré qu'en dehors de la pièce monacale destinée à impressionner les âmes pécheresses, le reste du presbytère, sans être du dernier confort, recelait de beaux meubles, une superbe bibliothèque, et même une cave à liqueurs bien fournie dans laquelle Don Fabio, à jeun, le dimanche matin, puisait des forces pour ses sermons apocalyptiques.

— Monsieur le Curé, je suis un historien passionné par le XVIIIᵉ siècle, et je ne pensais pas, a priori, que vous déteniez des documents ou des informations personnelles sur la chute des

Varela. Sans cela, n'en doutez pas, je serais venu vous voir, tout prêtre que vous êtes et tout agnostique que je sois. J'ai seulement su hier, par la Contessina Beatrice, que, non content d'assurer une vie future à des ouailles obéissantes, vous vous préoccupiez de ce qui a pu...

— ...les pervertir, n'est-ce pas. C'est cela que vous vouliez dire ?

— J'ignore encore leurs perversions.

— Monsieur le Professeur, ici tout se sait, et, par exemple, je *sais* que vous connaissez déjà certaines de leurs perversions aussi bien que moi et sans avoir besoin du confessionnal. En ce moment vous les voyez fascinés par une sorte de feuilleton romanesque, *Le Cœur battu*, qui vulgarise pour ces cœurs frustes l'amour et la pureté en lutte contre l'intérêt et le vice. Voilà comment mes paroissiens aiment s'imaginer : sublimes à force de lutter contre le mal, mais moi, je vous le dis, il n'est rien de pire que ces échappatoires quand la morale est en jeu... vous n'avez pas une cigarette ?

Interloqué de cette chute dans la plate réalité, Jacques tendit son étui de petits cigares.

— Des crapulos ! s'exclama Don Fabio. C'est le tabac de l'élite. La Signorina Francesca ne fume que ça. Vous permettez que j'en prenne un maintenant et un autre pour après le déjeuner ?

Pourquoi demandait-il la permission alors que ses doigts zébrés de poils fourrageaient déjà dans l'étui et subtilisaient non pas deux, mais trois cigares d'un coup. Heureux encore que Don Fabio n'ajoutât pas : « Pour mes pauvres ! » mais les pauvres manquaient à Varela par une de ces opérations du Saint-Esprit dont on ne demande l'explication à personne si l'on est au chaud dans sa foi.

— Monsieur le Professeur, je n'ai rien contre vous qui fouillez le passé. Quand les morts se retournent dans la tombe et se voilent la face, c'est qu'ils ont honte de leurs péchés. Vous aurez du mal à les interroger. Je préfère les vivants. Laissez-moi avec les vivants, je m'en occupe.

Avait-il une chance de convaincre Don Fabio que lorsqu'on interroge les morts, les vivants vous tirent par la manche pour

218

vous aider ou pour, au contraire, jeter la confusion ? À moins que ce fût l'inverse. Les personnages du dernier couple régnant, Ugo III et Béatrice, présentaient moins de mystères et de secrets que la Contessina et Francesca. Au moins pouvait-on violer leurs tiroirs, lire leurs journaux intimes, leur correspondance et reconstituer facilement les ébats du comte dans son cabinet secret et ceux de la comtesse dans sa chambre isolée à l'autre aile du palais. En somme ce que le temps croyait avoir effacé semblait de plus en plus clair, à cela près qu'il eût fallu un psychanalyste pour déceler les causes de l'inappétence d'Ugo III pour son épouse et de son désir obsessionnel pour cette intrigante de Vittoria Campari. Encore n'était-ce là qu'un détail de peu d'importance dont la psychanalyse n'aurait tiré que de fumeuses conjectures. En revanche, il s'avérait certain que le dérèglement des mœurs de leurs souverains avait impressionné les Varélains. Alors, quel était le sens de la fête ?

— Monsieur le Professeur, depuis vingt ans que je vis à Varela, je n'ai jamais assisté à la fête. Je l'ignore. Certes, je pourrais rester et en dérouter le cours, jouer les Savonarole, me promener dans cette foule en brandissant un crucifix, promettant les Enfers — j'espère que vous êtes pour le pluriel, il y a tant de degrés dans les péchés qu'ils ne méritent pas tous le même feu — promettant les Enfers aux participants. Je risquerais simplement de me ridiculiser auprès de mes paroissiens. Ils ne décèlent pas le mal dans un simulacre.

Tiens, voilà qu'il employait le même mot que la Contessina ! À qui fallait-il l'attribuer ? Au roué Don Fabio ou à l'indulgente Beatrice ? Jacques aurait aimé réfléchir à cette idée de simulacre qui s'appliquait à tant d'attitudes de la vie. C'était sûrement une clé essentielle bien qu'en l'utilisant pour Cléry, on arrivât à une sorte d'impasse : dans son ardeur à tout embrasser et organiser, il simulait un simulacre. L'action est un trompe-l'œil, un trompe-la-pensée. Cléry prétendait vivre et comme il ne parvenait pas à tout vivre, il déléguait à Jacques quelques-unes de ses aventures supportant mal qu'elles n'aboutissent pas sur-le-champ. Derrière cette agitation, se dissimulait l'ombre d'une panique.

Enfermés dans leur vallée et leur ville fortifiée, les Varélains se donnaient, eux, l'illusion d'exister avec une fête annuelle qui les libérait, un jour, une nuit, des écrasantes conventions derrière lesquelles ils se cachaient le reste du temps.

— Mais enfin, monsieur le Curé (il n'arrivait pas à dire mon père, sa gorge se serrait à ce mot qui impliquait un respect et une affection qu'il réserverait toujours à son propre père, ce saint laïque si attaché à la libre pensée), mais enfin, monsieur le Curé, il y a dans la vallée plus de liberté qu'en ville. J'ai vu un couple heureux, Antonio et Assunta, et Vittoria Campari qui n'a pas peur des mots. Quand j'emmène mes jeunes amis, Umberto et Adriana, à peine avons-nous dépassé la statue du Condottiere que leur joie éclate comme si l'enceinte de Varela les étouffait.

— Ce qui se passe hors de la ville ne me concerne pas, monsieur le Professeur. J'ai bien assez à faire avec mes brebis parquées dans leur enclos, mais je vous conseille d'être prudent avec ces enfants. Leur innocence ne les protège pas. Votre vie, le monde d'où vous venez sont une tentation dont ils n'analysent pas les dangers. Malgré sa haute moralité, ce feuilleton, *Le Cœur battu*, trouble déjà bien trop leurs esprits.

Le visage s'était fait sévère : un pli né à la racine du nez remontait jusqu'aux cheveux gris plantés bas sur le front têtu du prêtre comme lorsqu'il montait en chaire pour dénoncer les machinations du Malin. Huit jours plus tôt, sa perspicacité aurait troublé l'enfant de la laïque mais les jugements tranchants, les croyances carrées, l'irritation contenue de Don Fabio se heurtaient à déjà un autre homme. La pulsion qui invitait Jacques de façon de plus en plus pressante à dénuder Varela et sa vallée balayait ce qui n'était plus à ses yeux que vains scrupules barrant sa route. Derrière les masques, les faux-fuyants, les demi-mots de Beatrice, il entrevoyait un feu couvert bien plus intéressant que l'explosion qui avait provoqué la chute des comtes de Varela au XVIIIᵉ siècle. Don Fabio connaissait sinon tout, au moins partie de ce mal et entendait le protéger de la curiosité d'un étranger.

— Encore une question, monsieur le Curé. Vous étiez ici pendant l'occupation allemande ?

— Une occupation très légère si on la compare à celle qui a pesé sur le reste de l'Italie...

— Grâce au lieutenant Strasser, je crois.

— Oui, monsieur le Professeur, grâce à lui.

— Avez-vous eu de ses nouvelles depuis la Libération... ou l'Invasion, je ne sais quel terme vous employez...

Don Fabio se renversa sur sa chaise, gonflant sa poitrine comme s'il allait lancer un contre *ut* et son visage passa de la sévérité à l'ironie, un sourire malicieux affleurant sur ses grosses lèvres.

— Il est très difficile d'être prêtre dans certaines circonstances, monsieur, très difficile... Privés du droit de mentir, les prêtres n'ont droit qu'aux discours allégoriques ou au silence. Le silence ouvre un vide que des hommes imaginatifs comme vous s'empressent de combler, commettant les pires erreurs. Je crois bon de vous conseiller de considérer l'aventure du lieutenant Strasser comme hors du sujet historique qui vous préoccupe.

À la porte du presbytère, Umberto attendait, à la main un cornet de graines de pastèque dont il brisait l'écorce d'un coup de dent pour en extraire l'amande sèche.

— Salut, Umberto.

— Bonjour, monsieur le Professeur.

— Et Diavolo ?

— Il vous a oublié. Il aime le capitaine qui l'a emmené dans sa voiture avec la Contessina et la Signorina Francesca.

— La Bentley est réparée ?

— La Signorina a trouvé la panne. Elle sait tout sur les moteurs.

— Et toi que fais-tu ?

— Je vous attendais. La Contessina a demandé que vous les rejoigniez.

— Où ?

— À la ferme d'Assunta.

— J'ai du travail.

Umberto lui prit la main, marchant à son côté, sautillant d'un pied sur l'autre.

— Je peux vous aider ?

— Non, merci. Et ce n'est pas très amusant pour toi ces vieux papiers à lire et à ranger.

— Adriana dit que ce n'est pas difficile.

— Où est-elle ?

— À la maison. Elle s'occupe du petit.

— Va... je vous retrouverai cet après-midi.

— Vraiment ?

— Vraiment.

Umberto s'enfuit en courant et Jacques descendit vers la place du Condottiere où la décoration avançait considérablement depuis la veille. À contre-ciel, les pavois entrecroisés tremblaient comme les taches multicolores d'un kaléidoscope au rythme d'une légère brise. Entre les arcades et sous les fenêtres du premier étage du palais, des guirlandes de lampions verts, blancs et rouges rappelaient les couleurs de l'Italie. Encore aux couleurs de l'Italie, on avait disposé sur le rebord des fenêtres des plantes vertes, des géraniums blancs et rouges. D'une plate-forme attelée de mules, des hommes descendaient d'énormes cuisinières à bois et un four de campagne, mais le spectacle étonnant était sans conteste Belponi juché sur le dernier étage des vasques de la fontaine et entourant de ses bras la nymphe. Le peintre tressait des couronnes de fleurs pour la statue. Il l'avait déjà coiffée d'une tiare de lys blancs posée légèrement en arrière, dégageant le front étroit et fuyant de son visage ovale, et maintenant il ceignait la douce poitrine d'un cache-sein de dahlias jaunes. La nymphe, avant-bras tendus comme si elle appelait à elle des enfants ou de jeunes passants, jouait avec deux bracelets de lauriers finement tressés. Plus menue, plus enfantine que jamais, elle sortait indemne et fleurie des attouchements de Belponi dont les battoirs agrippaient sa taille, ses cuisses et son dos en une étreinte qui aurait pu sembler monstrueuse si ce lourd géant n'avait eu des gestes aussi délicats, presque des gestes de cousette habillant une beauté perdue dans son rêve.

Ugo II l'amateur de sculptures suggestives, à la limite de la décadence, avait-il sciemment introduit le trouble dans la cité ? Au centre d'un microcosme paralysé dans ses conventions, confit

222

dans ses hypocrisies, cachant ses vices et gonflant ses vertus, la nymphe affirmait la grâce de bronze des corps glorieux. Elle était là pour rappeler leur jeunesse aux femmes bouffies avant l'âge, avertissement négligé par ces dames qui continuaient à s'empiffrer de gâteaux, de pâtes et de pain, éclatant dans leurs corsets, les pieds martyrisés par des escarpins trop étroits. Seule Francesca comprenait la leçon, mais avec les excès de son caractère, sombrait dans l'anorexie. Beatrice échappait aux boursouflures de l'âge parce qu'elle n'avait pas eu d'enfants, mais les deux jeunes femmes étaient probablement les seules dans Varela à sacrifier gourmandise et paresse aux canons de la beauté malignement offerte par Ugo II. Qui ferait comprendre à Adriana la brièveté de son adolescence et que des dangers graisseux menaçaient le miracle à peine éclos de son corps ? Comme était menacée la jeune fille assise sur la margelle de la fontaine, en jupe rouge et chemisier blanc, qui, telle une vestale, tendait à Belponi un panier rempli de fleurs dans lequel il choisissait les éléments de ses offrandes à la statue. Quand Don Fabio accusait de paganisme la fête il ne se trompait guère. Nue, la nymphe attirait des regards sournois ou indifférents. Parée, elle voilait ses obsédantes beautés. Les peuples vivent mal sans idoles. La nuit venue, on danserait autour de la statue pour exorciser des passions réelles ou rêvées.

Quand Jacques s'approcha de la fontaine, la jeune fille au panier de fleurs, assise de trois quarts, tourna vers lui un visage étonné, puis confus. Peu habitués au soleil, ses joues, son front se coloraient de roseurs, et Emilia n'avait plus du tout cet air de chien battu si intolérable dans le bureau de son frère au moment de l'humiliante scène où elle avait dévoilé sa poitrine. Esquisser un sourire, hocher la tête pour avouer qu'elle reconnaissait le Français était pourtant encore au-dessus de ses moyens. Seuls ses yeux sombres et apeurés exprimèrent quelques secondes de gêne avant de retourner à leur morne indifférence. Belponi l'appelait d'une grosse voix sourde. Elle leva la tête et tendit le panier. À trois mètres d'elle, assise sur un pliant qui écartelait ses cuisses et tendait le bas de sa robe de lustrine noire, protégée par une ombrelle appuyée sur son épaule, une femme au regard de charbon ardent surveillait la scène en grignotant des biscuits secs.

Mme Coniglio, sans aucun doute, veillait sur sa fille, attentive à ce qu'Emilia ne fût pas l'objet de propositions honteuses, de mots malsonnants de la part de Belponi ou des ouvriers qui alignaient sur la place des tréteaux et des bancs. Le ciel serait tombé sur sa tête si elle avait appris soudain que le jeune étranger qui, à quelques pas, contemplait sa fille, avait, la veille, caressé du regard les seins d'Emilia dans la maison même des Coniglio. À un mouvement maladroit de la jeune fille qui tendait à bout de bras le panier à Belponi, quelques fleurs tombèrent dans le bassin.

— Fais donc attention ! gronda la grosse femme qui se leva et claudiqua vers sa fille.

Des hibiscus rouges, des roses blanches et des gardénias flottaient sur l'eau, trop loin pour qu'Emilia les rattrapât. Mme Coniglio, le ventre sur la margelle, se pencha et tenta de les rattraper à la pointe de son ombrelle blanche. Le buste en avant, elle bombait ses énormes fesses et la robe remontée découvrait au-dessus des chaussettes de soie noire la blême saignée des genoux et l'amorce des cuisses marbrées par la sclérose et flétries par la cellulite.

— Nous n'avons pas donné ces fleurs pour les gâcher ! Fais quelque chose.

Paralysée par la crainte d'on ne sait quelle punition, Emilia restait impuissante à aider sa mère jusqu'au moment où elle remarqua les regards concupiscents de deux ouvriers qui s'arrêtaient de dresser une table pour lorgner les jambes de Mme Coniglio.

— Mère ! cria-t-elle, la gorge serrée. Mère on voit vos jambes.

Mère se redressa, tira sur sa robe et foudroya de son mépris les voyeurs goguenards.

— Vous n'avez rien d'autre à faire ? hurla-t-elle, le visage rougi par la colère.

Les hommes haussèrent les épaules et reprirent leur travail. L'eau tombant en fine pluie des vasques supérieures mitraillait de gouttelettes les fleurs flottantes et les ouvrait, déchirant leurs pétales.

— Elles sont perdues ! dit Emilia désespérée.

— Ça ne fait rien, dit Belponi accroché par un bras à la cuisse de la nymphe. Nous en avons bien assez maintenant.

Avec une agilité inattendue pour sa taille et son volume, il descendit de son perchoir. Seule sur sa pyramide, la nymphe parée comme une Tahitienne parut se redresser, dominant de son sourire oblique l'agitation fiévreuse de la place. Sa condescendance s'étendait à Mme Coniglio qui embarquait son pliant et à Emilia qui suivait sa mère, le panier vide sous le bras. Belponi, les mains sur les hanches, contemplait son œuvre.

— Comme elle est belle ! dit-il à haute voix, admirant l'harmonie des bleus, des rouges, des jaunes et des blancs qui coiffaient et enrobaient le corps de bronze.

Puis, se tournant vers Jacques, il quêta une approbation :

— N'est-ce pas, monsieur le Professeur ?

— Certainement ! Est-ce votre idée ?

— Oh, non, c'est une très vieille idée. Sauf pendant la guerre, on a toujours couvert de fleurs la petite nymphe, mais moi je trouve plus joli de l'habiller.

Tout d'un coup, celui qui parlait n'était plus le Belponi-Frankenstein, le sinistre peintre, et redevenait — malgré son visage ingrat, ses pattes d'étrangleur, son long corps mou et pesant — le naïf auteur d'ex-voto avant que la guerre et la passion des autres l'aient transformé en une machine à délirer dans l'horreur.

— Vous aimez la beauté, monsieur Belponi ?

— Si je l'aime ! dit-il avec une exaltation inattendue. Je l'ai adorée !

Une brusque crispation éteignit la joie qui avait adouci un instant ses traits. Belponi passa sa main difforme sur son visage, comme honteux d'avoir montré une âme fraîche et heureuse dans un monde dont il n'exprimait plus que la sournoiserie et le sang.

— Pourquoi n'y revenez-vous pas ?

— C'est impossible.

Le peintre haussa les épaules et s'éloigna de son étrange démarche, oscillant d'une jambe sur l'autre, indifférent aux saluts des ouvriers qui posaient sur les tréteaux de longues planches et alignaient des bancs.

Une main se posa sur le bras de Jacques. Adriana était à son côté, vêtue de sa jolie robe de la veille, grandie par des escarpins à talon haut.

— Je croyais que tu gardais ton petit frère !

— Il s'est endormi. Je suis libre.

— Libre de quoi ?

— De faire ce que je veux.

Elle levait vers lui son mince visage ardent aux yeux bridés.

— On se baigne ? demanda-t-elle. Il fait si beau.

— J'ai du travail.

— Pas aujourd'hui, c'est la fête.

— Écoute, Adriana... Don Fabio trouve qu'on nous voit un peu trop ensemble, ton frère et toi. Les gens parlent.

Elle haussa les épaules et regarda la nymphe fleurie.

— C'est joli, dit-elle. J'aimerais avoir aussi une robe à fleurs.

— Ton mari t'en donnera une.

Poussant sa voiturette, le marchand de glaces circulait entre les tables : « Gelati ! Gelati ! » Des ouvriers l'arrêtaient, s'offraient des cornets, des cassates. Le soleil de midi effaçait les ombres de la place. Étourdis par la chaleur, les charpentiers qui dressaient l'estrade devant l'entrée du palais se passaient des gourdes en peau de bique. Jacques appela le marchand de glaces.

— Qu'est-ce que tu préfères ?

— Un cornet, dit-elle en le regardant fixement.

Il paya les cinq lires. Adriana, sans cesser de le regarder, approcha la glace de ses lèvres, la mordit et, de sa langue pointue et rose, lécha à petits coups les cristaux de vanille.

— À quoi pensez-vous, monsieur le Professeur ?

— Est-ce que tu ne le sais pas ?

Elle rit et se tortilla assez bêtement, sans répondre

— Si vous travaillez, j'irai vous voir, dit-elle.

— Il ne faut pas. Je ne veux pas d'histoires.

— Même si personne ne le sait ?

— Tout le monde sait tout. Par exemple, je sais que la nuit dernière, tu as grimpé sur la fontaine pour embrasser la petite nymphe.

— Vous m'avez vue ?

226

Elle n'était pas du tout gênée et même trouvait ça plutôt drôle.

— Tu es une diablesse !

— Vous aimez ça !

Oui, il aimait ça, mais c'était un sentiment si nouveau qu'il s'en méfiait encore et ne s'y livrerait pas facilement. Adriana léchait toujours son cornet de vanille avec une effronterie qui commençait à passer les bornes. Au même âge, Edmée, la sœur de Jacques, confite en ignorance et en pudeur ne se serait même pas lavé les dents devant lui. À son second saut en parachute, l'instructeur avait dit à Jacques : « Comptez jusqu'à 20 avant d'ouvrir. Et si ça ne va pas, fermez les yeux. » Ving secondes de chute libre. Les premières terrifiaient, ensuite la griserie l'emportait. Dans la lumière aveuglante qui pesait sur la place, il retrouvait l'angoisse des premières secondes. Il ouvrit le parachute.

— À ce soir ! dit-il, tournant le dos et se dirigeant vers le palais.

Sur le seuil, Domenico l'œil morne surveillait les travaux, s'épongeant le front chaque fois que des hommes portaient des charges trop lourdes.

— Il fait une de ces chaleurs ! dit le planton.

— Oui.

Ils ne pensaient pas à la même chaleur. Grâce à l'escalier de marbre, une colonne de fraîcheur montait jusqu'au deuxième étage, mais, dans la salle des archives la terrasse au-dessus, portée à l'incandescence, raréfiait à ce point l'air qu'il étouffa et courut ouvrir la fenêtre donnant sur la place. En bas, visage levé, Adriana brandit son cornet à la vanille. La perspective l'écrasait : minuscule malgré ses talons hauts, tout son corps tenait dans son visage souriant. D'un signe de la main, il répondit avant de s'écarter, assez mécontent qu'elle ait pu prendre son désir de respirer de l'air frais pour une irrésistible envie de la revoir juste après l'avoir quittée.

Sur sa table de travail, reposait un emboîtage de velours noir avec un billet de l'écriture de Beatrice : « Trouvé ce matin dans un tiroir d'Ugo III. Lisez et venez nous rejoindre chez Assunta. » Le « nous » l'irrita. Il déchira le billet. Il n'y avait pas de place dans

Varela pour un roi et un régent. Jacques prit une fiche vierge et calligraphia le nom de STRASSER Helmut.

Lieutenant de la Wehrmacht. Il y aura toujours un « bon » Allemand pour sauver les autres, s'intéresser à l'histoire de l'art, apporter du lait aux nouveau-nés, cueillir des fleurs dans les champs pour des jeunes filles sensibles à l'âme romantique. Bavarois, bien sûr. Et catholique. Épris de poésie. La perfection, enfin. Disparu à l'arrivée des Français. Volatilisé. Transformé en ectoplasme.

A laissé un si bon souvenir aux Varélains que tous se liguent pour que je l'oublie. Je n'en crois rien. Je crois même qu'il est encore par ici, caché, protégé, sinon en ville, du moins dans la vallée : ferme d'Assunta ou maison de Vittoria Campari. Le fil conducteur serait Francesca, mais il est possible qu'il soit aussi aimé de Beatrice. Ne s'est pas montré depuis mon arrivée. Résistera-t-il à l'attrait de la fête ?

Puis, sur une autre fiche, il inscrivit son propre nom :

Grand dadais. Croyait savoir des choses. Découvre avec stupeur qu'il ne sait rien. Pris dans un tourbillon de situations équivoques. Vexé de ne posséder qu'une Topolino alors que le Roi affiche une émouvante Bentley qui a des faiblesses de pur-sang. Sa sexualité à peine éveillée a été déchaînée par des dames profondes avec des tiroirs à secrets et une nymphette qui cherche à lui bousiller son parachute. Historien de profession dans un passé lointain, se métamorphose depuis quelques jours en inspecteur de la brigade des mœurs. De peur d'avoir à s'arrêter lui-même, fuit les tentations avec des airs de premier communiant, ce qui est bien le comble pour le fils d'un libre-penseur. Autrement dit : moralité chancelante. Dépassé par les événements, feint, selon le mot de Cocteau, de les organiser. Compte sur une fête nocturne pour comprendre l'état d'esprit d'une tribu restée mystérieusement isolée du monde.

Ayant rangé les fiches dans leur classeur, il ouvrit l'emboîtage de velours. Beatrice avait tout simplement retrouvé l'ensemble des notes d'Ugo III sur l'ordonnancement de la fête. Les papiers n'étaient pas de sa main, mais on reconnaissait son écriture dans les corrections marginales. Le tout avait été dicté à intervalles irréguliers à un secrétaire français qui soignait exagérément ses majuscules. De l'obscurité dans laquelle plongerait Varela une heure après le coucher du soleil, jusqu'aux lumières qui s'allumeraient sur les remparts donnant le départ de la fête, du costume des femmes et des hommes jusqu'à ceux des musiciens et des serveurs, du programme de l'orchestre jusqu'au menu et aux feux d'artifice, tout avait été minutieusement prévu. Ce prince frivole, si préoccupé de soi, faisait montre d'un esprit organisateur inattendu. Aux multiples recommandations adressées aux écuyers — et notamment à Amadeo Campari —, aux fonctionnaires municipaux, à la petite garde — pompeusement baptisée « armée de Varela » avec, à sa tête, un colonel — succédaient des considérations rédigées de la main même du comte, une page de points d'interrogation contrairement à son maniaque point et virgule. Ugo III se demandait quelle tournure prendrait la fête masquée. Si elle tournait à l'orgie, à un Breughel italien, il saurait que la réprobation morale qui montait depuis quelques mois vers lui n'était qu'hypocrisie. En somme, il entendait prouver aux Varélains que sa propre faiblesse était leur faiblesse à tous et qu'on ne condamne un prince au nom de la vertu que si l'on résiste soi-même aux tentations.

Ce pari dont la plèbe et la bourgeoisie varélaines étaient supposées comprendre la signification ne laissait pas d'être dispendieux. Une vraie folie qui ruinerait Ugo et ruinerait la ville. Gagné ou perdu, le pari mettait déjà, rien que par sa préparation, le comté dans une impasse. D'ici peu, on n'aurait pas d'autre ressource que de vendre des terres au duc de Spolète ou à l'évêché de Pérouse qui n'attendaient que ça, de dissoudre la garde et de liquider les bijoux de l'État. De toute façon, c'était l'exil promis après un tel coup de tête. Ugo III l'envisageait avec une naïve allégresse. Il se voyait vivant avec Vittoria dans le palazetto acheté à Venise un demi-siècle plus tôt par son grand-père, leur passion enfin libre de s'exprimer ailleurs que dans des couloirs ou dans le cabinet secret. Quant à la comtesse, il ne doutait pas qu'elle rentrerait en France. Quel intérêt porterait à une femme ruinée et sans bijoux un Amedeo Campari ? Ugo III prenait même plaisir à étaler les petites turpitudes de son écuyer. Il y avait des chances pour qu'Amedeo cherchât à saisir le pouvoir, à s'imposer à la tête d'une république dont la bourgeoisie varélaine rêvassait. Pas une seconde ne venait à l'esprit du jeune comte que l'attachement de

Vittoria risquait de souffrir les mêmes défaillances. Il se croyait assuré qu'entre eux c'était l'amour fou, que la capiteuse dame de compagnie de son épouse aspirait à une vie modeste et recluse avec son amant, à des plaisirs sans fin et peu coûteux. Elle le suivrait au bout du monde, et si Venise était encore trop peuplée pour leurs amours, ils se réfugieraient au Canada, dans une cabane chez les Sauvages. Visiblement, Ugo III ignorait la correspondance entre le frère et la sœur, et ne soupçonnait guère leur féroce ambition.

La découverte de la Contessina Beatrice apportait une lueur d'un intérêt capital. Jacques en éprouva un moment de jouissance aiguë, cette jouissance que ressentent les historiens devant un document inédit et des mathématiciens à la formulation d'un théorème. Absorbé par sa lecture, il avait oublié le trouble de l'heure précédente, sa conversation ambiguë avec Don Fabio, et Adriana caressant de sa langue pointue aux papilles roses le cône de vanille glacée. Il ne l'entendit pas venir, et quand il releva la tête, c'est à peine s'il perçut le glissement discret des pieds nus sur le plancher. Adriana se tenait derrière lui, un plateau dans ses mains, avec du jambon, du pain, une pêche, un verre de vin et une tasse de café.

— Folco m'a demandé de vous porter ça, dit-elle.

Effronté un instant auparavant, son visage n'exprimait plus que la tendre sollicitude d'une femme qui veille au bien-être d'un aimé. Gracile statue de la servitude, elle parlait pour une existence où le travail et l'adoration tissent des liens si subtils entre deux êtres que les gestes les plus humbles ont une légère saveur d'éternité et plus de force que les grands mots. Adriana contourna la table et d'un haussement de sourcils demanda de la place. Quand il eut écarté les papiers épars, elle fléchit des jambes et s'agenouilla pour poser le plateau. Entre le verre de vin et la tasse de café, il ne vit plus, coupé au ras des épaules, que le long cou nu porteur du visage ovale d'Adriana, le casque de ses cheveux noirs serrés sur les tempes et noués sur la nuque par un rouge ruban. Passées de la lumière au contre-jour, les pupilles se dilataient, mangeant lentement l'iris moiré, intense message venu des profondeurs d'une petite âme. Plus qu'il ne les entendit,

Jacques lut sur les lèvres les mots désirés : « *Ti voglio bene !* »
L'amour n'avait inventé qu'en italien ce pudique aveu et n'inventerait rien de plus beau. Le fade « je t'aime » qui est un brevet d'autosatisfaction et si souvent l'annonce d'un sentiment d'approbation forcenée, aurait fait sourire Jacques, mais ces trois mots chantants et doux, cette tendre bénédiction qui tenait du vœu et de la promesse l'emplit d'une émotion telle qu'un instant il ferma les yeux comme s'il voulait entendre résonner en lui les mots magiques.

— Moi aussi, je te veux du bien, dit-il.

Elle sourit.

— Alors mangez... Pour l'amour de moi ! Je suis votre servante.

— Adriana, c'est impossible !

— Vous m'emmènerez à Rome, à Paris. Vous voyez, je vous le demande à genoux.

Elle rêvait. À sa mesure. Avec l'ardeur qui brûlait son jeune cœur vierge.

— Hier soir, dans *Le Cœur battu* Mariella a dit qu'elle quitterait sa famille, ses frères, ses sœurs pour l'homme qu'elle aime, mais lui n'ose pas, à cause de ses enfants. Vous, vous n'avez pas d'enfant. Vous êtes libre. Emmenez-moi. Je serai une grande star et vous n'aurez plus qu'à lire vos vieux papiers. Je m'occuperai de tout et... je vous ferai ce que vous aimez.

— C'était toi l'autre nuit ?

Elle baissa ses paupières aux longs cils droits si drus qu'ils semblaient avoir été dessinés par le crayon maladroit d'un maquilleur.

— C'était toi ?

— Oui.

Il eut besoin de se faire mal.

— Qui t'a appris ?

— Personne ! dit-elle avec véhémence. Personne ! Qu'est-ce que vous croyez ? Que les filles ne se parlent pas à l'école ? Que celles qui se marient ne racontent rien ? Que nous ne regardons pas par le trou de la serrure ce que font les parents ? Mais... c'est vous l'innocent !

Il rit et elle rouvrit ses yeux à l'iris sombre et brillant comme deux taches de laque noire dans le visage mat.

— Vous m'emmènerez ?

— Réponds-moi encore une fois et je ne te questionnerai plus jamais.

— Oh si... questionnez-moi toujours... j'aime ça... au moins on se dit des choses... autrement vous m'intimidez.

— Comment la Contessina sait-elle que tu es montée dans ma chambre l'autre nuit ?

— Souvent le soir, je parle avec elle qui me raconte la vie, me lit des poèmes. Elle m'apprend à en réciter à haute voix pour que je devienne une grande actrice comme Mariella... enfin comme Agostina Bossi, celle qui joue Mariella. Vous êtes allé dans votre chambre et nous avons encore parlé longtemps. Quand je l'ai quittée, je suis montée sans qu'elle le sache. Je voulais voir si vous dormiez. Je sais bien la différence entre un homme qui dort et un homme qui va dormir. On écoute sa respiration. Alors, le diable est entré en moi. En bas, la Contessina m'attendait sur le pas de sa porte. J'ai cru qu'elle me gronderait, mais non... dans l'obscurité, elle m'a serrée contre elle. À travers la chemise de nuit, je sentais son corps qui est si beau... un jour, je serai comme elle, avec de vrais seins, un ventre, de belles épaules. Des larmes mouillaient ses joues. Je suis sortie par sa fenêtre pour ne pas faire de bruit...

On croit se mouvoir dans un espace vide et muet alors qu'un fil vous dirige entre les obstacles, que deux mains se plaquent sur vos oreilles pour que vous n'entendiez rien, mais l'espace est faussement vide, des ombres errent, épient, se murmurent des ragots : il est là, il a enfilé cette ruelle, il a regardé, par une fenêtre du rez-de-chaussée, une femme qui brosse ses cheveux noirs, il a dialogué avec un chien, écouté le docteur Sobriano, joué au chat et à la souris avec Don Fabio, il s'est baigné presque nu avec une adolescente et son frère, il a écouté Assunta et Antonio s'aimer à l'heure de la sieste, il a effleuré les lèvres de Beatrice et, quand une bouche inconnue lui a donné un plaisir indicible, il a gémi si fort que tout le monde dans cet espace nu et vide où il se croyait seul l'a su et l'a peut-être blâmé ou envié. Argos aux cent yeux veille sur lui, et il ne sera pas dit qu'une seule de ses pensées, qu'un seul de ses gestes resteront secrets. Le silence n'existe pas dans une ville pelotonnée au creux de son enceinte, privée d'air par ses remparts. Une rumeur sourde se propage par ondes comme le feuilleton radiophonique du *Cœur battu*, et elle est si bien contrôlée que ses décibels frappent seulement les oreilles de ceux qui, nés dans cette ville, ont été, depuis l'enfance, habitués à saisir les sons les plus subtils. Au centre de cette rumeur confuse, mélange d'infimes indices et d'énormes évidences, Jacques, objet de tant de commentaires, se sentait porté par eux au point de perdre son chemin, d'hésiter à une croisée, incapable — à moins d'un sursaut inouï de volonté — de résister à ce qu'il supposait, avec des raisons, être un piège où, une fois pris, on le déchiquetterait sans lui laisser le temps d'exposer les circontances atténuantes qui l'avaient conduit là. Le véritable risque se cachait dans le danger qui stimule un vain désir de gloriole, un esprit de bravade. Sans le danger, il eût plus aisément résisté à la charmante allumeuse qui guettait un instant de faiblesse pour le dévorer tout entier — et qui le ferait si quelque secours ne venait —, mais le danger était là, plein de fascinantes tentations pour un homme que rien n'a encore terrassé dans la vie.

— Tu m'emmèneras ? dit-elle, retrouvant le tutoiement qui lui venait aux moments pathétiques où tout son être tendu par une ardeur incontrôlée implorait une réponse, n'importe quoi qui la tirerait de l'angoisse dans laquelle la laissait l'indécision de cet homme promu, dans son imagination adolescente, à un rôle providentiel.

Il aurait bien répondu « non » comme la raison l'y invitait, mais le jeu était trop beau pour l'interrompre d'un mot aussi sec que, d'ailleurs, dans son aveuglement à toutes les objections — l'âge, la famille, l'impossibilité légale de vivre avec elle — Adriana ne prendrait même pas pour une réponse tant était absolu son désir de fuir Varela et d'entamer à Rome ou ailleurs, dans n'importe quelle cité paradisiaque riche en fabricants d'illusions, une carrière aussi émouvante que celle de l'Agostina Bossi qui incarnait Mariella. Certes, il est incroyable qu'un homme de moins de trente ans fût aussi sensible au temps qui le séparait d'Adriana. Eût-il atteint la soixantaine qu'il ne se serait même pas posé la question, fonçant comme un fou sur la dernière chance offerte de modifier le cours de sa vie, mais, plus jeune de la moitié, l'esprit incertain quant à l'avenir, son travail, ses propres ambitions, amusé, ébloui même par l'insolence que Cléry, depuis leur rencontre à l'armée d'Afrique, avait glissée dans sa vie, Jacques envisageait avec terreur de s'engager dans un processus dont il devinait trop bien que, très vite, il ne serait plus le maître.

— Nous verrons ! dit-il un peu lâchement, mécontent de soi et reprochant à Adriana de le placer dans la situation humiliante d'un homme qu'une femme sollicite.

Le visage de la petite se crispa, deux larmes roulèrent sur le velours de ses pommettes et comme il allait bondir et la prendre dans ses bras, oubliant, à la seconde, ce qui le retenait, elle dit de sa voix de servante :

— Votre café refroidit.

Sauvé il but son café, mangea sa pêche, puis le jambon, le pain et but son verre de vin, repas pris à l'envers, comme si tout avait changé de sens, comme si, en remontant le cours du temps, il se rapprocherait d'elle figée dans ses seize années, toujours à genoux telle la donatrice dans un tableau célèbre de Ghirlandaio. Avec la versatilité charmante d'une femme-enfant, Adriana, oubliant les deux larmes pourtant jaillies sincères de son désespoir, trouva clownesque la méprise.

— Vous voyez bien que vous avez besoin de moi ! Vous êtes si maladroit dans la vie que vous faites tout à l'envers, et si je ne reste pas là, dans un instant vous écrirez de droite à gauche, vous sortirez d'ici en marchant sur les mains et vous direz « Bonjour Madame » en rencontrant Don Fabio.

Où puisait-elle, sinon dans Beatrice, cette approche sensible d'un homme, cette façon, tantôt innocente, tantôt perverse, de s'ouvrir et de se fermer, de passer d'un visage à un autre, des larmes au sourire.

— Relève-toi ! dit-il gêné qu'elle s'humiliât si longtemps devant lui.

Elle se redressa, contourna la table pour s'approcher et, levant

234

sa jupe à mi-cuisses, montra ses genoux meurtris par le plancher.

— Tu vois, je suis capable de souffrir pour toi. Des heures, je serais restée à genoux et tu n'as pas dit un mot. Est-ce que tu me rendras très malheureuse ?

— Baisse ta robe, Adriana, baisse-la, je t'en prie...

Au lieu de lui obéir, elle pivota pour s'asseoir sur la table au milieu des papiers dispersés repoussant le plateau. C'était à elle maintenant de le dominer de la tête avec une tendresse amusée.

— Monsieur le Professeur, je finirai par croire la Contessina : vous ne savez rien et moi, déjà, je sais tout...

Comment en douter ? Elle savait tout d'instinct, et ce qu'elle ignorait, elle l'inventait avec une sûre intuition. En face d'Adriana, il souffrait d'une balourdise qu'elle percevait trop bien. Elle le laissait s'enliser, puis le repêchait juste avant qu'il ne perdît pied. C'était déjà beaucoup de lui permettre de jouer ainsi alors qu'il avait l'honnêteté de ne pas profiter du pouvoir qu'ingénument elle lui attribuait.

— Adriana, il ne faut pas que tu restes là. Tout le monde t'a vue traverser la place portant le plateau de mon déjeuner. Quelqu'un va monter, ton père, ta mère, Domenico.

— Monsieur le Professeur a peur. C'est ma mère qui m'a envoyée voir si vous n'aviez besoin de rien.

— Est-ce que ta mère sait que tu veux devenir une grande actrice ?

— Bien sûr. Elle, elle n'a pas réussi, alors elle espère que ce sera moi.

Comment lui répéter qu'il ne pouvait rien pour elle, qu'il se voyait mal arrivant chez un producteur avec une femme-enfant et l'assurant qu'Adriana était la nouvelle étoile du cinéma. D'abord, il n'avait jamais rencontré un producteur de sa vie et imaginait sans peine qu'un professeur d'université n'avait ni les mots, ni les moyens nécessaires pour ouvrir les portes de ce monde mi-réel mi-fabuleux où tant d'autres se perdaient. Mais l'obstination d'Adriana s'expliquait soudain par le rêve que sa mère lui déléguait : tu seras à ma place une vedette, tu réussiras là où j'ai

235

échoué parce que je ne suis pas parvenue à m'échapper de Varela, à franchir son enceinte pour voir le monde... La ville trompeusement endormie, digérant son passé, dispensait quand même des songes. Le poète Gianni Coniglio n'était pas le seul à s'élever au-dessus de Varela, à tenter d'embrasser la vie. Si, craignant trop un échec, assuré avec un plaisir masochiste qu'il ne serait pas reconnu puisqu'il ne l'était même pas par ses concitoyens, Gianni s'enfermait dans un orgueilleux mépris, Adriana, elle, brûlait encore d'une flamme assez vive pour qu'elle ne regardât pas aux moyens. Alors ? Lui ou un autre ? Les remords ou les regrets ? Il posa sa main sur les genoux nus et caressa les deux striures imprimées par les lattes disjointes du plancher. Plus haut, les cuisses de la gazelle disparaissaient sous la robe mais il n'était pas besoin d'avancer la main pour en reconnaître le velours qui se voyait à l'œil nu. Peau sans grain, lisse et naturellement mate bientôt offerte à la faim des hommes.

— Tu m'aimes ? demanda-t-elle.

Il secoua la tête.

— Alors tu aimes la Contessina ?

Il secoua de nouveau la tête.

— Ou la Signorina Francesca.

— Tu n'y es pas !

— À Paris, tu as une femme...

— Je n'ai pas de femme...

— Alors...

Elle se pencha, noua ses mains sur la nuque de Jacques et, lentement, approcha sa bouche de la sienne, mais ce n'était pas pour un baiser savant, une banale mêlée, c'était pour une caresse de lèvres à lèvres, un effleurement si doux, si parfait qu'ils fermèrent ensemble les yeux, incapables de se regarder, prolongeant à l'infini le plaisir.

À l'infini est trop ambitieux. Des voix montant de la place, les séparèrent. Un rude dialogue opposait les charpentiers de l'estrade à des faquins — en italien *facchini* — en train de disposer les bancs. Une question de priorité, de passage ou de pure politesse venait d'envenimer leurs rapports et la place retentissait d'anathèmes contre des trisaïeuls qui s'étaient naïvement crus à l'abri, ou de doutes sur la vertu d'épouses respectives. Le dialogue décrut faute de mots, remplacé par des coups de marteau rageurs dont les maisons d'en face renvoyèrent l'écho. Adriana, après une dernière caresse à la nuque de Jacques, rabattit sa jupe et sauta sur le plancher qui gémit.

— Pas trop brusquement ! dit-il. Ou tu passeras au travers pour tomber dans le cabinet secret d'Ugo III.

— Vous ne me violerez pas, tout de même ?

— Pourquoi pas ?

— Mais ce n'est pas possible ! Je reste vierge pour mon mari !

— Et si c'est moi ton mari ?

— Non, vous vous serez mon amant quand j'aurai vécu une nuit avec mon mari.

Après ce qui s'était passé deux nuits auparavant dans la chambre du premier étage, cette intéressante répartition des rôles amoureux ne laissait pas de surprendre. Les conventions les plus restrictives ont leur mystérieuse beauté. En graduant le don de soi, en distribuant à qui de droit ses faveurs spéciales, Adriana respectait une savante tradition dont les détours malicieux sauvaient la morale et le mariage en blanc. Jacques s'en serait plus étonné si cet arrangement — incohérent en apparence, logique au fond — ne lui convenait pas. Comme le préjugé du « premier » ne l'avait jamais effleuré, il y voyait une solution, au moins provisoire, au problème qui, des minutes auparavant, le tourmentait. Après un instant de trouble et d'émotion, la grossièreté des jurons échangés par les travailleurs sur la place du Condottiere ramenait la gaieté entre eux. Sur la table, traînait à côté de l'emboîtage de velours noir, le petit mot de Beatrice : « ... rejoignez-nous chez Assunta. »

— Veux-tu venir avec moi ? dit-il.

— Oh oui.

Quelques minutes plus tard, ils passaient la poterne sous le regard d'autant plus furieux du Condottiere que, à cette heure, l'illustre soldat, drapé dans sa cape de fiente de pigeon, recevait en pleine face les rayons du soleil. Aveuglé, il se trouvait dans la mauvaise position tactique déconseillée par les manuels militai-

237

res : en pleine lumière, à découvert, face à un ennemi encore invisible dont les armes blanches, les boucliers, les casques d'or ne jettent pas ces brefs éclats qui soulignent une avancée dans les lointains tremblants d'un champ de bataille. Par les vitres baissées de la Topolino, s'engouffra un air brûlant et poisseux qui desséchait aussitôt les lèvres et la gorge. L'étouffante chape de chaleur fondait en une même masse les formes et les couleurs estompées de la vallée dissoute, écrasée dans une buée d'un indécis gris-bleu. Des flaques de mirages tremblaient sur la route et, à l'ombre des oliviers pâles et nerveux, agrippés à la caillasse ocrée, les troupeaux de chèvres, de moutons, parfois une ânesse et son petit, suivaient à peine du regard la voiture dont les pneus chantaient sur l'asphalte fondant. Jacques manqua la route de traverse et dut revenir en arrière. Adriana n'avait rien dit.

— Tu aurais pu me prévenir !

— J'ai cru que vous changiez d'avis, que nous allions nous baigner. Il fait si chaud !

Entre le pouce et l'index, elle saisit le bas de sa robe et le secoua pour ventiler ses cuisses écartées.

— Je t'en prie, baisse ta robe... Ce n'est pas le jour de nous baigner : tout le monde nous a vus sortir de Varela.

— Les autres fois aussi !

— Il y avait ton frère et Beatrice.

Elle haussa les épaules.

— Qu'est-ce que ça change ? Si, les gens sont méchants, ils sont méchants de toute façon.

La Topolino ralentit, évitant les nids-de-poule, escaladant au-dessus des rus et des canaux d'irrigation, les ponts en dos d'âne. Un nuage de poussière la poursuivait, qui stagnait paresseusement dans l'air avant de retomber en fine poussière sur les caroubiers et les oliviers, les amandiers en quinconces. Ils contournèrent l'étang presque à sec et entrèrent dans ce qui devait être le domaine d'Antonio, un verger de pêchers. Sous la grange, dans une trouée entre les balles de paille, la Bentley reposait à l'ombre. La poussière de la route ternissait l'éclat de son beau vert anglais. L'air étonné de se trouver dans ce garage rustique, elle gardait pourtant sa sérénité métallique, acceptant avec l'aisance de sa classe les aléas d'une partie de campagne.

Sous la tonnelle, ils finissaient de déjeuner. Assunta se précipita vers Jacques et Adriana, enfermant celle-ci dans ses bras :

— Tu es une petite merveille ! Tu grandis tous les jours. Et regarde-moi ces seins ! Ça pousse. Tu vas être belle, ma petite. Ah, le bonheur des hommes !

Elle la palpait, la caressait avec une joie gourmande.

— Monsieur le Professeur, j'espère que vous vous conduisez bien avec elle. Nous n'en avons pas deux pareilles à Varela !

Cléry, sur le banc, entre Francesca et Beatrice avait retiré sa veste, retroussé ses manches de chemise. C'était, on le sait, un blond bouclé dont le teint pâle contrastait de façon presque comique avec les peaux mordorées des femmes, avec Antonio brûlé comme un pruneau cuit par les travaux des champs.

— Sire, on voit bien que vous êtes un roi parachuté, vous n'êtes pas du même sang que vos sujets...

— Mon cher Régent, cette couleur de peau que vous moquez est signe de sang bleu. Je vous ferai d'ailleurs remarquer que j'ai abdiqué en faveur de la Contessina Beatrice. Asseyez-vous, vous manquez un délicieux déjeuner. Et plus de titres entre nous qui sommes en vacances. J'adore la simplicité. Un peu plus de simplicité parmi nos cousins d'Europe aurait évité bien des révolutions.

Assunta découpa des parts d'une géante tarte aux pêches, et Antonio apporta sa dame-jeanne de grappa. Attisé par le vin et l'alcool, Cléry, le feu aux joues, parlait avec une assurance et une volubilité que n'entamait nullement l'incompréhension des deux fermiers et d'Adriana. Pourquoi ce discours, toujours nouveau, parfaitement cocasse, reflet de l'imagination clérienne à ses meilleurs moments, pourquoi Jacques le supportait-il si mal alors qu'à Paris il s'en enchantait ? Quelque chose ne passait pas, peut-être à cause du lieu, de cette tonnelle tachée de lumière, du bourdonnement des abeilles autour des grappes de raisin vert, du chant strident des criquets, de la tête de Francesca qui pensait à autre chose, de Beatrice guettée par la somnolence, du couple qui aurait aimé se retirer, d'Adriana qui, genoux serrés, mangeait sagement, assise sur sa chaise, les yeux fixés sur ce nouveau Martien tombé dans la vallée. Cléry pérorait, et plus sa représentation s'avérait ratée, plus il pérorait pour combler le vide creusé autour de lui par une parole qui, à cent mille lieues de l'avenue Foch, perdait son pouvoir. Déçu, agacé, Jacques lui en voulait de ne pas prendre ce repas de campagne avec naturel et d'étaler encore, comme la veille. ses parentés italiennes, allemandes ou anglaises.

— Nous sommes sûrement cousins, disait-il à Beatrice. Vos ancêtres se sont mariés à l'étranger. C'est bien le diable si nous ne nous rencontrons pas quelque part au XVIIᵉ ou au XVIIIᵉ siècle.

— Qu'est-ce que ça peut foutre ? laissa tomber avec un dédain insultant Francesca, écrasant sa cigarette dans la part de tarte éparpillée dans son assiette.

On ne le démontait pas si facilement. Il embraya aussitôt sur l'usage de l'argot chez les étrangères et, notamment, par la princesse de Wrede, belle Prussienne des années 20 qui avait dit au président Doumergue, après un déjeuner à l'Élysée : « Au moins chez vous, on ne bouffe pas de la merde comme à Buckingham. » Des gouvernantes françaises s'amusaient dans le passé à enseigner l'argot aux petites aristocrates d'Europe qui en tiraient un grand charme quand elles venaient à Paris. Francesca tenait-elle de Mlle Elisabeth Chalgrin son français désinvolte ?

— Oh non, dit Beatrice avec ferveur. Mlle Chalgrin n'a jamais, de sa vie, prononcé un mot pareil. Francesca a le génie de repérer dans les livres que nous recevons ce qui convient à sa mauvaise humeur du moment.

— Tout ça est bien emmerdant ! dit Francesca en se levant de table, sans que l'on sût si elle parlait du déjeuner, de la conversation de Cléry ou du vocabulaire dont elle usait dans sa mauvaise humeur.

Assunta, consciente que quelque chose se passait au-dessus de sa tête, prit la jeune femme par la taille et l'embrassa sur le front.

— Si tu fais une sieste, prends au moins une part de tarte et un verre de vin. Coupe-lui un morceau, Antonio. Elle n'a rien mangé du déjeuner.

Francesca disparut dans la maison, son assiette et son verre à la main. Cléry accusa le coup. Une ombre passa sur son visage. Antonio, la dame-jeanne couchée sur son bras droit, remplit les tasses à café de sa grappa. Adriana, sans un mot, rejoignit Francesca dans la maison.

— Il ne faut pas vous offusquer de sa grossièreté, dit Beatrice. Elle s'ennuie partout. Je ne sais pas quoi faire avec elle.

Bien que rarement démonté, Cléry savait rapidement rétablir une situation à son avantage.

— Elle est un excellent mécanicien, dit-il d'une voix glacée. Pourquoi n'ouvre-t-elle pas un garage ? À chaque traversée de l'Italie, je lui demanderai de régler mon moteur.

— Vous serez son seul client. Personne ne passe par Varela en traversant l'Italie. Ce n'est pas sur la route.

— Je me détournerai...

Assunta déposa sur la table une pastèque qu'elle fendit d'un sec coup de couteau et nettoya avec une cuiller. Un frelon tomba dans le jus rose et s'englua. La fourchette d'Antonio le sectionna en deux moitiés qui se contorsionnèrent dans le plat. Le spectacle de ce corps et de cette tête séparés qui continuaient de vivre les absorba tant qu'ils se turent.

— Achève-le ! dit Beatrice. C'est une créature de Dieu. Pourquoi faire souffrir ?

Antonio l'acheva. Personne ne dit rien. Assunta découpait des tranches de pastèque.

— Même un frelon a droit à la minute de silence, dit Jacques. La vie est peut-être indivisible.

— Le spectacle de la vie et de la mort est indivisible, dit Cléry. Heureusement rien que le spectacle. Sans cela, nous serions condamnés au silence perpétuel.

Pour qui eût douté de la sensibilité de l'ancien capitaine, il eût suffi de se souvenir — et Jacques ne l'oubliait pas — de ses réactions pendant la campagne d'Italie et en Allemagne, comment il considérait comme une insulte personnelle la blessure ou la mort d'un de ses hommes. Outragé, raidi, il se refermait sur lui-même sans qu'on pût lui tirer un mot pendant des heures, puis la vie reprenait mais on pouvait être sûr qu'il avait marqué cette souffrance dans un coin de sa mémoire et ne l'oublierait jamais. Si fort qu'il agaçât parfois, avec son caractère péremptoire et sa causticité en alerte perpétuelle, il avait montré assez de sensibilité pour être aimé. Jacques se reprocha sa propre irritation. Quelques jours de plus à Varela — et bien qu'il eût été assez vite admis dans ce monde verrouillé sur soi — n'autorisaient pas à juger trop vite la maladresse d'un homme qui, par ses incessantes inventions, sa chaleur humaine, enseignait l'intelligence et l'énergie dans la vie. Cléry avait l'esprit assez fin pour deviner que, la veille, à dîner en face de Beatrice et de Francesca, aujourd'hui dans cette ferme où rayonnait le bonheur de vivre, son ami ne se trouvait pas exactement à son côté.

La torpeur d'après le déjeuner s'emparait lentement d'eux. Beatrice bâilla.

— C'est l'heure de votre sieste, dit Jacques pensant au plaisir qu'elle aimait prendre par un si étrange biais.

— Vous devriez emmener votre ami dans la montagne. Vous connaissez le chemin. Il mérite cette vue sur la vallée...

— Il faut du courage !

Cléry finit sa grappa d'un trait et se leva.

— Du courage, j'en crève.

Antonio dressait une chaise longue pour Beatrice. Dans un instant, la scène du premier jour se répéterait. Jacques, avec le sentiment inavoué que la vie émotive de Beatrice ne se partageait pas, refusait que son ami en fût témoin. Il l'entraîna alors que la jeune femme s'allongeait sur sa chaise longue près de la fenêtre. De l'ombre capiteuse de la tonnelle ils passèrent en pleine lumière, dans la senteur chaude et sèche des arbres et des herbes sauvages, pour grimper le chemin en lacets. La vallée se dégageait des brumes de chaleur matinales, et Varela, plantée en son centre sur la colline veillait à la paix du jardin vert et doré embrassé par les contreforts des Apennins. Ce paysage, dès qu'on s'élevait un tant soit peu, avait ceci d'admirable qu'il restait à l'échelle humaine, ni grandiose, ni étriqué, assez vaste pour que l'homme le domestiquât avec orgueil sans l'affadir, assez limité pour enclore une vie. Au fur et à mesure qu'ils montaient, le chant exaspérant des criquets s'assourdissait et le ciel restait encore vide d'oiseaux. Cléry soufflait et feignait de s'arrêter pour contempler le décor qui changeait de minute en minute gagné par la grande ombre dentelée de la montagne. Arrivé au champ de lavande si habilement cultivé dans l'échancrure des contreforts, il s'affala au bord du chemin :

— Il y a une chose à laquelle je n'avais pas réfléchi : c'est qu'un homme peut avoir besoin de marcher. Voilà des années que je ne marche plus. Depuis le début de la guerre. Avec vos jambes de coureur à pied, vous devez trouver ça ridicule mais vous êtes un homme du passé, alors que je suis, par une suite de circonstances indépendantes de ma volonté, un homme du présent, un homme de la mécanique...

— Comme Francesca !

— Avez-vous remarqué qu'elle n'a presque pas de poitrine ? Et si c'était un homme ?

— Je ne crois pas.

La vallée ainsi offerte et dépouillée emplissait les yeux. Le cœur l'aimait. La raison s'inquiétait : pourquoi demeurait-elle séparée du monde et quel sang souterrain l'irriguait ? Dans la rude et orgueilleuse Ombrie où elle menait une vie jalouse l'histoire s'arrêtait à sa création. Même la déchéance des comtes n'avait pas interrompu sa méditation solitaire et les événements glissaient sur sa peau rugueuse sans laisser de traces. Obéissant à des rites discrets, les saisons restaient sans prise sur elle : au milieu de l'hiver, elle s'offrait des vacances printanières ; demain, peut-être, après la chaleur de cette journée, un orage glacé la punirait de s'être crue reine du monde avec ses odeurs de lavande et de thym, sa couronne d'amandiers, les failles argentées où ruisselait l'eau des sommets apenniens. La hauteur où ils se tenaient ridiculisait les mouvements des hommes : une camionnette trottinait sur la route médiane, se dirigeant vers la ville immobile qui le guettait comme une proie qu'elle allait engloutir par sa poterne et digérer dans le lacis meurtrier de ses ruelles.

Ils redescendirent lentement et, à mi-hauteur, Jacques entraîna son ami dans la grotte où avait dû se cacher l'automitrailleuse. Cléry la parcourut en quelques pas, mesura sa hauteur et convint qu'il était plus que possible d'y garer un véhicule de cette taille. Comme ils en sortaient, ils découvrirent Antonio qui les attendait au bord du chemin, son âne arrêté derrière lui.

— Alors ? dit-il, les poings sur les hanches.

Cléry se retourna vers Jacques.

— Je déteste ne pas parler italien.

— Le mieux est de dire la vérité.

— Sûrement.

Antonio les regardait sombrement.

— Les années ont passé, dit Jacques. Les mystères ne sont plus des mystères.

— C'est pour ça que vous êtes venus ?

— Non, Antonio, non.

— Pourquoi vous ne nous laissez pas tranquilles ? Nous ne demandons rien à personne. Rien. Notre vie est à nous.

D'un geste, il désigna la vallée gagnée par un pan d'ombre.

— Vous ne comprendrez jamais, dit-il.

Sa colère tombait. Il se réfugiait dans ce monde où les étrangers ne pénétraient que par la violence. Ou l'amour. Antonio tapa la croupe de son âne avec une badine et reprit sa montée sans leur adresser un regard.

— Ce n'est pas fini, murmura Cléry. Vous avez remarqué ?

— J'y ai pensé aussitôt. Francesca n'avait rien mangé à déjeuner ?

— Rien.

— Alors la part de tarte est pour Helmut Strasser ?

— Sans doute... mais cela n'explique pas qu'il soit resté caché après la fin de la guerre.

— À moins qu'il ne sache pas que la guerre est finie. Ce n'est pas si absurde... À Guam, les Américains ont découvert un soldat japonais qui vivait seul dans la jungle depuis quatre ans, persuadé qu'une contre-offensive le délivrerait.

L'hypothèse était trop belle. Entre le fanatisme d'un caporal japonais et un lieutenant de la Wehrmacht, humaniste et ami des Beaux-Arts, faisant campagne avec les poèmes d'Hofmannsthal et d'Hölderlin dans la poche de sa vareuse militaire, il y avait une différence de nature qui ne permettait guère de supposer que l'Allemand attendait le retour des armées rénovées du Grand

Reich. En revanche, il semblait plus que probable qu'ayant vu à l'arrivée de la compagnie de Cléry, sa section détruite par un heureux coup de canon contre le hameau qui verrouillait la vallée, le lieutenant Strasser n'ait pas cherché à rejoindre comme un forcené la Wehrmacht en retraite. Sans doute laissait-il trop d'amitiés dans Varela et un amour. Beatrice ou Francesca ?

— Je pense que c'est Francesca, dit Jacques comme si les réflexions de Cléry, muet à son côté, suivaient le même cours.

— Il ne craindrait rien à se montrer au grand jour. Je me demande de quoi il a l'air. Un ermite à grande barbe ? La solitude fait pousser les ongles.

— Ça m'étonnerait. Antonio et Assunta prennent grand soin de lui. Dès que nous partirons, il remettra le nez dehors.

On imaginait plus facilement Francesca amoureuse du lieutenant, ce qui expliquait au moins ses fréquentes absences, ses courses quotidiennes à moto.

— Je comprends la mauvaise humeur de Francesca, dit Cléry. Elle craint pour son petit Teuton comme si nous allions lui faire la peau. Que de drôles de mœurs dans cette vallée ! J'ai mis quelque temps à croire que le spectacle organisé hier soir par Gianni Coniglio ne participait pas d'un cauchemar.

Les cailloux du chemin roulaient sous leurs pieds. Cléry manqua tomber :

— Je crois que j'aime encore moins descendre que monter. C'est moral. Pensez-vous que Coniglio soit un grand poète ?

— La postérité le dira.

— Ou ne dira rien.

En levant la tête, ils aperçurent Antonio qui parvenait au dernier lacet du chemin. Sa mince silhouette en pantalon noir et chemise blanche avançait à pas réguliers, courbée derrière l'âne.

— Ce n'est pas un imbécile, dit Cléry. Il a tout de suite deviné que nous avions retrouvé la cachette de l'automitrailleuse.

— On nous a aidés.

— Je me posais la question.

Les sœurs Varela les avaient volontairement mis sur la piste. Leur hâte à les amener l'un après l'autre à la ferme, le lendemain même de leurs arrivées, l'invite à gravir le contrefort jusqu'au magnifique point de vue du champ de lavande, auraient été d'une maladresse incompréhensible si elles n'escomptaient pas qu'en éveillant la curiosité des Français, elles mettraient fin à une situation devenue intenable cinq ans après l'arrêt des hostilités.

— Et si nous en parlions à Beatrice ? dit Jacques.

— Ou à n'importe qui. Même la petite que vous avez amenée ici doit être au courant. À propos, j'espère que... quand même... vous ne vous laissez pas aller. Vous n'avez pas encore l'âge de goûter aux fruits verts...

À quel âge goûte-t-on aux fruits verts ? Et ne serait-ce pas plutôt le contraire ? Les fruits verts choisissent. Jacques se défendit :

— J'essaye de l'éviter. Ce n'est pas facile. Au nom de quoi ? Je n'ai pas encore trouvé de réponse.

— La peur du gendarme.

— Il n'y a pas de gendarme à Varela, je me suis renseigné. Une patrouille de carabiniers passe tous les mois. On ne vole pas, on ne tue pas.

— Et la morale ?

— Les apparences sauvent tout. Nous devrions en savoir plus après-demain quand la fête s'achèvera.

— Vous me raconterez. Je pars à l'aube.

— Je ne vous comprends pas. À Paris, Varela vous passionnait. Vous m'avez offert le voyage pour que j'en éclaircisse l'histoire et au moment où nous ne sommes pas trop de deux pour en dénouer les fils, vous partez.

— Disons que l'idée m'intéressait. L'idée seulement.

Jacques n'en croyait rien. Ils arrivaient à la ferme. Dans la cour, manches retroussées sur ses beaux bras mi-blancs, mi-pain brûlé, Assunta trayait une chèvre. Sortie de la remise, la Bentley époussetée luisait de son éclat vert, moteur tournant au ralenti. Francesca penchée au-dessus du capot ouvert synchronisait les carburateurs. Levant la tête, elle regarda Cléry avec pitié :

— On ne vous a jamais dit que cette voiture a deux régimes : un pour la route, un autre pour la ville ? Vous devriez vous déplacer avec un mécanicien caché sous le capot.

— Je vous engage.

— Très peu pour moi. J'aime le grand air.

Elle referma le capot, serra la sangle et coupa le contact. Ses gestes d'homme contrastaient avec son étique silhouette. D'une main tachée d'huile, elle releva la mèche qui lui tombait dans l'œil, et laissa une traînée noire sur son front.

— C'est un beau jouet, dit-elle en se reculant de trois pas pour jauger la Bentley d'un coup d'œil.

Cléry aimait les jouets, mais peu de temps. La Bentley, parce qu'il en connaissait les vertus qui ne l'intéressaient déjà plus et en découvrait les défauts qui l'irritaient, ne ferait bientôt plus partie de ses jouets.

— C'est fou ce que vous êtes aimable, dit-il. Puis-je me permettre de vous l'offrir ?

Elle le regarda, interloquée.

— Vous avez le temps de réfléchir, reprit-il sans sourire. Et à propos laissez-moi...

De son mouchoir de poche, il lui essuya le front.

— Vous aimez les voitures propres et moi j'aime les femmes propres.

— Merci.

— De rien. J'étais sûr que nous finirions par devenir de grands amis.

Pour la première fois, Francesca sourit à Cléry. Il agita la main en signe de dénégation :

— Non, non je n'ai pas gagné avec vous.

Cette fois, elle rit franchement.

— Puisque nous sommes de si grands amis, vous me laisserez un jour conduire votre voiture.

— Un jour ? Pourquoi pas tout de suite ?

— Demain. Ce soir, je reste à la ferme. Venez me chercher l'après-midi.

— Je serai parti.

— Oh non, sûrement pas !

Sous la tonnelle, Adriana assise par terre, écoutait Beatrice lire Leopardi et reprenait d'une voix encore trop scolaire les fameux vers :

— Toi, songeur, à l'écart tu les contemples
— Sans ébats, sans compagnie ;
— Peu importe la joie, tu t'échappes des jeux,
— Tu chantes et c'est ainsi que passe
— La plus belle fleur de l'an et de ta vie[1].

Levant la tête à l'arrivée de Jacques et de Cléry, Beatrice sourit :

— Nous avons beaucoup à faire pour devenir la Duse.

— La Duse est morte, dit Adriana. Je veux être une autre Agostina Bossi.

— Agostina Bossi n'a pas encore été aimée par un grand poète.

— Qu'en savez-vous ? Et puis elle le sera. Et moi aussi. Toutes les actrices sont aimées par les poètes.

— En ce moment, tu n'as pas beaucoup de choix, à part Gianni Coniglio.

— Lui ? Il est vraiment trop laid.

— Je crois que nos amis ont envie de regagner Varela, dit Beatrice en refermant son recueil des *Poésies lyriques*.

Adriana se leva d'un bond.

— Est-ce que je peux aller dans la voiture du Roi ?

— Dans ce cas, je reviendrai avec Jacques, dit Beatrice.

La Bentley partit la première et la Topolino attendit que le nuage de poussière fût dissipé. Beatrice gardait sur ses genoux les poésies de Leopardi.

— Je crois, dit-elle en feuilletant au hasard les pages, que la pauvre petite n'y comprend rien, mais c'est le propre de la poésie d'être écoutée et d'entrer par des voies secrètes dans les cœurs fermés.

— Le cœur d'Adriana n'est pas fermé.

— Non, mais il est ignorant. Il ne connaît que les illusions.

— Peut-être l'aidez-vous trop à rêver.

— Je souhaite qu'elle s'évade, qu'elle soit l'exception.

1. Traduction de Michel Orcel *Vagabondage*, nos 28-29.

248

Ils arrivaient sur la route asphaltée. On n'apercevait pas la Bentley. Elle n'était pas non plus place du Condottiere où les ouvriers tendaient entre les arches des arcades des guirlandes de lauriers. Folco, sur le pas de la porte, en tablier noir et gilet rayé, fumait un cigarillo qu'il jeta avant d'aller ouvrir la portière de Beatrice et de commencer à vider le coffre de la Topolino : sac de lavande, bidon de lait de chèvre, bocal d'olives et deux énormes pastèques.

— Votre ami Cléry s'amuse à griser Adriana de vitesse, dit Beatrice. Avez-vous fini de lire les papiers que j'ai laissés sur votre table ce matin ?

— Presque, j'y retourne.

D'un doigt, elle lui caressa le front et la tempe.

— Vous devriez mieux cacher votre contrariété.

— Quelle contrariété ? Aucune... Ces papiers sont intéressants... la clé d'à peu près tout...

Elle parut déçue :

— Si vite... vous avez trouvé si vite !

— Vous auriez aimé que je me perde dans ce labyrinthe ?

Par jeu, elle coiffa son chapeau de paille.

— Est-ce que vous vous souviendrez de moi avec ou sans chapeau ?

— Je ne suis pas déjà parti. Il me reste à comprendre quelqu'un.

— Qui ?

— Vous.

Elle soupira. Son regard errait sur les préparatifs de la fête. Descendus de leurs échelles les trois ouvriers qui fixaient les guirlandes s'étaient mis à l'ombre des arcades. La nymphe en fleurs triomphait seule sur la fontaine.

— Et si personne ne venait ? dit Beatrice. Si pour tous ces préparatifs, il n'y avait que vous et moi ?

— Et Francesca et Helmut Strasser.

— Je ne crois pas qu'il vienne... je n'ai jamais cherché à vous le cacher... mais... comment vous dire... Je voulais que vous deviniez...

— Aujourd'hui, c'était clair.

— Je préfère ça... Vous montez dans votre grenier ?

Ses recherches lui parurent soudain dérisoires. L'odeur des vieux papiers était une odeur de mort comparée au parfum de Beatrice.

— J'y vais par devoir, mais je vous l'ai dit, c'est vous qui m'intriguez.

— Il n'y a que moi qui puisse parler de moi-même avec sûreté, dit-elle. Et... pour la petite... c'est mieux... Vous auriez fini par le croire...

Il ne doutait pas qu'elle eût raison, mais il y avait cette légère morsure au cœur, ce troublant malaise qui le distrayait de Beatrice.

— Vous lui avez glissé des rêves insensés dans la tête, dit-il.

— Non. Pas moi... sa mère. Justinia a désespérément tenté de s'évader au même âge. Elle n'a jamais pu franchir les murs de Varela. Je crois bien que c'est ma demi-sœur. Mon père, je vous l'ai dit, était d'un tempérament généreux.

— Alors, Adriana a du sang Varela ?

— Du sang, c'est beaucoup dire, mais elle a des rêves et de l'appétit.

— J'ai une question à vous poser.

— Non, non... pas maintenant. Demain. Pendant la fête. Tout le monde se dit tout... Allez travailler.

Comment travailler dans ces conditions-là ? Fenêtres ouvertes au sud et au nord, la salle des archives restait une fournaise. Dans la matinée, il avait mis la main sur l'essentiel, mais en deux siècles le sens de la fête avait dû s'altérer. Il était improbable qu'on s'y livrât aux excès souhaités par Ugo III pour justifier sa propre conduite. Jacques relut ses fiches et leur trouva un détestable parfum d'ironie qui n'avait rien d'universitaire. Ses méthodes vacillaient depuis son arrivée. Il errait au hasard, ayant mal mesuré les connaissances qu'il lui aurait d'abord fallu accumuler sur l'Italie du XVIIIe siècle avant d'aborder l'aventure d'Ugo III par le petit côté de la lorgnette. Un passé récent — la folle équipée de l'armée d'Italie — et le présent ne cessaient d'interférer avec l'histoire de la dynastie des Varela. Le visage de la Contessina se superposait au visage de Béatrice de Grandson de Bormes exilée dans cette vallée perdue. Vittoria Campari, avec un énorme postérieur et des seins comme des calebasses sous son chandail, ridiculisait l'image de la Vittoria Campari dont le corps obsédait Ugo III. Tout pâlissait quand revenait le souvenir d'Adriana nageant dans le petit lac formé par le torrent aux eaux glacées. La contempler ainsi dans son ingénue nudité, à la veille de son épanouissement, relevait de l'effraction, bien que les seins mûrs, plutôt mornes et sans esprit d'Emilia Coniglio fussent aussi indiscrets. S'éloignait le temps de ce que Cléry appelait avec dédain « les petites étudiantes pâles et maigrichonnes » et faisait brusquement irruption dans sa vie un élément alors dédaigné, abandonné aux auteurs libertins du XVIIIe siècle, la « sexualité », mot abhorré, mot de clinicien exprimant avec une fausse pompe scientifique un désir délicieux que Jacques identifiait avec de moins en moins d'appréhension.

Aux craquements du plancher vermoulu qu'il parcourait de long en large, s'ajouta bientôt la rumeur de la ville qui s'étirait après une lourde digestion de pastasciutta et de polenta arrosées de l'épais vin de la vallée. Varela s'éclaircissait la voix avec des cris lointains, le passage d'une charrette tirée par un mulet, ou les cloches de l'église, avant d'ouvrir ses rues aux jacassements des promeneurs vespéraux admirant la décoration de la place du Condottiere et les fleurs qui habillaient si délicatement la jolie nymphe. Le palais lui-même s'éveillait. Des portes claquaient au rez-de-chaussée et, par la cage de l'escalier, montaient des voix féminines auxquelles Domenico, le planton, répondait avec l'autorité seyant à un homme qui a, depuis longtemps, compris l'insondable bêtise humaine. Il y eut des aboiements, et Jacques ne résista plus : en s'approchant de la fenêtre il aperçut Umberto accoté à un pilier des arcades, près de la Topolino, suivant des yeux les tentatives de Diavolo qui poursuivait une chienne en chasse. Pourquoi l'enfant musardait-il seul sur la place à l'heure où le marchand de glaces n'était pas encore arrivé au lieu de monter le voir comme il l'aurait sûrement fait la veille ? La Bentley n'était toujours pas de retour. Dans le personnage bedonnant apparu sur la place et mesurant de l'œil la décoration enfin achevée, il reconnut le maire qui, n'ayant personne à engueuler, se contenta de passer entre les tables et les bancs, corrigeant l'asymétrie d'un détail. Dans l'air plus frais, montait l'haleine pâle de la ville qui semblait ainsi flotter sous une nappe d'eau transparente et ténue, traversée par les rayons obliques du soleil effleurant les toits de tuiles rondes à l'ocre taché par le lichen brun ou verdâtre d'une végétation sous-marine. Comme la ville d'Ys, Varela mériterait un jour son opéra. Beatrice, l'héroïne, prisonnière d'une enceinte fortifiée au centre d'une vallée enchantée, attendrait sa délivrance du Chevalier à la Topolino si ses goûts restaient simples ou du Chevalier à la Bentley si elle se révélait un rien snob, mais des nymphettes tentatrices mettraient à l'épreuve l'étranger, endormant sa vaillance, attisant ses désirs, trompant ses sens. À ces épreuves, le Diable ajoutait confusion et désordre en prenant le visage d'un poète aux pieds fourchus. Le décor glisserait derrière les comédiens, tantôt rougeoyant aux apparitions du Diable, tantôt sombre ou bleuté quand le Chevalier à la Topolino (ou à la Bentley) déclarerait son amour à Beatrice, sans voir, derrière lui, l'ombre géante des mains du bourreau qui, à défaut d'égorger les héros, se refermeraient sur le cou d'une fragile créature vêtue de lys et de rose.

Longeant les arcades, la Bentley vint se ranger à côté de la Topolino. Cléry était seul. Jacques avait imaginé qu'Adriana, à peine descendue de voiture, aurait couru vers le palais et grimpé deux à deux les marches de l'escalier pour se ruer dans ses bras. Si, en quittant le Français dès l'entrée à Varela, elle pensait passer inaperçue, elle se trompait lourdement. Toute la ville jasait déjà sur son escapade, peut-être même sardoniquement, plaignant Jacques. Le fait de se cacher était bien plus éloquent que la présence de la petite dans le cockpit de la Bentley. Cléry leva la tête et aperçut son ami à la fenêtre. Il sembla hésiter puis traversa la place et s'engouffra dans le palais. Quand il entra dans la salle des archives, Jacques l'attendait, nonchalamment assis sur sa table une jambe ballante. Cléry se laissa tomber sur une chaise et se passa la main dans les cheveux :

— Pardon, dit-il, pour la mise en garde imbécile contre les « fruits verts ».

Jacques se tut, déplorant en lui-même son peu de facilité pour les sarcasmes. D'une situation inverse, Cléry aurait tiré des éclats, mais ce silence était destiné à l'affecter bien plus violemment que de l'ironie ou des reproches. Pour la première fois, une faille se dessinait entre les deux hommes unis par une amitié inégale mais chère à l'un comme à l'autre.

— Je me suis laissé mettre dans une situation idiote. Ce n'est pas mon genre. Avez-vous un de vos affreux petits cigares ?

Jacques lui en tendit un et l'alluma.

— L'homme est une bête, reprit Cléry après quelques bouffées. Dès qu'un système ne l'encadre plus, il tombe dans les pires faiblesses.

Jacques rangea machinalement deux papiers dans l'emboîtage de velours retrouvé par Beatrice.

— Ne croyez surtout pas qu'il se soit passé quelque chose. Il ne s'est rien passé, mais il me reste... comment dire ?... il me reste un goût dont j'aurai du mal à me défaire. J'ai senti chanceler en moi une assurance qui a dû souvent vous agacer. Vous et d'autres. Ma femme est beaucoup trop bien élevée pour me le signifier... mais vous.. vous qui êtes un homme de valeur... vous auriez pu me prévenir. Jacques je suis profondément troublé... Nous sommes allés nous baigner... cette adolescente est une diablesse... tout ça après la scène d'hier soir chez Gianni Coniglio... Est-ce que le chien qui vous suivait partout ne s'appelle pas Diavolo ? Il ne s'est rien passé, je le répète et je ne crois d'ailleurs pas qu'elle l'aurait voulu. C'est une enfant. Elle joue...

Il avait l'air si désemparé que Jacques, un instant, eut pitié de lui. Que la vision d'Adriana baignant son mince corps de nymphe dans l'eau de la cascade fît chanceler l'assurance de cet homme avait quelque chose de risible et de pathétique.

— Elle joue, reprit Cléry pour lui-même, tentant de se raccrocher à moins grave... Vous a-t-elle dit qu'elle voulait devenir comédienne ? Elle a une idole... Agostina... Agostina je ne sais plus...

Jacques était décidé à ne pas l'aider. Admirable Adriana ! Elle suivait sa voie. L'homme à la puissante automobile symbolisait mieux que celui à la Topolino l'accès au monde merveilleux dont elle rêvait. Elle ne vendait pas son corps, elle le présentait en offrande, persuadée dans son ignorance que tout étranger détenait la clé du ciel.

— Je me suis occupé de production, un moment. Je garde des amis à Rome... Si sa vocation est sincère, je peux essayer de l'aider, mais croyez-vous qu'en dehors de son corps de petite nymphe, elle ait du talent ?

Du talent, on ne pouvait guère le savoir, mais des talents, oui, certainement. Devant cet homme dont elle avait brisé les certitudes, qui s'interrogeait sincèrement et tombait dans le piège de son ambition, Adriana affirmait une maîtrise confondante. Un jour ou l'autre, elle en prendrait un au piège, vengeant sa mère d'un regret qui traînait comme une mauvaise rancœur dans la famille. Tout d'un coup, Cléry se redressa, le regard flamboyant comme si on l'insultait :

— Mais vous n'avez pas dit un mot !

— D'habitude, vous ne vous en apercevez pas.

Cléry joignit ses mains avec force comme un homme qui veut contrôler ses propres réactions.

— J'ai dû mériter ça, dit-il les lèvres serrées. Je ne suis pas un ambitieux, mais j'aime embrasser la vie sous toutes ses formes. Le temps passe trop vite. Cette stupide Bentley m'a déjà fait perdre des heures et des jours.

— Heureusement.

— Pourquoi heureusement ?

— Sans ces retards, vous ne seriez pas ici à vous tordre les mains parce qu'une enfant de seize ans a éveillé en vous ce que les « bons Pères » qui vous ont élevé appellent de « mauvaises pensées ». Il était temps que vous doutiez un peu de vous-même.

— Voilà que vous me parlez comme un confesseur. C'est risible de votre part... Jacques, y a-t-il quelque chose entre Adriana et vous ?

— Des petites choses, oui. Moi aussi j'aurais pu y croire. Vous me rendez service.

Cléry quitta son fauteuil et marcha de long en large, les mains derrière le dos.

— Je pars. Je pars, tout de suite.

— Vous avez promis à Francesca de lui faire conduire votre voiture, demain. Et vous n'allez pas manquer la fête ! L'idée est de vous. Cher André, seriez-vous si faible ?

— Je ne suis pas faible, mais j'ai trop négligé les plaisirs pour les idées. Les idées qui créent des choses, des entreprises, des mouvements de foules...

— Comme l'Association pour la défense du Point-Virgule !

— J'aime les canulars.

— Adriana est peut-être un canular.

Cléry s'arrêta net et sourit en fermant les yeux. Derrière l'écran des paupières, il revoyait le joli corps nerveux de la jeune fille barbotant dans l'eau glacée.

— Je ne crois pas... Malheureusement. Que faisons-nous ce soir ?

— Nous dînons avec Beatrice, mais je croyais que vous partiez.

— Je ne pars pas.

Cléry se dirigea vers la porte, s'arrêta et se retournant :

— Nous ne nous sommes jamais parlé de si près.

— À qui la faute ?

— Bon, bon... c'est la mienne. Je vais me promener dans Varela. J'adore cette petite ville. On dirait un théâtre. Mais qu'est-ce qu'on y joue : des drames, des vaudevilles, du Grand Guignol ?

— Un opéra.

— Ah, un opéra ! Génial ! Après la création ici, on pourrait le transporter dans d'autres villes fortifiées : Carcassonne, Urbino, Obidos. Une simple question d'organisation. Pas de décors et pas d'orchestre. Toute la musique sera enregistrée sur ces disques microsillons dont je viens d'acquérir le brevet, et diffusée par haut-parleurs. Pas de chanteurs, des mimes.

— Et si un disque est rayé et répète indéfiniment la même phrase musicale ?

— Tout est prévu : les mimes recommenceront leurs gestes jusqu'à ce que l'homme de la sonorisation pousse l'aiguille dans le sillon suivant. Et si c'est pendant un chœur, aucune importance...

le public est habitué à ce que le chœur se répète avec une complaisance infinie. Nous transporterons ce spectacle, très bon marché grâce à sa modernicité, dans le monde entier, en Chine, aux États-Unis...

— Il n'y a pas de ville fortifiée aux États-Unis.

— Qu'importe ! Il n'y a qu'à leur suggérer d'en construire une !

Saisissant la balle au bond, il était reparti sur une nouvelle idée, oublieux déjà de ce qui le troublait si fort un instant auparavant, prêt à courir les rues de Varela, à grimper sur ses murailles pour y choisir les décors d'un opéra dont il ne connaissait encore ni le livret, ni la musique, ni les acteurs, ni le metteur en scène. De sa fenêtre, Jacques le vit traverser la place à grands pas, tomber sur le maire avec lequel il se mit à discuter, désignant avec de grands mouvements de bras la décoration, l'estrade de l'orchestre, sans s'apercevoir un instant que cet homme important ne parlait pas français. Et si, à la fin, il se rendait compte que l'autre ne le comprenait pas, il mettrait en abondance des « o », des « a », des « i » au bout des mots, persuadé que l'italien se réduisait à ces menues différences. Dans une magnifique envolée, l'opéra dont Jacques, une heure auparavant, avait rêvassé le sujet, prenait corps, Cléry assurant à parts égales le financement et l'enthousiasme.

Il y avait de quoi envier un homme dont l'existence fourmillait d'inventions et de coups de foudre qui, se recouvrant mutuellement, n'engendraient jamais de déceptions un tant soit peu sérieuses. Quand Cléry se racontait — ce qui lui arrivait assez souvent avec un rien de complaisance — sa vie apparaissait comme une course effrénée livrée à un train d'enfer par-dessus de risibles obstacles. Ainsi avait-il mené ses hommes pendant la campagne d'Italie de Salerne jusqu'au lac de Garde, surprenant sans cesse l'ennemi par son mépris du danger et sa richesse d'imagination, sa ruse et ses audaces flamboyantes. Mais ce qui fascinait le plus dans ce personnage et lui donnait une aura irrésistible c'était sa chance. Il l'avait dans la peau et quand, par une suite de circonstances fortuites, elle semblait lui être contraire, cette malchance incongrue le servait encore, l'aidant à sauver une situation désespérée. Comment ne s'attacherait-on pas à un personnage aussi chanceux, dans l'espoir, pas vain du tout, de vivre dans son sillage, de lui dérober de son magique pouvoir que, loin d'être un égoïste, il distribuait généreusement à qui l'aimait et le suivait. On ne s'explique pas autrement l'unique coup au but qui, en 1944, avait pulvérisé le hameau verrouillant la vallée. Sans l'explosion du dépôt de munitions allemand, les quatre sections motorisées à découvert se seraient heurtées à un ennemi bien camouflé, indélogeable sans l'aviation ou l'artillerie lourde. Contrairement aux règles les plus élémentaires de prudence, l'approche avait été foudroyante. Que Cléry en conçût parfois quelque forfanterie était humain. Il n'y a guère de victoires tristes.

Considérant cette chance qui le poursuivait quoi qu'il fît, il était facile de croire qu'à peine arrivé à Rome, Cléry dînerait par hasard avec un producteur de cinéma à la recherche d'une jeune fille de seize ans, inconnue à l'écran et acceptant pour sa première apparition dans un film de se baigner nue devant Vittorio de Sica en personne. Le lendemain, un avion particulier se poserait sur la route rectiligne de la vallée et déploierait le tapis rouge pour Adriana. Il ne resterait plus à Cléry qu'à cueillir sa récompense et peut-être la petite consentirait-elle, pour lui, pour lui uniquement, à faire un accroc à son principe chronologique d'un mari et un amant, pour un amant et un mari. Ce genre de chance imméritée, jamais voulue, presque dédaignée, servait des hommes de son espèce.

Le maire prit Cléry par le bras et commença de lui expliquer, avec autant de volubilité qu'il venait d'en subir, des choses qui devaient concerner la préparation de la fête. Aux petits gestes nerveux du Français succédaient les grandes déclarations sémaphoriques du *Sindaco*. Rien qu'à l'air attentif de Cléry on ne pouvait douter que dans cette conversation de sourds il guettait le silence, l'hésitation qui lui permettraient de se ruer dans la brèche et de reprendre la parole pour ne plus la lâcher avant une extinction de voix, trop averti qu'il affrontait un duelliste à sa hauteur. De ce débat, ne sortirait aucun vainqueur, entre la faconde de l'un et l'argumentation serrée de l'autre. On les voyait très bien interrompre l'action de l'opéra pour s'expliquer leurs deux natures si différentes, en un duo nuancé par de nombreux apartés pour accélérer ou commenter l'action pendant que des esclaves changeraient les décors et que des violonistes pauvres — si heureux de jouer un soir qu'ils refusaient un cachet — joueraient des interludes ou de brefs allégros pleins de bravoure. Sereine, au-dessus des vasques de marbre qui ruisselaient d'eau, la nymphette dans sa parure de fleurs arbitrait de son sourire ambigu cette absurde conversation qui tournait à la cacophonie, à un numéro de clowns sérieux, attraction toujours irrésistible pour un spectateur hors de portée du dialogue ou ne déchiffrant pas les langages employés. Ils disparurent dans une rue, et Jacques allait se retirer de la fenêtre quand deux mains, venues de derrière lui, se posèrent sur ses yeux pour l'aveugler. Saisissant les poignets, il écarta les mains et les garda prisonnières contre ses lèvres sur lesquelles les doigts agiles pianotèrent avec une charmante complicité.

— On t'a vue monter ? dit-il.

— Personne. Je suis passée par l'escalier secret.

L'instinct avec lequel Adriana savait ruser pour se cacher ou au contraire pour se montrer avec insolence et créer des situations sans retour, cet instinct si vivace, si inventif augurait bien d'une carrière au cinéma. Celle que, dans les premiers jours, il prenait pour une enfant, se révélait de plus en plus femme, et Cléry avait raison de penser que la diablerie l'habitait.

— Tu es pieds nus ? demanda-t-il sans chercher à la voir, mais avec le sentiment que les bras tendus sur ses épaules signifiaient qu'elle était plus petite que de coutume quand elle se tordait les pieds dans les chaussures à talons offertes par Francesca.

— Comment le savez-vous ?

— Je devine tout.

Il sentit qu'entre ses deux omoplates elle posait sa joue avec une tendre confiance. Les mains étaient fraîches comme si elles sortaient à peine du bain dans l'eau du torrent.

— Vous êtes fâché ?

— Moi ? Pas du tout.

— Oh si, je le sais.

Sur la place, les Varélains commençaient d'affluer par petits groupes, maris donnant le bras à leurs femmes, jeunes garçons à cinq ou six riant fort et parlant haut, jeunes filles à deux ou trois enlacées par la taille comme si elles craignaient qu'on les séparât. Ils semblaient tous moins guindés que d'ordinaire, probablement excités par l'embellissement des arcades, et les fleurs arrangées par Belponi sur la fontaine, les perspectives de la fête et la fraîcheur qui, après une journée torride, le ciel bas et les pierres chauffées à blanc par le soleil, tombait lentement sur la ville, ranimant la vie de chacun après une sieste épaisse derrière les volets clos. Avec ces personnages qui arrivaient ou disparaissaient par les ruelles, la place évoquait irrésistiblement la scène du théâtre palladien de Vicence à cela près que les comédiens avaient encore à prouver leur talent. Jacques se retourna, tenant toujours emprisonnés les minces poignets osseux d'Adriana. Les cheveux encore humides du bain, tombant sur sa nuque et ses épaules en longues mèches laquées, elle baissait la tête et regardait à terre pour simuler une confusion dont il savait qu'elle ne ressentait rien. Gardant les poignets prisonniers de sa main gauche il lui releva le menton avec douceur, et elle ouvrit ses grands yeux noirs pour chercher à deviner ce que cet homme peu bavard pensait d'elle.

— Je me souviendrai toujours de toi, dit-il.

— Vous partez ?

— Après la fête.

— Vous ne m'emmenez pas ?

— Mon ami français t'emmènera.

— Vous croyez ?

— Je l'espère pour toi.

Elle soupira et pencha la tête de côté.

— J'aurais préféré que ce soit vous.

Il en doutait. Dans son ardeur, Adriana ne regarderait ni aux moyens, ni à l'âge des hommes qui lui serviraient de marches pour accéder au merveilleux monde tant désiré, mais, si étranger qu'il fût à ce genre de rêve, il se refusait à blâmer celle qui avouait avec une telle franchise son ambition. Alors ? Lui laisser croire qu'elle le dupait ? Ce serait généreux.

— Nous nous retrouverons quand tu seras aussi célèbre qu'Agostina Bossi.

— Et demain soir, nous nous retrouverons dans la fête. Je vous reconnaîtrai sous votre masque,

— Tu veux dire que si tu me fais parler, tu reconnaîtras mon accent, mais Adriana, je ne me mêlerai pas à vous tous. Il faudrait être varélain. Je resterai sur la terrasse avec la Contessina et Francesca.

— Umberto viendra vous chercher pour moi.

Elle lui offrit ses lèvres. Il n'en voulut pas non par retenue, mais parce qu'il avait assez réfléchi à l'enchaînement des désirs et refusait de s'égarer plus loin, averti par l'exemple de Cléry que les hommes sont rapides à se tromper eux-mêmes quand ils cèdent à leurs faiblesses. Le petit visage montait vers lui et il posa un baiser sur le front, juste à la naissance du nez. Adriana posa sa joue contre sa poitrine. Il lui caressa la nuque humide sous les cheveux. Elle se plaquait à lui et ne pouvait ignorer le désir de l'homme qu'elle tentait avec son ingénue perversité. Un instant, elle noua ses mains sur les reins de Jacques, le serrant à l'étouffer. Quand elle glissa une main plus bas, il ne sut pas résister et la laissa faire, fermant les yeux, écoutant le doux murmure des mots hachés.

— Moi non plus... je ne t'oublierai pas... tu es mon premier... à d'autres, je le ferai... en pensant toujours à toi...

Le pas d'Umberto dans l'escalier les sépara. Il arrivait sur le seuil, le regard brillant, un demi-sourire sur ses lèvres rouges.

— Adriana, la Mamma te cherche.

Abandonné au bord du plaisir, Jacques n'aurait pu proférer un mot.

— Je viens ! dit-elle, soudain enfant soumise aux modestes tâches du dîner, du petit frère, elle, la star, la grande actrice qui ferait pleurer les foules.

À sa voix enrouée, Jacques sut qu'elle avait été, elle-même, proche du plaisir. Elle en restait tremblante, le regard trouble, les lèvres serrées.

— Je vous dérange, monsieur le Professeur ? dit Umberto.

Le cri du cœur aurait été « oui ». Jacques secoua la tête. Il revenait lentement dans la salle des archives avec les étagères de boîtes remplies de paperasses, la table sur laquelle il avait travaillé d'enthousiasme au début et qui, maintenant, lui inspirait ennui et méfiance. De nouveau, montaient vers lui les bruits de la place où trois ouvriers dressaient un mât sur lequel flottait la flamme or et rouge du Condottiere. Deux des ouvriers tiraient sur un câble pour relever le mât tandis que le troisième arc-bouté à la base le maintenait dans son trou entre les pavés. Quand le câble cassa, le mât vacilla et l'homme seul crut stupidement qu'il pourrait le retenir. Il y parvint deux ou trois secondes, avant de s'effondrer écrasé par la lourde pièce de bois.

— Il est mort ! cria Umberto.

— Tu crois ! dit sa sœur.

— On va voir.

Ils étaient déjà dans l'escalier. Des hommes accouraient pour dégager l'ouvrier qui restait étalé sur le sol, les reins peut-être brisés. Belponi, survenu d'on ne sait où, souleva le mât à lui seul et le porta deux mètres plus loin. Dans l'action, les mouvements des promeneurs avaient rapidement changé. Au centre près du blessé — qui, d'ailleurs, allait mieux et, soutenu par les aisselles, s'asseyait, du sang sur son visage ahuri — les hommes formaient un cercle de plus en plus dense alors que les femmes retraitant sur le pourtour de la place formaient un autre cercle beaucoup plus distendu de silhouettes éplorées aux visages déjà enfouis dans des mouchoirs blancs.

— Pietro ! Pietro ! cria une voix sans que l'on pût deviner laquelle des femmes lançait cet appel étranglé.

Belponi, se frottant les mains, écarta le cercle des hommes et se dirigea de son grand pas mou vers le café. Le blessé ne l'intéressait pas du tout.

Il avait d'ailleurs raison, car on remettait l'homme debout et un de ses compagnons épongeait le sang de son front. On apporta une chaise, et Pietro s'assit au centre du cercle de plus en plus compact jusqu'au moment où, surgissant d'une ruelle, le *Sindaco* accourût aussi vite que le lui permettait sa bedaine, écartant une femme qui s'accrochait à son bras et fendant brutalement le groupe des hommes. En quelques secondes, il comprit la situation

261

et sa voix de tonnerre lança une série de « Imbecille, imbecille ! » propres à rassurer ceux qui, ne pouvant apercevoir Pietro assis sur une chaise et reprenant ses esprits, avaient pu espérer une tragédie. Le maire n'abandonnait pas pour autant son ambition . reprenant les choses en main, suivi de plusieurs volontaires, il fit dresser le mât dont la flamme rouge et or flotta légèrement dans la brise du soir. Toujours assis, Pietro tamponnait son front qui ne saignait déjà plus, et contemplait la scène d'un air si béat qu'on l'aurait cru le maître d'œuvre de l'installation. Dès que les hommes s'étaient écartés pour obéir aux ordres du maire, une femme s'était précipitée pour entourer de ses bras le blessé. Plantée à trois pas d'eux, Adriana les contemplait les mains dans le dos. Umberto aidait à carguer le mât maintenu par quatre haubans. Pietro se leva et, appuyé sur l'épaule de celle qui devait être sa femme, traversa la place et disparut sans que personne s'inquiétât de lui. Adriana prit la chaise, la remit à sa place sur l'estrade et traversa la place en sautillant d'un pied sur l'autre. La hauteur et la distance diminuaient encore cette silhouette enfantine au pas de petite fille jouant à la marelle. Jacques soupira de soulagement. Chaque fois que passerait la tentation, il s'en délivrerait en se rappelant le sautillement. Quant au souvenir si cru de l'autre nuit, il lui fallait toute la force de sa mémoire pour dissiper son irréalité.

Il ferma les fenêtres, rangea des papiers épars et descendit. Dans sa planque, Domenico taillait des crayons pour messieurs les bureaucrates. Umberto courait avec trois autres enfants autour de la fontaine. Il agita la main en direction de Jacques sans venir quémander une glace comme celui-ci l'espérait. En revanche, le docteur Sobriano en costume pied-de-poule, chaussé de voyantes bottines noir et blanc et coiffé d'un élégant panama, se dirigea vers le Français, l'arrêtant de sa canne en bambou à pommeau d'ivoire.

— Halte-là, monsieur le Professeur ! On ne vous voit plus. Le temps passe. Vous avez bronzé au soleil de notre vallée. Méfiez-vous, vous commencez à ressembler aux Varélains. Nous vous avalons lentement... C'est une opération d'osmose où nous sommes toujours gagnants. Que diriez-vous d'une glace ?

Ils s'installèrent sous les arcades à la terrasse de la pâtisserie. De l'intérieur, Belponi immobile, ses grosses mains posées sur ses genoux, contemplait le spectacle de la place.

— Ce n'est pas un mauvais homme, dit le docteur surprenant le regard de Jacques. Imaginez ce que serait votre vie avec une taille pareille et un visage aussi terrifiant !

— Ce matin, il habillait de fleurs la nymphe de la fontaine, avec des gestes de cousette. J'ai découvert un peu de son âme cachée.

Le docteur Sobriano déboutonna sa veste croisée, révélant un gilet de percale crème rehaussé par une chaîne à laquelle pendait une pièce de monnaie romaine cerclée d'argent.

— Son vrai problème, dit-il, en posant délicatement sur le bout de sa langue pointue une demi-cuiller de glace à la pistache, c'est les femmes. Je ne trahis pas le secret professionnel en vous apprenant que notre ami Belponi est vierge. À quarante ans, on peut parler de record. Il sait qu'au-delà d'une frontière mystérieuse dont il n'a jamais pu franchir les bornes, existe un monde de soupirs et de joies dont il surestime peut-être la valeur mais qui lui reste interdit pour d'injustes raisons.

Le docteur aimait l'emphase. Servi par sa voix de tenorino il parlait à un seul comme il aurait parlé à une assemblée fervente venue admirer les longues et souples périodes de son discours.

— Il y a, dit Jacques, des femmes qui, pour un prix modique, l'aideraient sans façon à découvrir ce monde inconnu.

— Oui, mais il faudrait aller à Rome ou à Milan, et Belponi n'a jamais quitté la vallée. Et puis notre ami se fait une trop haute idée de l'amour. Je l'ai soigné pour une affection osseuse comme en ont souvent les hommes de sa taille, et, mot par mot, j'ai pu lui soutirer quelques confidences. Je vous le jure : c'est un sentimental. Son seul espoir est notre fête dont vous serez témoin demain soir. Malheureusement sa taille, sa façon de marcher, sa voix de rogomme le font aussitôt reconnaître sous le masque et le costume. C'est pitié de le voir errer dans la foule à la recherche d'une âme sœur... Avez-vous l'intention de vous mêler à nos jeunes gens et jeunes filles ?

Jacques avoua qu'il venait seulement de découvrir le matin

même les motifs de la fête créée par Ugo III. Le docteur leva sa main potelée ornée d'une bague au rubis plutôt terne.

— Oh, ne vous montez pas la tête ! Les mœurs changent en deux siècles. Varela n'est plus Sodome et Gomorrhe. À peine s'y frotte-t-on le museau dans les coins obscurs de la ville. Les parents surveillent, mais enfin... les barrières tombent, on ose se parler. Des sentiments se déclarent ou se découvrent. C'est notre soupape de sûreté. Très intéressant... Il y a dix ans, j'ai rencontré ainsi Mme Sobriano. Nous nous sommes mariés peu après... À propos Mme Sobriano me parle beaucoup de vous depuis votre visite. Elle vous a trouvé passionnant et elle aimerait vous avoir à dîner un soir. Bien que nous soyons honorablement servis — ce qui est une chance à une époque où la domesticité se raréfie et où nous nous trouvons dans l'obligation de vivre puisque nos esclaves dédaignent de le faire pour nous — Mme Sobriano cuisine elle-même. Un vrai cordon bleu monsieur le Professeur. Je me suis procuré un recueil de recettes de votre pays dont je lui traduis les meilleures pages. Elle y ajoute ce rien de saveur et de parfum qui italianisent légèrement nos soirées gastronomiques à la française. J'espère vivement que vous serez des nôtres.

Jacques remercia sans exagération. Le pompeux docteur l'intéressait. Il soulevait des coins du voile et connaissait probablement beaucoup de choses sur ses concitoyens, mais l'idée de passer une soirée en face de Mme Sobriano, d'affronter deux heures son regard bovin, terrifiait d'avance bien que le médecin eût pris soin de magnifier les qualités et l'intérêt de son épouse. Sans doute finissait-il par croire lui-même qu'il était marié à une cuisinière de génie et à un bas-bleu, et, perdant toute prudence, il ne craignait pas de la mettre à l'épreuve d'un Français. Ou bien était-ce une forme d'ironie suprême, une manière de conjurer la sottise par son éloge ? Médecin des corps, le docteur Sobriano en savait plus sur les Varélains que le médecin des âmes, le brave Don Fabio qui luttait sans grands moyens contre les tentations infernales. Sous ses conventions, son formalisme, son austérité, la ville cachait des légèretés et des passions insoupçonnées. On approchait la vérité de certains êtres pour apprendre que cette vérité en recouvrait une série d'autres contradictoires et

264

complémentaires tout aussi révélatrices et de plus en plus confondantes.

Le docteur Sobriano, la glace terminée, posa la cuiller et reprit sa canne entre ses cuisses, appuyant le menton sur le pommeau d'ivoire. De profil, il était plus fier que de face et de toute évidence, comme les Varélains, il avait deux visages, deux caractères dont il jouait en tournant seulement la tête. Au salut des passants, il répondait par un simple haussement des sourcils. Coiffé de son panama à bord tombants, cravaté, sanglé dans son costume pied-de-poule, il évoquait irrésistiblement ces hivernants de carte postale du début du siècle sur la Promenade des Anglais ou les Terrasses du Casino de Monte-Carlo. L'amusant était que ce dandysme démodé empruntât à des images car, bien que par rapport à ses compatriotes, il fût un puits de savoir-vivre, le docteur Sobriano n'avait jamais franchi les frontières de l'Italie. Seuls un réel don d'observation, le souci de planer au-dessus du vulgaire, une intelligence alerte et ironique, l'aidaient à composer ce personnage de philosophe désabusé.

— Connaissez-vous Gianni Coniglio ? demanda Jacques.

— Si je le connais ! Si je le connais !

Le docteur frappa plusieurs fois le sol de sa canne, étouffant un éclat de rire :

— *Rara avis* ! Pensez donc, un poète à Varela, dans une communauté préoccupée de lourdes nourritures et de fornication... on croirait à une blague !

— Je ne suis pas un excellent juge, mais il semble que l'*Ode au Condottiere* est un beau poème.

— Un poème épique, monsieur le Professeur. Épique ! La poésie épique a été enterrée avec d'Annunzio. Coniglio a cent ans de retard. Il ne les rattrapera jamais. Il a un problème insoluble : il refuse le monde extérieur, même Rome, Milan ou Florence et il se condamne à vivre dans une vallée dont il méprise les habitants. Franchement, son ode vient d'outre-tombe. En revanche, ses poèmes libertins ont du charme. Je ne trahis pas le secret professionnel...

Jacques pensa que c'était quand même la deuxième fois que le médecin des Varélains le trahissait, tout en le sachant parfaitement, mais à un étranger que ne confie-t-on qu'on ne dirait jamais à ses proches ?

— ... je ne trahis pas le secret professionnel, mais le cher Gianni s'inflige de fortes doses de bromure pour apaiser ses obsessions. Vous me direz : qu'est-ce que ce serait sans ça ! ! ! À la différence de Belponi, il a connu des prostituées. Il en rêve encore. Autour de ces souvenirs — plutôt crapuleux, mais qui n'en a pas ? — il s'agite. Âme inquiète, il s'est vu interdit de paradis le jour où il a lu dans la Bible que Dieu avait chassé Onan. Notre fête de demain le tirerait de sa solitude s'il acceptait la règle. Hélas, il y a un parfum de soufre autour de lui et nos jeunes filles le flairent vite. Il a renoncé à tenter sa chance, ce qui le confirme dans son dédain des Varélains.

Non, le docteur ne savait pas tout. Il ignorait — ou feignait de n'y attacher aucune importance — l'amour de Gianni pour Beatrice. Un amour sans espoir, un vrai amour de poète dont Gianni, bien décidé à ne pas guérir, conservait au fond du cœur la plaie amère qui justifiait son attitude. N'empêche que le jeu avec le docteur amusait. À eux deux, ils soulevaient des toits et jetaient des regards à l'intérieur des maisons où couvaient de sordides habitudes. Varela, immense pièce montée, grouillait de personnages pathétiques.

Sur la place, l'encombrement des bancs et des tables dressées sur les tréteaux déréglait le mouvement d'horlogerie de la promenade du soir. Les gens préféraient rester sous les arcades. Cléry apparut soudain près de la fontaine. La nymphe habillée de ses fleurs l'intriguait. Il tournait autour pour mieux voir ses deux profils quand Umberto lâchant ses camarades de jeu, se rua vers lui et le prit par la main. Ils se dirigèrent vers le marchand de glaces, escortés par Diavolo. Décidément très subtil, le docteur se tourna vers Jacques :

— Dans les premiers temps de votre séjour, cet enfant vous suivait partout...

— Et le chien aussi !

— N'oublions pas la petite sœur, dit le docteur l'œil narquois.

— Que prétendez-vous ?

266

— Absolument rien, cher ami, absolument rien. Sinon qu'un étranger attire mais indiffère aussi vite. Vous êtes déjà naturalisé varélain alors que votre ami ne l'est pas encore. Depuis deux jours, on ne parle plus de vous. En revanche, les commentaires vont bon train sur le capitaine de Cléry. Les raisons de sa présence intriguent. Certains imaginent qu'il vient reprendre le pouvoir. D'autres pensent qu'il en veut à la vertu de la Contessina ou à celle de la Signorina Francesca. Umberto et Adriana n'ont pas encore percé son secret.

— Il n'y a pas de secret.

Le docteur Sobriano souleva son panama et s'épongea le front avec un fin mouchoir de batiste qu'il remit dans sa pochette de veston.

— Tout le monde a un secret, monsieur le Professeur. Vous le savez bien. Les demoiselles Varela ont des secrets, Belponi, Coniglio, le maire et même votre ami Domenico, le planton. Antonio et Assunta ont un secret, comme Vittoria Campari. Je cite les gens que vous connaissez.

— Don Fabio ?

— Laissez tomber. Nous dirons que c'est un saint homme.

— Et vous-même ?

— Les secrets des autres m'amusent tellement que j'ai oublié d'en avoir un.

— Je ne vous crois pas.

— Et vous avez tout à fait raison, dit le docteur en riant. Ici, ne vous fiez à personne. Même pas à ces enfants qui vous ont comblé d'attentions à votre arrivée. Leur mère, Justinia...

— ... est la demi-sœur naturelle de Beatrice !

— Hé, hé, je vois que vous vous y mettez. Justinia est une fort belle femme de trente-cinq ans. Elle a tenté de s'échapper et n'y est pas parvenue, mais un peu de sa flamme est passée dans le corps de sa fille. Adriana, elle, s'échappera. C'est écrit !

Comme s'il suffisait de prononcer son nom pour qu'elle apparût, Adriana fut devant eux, à quelques mètres, les cheveux de nouveau tirés sur sa nuque par un ruban, mince et frêle corps glorieux dans une robe de piqué blanc trop longue pour elle. Son regard errait sur la place et elle vit en même temps, Cléry et

Umberto, Jacques et le docteur. Après une hésitation, elle se dirigea vers la table de ces derniers.

— Assieds-toi, ma petite, dit le docteur. Veux-tu une glace ?

Jacques ferma les yeux. Il ne supporterait pas une seconde fois la scène du cornet. Adriana sourit et demanda une cassate qu'elle commença de manger avec une cuiller en levant le petit doigt, à la fois gourmande et précieuse, enfant et femme.

— Comment va ta maman ?

— Elle a toujours mal au ventre ! dit-elle, mimant, la main sur son propre ventre, les douleurs de sa mère.

— Eh bien, qu'elle prenne les tisanes de la sorcière !

— Elle en prend et ça ne lui fait rien.

— Alors, qu'elle vienne me voir !

— Je le lui dirai, monsieur le Docteur.

Sobriano se tourna vers Jacques et lui parla en français :

— Vous voyez : j'insiste à peine pour lutter contre l'ignorance. À quoi bon ?

Avançant la main, il saisit, entre le pouce et l'index, le menton pointu d'Adriana et le releva :

— Un jour, dit-il, un homme jouira de ce tendron. Si ce n'est déjà fait. Puis d'autres hommes ensuite, j'espère, car elle n'est pas égoïste.

Après une hésitation, elle était venue vers eux. Jacques lui en sut gré. Il éprouvait le sentiment consolant que, quoi qu'il arrivât, et même s'il n'avait pas la fleur de cette fille, il la retrouverait. Dans le calcul d'Adriana, l'ambition n'étoufferait jamais toutes les générosités de son cœur.

— Vous me faites mal, dit Adriana repoussant la main velue du docteur.

Alors quoi ? Lui aussi ? Le bon docteur Sobriano avec sa bedaine, son épouse adorée, son rubis au doigt, son sceptique savoir, le bon docteur Sobriano maîtrisait mal ses envies et, pour s'en défendre, ne trouvait d'autre exutoire que cette petite violence qui serait restée innocente si Adriana n'avait pas protesté contre la trop douloureuse familiarité. Elle se frotta le menton, finit sa cassate et se leva :

— Merci, monsieur le Docteur.

Virevoltant sur elle-même, elle s'en alla d'un pas joliment balancé, silhouette blanche parmi les promeneurs en costume sombre et les jeunes filles en robes criardes, rouges et vertes

— Personne n'est innocent, dit Sobriano en cherchant de la monnaie dans la poche de son gilet.

— Non, c'est à moi !

— Tut ! tut ! Vous êtes encore « un peu » un étranger.

Il appela le garçon d'un geste autoritaire, paya et se redressa appuyé sur sa canne avec un rien d'affectation.

— Je compte sur vous pour un dîner à la française. Mme Sobriano sera enchantée de vous revoir.

Traversant la place en diagonale, il répondait, d'un doigt désinvolte porté à la bordure de son panama, au salut des passants qui le croisaient et soulevaient leur chapeau, « différent » d'eux comme il le souhaitait, mais pas autant qu'il le croyait. Adriana avait disparu aussi magiquement qu'elle était apparue, entraînant sans doute Umberto car Cléry, seul, plutôt pensif, revenait vers la maison Varela à pas lents ce qui n'était guère dans son style. Ils se retrouvèrent devant la porte de la maison de Beatrice.

— C'est une bien curieuse ville, dit Cléry, enchaînant sur ses réflexions. Vous n'auriez pas dû venir ici en historien, mais en ethnologue. Un opéra la trahirait. Une pièce de théâtre ne suffirait pas à exprimer les nuances que je découvre. Ce qu'il faut, c'est un film. Voulez-vous y penser ?

— Moi ? Je ne connais rien au cinéma. Demandez à un scénariste. Tout au plus, pourrais-je être son conseiller historique.

— Nous en reparlerons demain.

— Je vous croyais disposé à partir !

— Il me semble que ce serait mal compris de nos amies.

Qui englobait-il dans ce mot d'« amies » ? La bienséance comprenait Beatrice et Francesca. La pudeur taisait Adriana. Cléry cachait mal ce qui le tentait comme Jacques. Cet homme organisé, sûr de soi, triomphant des obstacles, découvrait que la plus parfaite mécanique peut se gripper quand la tentation passe trop près. Pendant le dîner qu'ils prirent seuls avec Beatrice, il abandonna ses agaçantes mondanités. Folco glissait derrière eux, à peine visible, réfugié dans une sombre encoignure pendant qu'ils mangeaient. Son regard ne quittait pas Beatrice. Il se tenait là pour la protéger et aussi, semblait-il, pour surveiller ce qu'elle disait bien qu'il ne comprît pas le français. Jacques n'en douta plus quand Cléry ayant prononcé au milieu d'une phrase le nom d'Helmut Strasser, Folco surgit de l'ombre et se plaça derrière Beatrice. Ainsi celui-ci savait-il également. Si dix personnes étaient au courant, toute la ville l'était, ce qui rendait illusoire la réclusion sauvage de l'ex-lieutenant de la Wehrmacht. Beatrice réagit posément à la question. Elle décrivit Strasser dans un proche passé qui aurait pu être le présent. Le jeune officier avait protégé la ville des exactions de la Wehrmacht et préparé une étude sur la topographie et l'architecture de Varela.

— Il est vraiment dommage que nous ne puissions pas le retrouver et parler avec lui, dit Cléry.

Beatrice leva son verre, le porta à la hauteur de son visage.

— Au lieutenant Strasser ! dit-elle. Un jour, j'en suis convaincue, il réapparaîtra. Il suffirait de le persuader...

— De quoi ?

Beatrice posa son verre et les regarda intensément l'un après l'autre, non qu'elle hésitât mais pour bien marquer que ce qu'elle allait leur apprendre la dénudait.

— Imaginez-vous, dit-elle, un jeune homme romanesque et généreux qui, un jour, découvre que son pays a ravagé l'Europe, et qui décide, à lui seul, d'assumer une culpabilité immense, disproportionnée à sa personne. Imaginez que dans la solitude de sa retraite, cette culpabilité d'autant plus injustifiée qu'il n'a aucune raison de rien se reprocher quant à ses actions de guerre, devienne une obsession telle que ceux qui veillent sur lui, la voient virer, par moments, à la folie.

Beatrice se tut et cacha son visage dans ses mains tremblantes.

— Quand le verrons-nous ? demanda Cléry.

— Peut-être demain. Francesca le persuade de venir à la fête. Vous deux, vous deux seuls, parce que vous êtes mêlés au dernier épisode de sa vie de soldat, pouvez le libérer des crimes qu'il n'a pas commis.

Plus tard, quand Beatrice et Cléry eurent regagné leurs chambres, Jacques s'accouda à sa fenêtre. Tapie derrière les volets clos, la ville dormait. Le dernier épisode du *Cœur battu* nourrissait des rêves. Au cours d'une scène dramatique, le veuf avait décidé de résister aux arguments et aux manœuvres de ses enfants et d'épouser Mariella mais celle-ci, atteignant au sublime, renonçait à son amour de peur de briser l'unité d'une famille dont elle souhaitait intensément le bonheur. Gonflée de sanglots, Agostina Bossi, l'inoubliable Mariella, avait tant ému qu'on ne doutait plus du désintéressement et de la sincérité de ses sentiments. Le feuilleton radiophonique pouvait s'arrêter là ou continuer sans fin. L'annonceur avait laissé entendre que Mariella, partie chez ses parents en Ligurie, pour enterrer son héroïque chagrin, se consolerait peut-être et reviendrait à Rome travailler dans une autre famille. Quant au veuf, accablé après une dernière scène terrible avec ses enfants, il menaçait d'entrer dans un ordre mineur et de distribuer ses biens aux pauvres. L'arrêt du feuilleton semblait providentiel la veille de la fête qu'il eût certainement retardée tant la ville entière suivait avec passion les épisodes de la vie de Mariella. Son fervent amour, sa désespérance, sa résignation, la haute et pure idée qu'elle se faisait de son devoir régnaient sur l'imagination des Varélains et les transportaient dans un monde où ils oubliaient pesanteur et petitesse.

À la lueur blafarde des lampadaires, la place déserte changeait de forme. Son austère grandeur s'accommodait mal des fanfreluches et des festons qui la couronnaient comme une vieille belle refusant son âge. La flamme du Condottiere pendait à la tête du mât, à peine agitée par les légers souffles d'une brise tiédie par les toits brûlants. Mais ce qui changeait le plus l'apparence de la place, c'était la disposition des tables et des bancs. Leurs lignes, leurs ombres, leurs reflets s'entrecroisaient, dessinant un subtil labyrinthe au centre duquel s'élevait la statue de la nymphe juchée sur ses étages de vasques dont l'eau ruisselait comme une ample jupe argentée.

La mince silhouette apparut à l'angle opposé de la place. Un moment, elle traversa une flaque de lumière jaune et, plus qu'à sa

271

robe de piqué blanc, on reconnaissait Adriana à sa souple démarche de chat, à sa façon de glisser entre les tréteaux, pieds nus, sans un bruit, touchant à peine terre. À petits pas saccadés, elle tournoyait autour des bancs et des tables, bras écartés, mains pendantes comme une danseuse, elle qui n'avait dû voir de danses que dans un des mauvais films montrés à la salle paroissiale, mais avec des riens elle inventait le monde dont elle rêvait. Comme la veille, elle s'arrêta près de la fontaine, se dévêtit et grimpa jusqu'à la nymphe dont elle prit la couronne de lys blancs pour la coiffer. Elle caressait la statue, la baisait sur les lèvres, lui glissait une main sous sa jupe de fleurs. Peut-être lui murmurait-elle des mots doux, des niaiseries ou des vers appris dans la journée avec Beatrice :

> *Sylvia, te souvient-il encore*
> *Du temps de cette vie mortelle*
> *Quand la beauté resplendissait*
> *Dans tes regards rieurs et fugitifs*
> *Et que tu t'avançais heureuse et sage,*
> *Au seuil de ta jeunesse*[1] *?*

Beatrice avait raison : même si Adriana ne percevait pas la saveur déchirante des vers de Leopardi, la musique des mots éveillerait dans sa jeune sensibilité une faim de mélancolie et de beauté qui l'ouvriraient à d'autres joies de mieux en mieux entendues. Enlacées, confondues, la jeune fille et la nymphe vivaient seules dans la cité endormie. On pardonnait à Varela sa lourde hypocrisie au nom de la rieuse impudeur des deux corps enlacés. Et quelle malice habitait Adriana, quelle audace aussi dans la nuit où il eût suffi d'un passant pour troubler l'exquise scène des baisers ! Ou bien Adriana profiterait-elle de l'accord tacite des Varélains qui lui déléguaient leurs phantasmes de la nuit ? En remplaçant la statue du Condottiere par une jolie fille de bronze aux longues cuisses serrées sur son secret, Ugo III, souverain éclairé, imposait l'amour et la beauté là où avait régné le symbole de la

---

1. Traduction de Michel Orcel, *Vagabondages* n° 28-29.

guerre, l'homme au rictus féroce, brandissant son épée maintenant souillée par les pigeons.

Adriana descendit de son perchoir, mais à la dernière vasque son pied glissa et elle chuta dans la fontaine. Une seconde
son rire secoua la place déserte, puis d'un petit saut elle se
retrouva près de sa robe avec laquelle elle essuya son corps
trempé. Quand Jacques aperçut l'épaisse silhouette de Belponi,
il était déjà presque trop tard. Il cria « Adriana, attention ! » La
jeune fille sursauta. Belponi approchait, ses longs bras tendus,
son ombre immense étalée devant lui jusqu'au pied de la fontaine. Jacques dévala l'escalier. Sur la place, il aperçut le petit
corps sombre qui s'enfuyait en pressant contre ses seins la robe
de piqué blanc. Belponi empêtré dans les tréteaux d'une table
renversée se relevait. Comme un aveugle, tâtonnant, effroya-
blement lourd, il avançait en se cognant aux bancs et aux
tables. Sa vision miraculeuse avait disparu, mais là, sous l'arcade, se tenait l'homme qui l'avait volatilisée en criant. Belponi
se figea. Il était impossible de distinguer ses traits. Avec sa
petite tête et son long cou il avait l'air d'un immense condor
qui bat des ailes avant de s'envoler. Jacques ne bougeait pas
plus. Aucun des deux n'aurait pu dire combien avait duré ce
face-à-face quand le Français sentit se poser sur son bras la
main de Beatrice.

— Rentrez, dit-elle. Il n'y a pas d'autre solution.

Mais comme, obéissant, il retraitait d'un pas, Belponi
avança.

— Il ne faut pas, murmura-t-elle encore.

Jacques recula encore d'un pas, laissant Beatrice entre eux.

— Belponi ! dit-elle d'une voix plus forte.

Le géant baissa les bras sans cesser de s'approcher. Jacques
refit un pas en avant pour saisir Beatrice par le bras.

— Venez, vous aussi, dit-il.

Belponi ne se trouvait plus qu'à trois ou quatre mètres d'eux
et comme il entrait dans la zone de lumière blafarde d'un des
lampadaires, son visage apparut, verdâtre, les yeux si noirs, les
dents si blanches qu'elles phosphoraient dans le visage triste.

— Si tu ne t'en vas pas, dit Beatrice, je le dirai à ta mère.

Il s'arrêta net, bras ballants le long du corps, comme frappé par la foudre.

— Non ! dit-il.

— Alors rentre chez toi.

Belponi tourna lentement sur lui-même et s'en alla, contournant les tables et les bancs, voûté, dérisoire, se battant les cuisses de ses grosses mains crispées. Ils attendirent qu'il eût disparu dans une ruelle.

— J'ai froid, dit Beatrice.

Alors Jacques s'aperçut que Beatrice, dans sa hâte à le protéger, était sortie pieds nus, en chemise de nuit, sans prendre le temps de passer une robe de chambre. Elle tremblait. Il entoura ses épaules de son bras et la ramena sous les arcades. Sur le seuil de la porte éclairée, en tricot de corps et caleçon long, Folco les attendait un pistolet à la main.

— Vous voyez que je suis protégée, dit-elle. Presque trop !

Folco referma soigneusement la porte derrière eux et disparut. Beatrice se coucha et, comme la veille, Jacques approcha une chaise. Il lui raconta ce qui s'était passé, la leçon d'amour à la statue et l'apparition géante de Belponi, sa crainte pour Adriana, l'étrange sentiment d'être soudain paralysé quand le géant venait vers lui.

— Tout ça pour cette enfant ! dit Beatrice. Il est temps qu'elle parte, sinon elle sèmera la guerre civile à Varela. Emmenez-la !

— Moi ? Je ne saurais même pas quoi en faire ! Elle rêve d'une carrière au cinéma, pas de préparer le déjeuner et le dîner d'un professeur d'histoire. Et puis... non, je ne me sens pas une vocation de... de cocu.

— Elle utilise ses armes, les seules qu'elle connaisse. Les femmes n'ont que ça.

Il ne le croyait pas, il était même sûr face à Beatrice dans sa toilette de nuit, qu'au-delà des apparences, les femmes possédaient des armes bien plus dangereuses que la beauté du corps. Il lui prit la main qu'elle serra, souriant avec tendresse.

— Vous en apprenez des choses ! Vous qui êtes professeur...

— Je crois qu'avant de venir à Varela, je ne savais rien. J'ai encore une question à vous poser.

— Pas sur moi ?

— Si, sur vous.

Elle secoua la tête de droite et de gauche et lui serra plus fort la main.

— Non, c'est inutile. Allez vous coucher ! dit-elle.

— J'aurais aimé dormir près de vous.

— Il ne faut pas. Ne me demandez pas pourquoi.

— Vous aimez le lieutenant Strasser ?

— Non, il est à Francesca.

— Alors, un autre ?

— Qui, mon Dieu ? Avez-vous rencontré à Varela un seul homme que je pourrais aimer ? Je ne vois personne que vous.

Il aurait voulu expliquer — mais les mots lui manquaient cruellement — que, depuis son arrivée à Varela, des tourments l'assaillaient la nuit, qu'il n'en pouvait plus et que Beatrice lui imposait une épreuve au-dessus de ses forces. Il ne sut que dire :

— Avant de vous connaître, j'étais un homme tranquille. Aucune femme ne m'a jamais vraiment attiré.

— Vous oublierez vite !

Oublier qui, oublier quoi ? Il admirait Beatrice et elle prétendait déjà effacer le souvenir qu'il garderait d'elle, comme si ce souvenir n'était rien qu'une poussée de fièvre dont elle connaissait l'amer remède : l'oubli. Elle l'offensait sans le convaincre.

— Je vois bien ce que c'est, dit-il. Je ne suis pas un homme pour vous : je manque d'argent, je n'ai pas de titre, pas d'aisance, j'ai fait la bêtise d'être un peu plus jeune que vous, et mon avenir est d'un ennui mortel pour la Contessina Beatrice.

— Il n'y a pas d'homme pour moi. Il faut vous mettre ça dans la tête. Il n'y en aura jamais.

— Je veux savoir !

Les yeux de Beatrice s'embuèrent de larmes.

— Allez vous coucher, dit-elle. Vous retournerez bientôt en France et moi je resterai ici. Ma vie est à Varela. Je ne peux pas en sortir. Passé le col de la Bianca, je ne suis plus rien qu'une vieille fille démodée, un laissé-pour-compte comme disait Mlle Chalgrin d'elle-même. J'embarrasserais votre vie.

— Et si je restais ?

— Que feriez-vous à Varela ? Il n'y a pas de place pour vous. Tous les rôles sont pris par des comédiens qui ne veulent pas les lâcher. Helmut est resté. La vallée s'est refermée sur lui comme sur une proie.

— Demain, je lui parlerai.

— S'il vient !

— Il viendra.

Jacques se leva et baisa la tempe de Beatrice.

— Je ne comprendrai jamais, dit-il.

— Il n'y a rien à comprendre.

Le murmure de la fontaine accompagnait son insomnie. L'apparition d'Adriana, la scène d'amour avec la nymphe, l'arrivée soudaine de Belponi auraient relevé de chimères si la table et le banc n'étaient restés renversés, signes du désordre dans l'ordre tranquille de la nuit. Mais c'est en lui que régnait le désordre le plus grand. Une main invisible détruisait ses châteaux de cartes, brouillait les fiches de ses personnages, décalait la chronologie comparée des événements. Il ne savait plus s'il avait aimé Beatrice dès la minute où elle était venue à lui dans l'église ou si ce sentiment, gros d'une angoisse dont il ignorait le nom, s'était imposé ce soir même après qu'elle l'eut tiré d'une histoire sans honneur. En remontant le cours des jours, il ne rencontrait que son indécision : une flambée pour Francesca — mais brève, tuée dans l'œuf puisqu'elle appartenait à Helmut Strasser —, le désir aigu, douloureux d'Adriana et même d'Emilia quand, assise au bord de la fontaine, elle tendait son panier de fleurs à Belponi. La ville sécrétait toutes ces tentations à la fois, avec une machiavélique malice, pour qu'aucune ne l'emportât. Un homme d'expérience, un homme qui n'aurait pas la vanité de s'embarrasser de scrupules, aurait déjà caressé les seins d'Emilia, forcé Adriana et, à cette heure, au côté du corps épanoui de Beatrice, écouterait monter en elle l'aveu du plaisir. Par la fenêtre, entrait l'odeur des pierres tiédissant dans l'ombre, une odeur qui rappelait celle du pain sortant du fournil, une odeur mate comme la chair de Beatrice, le parfum subtil d'un grand corps lové dans les murailles couleur de miel.

Le matin de la fête, la ville sembla miraculeusement guérie de sa constipation opiniâtre. Selon le docteur Sobriano, rencontré alors que son épouse choisissait des gâteaux chez le pâtissier, l'imminence des plaisirs du soir et l'arrêt du feuilleton radiophonique sur un épisode qui donnait à rêver se conjuguaient pour entretenir une fébrilité manifestée par une frénésie de nettoyage. Dans les rues étroites où les maisons se mesuraient l'une à l'autre, tous volets fermés et portes closes, une opération grand jour dévoilait soudain les sombres vestibules, les intérieurs où la lumière ne pénétrait d'ordinaire que tamisée, assourdie par des rideaux. À coups de seaux de flotte et de balais-brosses, les femmes lavaient les seuils, les trottoirs, la chaussée, et, en levant la tête ou en plongeant simplement du regard dans les rez-de-chaussée défendus par des grilles, le passant apercevait des armées de jeunes filles coiffées de mouchoirs noués sur leurs cheveux qui battaient des tapis, époussetaient les meubles. Varela s'ébrouait dans une odeur de lessive, de cire d'abeille, et Jacques perçut même plusieurs fois le parfum de la lavande séchée libéré par les ménagères qui ouvraient orgueilleusement leurs profondes armoires à linge pour aérer les piles de draps, de nappes et de couvertures, signes de richesses secrètes âprement accumulées depuis des générations. Beaucoup mieux encore, les deux étrangers qui se promenaient en découvrant avec amusement cette agitation si nouvelle eurent l'impression qu'on cessait ce jour-là de les considérer comme deux ectoplasmes transparents. Ils rencontraient des regards et, sinon des sourires, de petits saluts, un geste de la main qui brisaient la pesante ignorance dans laquelle on affectait de les tenir depuis leur arrivée.

— Je crois, dit Cléry que, pour un peu, ils nous embrasseraient. Si j'étais parti, j'aurais toujours pensé que des mannequins de cire habitent cette ville.

— Je n'ai jamais cru que vous partiriez.

— Il est aberrant de s'éterniser dans un endroit pareil. Varela est un mausolée. On a légèrement soulevé le couvercle pour nous permettre de jeter un coup d'œil à l'intérieur.

Le fait est que ce grand lessivage général levait le voile sur la ville cachée dont ils ne connaissaient que la façade. L'image du mausolée convenait assez bien à Varela dressée sur son piton au centre de la vallée, orgueilleux monument qui, par la faute des temps modernes, ne commandait plus à rien. En soulevant le couvercle on découvrait un inattendu grouillement de petits personnages affairés comme des fourmis après une longue hibernation. La mine où ces fourmis cachaient des provisions révélait leur mode de vie, les habitudes ancestrales, les grands lits noirs et surélevés où elles se reproduisaient avec de sages méthodes, les cuisines où elles mitonnaient leurs ragoûts, les placards où elles enfermaient leurs liqueurs sirupeuses. Mais ce qui frappait le plus chez les Varélaines attachées à ne se montrer dans la rue que bichonnées, surhabillées pour une bourgade isolée du monde, chaussées trop étroit, coiffées après de savantes heures de bigoudis, c'était la négligence de leur attitude. Vêtues de grands sarraus multicolores, les pieds dans des sortes de sabots, elles abandonnaient ce quant-à-soi si rigoureux que trois cent soixante-quatre jours par an, elles paraissaient, en effet, maladivement corsetées de prétention et d'orgueil. Du coup, rendues au naturel, elles se permettaient de « voir » les étrangers, comme s'ils venaient d'arriver dans la ville, oubliant avec une hypocrisie désarmante qu'elles les avaient ignorés bien qu'ils aient été, depuis trois semaines pour Jacques et trois jours pour Cléry, le sujet principal de leurs commérages. En somme, elles leur accordaient un visa d'entrée après les avoir longuement fait attendre à la porte. Devant une maison près des remparts — quartier plus populaire que tout ce qui gravitait autour de la place du Condottiere — ils rencontrèrent Umberto qui astiquait avec une ardeur furieuse un heurtoir de cuivre tandis qu'une femme en blouse grise, les cheveux protégés par une serviette éponge nouée en madras, lavait à grands seaux d'eau la chaussée de brique. Quand elle leva la tête, ils virent un beau visage mat, un peu empâté au-dessous du menton, un superbe regard noir ombré de longs cils. La ressemblance avec Beatrice, si elle frappait au premier coup d'œil, s'estompait peu à peu, au point que Cléry s'exclama :

— La parenté est évidente, en beaucoup plus plébéien, beaucoup, beaucoup plus plébéien, mais fugitive.

« Plébéien » était un des mots dont Cléry usait fréquemment pour trier la beauté féminine. Il y avait, d'une part, la beauté pure — sous-entendu aristocratique — telle que la peignait Gainsborough ou Winterhalter — mais pour cela il fallait un long cou, une taille de guêpe et, généralement, une ombrelle — et, d'autre part, la beauté plébéienne telle que la symbolisait l'Olympia de Manet ou la Fornarina de Raphaël. On se doute que Mme de Cléry appartenait à la première catégorie, et, pour cette raison, son mari ne la trompait qu'avec infiniment de remords et dans un secret qui confinait au ridicule. N'empêche que sa remarque sur la beauté de Justinia — mère d'Umberto et d'Adriana — s'avérait fort juste. Dans le modeste uniforme de la ménagère, elle apparaissait comme la réplique épanouie de Beatrice, sa demi-sœur, mais il suffisait d'une mince imagination pour la retrouver telle qu'elle avait été avant les enfantements et les travaux domestiques. Surgie devant la porte et bousculant son frère, Adriana donnait une idée assez exacte de sa mère à l'heure de l'adolescence. Un observateur expérimenté aurait même décelé dans les traits et la silhouette de la jeune fille ce qui, bientôt, par étapes, se transformerait, s'affadirait. Sauf imprévu, les yeux, immenses dans le petit visage ovale, diminueraient, mangés par l'enflure des pommettes et des arcades sourcilières. Justinia symbolisait à merveille la « Mamma » italienne, épanouie, régnant sur son homme et ses enfants. Pourtant, il y avait eu un temps où cette créature, aujourd'hui satisfaite de ses tâches domestiques, aspirait ardemment à quitter la vallée pour devenir au mieux une chanteuse, une comédienne, au pire une magnifique pute romaine. Il suffisait de rencontrer une seconde son regard brillant pour comprendre que, de son ambition abolie, subsistait un espoir fou reporté sur sa fille à qui elle passait le relais. Du sang des Varela coulait dans les veines de Justinia. À n'en pas douter, elle avait hérité la sensualité d'une lignée d'hommes qui aimaient intensément la chair : Ugo II, Ugo III et le père de Beatrice et de Francesca, dernier comte de Varela. Combien d'autres enfants naturels avait-il essaimés dans la vallée ? Assunta et Justinia ne devaient pas être les seules preuves de ses exercices répétés. Francesca enfreignait les tabous et vivait plus ou moins avec l'ermite de la ferme, mais Beatrice ? Elle aussi rayonnait de sensualité et pourtant elle ne s'y livrait que par l'imagination, au contraire d'Adriana qui tomberait vite. Côte à côte, la mère et la fille inégalement desservies par l'âge, l'une déjà trop mûre, l'autre encore trop verte, voyaient dans l'intérêt des deux étrangers le signe avant-coureur de l'événement qui consolerait Justinia de son échec et libérerait Adriana. Ils n'avaient pas encore échangé un mot quand Justinia s'aperçut que son sarrau déboutonné en haut s'ouvrait largement sur sa poitrine. Sous l'ample blouse qui l'habillait comme un sac à pommes de terre, on devinait la nudité d'un de ces corps affectionnés par Maillol, de lourdes jambes faites pour retenir entre les cuisses la tête d'un homme, des hanches charnues, des seins aux aréoles lie-de-vin. Sous la peau du cou solidement planté sur les épaules, courait le renflement d'une veine bleue semblable à celle qu'un soir Jacques avait effleurée au cou de Beatrice. De ses doigts prestes, Justinia reboutonna le haut de son sarrau, dissimulant tristement la vallée dessinée par sa poitrine. Elle retira aussi le madras de tissu éponge pour libérer une abondante masse de cheveux d'un noir aux reflets bleutés.

— Ah, c'est vous ! dit-elle sans que l'on sût si elle s'adressait à l'un ou à l'autre, ou aux deux hommes dont, déjà, elle s'apprêtait à conjuguer les efforts pour qu'Adriana s'envole.

— Nous sommes les amis d'Umberto et d'Adriana, dit Jacques. Vous avez de beaux enfants !

— Et vous serez à la fête ce soir ?

— Non, je crois que nous resterons sur la terrasse du palais.

De là-haut, on voit mieux. D'ailleurs c'est une fête pour la jeunesse.

— Mais vous êtes jeunes !

— Pas comme Adriana.

La déception se lisait sur son visage. Pour elle, on n'avait pas d'âge tant qu'on n'était pas marié.

— Il faudra venir quand même ! dit-elle.

— Oh oui ! dit Adriana.

— J'irai vous chercher, ajouta Umberto.

Cléry qui comprenait à demi enrageait de ne pouvoir rien dire.

— Qu'est-ce qu'elles demandent ?

Justinia soupira, découragée :

— La petite sera « bellissime ».

Cette fois, Cléry n'avait pas besoin de traducteur.

— Dites-lui de ma part que la « petite » est *toujours* « bellissime ».

Justinia sourit enfin.

— Le monsieur a raison.

Adriana cherchait une contenance. Relevant légèrement sa jupe, elle gratta son dur genou enfantin.

— Elle portera ma robe ce soir, dit Justinia. J'étais juste comme elle à son âge, maintenant, j'ai grossi.

De ses mains à plat elle caressa ses hanches pour en montrer l'ampleur.

— Mais moi, je ne savais pas de poèmes. Elle, elle sait. Tu leur as dit des poèmes, ma chérie ?

— Non, maman.

— Il faut !

— Pas ici.

Adriana, visage fermé, souffrait. Elle voulait bien se vendre, mais pas qu'on la vendît. Tournant sur elle-même, elle s'éloigna. Le moment de grâce passé, ils restaient devant une femme alourdie à laquelle on venait de retirer la fleur qui la parait. À côté d'elle, Umberto mordillait ses lèvres rouges. Cléry regarda l'heure à sa montre :

— Il faut aller chercher Francesca.

Ils saluèrent Justinia qui secoua sa belle crinière bleue.

— A ce soir ! dit-elle implorante.

Peu après, ils roulaient sur la route conduisant à la ferme d'Antonio et d'Assunta. La chaleur n'était plus aussi intense que la veille, mais le paysage restait sec et craquant, prêt à s'embraser dans la lumière blanche. A mi-chemin, ils croisèrent un grand diable aux longs cheveux blonds qui tourna le dos pour éviter le nuage de poussière soulevé par la Bentley. Ils eurent le temps de le voir, la veste sur l'épaule retenue par un doigt, en pantalon de velours et chemise blanche. Au retour, Francesca assise entre eux, ils le dépassèrent un peu plus loin. L'homme marchait à grandes enjambées régulières. Il se détourna de nouveau et ils n'aperçurent que son dos athlétique.

— Qui est-ce ? demanda Jacques.

— Vous le savez très bien ! dit Francesca.

Cléry ralentit et s'arrêta cent mètres plus loin.

— Que faites-vous ? dit-elle. Continuez.

— Pourquoi ne viendrait-il pas avec nous ?

— Il n'y a pas de place. Continuez.

Cléry embraya. Sur la route asphaltée, il poussa jusqu'à 180. Francesca sourit de cet hommage à son plaisir. Comme ils passaient au ralenti devant la statue du Condottiere, elle dit :

— J'aurais voulu voir ce vieux con dans votre caisse à savon.

— C'est une Bentley !

— Sans moi, vous vous feriez tirer par un âne.

— Vrai ! J'oubliais.

La ville avait terminé sa toilette matinale, vernissée, brillante, lavée à grande eau. Portes et volets restaient ouverts. Tandis que les femmes s'affairaient à leur propre toilette ou à celle de leurs filles, les hommes reprenaient possession de la rue, feutre noir baissé sur le front, doigts dans l'entournure du gilet pour qu'on vît bien les chaînes en or ou en argent qui barraient leurs ventres. Diavolo, disparu depuis deux jours, apparut à un carrefour et courut devant la voiture, aboyant à droite et à gauche pour leur ouvrir la route et ranger les promeneurs.

— Il faudra garer la Bentley et la Topolino derrière la maison, dit Francesca. La place doit rester vide.

Dissimulées sous les arcades, les deux cuisinières étaient déjà allumées. Des hommes, en bras de chemise poussaient les feux. Un employé de la mairie, perché sur la dernière vasque de la fontaine, versait le contenu d'un arrosoir sur le costume de fleurs de la nymphe.

— Il pleut, il pleut, petite ! chantonnait-il en riant.

La nymphe souriait.

La nuit tombait quand ils gagnèrent la terrasse du palais. Par-dessus les toits, au ras des remparts, la chaîne des Apennins se drapait de mauve sous le ciel orangé. Un moment, tout l'horizon s'enflamma puis un voile gris de plus en plus sombre enveloppa la vallée. Par couples, les notables arrivaient : le maire et sa femme, le docteur Sobriano et madame en violet, le chef de l'escouade de carabiniers arrivée le matin, des personnages à bedaines ou exagérément maigres, membres du conseil municipal.

— Avez-vous remarqué ? dit Cléry à l'oreille de Jacques. Elles reprennent le pouvoir.

En effet, et bien qu'ils fussent chez eux dans le palais transformé en musée et en hôtel de ville, les notables saluaient la Contessina et sa sœur, avec une déférence et une obséquiosité inhabituelles. Il est vrai qu'elles étaient princières ce soir-là, habillées de longues robes de soie noire nouées à la taille par une ceinture dorée dont la boucle s'ornait d'une réplique en relief du Condottiere. Elles rayonnaient de distinction, intimidant visiblement les épouses des notables qui, pour se donner une contenance, se ruaient vers le buffet dressé par Folco et Domenico le planton. Sur la table à tréteaux recouverte d'une nappe blanche, brodée aux armes des Varela, les deux hommes avaient disposé des verres, des cruches en terre remplies de vin frais, des orangeades et des liqueurs sirupeuses, vertes et jaunes. Les dames se servaient prestement au passage, petit doigt levé, enfournant dans leurs bouches studieusement fardées des saucisses et des tranches de salami sur canapé, des beignets ou des petits fours. Seul le docteur Sobriano foudroya du regard sa femme au moment où elle portait à ses lèvres un amuse-gueule qu'elle s'apprêtait à avaler d'une bouchée, une lueur lubrique dans le regard.

Mme Sobriano, qui avait été soi-disant si pressée de parler avec Jacques, ne parut même pas le voir alors que son mari en veston bordé noir, pantalon rayé et gilet blanc, se dirigea aussitôt vers les deux Français :

— Bonsoir, messieurs ! Votre initiation commence. Naturellement, tout n'est plus que symboles, mais les symboles sont l'âme secrète d'un peuple. Vous connaissez les invités, je suppose.

— Non, loin de là ! dit Jacques. Mais est-ce nécessaire ?

— À franchement parler, non. Voilà quand même quelqu'un d'intéressant. Un fort caractère...

Essoufflée par les trois étages, Vittoria Campari apparut sur la terrasse. Ayant quitté pour un soir le pantalon et le chandail dans lesquels elle mijotait le reste de l'année, elle s'était confectionné, avec Dieu sait quel rideau ou dessus de lit, une robe ou plutôt une gandoura de brocart qui amplifiait magnifiquement ses formes.

— Elle fait de l'air, dit Cléry.

— Ça peut lui arriver ! dit le docteur qui ne connaissait pas l'expression et pensait plutôt à des flatulences.

Vittoria n'avait pas les mêmes réserves à l'égard des étrangers. Apercevant Jacques, elle se dirigea vers lui, l'index pointé.

— Les lettres de mon aïeul, monsieur le Professeur ! Vous les apprenez par cœur !

— Elles sont en sûreté dans les archives où j'en ferai une copie. Permettez-moi de vous présenter mon ami, André de Cléry...

Elle ouvrit les bras :

— Sur mon cœur, le Roi ! Quelle idée superbe, monsieur ! La vallée avait besoin d'un roi conquérant après un roi philosophe...

— Un philosophe ?

— Comment ? Personne ne vous a renseigné sur le lieutenant Strasser ? Eh bien, monsieur, vous l'avez détrôné d'un seul coup au but ! Tout le monde dans la vallée le sait.

— J'ai entendu parler de lui...

A la nuit tombée, seuls les photophores rouges éclairaient la terrasse. Posés à même le sol, ils baignaient d'une lueur lie-de-vin la vingtaine d'invités, accusant, par en dessous, les ombres de leurs visages, figures goyesques aux yeux caverneux, aux mentons prognathes. À la fois caryatide et montgolfière, Vittoria Campari les dominait par sa taille, son volume et sa voix de stentor. Quand les lumières de la ville s'éteignirent, il y eut des « oh » frissonnant de plaisir, et les épouses s'accrochèrent à leurs maris. Vittoria prit Jacques et André par le bras et les approcha de la balustrade tandis que Beatrice et Francesca s'asseyaient dans les deux chaises curules installées la veille. La ville avait magiquement disparu. Seules rougeoyaient discrètement, sous les arcades, les deux cuisinières. Tout le reste n'était plus qu'un sombre magma dans lequel on discernait les failles profondes des rues et la silhouette de cheminées qui dépassaient, mais, à un sourd murmure, on devinait que la ville respirait et bougeait dans ses entrailles, une sorte de frémissement indécis ressenti par les privilégiés réunis autour des demoiselles de Varela. Tous se turent, figés comme des enfants dans l'attente du coup de baguette magique qui lèverait le rideau.

Le son strident d'un sifflet perça la nuit. Dans la seconde qui suivit, une torche, jaillie d'une des tours de guet, balança un instant avant de s'engager sur le chemin de ronde et s'arrêta, dessinant sur la paroi de la tour et entre les créneaux, l'ombre dansante de son porteur. La nuit était devenue si noire que cet homme semblait suspendu dans les airs et quand, pour marquer l'éclat de sa joie, il jongla avec la torche, des comètes de feu tournoyèrent dans le ciel. Les comètes s'éteignirent, dispersant des gerbes d'étincelles et la torche éclaira le collant noir, le visage masqué de blanc de l'acrobate qui, d'un nouveau bond, s'approcha d'une bassine et y plongea son brandon : un champignon de fumée grise s'éleva dans les airs, libérant une flamme enivrée. Toujours bondissant le long du chemin de ronde, le porteur alluma d'autres brasiers, et la ville, bientôt cerclée de feu, surgit de l'ombre avec ses six tours carrées, les remparts, la dentelle des créneaux, la géométrie confuse des toits de tuile ronde, les échauguettes où les sentinelles gainées de cuir et d'argent veillaient immobiles, épée à la main.

La fête pouvait commencer.

Aux cris d'admiration poussés sur la terrasse par tous ceux qui admiraient la réussite de ces préludes, succéda la silencieuse attente du public plongé dans l'obscurité et retenant sa respiration jusqu'au lever du rideau. Des dames pensèrent à se restaurer pendant l'accalmie, mais Folco, impérieux, désignant la ville, leur fit signe de patienter. Des lueurs vacillantes apparurent dans les rues que la terrasse prenait en enfilade, bientôt suivies d'autres lueurs moins hésitantes. Des personnages dont on ne voyait rien que la bougie qu'ils brandissaient se formèrent en cortège et, très vite, les accès à la place du Condottiere se remplirent d'une procession de lucioles qui ondoyait dans la nuit. Quand les premiers arrivèrent sur la place, on vit plus distinctement qu'ils s'étaient formés en colonnes par quatre, portaient les mêmes déguisements et un masque. Ils débouchaient de tous côtés. Très vite l'espace libre autour de la fontaine fut rempli par les deux ou trois cents participants qui, lentement, se plaçaient sur les bancs devant les tables à tréteaux. À un nouveau coup de sifflet, les bougies furent soufflées et la guirlande de lanternes s'alluma. Juste en dessous de la terrasse, un orchestre entamait les premières mesures d'une aria.

— Albinoni ! dit Cléry. Comment connaissent-ils ce compositeur ?

— Depuis deux siècles, monsieur, dit Vittoria. C'est le morceau qui ouvrait la fête d'Ugo III. Nous avons conservé quelques traditions.

Comme eux, elle se pencha pour apercevoir l'orchestre. La perspective était si fausse que les musiciens semblaient n'être que des crânes chauves ou trop chevelus montés, sans corps, sur pieds. En retrait, debout sur un escabeau face à son orchestre, le chef dirigeait avec une étonnante maîtrise ses musiciens.

— Mais ils sont excellents ! s'exclama Cléry.

— Pff ! dit Vittoria. Ce n'est rien. Si vous les aviez entendus autrefois...

— Quand autrefois ? Au XVIIIe siècle ?

— Non, monsieur, je n'étais pas née. Je parle de l'avant-guerre. Depuis, ils ont découvert la radio et le phono. Tous ces musiciens ont plus de quarante ans. Il n'y a pas un seul jeune parmi eux.

L'aria terminée, la foule éclata en applaudissements. Le chef salua jusqu'à terre. Comme son orchestre, il était en bas blancs, culotte de soie noire serrée au genou, gilet rouge à brandebourgs et manches de chemise flottantes.

— Je n'ai pas encore compris la signification de cette fête, dit Cléry.

— Monsieur, dit Vittoria que l'ignorance du Français semblait agacer, monsieur, cette fête est pour les Varélains la seule occasion de se débrider. Oh, n'allez pas croire que tout finira par une partie de jambes en l'air ! Non. Mais, dans notre vallée, jeunes gens et jeunes filles n'ont guère l'occasion de se rencontrer. On se salue, on glisse un regard, on ne se parle pas. Nous sommes à peu près aussi souples que des piquets de tente...

— Il y a des exceptions, dit Jacques. Vous, par exemple...

— Oh moi, je suis une campagnarde et je n'ai pas plus peur des mots que Francesca. Il ne faut pas juger les Varélains d'après nous.

Dans les papiers de Varela, Jacques avait trouvé le menu de la fête. Somptueux. Trente tournebroches grilleraient des agneaux et des porcelets. Des enfants costumés en diablotins rouge et noir armés de soufflets plus grands qu'eux attiseraient les braises. Vingt femmes choisies parmi les plus obèses de Varela remuereaient des cuillères géantes dans des marmites de minestrone. Les poissonniers devaient servir sur des plateaux d'argent des espadons décorés de gelée verte et les pâtissiers, vêtus de tuniques rose et crème, impotents à force d'avoir goûté tant de sucreries dans leur vie, houspilleraient une armée de mitrons chargés d'arroser le caramel brûlant des pièces montées reproduisant le palais, l'église et les fortifications. Ugo III avait choisi jusqu'au vin : blanc de Soave, rouge de Barolo, chianti toscan et pour finir Lacrima Christi de la propriété du marquis Moccagatta. Le banquet durait des heures : du coucher du soleil jusqu'après minuit. Le jeune comte, très musicien, avait établi avec autant de soins la liste des compositeurs dont l'orchestre jouerait les morceaux les plus connus : Vivaldi, Albinoni, Locatelli, Tartini, Sammartini, rien que des contemporains. De même, des croquis assez maladroits mais précis définissaient les costumes des participants : béret de velours, justaucorps gris perle et chausses mauves sous une ample cape noire pour les hommes ; tricorne de feutre, corsage blanc échancré à la poitrine et dans le dos, large jupe de satin pour les femmes. Tous les masques se ressemblaient : noirs pour les femmes, gris pour les hommes. Personne ne se découvrait avant que le signal en fût donné par Ugo III lui-même, de la terrasse du palais. Si l'un des participants y contrevenait, on l'arrêtait aussitôt pour le jeter en prison.

Évidemment, deux cents ans plus tard, la ville de Varela ne pouvait assumer une telle munificence, mais le conseil municipal faisait quand même bien les choses et, à peine les dîneurs assis, les plats circulèrent de table en table, salués par des bravos et des cris de joie, tandis que de jeunes échansons de l'âge d'Umberto — il se trouvait sûrement parmi eux — la cruche sur l'épaule remplissaient les gobelets de faïence que chaque dîneur avait trouvé devant lui.

Sur la terrasse, il y eut un mouvement vers le buffet. Beatrice et Francesca abandonnèrent leurs sièges pour se mêler aux invités. Jacques s'approcha de Francesca qui regardait d'un œil dépourvu de pitié la razzia des dames affamées.

— Il n'y en aura jamais assez pour ces otaries, dit-elle.

— Pourquoi êtes-vous si dégoûtée de la nourriture ?

— Eh quoi ? Finir comme elles ? Vous ne les voyez pas ?

Comment ne pas les voir ? Elles se bousculaient, se parlaient la bouche pleine, dévastant le buffet, et si Folco n'avait pas sagement prévu des réserves de sandwiches, il ne serait rien resté au bout de dix minutes.

— Où est le lieutenant Strasser ? demanda Jacques.

— Je ne le tiens pas en laisse.

— Vous l'aimez ?

— Qui aurais-je pu aimer d'autre ici ? Regardez-les... regardez-les bien ! Avant de rencontrer Helmut, je vivais dans le désert. Il n'y a qu'un ennui, c'est que, maintenant, nous sommes deux à vivre dans le désert.

Ils s'accoudèrent au parapet. De la place montait la rumeur

du banquet. Les petits échansons couraient de table en table avec leurs dames-jeannes qu'ils remplissaient à de grands tonneaux arrimés à une charrette. Des matrones aux seins prodigieux distribuaient le pain ou versaient à chacun une louche d'un ragoût — probablement de l'osso bucco — dont les relents poivrés montaient jusqu'à la terrasse. Après une pause, l'orchestre joua un concerto de Corelli sans en avoir peut-être tout à fait les moyens, mais la fraîcheur et le naturel de l'interprétation suppléaient aux faiblesses des violons et de la clarinette. Devant son pupitre, le chef conduisait l'orchestre avec autant de sérieux que s'il avait eu deux cents instrumentistes.

Pour qui connaissait Varela en son ordinaire, la fête révélait une face cachée. Voilà des gens qui aimaient la musique et se taisaient pendant l'exécution des morceaux, qui retrouvaient avec le plus grand naturel les manières, le raffinement de leurs ancêtres. Selon les instructions laissées par Ugo III les participants devaient tous être célibataires eussent-ils cent ans.

— Je me demande à quoi ça rime, dit Cléry à Jacques.

— C'est le bal des débutantes. L'idée a été reprise à Buckingham et dans la bonne société américaine. On engraisse, on farde une fille à marier et on la lance dans la foule.

— Pas très facile de choisir sous ces masques. Il est vrai que les bras sont nus. Est-on autorisé à tâter ?

Beatrice s'approchait.

— Nous avons une grave question à vous poser, dit Jacques en lui prenant la main pour qu'elle fût tout près d'eux. Oui, André aimerait savoir si, avant de fixer leur choix, les jeunes gens ont le droit de tâter — avec délicatesse bien entendu — les rares morceaux de chair offerts à leur convoitise : un avant-bras, le cou, la main.

— Je crois, dit-elle en riant, que les choses se font toutes seules. Les timides risquent le coup, les yeux fermés. Les plus audacieux prennent tout de suite des repères. On ne doit pas les juger d'après ce qui se passe en ce moment. Ils viennent de se rencontrer. Ils s'intriguent les uns les autres. Vous aurez du mal à l'imaginer, mais ils ne se reconnaissent pas, sans doute parce que, bien que la ville soit petite, ils ne se sont jamais parlé. La famille est leur seul bouillon de culture. À l'école, garçons et filles sont séparés et dans leurs classes respectives il y a des classes sociales si bien définies que les élèves ne se mélangent pas. Ceux qui habitent dans les environs immédiats de la place se considèrent d'une essence supérieure à ceux qui habitent près des remparts...

En les jetant dans une fête, Ugo III avait certainement cherché à faire éclater cette société pétrifiée dans sa vallée et ses fortifications. Si l'ambiance restait encore timide, si les participants hésitaient à donner de la voix, une rumeur montait déjà vers la terrasse et même Francesca, malgré son attitude désabusée, commençait d'y goûter, abandonnant la continuelle agressivité qui l'animait. Elle prit les deux hommes par le bras et les conduisit vers Folco qui leur servit du vin dans des hanaps d'étain qu'il tira de sous la table.

— C'est à peu près tout ce qui reste de la vaisselle du Condottiere, dit Francesca. Buvons à la mémoire du héros.

Le chef des carabiniers s'était saisi de Beatrice et l'entretenait avec une gravité respectueuse en lissant sa belle moustache noire. Sa main gauche s'appuyait sur le pommeau de son sabre dont l'extrémité relevée accrochait le bas de la jupe d'une dame, dévoilant une paire de joyeux mollets. Visiblement enchanté de s'adresser à la Contessina, le carabinier imprimait à son sabre de petits mouvements secs qui finirent par alerter la dame. Elle poussa un cri, déclenchant le fou rire de Francesca.

— Dommage qu'il n'ait pas continué, dit-elle. Ça manquait de gaieté.

Le maire aperçut Cléry et se rua vers lui, reprenant la conversation de la veille, tout aussi incompréhensible pour l'un que pour l'autre, mais le Français tenait bien le coup et gesticulait autant que son volubile interlocuteur. Le docteur Sobriano surveillait son épouse qu'il rattrapait par le bras chaque fois qu'elle esquissait un pas vers le buffet. Mme Sobriano serrait sur son ventre rebondi un sac de tapisserie dans lequel elle avait déjà réussi à glisser quelques sandwiches pendant un moment d'inattention de son mari. Des autres notables, Jacques ne pouvait dire grand-chose. Il croyait reconnaître des visages croisés au hasard de ses promenades dans Varela : un homme livide aux joues bleues, le cou serré dans un faux col de celluloïd qu'on lui avait dit être le notaire ; un autre plus large que haut, rouquin crépu aux joues roses, le maître de postes ; un personnage effacé, aux mains jointes sur le bas-ventre pour se protéger comme si ces messieurs, retrouvant les plaisirs de la récréation, allaient brusquement jouer à *Piglia catsou* ! Ombre du *Sindaco*, il se tenait derrière lui à seule fin de recueillir son verre vide et d'aller le remplir au buffet. Les dames levaient beaucoup de petits doigts en buvant de l'orangeade, maculant de rouge leurs verres dont elles essuyaient ensuite le rebord avec un mouchoir de dentelle. Il paraissait évident que c'était, pour elles, la grande occasion de l'année et qu'autrement, les hommes se voyaient sans leurs femmes et les femmes sans leurs maris, mais malgré cela les hommes formaient des groupes à part, et les épouses restaient entre elles. Jouait aussi le sentiment enivrant d'être, au moins un soir, reconnu pour un notable et reçu par la Contessina qui retrouvait une souveraineté perdue.

— Ils s'amusent follement, dit Jacques à Francesca.

— N'est-ce pas ? Il n'y a qu'à regarder leurs têtes.

L'éclairage indirect des photophores déformait leurs expressions, accentuant les mentons, les nez, les sourcils, mais laissant dans l'ombre les bouches qui semblaient ouvertes comme s'ils éclataient de grands rires silencieux.

L'orchestre s'arrêta de jouer. Jacques et Francesca retournèrent s'accouder au parapet. On servait aux musiciens une collation qu'ils mangeaient sur leurs genoux. Un enfant versait à boire. Des grils et des cuisinières sous les arcades montaient des bouffées de fumée grise qui voletaient au-dessus de la place.

— Où est Helmut Strasser ? demanda Jacques à Francesca.

— Caché quelque part.

— Pourquoi n'êtes-vous pas avec lui ?

— Ce serait trop long à vous expliquer.

— J'aurais aimé lui parler.

— Il est venu pour vous rencontrer, vous et Cléry.

— Aidez-moi à le retrouver... et si nous descendions ?

— Attendez.

Elle lui prit la main et la serra fortement. L'émotion fut telle qu'une boule d'angoisse le saisit à la gorge. Seul avec elle, il l'aurait prise dans ses bras, certain qu'elle accepterait l'élan de tendresse et de confiance sans équivoque qui l'envahissait.

— Je suis timide, dit-il.

— Je le sais bien. Helmut aussi est timide. J'ai dû le violer. Je ne connaissais rien de l'amour... Il a fallu tout inventer. De mon père, j'ai hérité un grand appétit. Helmut a souvent eu peur. Qu'est-ce qu'il est venu faire sur terre ? C'est un archange. Vous verrez sa beauté. Par moments, je me dis qu'il soigne trop son âme. Au diable, les âmes ! J'aime les corps ! Ce qui m'a amusée dans le cabinet secret d'Ugo III c'est que ses livres, ses sanguines ne racontent rien que je n'aie découvert toute seule. Si je les avais connus plus tôt, j'aurais gagné du temps, mais je ne suis pas fâchée d'avoir si bien imaginé ces plaisirs.

— Arrachez-vous de Varela !

Elle hocha la tête, lâcha sa main et posa un bras autour des épaules de Jacques.

— Ne vous en faites pas ! dit-elle après avoir jeté un rapide coup d'œil derrière elle. Ils nous observent, mais je m'en moque. Une grâce me protège. Ils envient tous ma liberté.

Les musiciens terminaient leur collation. Le maestro s'impatientait et tapotait la balustrade avec sa baguette. Aux tables, le ton montait. On applaudit très fort la présentation de gigantesques plats de viandes dont les dîneurs se servirent à pleines mains. Quelqu'un cria au maestro de jouer. Un violon donna le *la* et le petit homme écarta les bras, réclamant le silence. Le joyeux esprit de Scarlatti envahit la place.

— Je ne m'arracherai jamais de Varela, dit Francesca. Ici, Beatrice et moi, nous existons. Ailleurs nous ne sommes rien. Et moi j'ai trop peur d'être rien. Quand j'ai eu dix ans, mes parents m'ont envoyée un an dans un couvent de sœurs françaises à Rome. J'ai bien appris le français mais je me sentais comme une lionne en cage. Le couvent était trop petit et Rome était trop grande. Hors de la vallée, c'est le désordre.

— Le désordre et la vie.

— Mais ici je vis !

— Pas Beatrice.

— Allons, dit-elle en se moquant, faut-il tout vous expliquer ?

— Oui, s'il vous plaît.

— Ce n'est pas mon secret, c'est le sien.

— Est-ce qu'elle me le dira ?

— Elle espère que vous l'avez déjà deviné.

— C'est un casse-tête pour moi.

— Pauvre Giacomo !

Elle lui posa un rapide baiser sur la joue et ajouta :

— Dans un instant, ils danseront. Au début, c'est toujours un peu guindé, mais après un moment, ils s'animent. Vous descendrez : j'ai deux capes et deux masques pour le Roi et vous.

— Comment reconnaîtrons-nous le lieutenant Strasser ?

— Le hasard... le hasard, cher monsieur le Professeur. Laissez-vous guider.

Elle se retourna et appela Vittoria Campari qui les rejoignit suivie de Cléry qu'elle réussit à arracher aux discours du maire.

— Il m'a noyé, dit Cléry, noyé dans le verbe et j'ai sûrement compris le contraire de ce qu'il me demandait. Il aimerait construire un aérodrome pour amener des touristes dans la vallée. Je lui ai parlé de « mon » opéra ; il a paru très intéressé. Mais il ne veut pas un seul opéra, il en veut dix. Il appelle ça... comment... une « montra » !...

— Une « mostra » ! dit Francesca. Pour quoi faire et pour quoi montrer ? Mon cul...

— Ce ne serait pas si mal, dit Vittoria en lui caressant les fesses.

Francesca lui tapa sur la main pour se défendre.

— Il est trop petit, dit-elle. Tu vois les protestations des touristes qu'on amènerait de Rome pour voir des merveilles et qui n'auraient que mon cul à contempler.

— Je vous admire toutes les deux, dit Cléry. Vous parlez le français avec une désinvolture que beaucoup de Françaises vous envieraient, mais chez des Françaises, ce serait... comment dire... choquant, oui choquant, alors que dans votre bouche, c'est irrésistible.

— Enlevez l'accent et l'inattendu, et le charme disparaît, dit

293

Jacques. Il ne resterait plus que le mot « cul ». Prononcez le « u » à la française et le mot s'écrase. En « ou » le mot s'envole. Il prête à des confusions charmantes avec coup, cou et coût. Un Italien, disant à une Française : « Comme vous avez un joli cou » peut déchaîner la confusion.

Vittoria éclata de rire. Les dames des notables la regardèrent avec plus d'effroi que de réprobation.

— Heureusement, dit-elle, les Italiens parlent beaucoup avec les mains. Quand un Italien assure une Française qu'elle a un joli « cou », il désigne aussitôt la partie intéressée. Impossible de s'y tromper. Il ne faut pas vous étonner que Francesca et moi parlions avec tant de liberté. Nous sommes toutes les deux, moi quinze ans avant elle, passées par le même couvent de sœurs françaises à Rome, et nous avons eu le même professeur, un vieux monsieur, toujours en noir, avec de grosses moustaches grises tachées par le tabac, qui prenait grand plaisir à enseigner des mots orduriers à de petites oies de bonne famille et des filles de diplomates. Je crois qu'il le faisait parce qu'il détestait les bonnes sœurs.

Le docteur Sobriano attiré par l'éclat de rire de Vittoria, les rejoignit après avoir pris soin de coincer sa femme entre deux matrones qui barraient la route du buffet.

— J'entends parler français ! Quelle langue merveilleuse ! Quel régal ! L'italien est une musique d'opéra, le français est une musique de chambre.

— Surtout de la façon dont ces dames le parlent, dit Cléry.

— Au XVIIIᵉ siècle, toute l'Italie qui avait de l'esprit s'exprimait en français. On me dit que les choses ont changé, qu'à Rome l'anglais triomphe. C'est une nouvelle civilisation qui commence. Nous sommes quatre à parler français parmi les Varélains, alors que nos souverains et leurs cours s'exprimaient plus facilement en français qu'en italien. On nous parle de progrès, j'appelle ça une décadence... Qu'est-ce que notre fête de ce soir ? Une parodie. Nous n'avons pas besoin de beaucoup d'imagination pour rêver à ce qu'a été la fête d'Ugo III. Il a déchaîné la folie dans Varela...

En regardant de la terrasse, on pouvait difficilement espérer que la même folie se déchaînerait deux cents ans après. Intimidés par leurs déguisements et leurs masques, les Varélains riaient, buvaient, mangeaient, mais sans que le ton montât. Les mêmes matrones qui avaient servi à pleines louches le ragoût, promenaient maintenant d'immenses gâteaux glacés au sucre. Les tables se servaient au passage, tandis que les petits échansons couraient, leurs dames-jeannes sur l'épaule, hélés par les tables. Il était à prévoir que grâce à leur joyeux zèle, les convives ne tarderaient pas à se dégeler.

— Est-ce que nous ne devrions pas voler au secours de Beatrice ? demanda Cléry.

Entourée de trois hommes absolument persuadés de leur importance, elle écoutait leurs discours entrecroisés avec une infinie patience.

— C'est la nuit des placets, dit Jacques. Elle écoute ses sujets. Ils font bien de tout lui dire. Demain, elle aura perdu le pouvoir, comme Ugo III. À propos, Donna Vittoria, vous savez sûrement ce que sont devenus Amedeo et Vittoria après la fête.

— Franchement, je ne connais que ce que la famille en a retenu. Amedeo est parti pour la France avec la comtesse. Une fois arrivé en Provence il s'est assuré qu'elle était bien rentrée dans sa famille et il est revenu en vitesse à Varela où il n'a pas eu trop de mal à être élu Premier Magistrat de la Nouvelle République. La légende veut que la comtesse Béatrice soit retournée à Varela trois ans après, habillée en pauvresse avec son fils Benito. Dans la rue, elle a croisé Amedeo en compagnie de sa nouvelle femme une demoiselle Tortoni, de Pérouse. Il avait beaucoup engraissé. Béatrice n'a pas cherché à se faire reconnaître. Elle est partie pour Rome demander à Clément XIII de protéger son fils. Le pape a confié l'éducation de Benito à un collège de jésuites, et Béatrice a disparu. Les uns ont dit qu'elle a été assassinée par des brigands sur la route du retour, ou qu'elle est entrée dans un couvent, mais le bruit a aussi couru qu'au cours d'un voyage à Naples, elle a rencontré un joli pêcheur du Pausilippe et qu'elle a fini ses jours avec lui. Quant à Vittoria, ma chère grand-tante, elle est bien partie pour Venise avec Ugo III. Ils ont apparemment passé huit jours sublimes à s'aimer dans le « palazetto » comtal, mais son frère adoré lui manquait. Elle a plaqué Ugo pour retourner à Varela où Amedeo l'a mariée avec un de ses conseillers intimes et elle a engraissé autant que son frère. Voilà tout ce que je sais.

— Là-dessus, dit Francesca, j'ajouterai que Benito après avoir servi dans les armées du pape, puis de Louis XVI, est revenu à Varela après la mort d'Amedeo. Grâce à l'appui du Saint-Père, on lui a rendu la maison que nous habitons et quelques fermes. De ses voyages, il avait ramené une Hongroise. On prétend que ce sceptique aimait trop les femmes pour désirer le pouvoir. Il a pactisé avec les Campari au lieu de les assassiner comme il aurait dû s'il avait eu des couilles.

— Il en avait ! dit Vittoria.

— Oui, mais pour les dames seulement.

— D'accord... mais un fils d'Amedeo aurait assassiné le fils de Benito. Et ainsi de suite... Non merci.

Cléry qui rêvait toujours à son opéra, trouva le sujet intéressant, à la condition de le moderniser, de demander à Hadley Chase ou Dashiel Hammett d'écrire le livret, à Léonard Bernstein ou à Menotti de composer la musique. Il regrettait les bons sentiments de Benito de Varela qui privaient le théâtre lyrique d'un thème sanglant et tragique comme celui de *Roméo et Juliette*. La scène de la fin aurait donné lieu à un ballet aussi éblouissant que celui de Verdi dans la *Traviata*, avec une chorégraphie de Balanchine ou de Lifar. Mais, après tout, pourquoi s'embarrasser de vérités historiques ? Lorenzo da Ponte n'y regardait pas de si près. L'opéra avait droit à toutes les libertés.

De la place montait le bruit d'un grand remue-ménage. Les invités de Beatrice se rapprochèrent du parapet. Le banquet s'achevait et déjà des hommes s'affairaient à démonter les tables et à ranger les tréteaux sous les arcades pour dégager l'espace autour de la fontaine. Sur la margelle, on alluma des coupes remplies de pétrole et d'huile. De vives flammes blanches cernèrent la nymphe dans son costume fleuri. Ombres et lumières dansantes l'animaient comme si elle allait descendre de son piédestal de vasques et se mêler aux jeux de la foule. En dessous de la terrasse du palais, le maestro distribuait de nouvelles partitions à ses musiciens. Jacques se rapprocha de Beatrice et l'entraîna à part.

— Je ne suis pas sûr que nous devons, Cléry et moi, nous mêler à la fête. Est-ce vraiment vrai que le lieutenant Strasser veut nous rencontrer ?

— Faites-le pour Francesca. Il faut qu'elle vive au grand jour.

— Et vous, Beatrice, vous ?

— Je vous l'ai dit : rien ne m'arrivera plus.

— Je ne m'y résigne pas.

— Il faut bien.

Qu'offrait-on à une femme comme elle ? Il ouvrit ses mains nues.

— Je n'ai que ça, dit-il.

— Vous avez beaucoup plus et j'aime ce que vous êtes. J'aime les Français comme ils sont.

— Est-ce que je peux être brutal ?

— Oh non, non, non, je vous en supplie !

Elle lui appliqua deux doigts sur les lèvres. Il saisit le poignet et attira la main pour en baiser la paume.

— Vous êtes perdue, dit-il en riant. Tout le monde nous a vus.

Beatrice rit à son tour.

— Au point où j'en suis avec eux, ce n'est pas grave. Dans leur esprit, il n'y aura plus de doutes et c'est un soulagement. Ils parleront d'autre chose. J'aimerais... J'aimerais...

Elle parut soudain si intensément découragée qu'il se tut, ne sachant comment l'aider.

— J'aimerais, dit-elle, que vous partiez avec Francesca.

— Et *lui* ?

Elle haussa les épaules.

— C'est fini. Elle n'a plus que de la pitié !

— De la pitié ? Mais une femme n'a rien de plus misérable à offrir à un homme ! Qui en voudrait ?

— Partez, partez avec elle !

Le ton soudain suppliant de Beatrice ajoutait à la confusion des sentiments de Jacques. Voilà déjà quelques jours qu'il ne voyait plus clair en lui-même, qu'il se livrait aux délices de l'instant, à l'attirance du beau visage grave et pathétique de Beatrice, à la tentation absolument folle d'Adriana et que Francesca le bousculait. Mais partir avec celle-ci, il l'avait d'autant moins envisagé que le romanesque des amours d'Helmut et de Francesca lui semblait, depuis qu'il l'avait découvert, d'une essence si belle, si hautaine que rien ne l'égalerait. Il voulut se défendre.

— Elle n'éprouve rien pour moi. Comme pour Adriana, je ne suis que l'instrument de leur évasion. Beatrice, vous perdez la raison !

— Oh, Giacomo Selvaggio, vous êtes aveugle. Faites un geste vers elle et vous verrez !

— Francesca est du feu et moi je suis tellement, tellement ennuyeux, dit-il avec une sincérité désarmante. Depuis que je le connais, je rêve d'avoir l'esprit, l'impétuosité de Cléry. Je me contente trop bien d'être son ombre.

— N'exagérez pas et souvenez-vous avec quel effroi il est revenu de son bain en compagnie d'Adriana.

— Croyez-vous qu'elle ne m'a pas troublé aussi ?

— Parce qu'elle est d'une exquise tentation au moment de votre choix. Et puis... faut-il vous l'avouer... je n'y suis pas pour rien. Ça me plaisait de voir éveillés en vous ces désirs que vous ne connaissez pas !

Elle sourit et baissa la tête pour ajouter :

— La nature ne me permet pas les hommes. Je n'ai droit qu'aux plaisirs que vous savez. Ils montent en moi comme si je recevais un amant. Je suis une infirme, monsieur le Professeur. Ne le criez pas sur les toits. J'ai mon orgueil. Voilà... je vous en ai dit plus qu'à aucun autre être, sauf à Francesca. N'en parlons plus. Seul à seul, je n'aurais pas eu le courage de vous l'avouer, mais ces imbéciles me protègent et je reste la Contessina Beatrice. Ils ne sauront pas que je suis une femme humiliée.

Confondu par le ton à la fois calme et désespéré de Beatrice, Jacques resta sans un mot. Elle le quitta pour rejoindre le maire qui s'impatientait de la lenteur avec laquelle on dégageait la place autour de la fontaine. Jacques respira profondément comme un homme qui vient de recevoir un mauvais coup. Il ignorait ce que signifiait physiologiquement l'aveu de Beatrice bien que des exemples tirés du passé lui fussent aussitôt venus à l'esprit. Des historiens penchés sur les cas de la reine Elizabeth d'Angleterre et sur Mme Récamier avaient consacré une partie de leur vie à se quereller sur les virginités de ces dames avec la même passion que Sainte-Beuve défendant la vertu posthume de Mlle Aïssé. La reine et la bourgeoise avaient suscité des passions qui achoppaient devant une malformation physique. Pourtant, sans aucun doute, elles avaient connu l'amour, mais évidemment pas un de leurs soupirants ne leur écrivait comme Amedeo Campari à Béatrice de Grandson de Bormes : « Parti à huit heures, je serai à minuit dans tes bras, à minuit une dans ton lit, à minuit deux dans toi... » Ce « dans toi » était d'une enivrante précision. Plus tard, abandonnée, dupée, trahie, la belle Française se souvenait peut-être plus intensément de ces minutes-là que des serments trompeurs du chevalier Campari. Il lui restait, au-delà des mensonges, le goût d'un plaisir fulgurant dont la Contessina Beatrice ne connaîtrait que les spasmes solitaires. Avec son courage tranquille et sa dignité, elle surmontait l'infirmité diabolique qui punissait la dernière descendante d'une famille d'effrénés jouisseurs. Jacques éprouva une immense pitié et, dans un éclair encore confus, il envisagea de rester près d'elle, bien qu'il fût probable qu'elle n'accepterait jamais une union destinée à demeurer incomplète.

— Monsieur le Professeur ?

Une main se posait sur son avant-bras. Habillé du costume des petits échansons — chemise blanche et gilet rouge, culotte de gros drap bleu — Umberto le ramenait sur terre.

— Et alors, qui servira le vin si tu quittes ton poste ?

— Oh, nous sommes au moins trente et maintenant les gens vont danser. Est-ce que vous venez ?

À quelques pas, Francesca en conversation avec Cléry, tourna la tête et lui fit un signe. Jacques se rapprocha d'elle.

— Vous venez aussi ?

— Je crois que oui, dit-elle. Nos vêtements sont dans la chambre d'Ugo III. Allons nous habiller.

Dans la chambre, des vêtements les attendaient : un costume de femme, deux grandes capes noires et des masques. Cléry resta la bouche ouverte quand Francesca, dégrafant sa robe noire qui tomba à ses pieds, apparut complètement nue. Beaucoup plus délicieux qu'on n'aurait pu le penser, offrant de jolis seins, une taille de guêpe, des jambes élancées, son corps rappelait celui d'Adriana sans que les dix années qui les séparaient eussent altéré sa gracilité.

— Monsieur le Capitaine, on croirait que vous ne voyez jamais de femmes nues.

— J'en ai vu ! dit-il vexé. Mais d'ordinaire, c'est moi qui leur demande de se déshabiller. Et encore ne le font-elles pas toujours !

Francesca rit et enfila le costume préparé pour elle, demandant à Jacques de la boutonner dans le dos. Il s'y prit avec maladresse, et elle le remercia d'une caresse sur la joue.

— Maintenant, dit-elle, je ne prétends pas que nous passerons inaperçus, mais si Helmut est vraiment décidé à vous parler, il nous retrouvera facilement. Ne me quittez pas.

La danse commençait quand ils arrivèrent sur la place. Les jeunes filles tournaient en cercle, face aux jeunes gens qui formaient un second cercle plus large autour d'elles. Les deux rondes allaient en sens contraire au rythme d'une tarentelle qui s'interrompait brusquement pour leur permettre un choix, mais, peu habitués à leur déguisement, aux masques qui cachaient le haut du visage, ils ne se décidaient pas encore. Le maestro relançait la tarentelle, et les deux cercles tournaient en sens contraire, l'excitation, le plaisir montant avec les rires, les cris, les appels sous les arcades et aux fenêtres des parents qui les observaient et les encourageaient de la voix à se donner enfin au jeu. On voyait bien que l'hésitation venait du côté des hommes qui craignaient de plonger dans l'inconnu, de se saisir d'une partenaire dont ils ne pourraient peut-être plus se défaire. Ce ne fut qu'au quatrième ou cinquième arrêt qu'un jeune homme se décida et tendit les mains à son vis-à-vis, entraînant enfin les autres à former des couples qui dansèrent autour de la fontaine.

— Venez ! dit Francesca entraînant Cléry par la main.

Jacques resta seul au pied des marches du palais. Évidemment, la fête de ce soir caricaturait la fête d'Ugo III. Grâce aux notes laissées par celui-ci, il imaginait sans mal la somptuosité du banquet et des divertissements. Les Varélains s'y étaient certainement donnés avec bien plus de frénésie. Le jeune souverain, jouant avec le feu, voulait prouver aux Varélains qu'ils étaient aussi capables que lui de se laisser entraîner dans la débauche. Il n'avait réussi qu'à se faire mépriser et chasser. Pour l'instant, les couples dansant autour de la nymphe évoquaient plus une fête de patronage qu'un bal orgiaque. Le rythme très vif de la tarentelle avait au moins le mérite de leur faire perdre de leur raideur. Cléry et Francesca, happés par la foule, s'étaient volatilisés.

Jacques ne s'étonnait plus de la totale spontanéité de Francesca, mais tout de même, quelques minutes auparavant, elle l'avait sidéré. Il lui aurait plutôt imaginé un corps garçonnier osseux et musclé, et voilà qu'elle se révélait une harmonieuse beauté à couper le souffle. Comment réagissait Cléry en sachant qu'elle ne portait rien sous sa robe ? Une des danseuses lâcha son partenaire et courut vers Jacques.

— Tu me prends dans tes bras ! dit-elle.

Son déguisement donnait à Adriana l'ampleur d'une femme. Il la suivit, inquiet de sa propre maladresse mais elle sut le conduire d'une pression de main, d'un élan du corps et très vite, il se sentit à l'aise.

— Tu ne sais pas qui je suis ! dit-elle.

— Absolument pas. Impossible de deviner. Voyons... est-ce que tu ne t'appelles pas... euh... Mariella ?

— Mariella ! C'est ça ! Tu as deviné.

Elle éclata de rire et se serra contre lui.

— Non, je t'ai menti ! Je suis la nymphe de la fontaine. Je suis descendue pour toi, mon cher étranger qui m'emmèneras si loin vers la grande ville. Est-ce que tu m'aimes ?

— Pas du tout !

— Oh tant mieux... alors tu ne souffriras pas si je te trompe.

— Mon enfant, je te ferai tellement l'amour que tu n'auras plus la force de me tromper.

Il s'écarta d'elle et feignit de la regarder avec sévérité.

— Mais est-ce bien une conversation pour une petite fille ?

D'un sec mouvement des bras, elle le rapprocha d'elle.

— Mais, grand-père, ce ne sont pas des manières, quand on

danse avec une petite fille, d'avoir un bâton pareil dans la poche.

Non ce ne sont pas des manières, il l'avouait volontiers, et, pourtant, comment résister ? Depuis son arrivée, Varela tendait des pièges. Il n'en évitait aucun, tombant dans tous, découvrant la vie comme s'il ne l'avait jamais connue : secrète, fruitée, innocente, perverse, poétique, triviale, sans cesse secouée d'obsédants désirs. Matelassés d'orgueil, confits dans leur hypocrisie morale, ignorants jusqu'à l'absurde, révélant des âmes de midinettes quand ils écoutaient la radiodiffusion du *Cœur battu*, les Varélains lui apprenaient tant de choses qu'il commençait à se sentir l'un d'eux.

La danse s'achevait. Ils se désunirent. Adriana garda sa main et lui planta les ongles dans la paume.

— J'ai peur ! dit-elle. *Il* est là !

Appuyé à un pilier des arcades, masqué, drapé dans une cape noire qui sentait à mille pas son spadassin de tragi-comédie, Belponi surveillait la foule. Le docteur Sobriano voyait juste : jamais le peintre, déguisé ou non, ne passerait inaperçu, avec sa haute taille et ses énormes mains. La nature en ferait toujours le point de mire de la foule, une monstruosité pitoyable quels que fussent son talent et les mièvres ressources de sa sensibilité.

— Il ne te veut pas de mal !

— Oh si, je le sais ! Quand il me rencontre dans la rue, il tremble. L'autre nuit, si tu n'avais pas crié, il me violait. Viens, cache-moi.

— Il faut que je retrouve Francesca.

— Je vais t'aider.

Elle l'entraîna de l'autre côté de la place. L'orchestre entama un nouvel air et il fut impossible de distinguer Francesca et Cléry des autres danseurs.

— As-tu vu le lieutenant allemand ? demanda-t-il.

— Comment ? Vous savez ?

Sous le coup de la surprise, elle perdait le charmant tutoiement de leur rencontre inattendue

— Oui, je sais ! Il est là ?

— Oui.

— Montre-le-moi !

— C'est difficile. Il est grand et maigre comme vous.

— Viens danser. Nous verrons.

Ils retournèrent dans la foule. Attentive, Adriana cherchait Helmut Strasser. Brusquement l'orchestre s'arrêta et les couples se désunirent. Un jeune homme attira Adriana et Jacques se retrouva devant une femme qui ouvrait les bras, attendant qu'il l'invitât. En dessous du masque qui ne cachait que les yeux et le nez, elle souriait timidement. Il la prit par la taille et commença de danser avec tant de maladresse qu'elle trébucha.

— Pardon ! dit-il.

— Ce n'est rien.

— Est-ce que je vous connais ?

— Oui.

Un instant, il craignit que ce fût la jeune fille au lupus, Lucia, la sœur aînée de Gianni Coniglio, mais à un mouvement qu'elle fit pour rajuster son masque, il vit des joues fraîches et roses.

— Je vous guettais, dit-elle. Je voulais danser avec vous.

— Ah je devine... Emilia ?

Elle hocha la tête en signe d'acquiescement. Ils dansèrent encore un moment en silence entraînés par les autres couples qui tournaient autour de la fontaine.

— J'ai eu honte pour vous l'autre soir, dit-il.

Emilia haussa les épaules. Aucune honte. C'était ainsi. Gianni faisait ce qu'il voulait.

— Il vous oblige souvent à le faire ?

— Jamais devant des étrangers, mais souvent il me demande de me déshabiller, de me coucher devant lui et il me regarde sans me toucher. C'est pour sa poésie. Gianni est un grand poète. Il est très malheureux.

— Je crois surtout qu'il se rend malheureux.

— Peut-être ! dit-elle. Je ne sais pas. Je ne sais rien.

Elle paraissait lasse, abandonnée aux volontés des uns et des autres, aux misérables phantasmes des hommes. Il pensa que s'il l'attirait n'importe où dans une chambre, et lui demandait de se déshabiller, elle lui obéirait avec la même morne indifférence qu'à son frère.

— Comment est-ce, ailleurs... dans le monde ?

Rêverait-elle ? On pouvait le croire

— Pareil !

Elle soupira .

— Je m'en doutais.

L'orchestre s'arrêta. Emilia se detacha, salua d'un petit signe de tête et se tourna vers un jeune homme qui lui saisit la main. Jacques n'existait plus. Elle avait appris ce qu'elle voulait savoir. Adriana bondit sur lui, repoussant un masque qui lui offrait de danser.

— Je suis dans tes bras, dit-elle. Ne me lâche pas.

L'orchestre reprenait. Adriana guidait Jacques vers un angle de la place.

— Tu sais où ils sont ?

— Oui mais il faut quitter le bal sans que Belponi nous voie.

— Je suis comme les autres ! Personne ne peut me reconnaître !

Son joli rire enfantin éclata :

— Tu es presque aussi grand que lui et tu danses si mal ! Emilia Coniglio t'a bien repéré tout de suite. Qu'est-ce qu'elle te voulait ?

— Des sottises !

— Elle est si bête !... Ne m'écrasez pas les pieds, monsieur le Professeur, s'il vous plaît. Je ne vous ai rien fait.

Insensiblement, elle l'attirait vers un angle de la place. Ils y seraient arrivés si l'orchestre ne s'était de nouveau arrêté pour que les partenaires changent. On lui enleva Adriana et il dut danser avec une grosse fille qui sentait la poudre de riz et la sueur.

— Vous ne parlez pas ? demanda-t-elle.

— Très peu. Je sais à peine quelques mots d'italien.

— Oh ça, ce n'est pas vrai ! Vous avez de l'accent, mais je vous ai entendu avec d'autres et vous parlez très bien !

— Comment me reconnaissez-vous ?

— Je vous ai vu sortir du palais. Tout le monde vous connaît, monsieur le Professeur, mais vous ne pouvez pas encore connaître tout le monde.

Elle s'exprimait avec naturel et même une aisance inattendue.

— Est-ce que les Français dansent mal ? dit-elle.

— Non. Je suis le seul.

Elle rit :

— Alors, je n'ai vraiment pas de chance. D'ailleurs, je n'ai pas de chance dans la vie : je suis grosse et pas très jolie. C'est la troisième fois que je viens à la fête et jamais un cavalier n'est resté avec moi. Mon nom est Maria. Depuis *Le Cœur battu*, à la maison, on m'appelle Mariella. Vous connaissez Agostina Bossi ?

La conversation s'enlisait. Heureusement, il fallut changer de partenaire et Jacques, dédaignant celles qui s'offraient, fendit la foule et retrouva Adriana. Elle lui prit la main et, preste comme une souris, évitant les mains tendues qui essayaient de la saisir par la taille, passant derrière les couples qui se formaient, elle réussit à sortir du cercle des danseurs. Dans la rue qui montait vers les remparts, elle le lâcha pour retrousser sa jupe jusqu'à la ceinture. À la lueur falote des rares lanternes allumées au carrefour, elle bondissait dans les éclairs d'un jupon blanc, dévoilant ses jolies jambes de gazelle dans des bas de soie noire retenus à la cuisse par des jarretelles roses. Sa mère devait à cette heure chercher éperdument son jupon de dentelle, son unique paire de bas et les jarretelles de son mariage. Un moment, Adriana s'arrêta et fit face :

— Tu as vu mes bas ?

— Je n'ai vu que ça.

— N'est-ce pas que ça me va ?

— Oui, terriblement.

Elle lâcha sa jupe et ouvrit les bras.

— Serre-moi contre toi, dit-elle. J'air peur. Tu me protégeras ?

— De qui as-tu peur ?

— De Belponi. Regarde s'il ne nous suit pas.

La rue déserte descendait en pente douce vers la place dont les illuminations vertes, rouges et blanches clignotaient dans la nuit. Par saccades, comme d'un disque usé, parvenaient jusqu'à eux les flonflons de l'orchestre. Adriana appuya sa joue contre la poitrine de Jacques.

— Je sais que tu ne m'emmèneras pas.

— Je ne t'emmènerai pas, mais je le regretterai longtemps. Où allons-nous ?

— Retrouver la signora Francesca et les autres. Viens !

Gianni Coniglio avait tiré un rideau noir, ne laissant entrevoir, de la rue, qu'un rai de lumière. Adriana cria :

— C'est nous !

Il ouvrit en bras de chemise et, sans un mot, les fit entrer dans son bureau. Un homme pâle, aux longs cheveux d'un blond tel qu'ils paraissaient presque blancs, aux yeux bleus d'une fixité si aiguë qu'elle devenait intolérable quand on le regardait en face trop longtemps, se tenait assis sur le rebord d'une chaise, raide, ses joues creuses secouées de tics irréguliers comme s'il déglutissait avec de grandes difficultés. Cinq ans de réclusion volontaire, d'oubli du monde avaient fait du brillant et séduisant esthète que la Wehrmacht déguisait en officier un homme aussi absent qu'un accusé écrasé par le poids de ses fautes et réfugié en une idée de soi si profondément enfouie dans sa conscience qu'il reste sourd à la bienveillance du Président ou au réquisitoire du Procureur. La scène semblait d'autant plus cruelle qu'elle se jouait entre des personnages qui ne vivaient pas à la même époque. Dans sa retraite, Helmut Strasser avait laissé filer trop vite le temps. À part Gianni qui méprisait la mascarade de Varela, les juges, présents dans leur costume du XVIIIᵉ siècle, créaient une confusion telle qu'on ne savait s'il fallait rire ou s'alarmer de cette absurdité. Assis côte à côte sur le seul sofa de la pièce, Francesca et Cléry paraissaient attendre que Strasser sortît de son mutisme.

— Vous pourriez tout de même ôter vos masques, dit Gianni aux deux arrivants.

Il ouvrit un placard et en sortit des verres et un flacon paillé.

— M. de Cléry n'aime pas mon vin. J'espère qu'il montrera plus d'indulgence à l'égard de mon marc de raisin. Rien de tel pour dissiper une gêne. Monsieur le Professeur, nous vous annonçons une grande nouvelle : le lieutenant Strasser renonce à sa condition d'ermite. Il quitte les ordres, il rentre dans le monde. Sa surprise sera grande.

— Arrête tes conneries, dit Francesca.

— Il faut vous dire, reprit Gianni à l'adresse de Jacques, que je n'ai pas vu Helmut depuis votre funeste arrivée dans la vallée en 1944. Nous avons correspondu, échangé des lettres et des livres, aussi mon plaisir est-il grand de le voir en bonne santé, bien qu'un peu crispé. Je ne sais ce qui le décide à réapparaître, et si je le devine, ce n'est pas à moi de le dire.

— Tu le sais très bien, dit Francesca.

Gianni remplissait les verres en parlant. Il en tendit un à chacun. Helmut but l'alcool d'un trait. Une légère roseur colora ses joues et il garda le verre vide dans sa main serrée. Cléry leva le sien :

— Je bois à la victoire de la paix et au triomphe de l'oubli !

— À la victoire de la paix et au triomphe de l'oubli ! répéta Helmut en français d'une voix si lasse qu'elle s'éteignit sur le mot oubli.

— Lieutenant Strasser, dit Cléry, je ne vais tout de même pas vous présenter des excuses.

— Je ne demande pas ça !

— Il y a un ennui avec moi, c'est que j'ai de la chance. Le lieutenant Sauvage peut en témoigner. La chance prend parfois des allures discourtoises. J'aurais mille fois préféré qu'en entrant dans la vallée, nous nous soyons aimablement salués et serré la main avant de nous mettre à table. Nous aurions eu mille choses à nous raconter.

Helmut tendit son verre à Gianni qui le lui remplit, mais au lieu de le boire, l'Allemand le contempla en imprimant un mouvement circulaire à l'alcool blanc.

— Je n'ai pas d'ennemis, dit-il avec peine.

— Oh, si tu en as un ! cria Francesca. Et cet ennemi, c'est toi.

Il tourna vers elle son visage soudain adouci et lui sourit tendrement. Si Beatrice avait raison, si Francesca n'éprouvait plus que de la pitié pour son amant, Helmut, lui, semblait avoir pris avec elle une telle distance qu'il ne lui était plus attaché que par le souvenir. Il se redressa et parut voir Adriana pour la première fois depuis son entrée.

— Il faudra la protéger, dit-il. J'aime ton petit visage de brugnon. As-tu des amoureux ?

— J'en ai un, dit-elle, mais je crois qu'il ne m'aime pas.

— Tu ressembles de plus en plus à la nymphe de la fontaine. Comment va-t-elle ? Embrasse-la encore une fois.

— Souvent je l'embrasse pour vous, la nuit, quand la place est déserte.

— Ah... merci.

Francesca se leva et vint lui poser une main sur l'épaule.

— Tu es décidé à partir ? demanda-t-elle.

— Je suis déjà parti. Tu ne le vois pas ?

— Et où iras-tu ?

— Devant moi.

Il disait « devant moi » comme il aurait dit « dans le vide » ou « dans l'oubli ».

— Pourquoi ne retournez-vous pas en Allemagne ? dit Jacques.

— Monsieur, je n'ai pas encore pardonné à l'Allemagne.

— D'autres lui pardonnent tous les jours ! Vous ne serez quand même pas le dernier !

— Hölderlin a écrit : « Vivre est une mort, et la mort, elle aussi, est une vie. »

— Ce genre de tautologie me dépasse, dit Cléry agacé. Il faut en sortir si on aime la vie. Lieutenant Strasser, je suis désolé d'avoir fait sauter d'un seul coup au but votre dépôt de munitions, mais, en toute sincérité, admettez que, sans cette chance, c'est ma compagnie et mes chars en rase campagne que vous écrasiez. Nous faisions la guerre, je vous le rappelle.

— Je ne suis pas un homme de guerre.

— Alors réveillez-vous et entrez dans le monde. Vous le méprisez, c'est trop facile. Si nous le méprisions tous, il serait livré aux brutes et aux imbéciles.

Francesca se mit à marcher de long en large dans la pièce.

— Je n'en peux plus, dit-elle. Nous nous enterrons.

— Pas toi ! Tu es libre ! dit Helmut.

— Libre ? Qu'est-ce que c'est ? Je n'ai jamais été libre et je ne le serai jamais, et aussi, je crois que je ne t'aime plus assez. Nous avons bien joué ensemble comme deux enfants. Maintenant j'ai grandi, c'est fini.

— Là où je vais, je n'ai besoin de personne. Je pars.

Cléry se leva et, à son tour, posa une main sur l'épaule d'Helmut :

— Demain, je vous emmène à Rome. Je vous lâcherai en pleine Via Veneto. Vous serez happé par la foule : des femmes, des voitures, des terrasses de cafés, vous suffoquerez la première heure et puis après vous ne vous en passerez plus.

— Je préfère aller à pied.

— À pied ! dit Gianni. Vous rêverez et vous n'arriverez jamais nulle part.

Helmut haussa les épaules.

— Vous rêvez aussi !

— Oh, mais moi je ne connais pas le remords, je n'ai pas une âme de pécheur.

— Dieu n'a rien à voir là-dedans ! dit Francesca avec hargne.

Helmut se leva. Aussi grand que Jacques, il était vêtu d'un pantalon de velours noir et d'une chemise à carreaux largement ouverte sur sa poitrine blême.

— J'ai terriblement aimé Varela et sa vallée, dit-il. C'était mon royaume. Je vous le remets.

Sans l'évidente et pathétique sincérité de l'Allemand, et parce qu'ils étaient là, sauf Gianni et Helmut, dans leur déguisement de la fête, Jacques aurait été tenté de trouver que la scène tournait à la grandiloquence, mais, au-delà du masochisme helmutien, se jouait, à cette minute, l'amer drame d'une séparation. Deux êtres avaient flambé l'un pour l'autre dans le secret. L'ouverture du secret sonnait le glas des amours. Helmut, dépouillé de l'uniforme, de l'Allemagne, se dépouillait maintenant de celle qui avait partagé avec exaltation son refus, et cette séparation ne le déchirait pas plus qu'elle n'avait déchiré Francesca. S'étaient-ils trompés au point de prendre les extrêmes surprises du plaisir pour un sentiment qui les isolerait du reste du monde au creux de cette vallée si bien protégée que les ravages de l'après-guerre ne l'atteignaient pas encore ? Dans les adieux d'Helmut scintillait un mot auquel Cléry devait être sensible, le mot « royaume ». D'instinct, sans se connaître, sans partager les mêmes rêves, le capitaine français et le lieutenant allemand reconnaissaient dans Varela et sa vallée l'exacte figure d'un royaume, mais alors que l'idée de Cléry se teintait de morgue et de dérision, l'idée d'Helmut Strasser relevait d'une vision poétique.

Francesca s'arrêta de marcher de long en large et se planta devant la bibliothèque de Gianni. Son doigt parcourut les titres, pointa le Hölderlin. Elle l'ouvrit au hasard et lut d'une voix presque indifférente :

— « *De toi,*
Hors une chose je ne sais rien : tu n'es pas mortel, certes. »

Elle referma le livre, le remit soigneusement en place, et, les bras croisés, tournée vers l'Allemand, dit avec une lenteur calculée, détachant les syllabes :

— Adieu, Helmut. Prends garde à l'absolu.

— Je n'y prendrai certainement pas garde !

Il se dirigeait vers la porte quand Gianni l'arrêta :

— Attendez ! Vous ne pouvez pas sortir comme ça. Il y a des couples dans les rues. Certains peuvent vous reconnaître. Prenez la cape de M. Sauvage et son masque. Toi, Adriana, tu l'accompagneras.

Indifférent, Helmut se laissa poser la cape sur les épaules et mettre le masque. Adriana le prit par le bras. On entendit leurs pas dans la rue et comme ils passaient devant la fenêtre, la voix de l'Allemand :

— J'aimerais revoir une dernière fois la petite nymphe.

Leurs pas décrurent, puis plus rien. Le visage de Francesca se crispa :

— Ah non, cria-t-elle, je ne vais tout de même pas pleurer.

Cléry ouvrit les bras comme pour l'accueillir.

— Si... pleurez. Il faut pleurer.

Mais ce ne fut pas dans ses bras que se jeta Francesca, ce fut dans ceux de Jacques. Elle se blottit contre lui et il n'eut d'autre choix que de la serrer contre sa poitrine, de lui caresser la nuque.

Elle ne pleurait pas. Elle tremblait, la nuque chaude et raidie. Gianni leva les yeux au ciel.

— Il ne manquait plus que ça !

— Votre marc de raisin est excellent ! dit Cléry vexé et tendant son verre.

Gianni le lui remplit. Francesca était ailleurs, Jacques dans l'attente d'un assaut de nouvelles railleries.

— Nous sommes bien d'accord, dit Cléry. La scène tournait au ridicule : « Prends garde à l'absolu ! » qui oserait dire ça, même dans un roman de gare ? Pourquoi n'avons-nous pas éclaté de rire ?

Francesca s'écarta de Jacques et s'approcha de Cléry à l'œil animé par un intense désir de moquerie.

— Oh, je vous la dois depuis la première minute où je vous ai vu...

Et elle le gifla si violemment que la tête de Cléry fit un quart de tour et que sa joue rosit aussitôt. Il serra les lèvres.

— Impossible de vous répondre sur le même ton, dit-il, retrouvant son calme.

Puis, se tournant vers Jacques :

— Je suppose que vous aviez autant envie qu'elle de me gifler, n'est-ce pas ? Pourquoi ne l'avez-vous pas fait ? Nous aurions choisi le pistolet.

— Non, vous tirez mieux que moi, André. Ce serait encore trop facile, mais avouez... avouez une seule fois... avouez que vous le méritez.

Des larmes roulaient sur les joues de Francesca.

— Emmène-moi, dit-elle à Jacques en le prenant par la taille.

— Je n'avoue rien ! dit Cléry. Et emmenez-la, emmenez-la ! Vous ne voyez pas que vous êtes faits l'un pour l'autre ! C'est d'un romanesque !

— Oh, assez, André, assez !

— N'est-ce pas, monsieur Coniglio ?

— Il n'y a rien de romanesque là-dedans, dit Gianni avec calme. Nos mœurs ne nous le permettent pas. C'est une vieille histoire qui remonte au Condottiere. Il avait interdit à ses sujets tout sentiment qui se développerait au-dessus de la ceinture. Francesca bravait la loi. Elle est punie comme je suis puni d'adorer Beatrice au lieu de lui sauter dessus. Cette société a des avantages, monsieur de Cléry, elle ne sombre pas dans la mièvrerie de la société française...

— Vous oubliez que tout Varela pleure en écoutant les épisodes du *Cœur battu*.

— Un transfert, monsieur de Cléry, un transfert. On bêle à l'amour des autres... et on ne sait pas le faire à sa femme. On vit dans l'imaginaire. Moi, le premier...

Francesca entraîna Jacques vers la porte.

— Emmène-moi. Ces deux-là, je les hais.

Jacques était bien de l'avis qu'ils n'avaient plus rien à faire ici. Dehors régnait la fête et rien ne sauve comme de plonger dans son contraire. Ils étouffaient dans cette pièce aux rideaux tirés où la pesante chaleur de l'été s'accumulait, mêlée au parfum de l'alcool blanc, à l'odeur sure des livres moisis du poète.

— Je pense que nous ne nous reverrons plus, dit Cléry à Jacques au moment où celui-ci passait la porte.

— Croyez-vous ?

Jamais Cléry n'oublierait la gifle de Francesca. Chaque témoin la lui rappellerait. Il préférait mille fois s'amputer d'un ami.

— J'en suis certain.

Sur la place, le tonus de la fête était monté de plusieurs degrés. À son pupitre, le chef d'orchestre dirigeait furieusement ses musiciens. Adieu Albinoni, Corelli, Sammartini ! Il suivait plus qu'il n'accompagnait les couples qui trépignaient, tournoyaient, s'écrasaient, se séparaient. Une à une les barrières tombaient. On arrachait les masques. Dans un mouvement maladroit, une grosse fille déchira son corsage, libérant ses seins que son cavalier prit à pleines mains. Il y eut des cris, des rires. On entoura la forte bacchante qui se trémoussa, mains sur les hanches, rouge d'excitation et de plaisir. D'autres danseuses l'imitèrent et formèrent un groupe qui, bras tendus, les reins animés de balancements obscènes offrirent leurs poitrines nues à la nymphe fleurie au sourire ironique. Un hurlement déferla sur la place quand la nymphe soudain illuminée par le faisceau d'un projecteur se dédoubla et, dressée sur son piédestal, envoya une pluie de baisers à la foule et dispersa les fleurs de sa parure. À demi nue, Adriana en culotte blanche, bas noirs et jarretelles roses, déesse de la nuit foraine, cria d'une voix étonnamment sûre :

— Arrachez vos masques ! Vive l'amour !

Les derniers masques tombèrent découvrant des visages rouges et brillants, enflammés par le plaisir. Une demi-douzaine de jeunes gens grimpèrent sur la fontaine, saisirent Adriana et la portèrent sur leurs épaules, debout, répondant aux vivats par des baisers, un radieux sourire de femme-enfant illuminant son visage. Un homme lui passa une torche qu'elle brandit et fit tournoyer arrosant d'une pluie d'étincelles ses porteurs et leurs danseurs. Au passage, un des petits échansons remplit de vin une tasse de porcelaine et la lui tendit. Adriana but d'un trait et avec une violence inattendue lança la tasse vide contre le mur du palais où elle éclata en mille morceaux. D'un geste rapide, elle dénoua le ruban de ses cheveux qui se répandirent sur ses épaules, voilant à demi ses joues et ses yeux quand elle tournait la tête. Éros féminin, rayonnante de grâce, elle semblait danser sur les épaules de ses porteurs qui la tenaient fortement aux chevilles et tournaient autour de la place, offrant aux danseurs ce symbole des libertés de l'amour.

— Elle a un peu de génie, dit Jacques, mais elle va se faire violer.

— Non ! dit Francesca. Elle aura plutôt une fessée en rentrant si elle a déchiré les bas noirs de sa mère ou perdu une jarretelle. Ce soir, tout est permis. À l'aube, tout s'arrête. Demain, tu ne rencontreras que des yeux baissés, des têtes chafouines, des corsages boutonnés jusqu'au cou. Ils auront fait provision de folie pour un an. Viens...

Dans la ruelle, derrière la maison Varela, ils retrouvèrent la Topolino, la Bentley et la moto que Francesca, retroussant sa jupe, enfourcha. Jacques s'assit, derrière elle, sur le tan-sad. À la sortie de Varela, ils plongèrent dans la nuit chaude. Jacques passa ses mains sous la longue jupe relevée et les joignit sur le ventre nu de Francesca. Il ferma les yeux. Le vent de la vitesse les enveloppait de ses plis soyeux, sifflant aux oreilles.

Au bruit du moteur, une lumière s'alluma au rez-de-chaussée. Assunta, une lampe-pigeon à la main, apparut sur le seuil, en chemise de nuit :

— Tu n'es pas restée à la fête ?

— Quelle fête ? dit Francesca. C'est une foire. Donne-moi une lampe. Nous montons.

— Helmut ?

— Il ne viendra plus.

— Ah ! dit Assunta qui découvrit seulement à cet instant la silhouette de Jacques resté dans l'ombre.

— Monsieur le Professeur voudra sans doute un café ?

— Non, le professeur ne veut rien ! dit Francesca.

Dans la cuisine, Assunta leur remit sa lampe-pigeon et disparut. Ils montèrent un escalier de bois jusqu'à une longue pièce mansardée. Francesca alluma une autre lampe à pétrole. La flamme brilla d'un éclat insoutenable, puis faiblit, jaune et timide. Jacques distingua un grand lit bas avec des draps blancs et une couverture sombre, des étagères bourrées de livres, une table et un tabouret, une cantine militaire. Tout parlait d'Helmut. Il avait vécu là cinq ans, seul, visité par Francesca, sortant pour se promener dans la montagne quand Antonio et Assunta l'assuraient qu'il ne rencontrerait personne. Emmuré vivant la plupart du temps, attentif aux voix étrangères qui montaient de sous la tonnelle, aux rires, aux plaisirs qu'il ne partageait plus, Helmut n'avait été relié au monde que par Francesca. Son odeur d'homme blond et blanc imprégnait la pièce mansardée comme s'il était encore là dans un des recoins sombres, accroupi, retenant son souffle et attendant, pour se martyriser un peu plus, la scène inévitable qui suivrait sans aucun doute puisque Francesca déboutonnait sa robe, la laissait tomber à ses pieds et apparaissait nue dans la lumière jaune des lampes à pétrole qui projetaient deux ombres, l'une de face, l'autre de profil sur le mur blanc. Elle ne bougeait pas, raidie, les bras au corps, sans un mot, offerte mais signifiant par son immobilité qu'elle restait encore à conquérir par un de ces gestes magiques qui lui rendrait vie, animerait son visage, sa voix. Interdit à la fois par le souvenir si présent d'Helmut et la soudaineté de la scène, Jacques, planté au milieu de la pièce, contemplait le corps délicat dont il connaissait l'ardeur secrète pour avoir, un instant auparavant, croisé ses mains sur le ventre nu pendant le trajet fou à moto. Dans ce dépouillement et cette attitude, elle était quelqu'un d'autre, quelqu'un qu'il n'avait jamais rencontré de sa vie, qui peut-être même l'intimidait au point qu'il l'aurait presque priée de se rhabiller pour, en la dévêtant lui-même, faire avec elle une plus ample connaissance. À leur plaisir, manquerait toujours cette vieille idée qu'il ne l'avait pas séduite auparavant et qu'elle le choisissait dans une intention d'abord obscure, puis de plus en plus évidente : elle effaçait Helmut, elle oblitérait jusqu'au souvenir d'une passion avec autant de violence cette nuit-là qu'en cette année 44 où elle s'était donnée au jeune officier allemand. L'amour-propre commandait de refuser d'être l'instrument de cet oubli rageur. Jacques se sentit mal et s'assit sur une chaise face à Francesca qui demeurait figée dans le halo des deux lampes, ses ombres respirant pour elle. La tête dans les mains, il laissa tournoyer les images de ce mois à Varela : Beatrice livrée à son plaisir solitaire ou le buste appuyé à la masse des oreillers, offrant au regard ses nobles épaules, son beau visage paisible qui laissait à peine effleurer les ombres de sa mélancolie ; Emilia découvrant ses seins sur l'ordre de son frère ; et enfin Adriana, diablesse de la provocation, au bain dans le torrent ou se glissant comme une chatte dans son lit, impudique et savante déjà, et, cette nuit, dressée sur la fontaine à demi nue, promenée par les jeunes gens autour de la place et déchaînant la fête qui s'enlisait. Un mois de désirs confus aboutissait à l'offre la moins attendue : un corps blanc dans la lumière vacillante des lampes à pétrole, un corps auquel il n'avait même pas songé, qui le troublait par sa volonté implacable alors qu'il se découvrait lui-même si faible, si incapable de choisir. Levant la tête, il vit qu'elle ne faiblissait pas et restait à le regarder, de marbre, ses vêtements épars à ses pieds. Il avait vu quelques femmes nues, mais aucune ne s'était offerte à ses yeux avec autant d'insistance. Toujours quelque pudeur forçait ces créatures du passé, déjà oubliées, à éteindre la lumière, à se cacher à demi dans le pan d'un drap, à voiler leur sexe ou leurs seins d'une main et d'un bras maladroits. Un jour, cependant, dans un atelier de Montmartre, venu chercher un ami qui suivait des cours de dessin, il avait été frappé de l'immobilité du modèle, une forte fille nue, assise sur un tabouret, les jambes écartées, mains nouées derrière la nuque, mais cette fille n'inspirait rien qu'une sorte d'amusement. Le regard vide, elle était plus morte qu'une nature morte, alors que Francesca, sans un geste, sans une provocation, brûlait d'une flamme presque insoutenable pour un homme qu'une accumulation de désirs fragilisait à l'extrême. Jacques devinait bien que ce qui allait se passer dans un instant serait totalement différent de ses aventures de jeune homme. Avec Francesca, il sautait dans une vie d'adulte pleine de dangers, il se brûlerait à plus fort que lui, et de leur rencontre ne resteraient que des cendres. C'était clore un peu vite l'épisode de Varela, la découverte, au creux d'une vallée oubliée du monde, de passions sourdes, découverte dont il aurait aimé prolonger indéfiniment les méandres. Il n'y avait pas de lendemain s'il se soumettait.

Lentement, il se déshabilla, prit Francesca dans ses bras et la porta vers le lit.

Quand la Topolino atteignit le col de la Bianca, les nuages accumulés depuis l'aube crevèrent soudain sur les Apennins. Jacques tourna sa voiture pour contempler une dernière fois la vallée à travers le triangle dessiné par l'essuie-glace sur le pare-brise. Au-dessus de sa tête, la pluie crépitait avec une rare violence contre la tôle, et la buée dégagée par le capot achevait de brouiller la vue déjà hachurée par les rafales d'eau. Les deux lignes de crête qui se rejoignaient au col de la Bianca, se fondaient dans le ciel gris donnant de la vallée l'étrange impression qu'elle était un immense œuf grisâtre à l'intérieur duquel tremblotait, comme une gelée, un ensemble confus d'arbres et de champs séparé en deux par le ruban noir de la route. Au premier plan, la maison de Vittoria Campari se détachait seule, mais si écrasée par la hauteur d'où Jacques la contemplait qu'on croyait mal qu'elle abritait dans ses murs l'énorme créature au postérieur de citrouille et aux seins de calebasse. Antonio et Assunta se dissimulaient derrière leurs cyprès, et l'enceinte fauve de la ville grelottait dans le paysage détrempé en un instant.

Au bout d'un quart d'heure, la pluie cessa, et un vent violent s'engouffra dans le col, secouant la Topolino et chassant les nuages. En quelques minutes, le paysage réapparut, nettoyé, limpide, brillant des mille éclats du schiste des montagnes. Varela surgit, souveraine dans son écrin de pierre. Derrière ces murs qui miroitaient dans le soleil, le drame s'était joué pendant la nuit : Helmut étranglé par Belponi qui, dans l'obscurité d'une ruelle, l'avait pris pour Jacques avec sa cape et son masque ; Belponi pendu dans son atelier après que Cléry eut sauvé de justesse Adriana que le peintre tentait de violer ; Beatrice incarnant la dernière âme de cette ville qui, après la tragédie, retomberait dans la morne quiétude de ses conventions et de ses routines, mais sans Adriana envolée le matin même dans la Bentley de Cléry et partie pour un destin de rêve avec l'homme qui, huit jours auparavant, jurait de ne jamais se compliquer la vie ; Francesca cloîtrée dans sa chambre dès leur retour de la ferme, refusait l'évasion : elle n'irait jamais dans un monde de fausses promesses, et son corps était voué à se dessécher lentement entre les ruelles de Varela comme une fleur sauvage entre les feuillets d'un vieux livre.

Une infinie tristesse s'empara du jeune homme. Ces jours de feu couveraient longtemps en lui avant que l'oubli les éteignît. S'il les éteignait. La Topolino opéra un demi-tour et entama la descente du versant nord du col de la Bianca. Un écriteau indiquait Pérouse à quarante kilomètres. Pérouse, la ville du Pérugin (1448-1523), de son vrai nom Pietro Vannucci. Elève de Verrochio. Stendhal ne l'aimait guère. Il disait que le Pérugin peignait des madones aux airs de grosse bourgeoise. Pour seul mérite il lui reconnaissait d'avoir été le maître de Raphaël (1483-1520). Dans les écrits de Stendhal sur l'Italie, Pérouse apparaissait surtout comme un relais de diligences. Il avait dû traverser cent fois la ville sans s'y arrêter. Le guide indiquait des vestiges étrusques et d'importants monuments du Moyen Âge et de la Renaissance. Stendhal avait facilement des idées toutes faites sur la peinture. Il eût aimé un Raphaël, génie spontané, sans maître. Il se trompait aussi sur les tableaux, attribuant au Vinci (1452-1519) une toile de Luini (1485-1532) et voyant dans le visage d'Hérodiade celui de *Francesca*... non, de Matilde (Métilde) Dembowski-Viscontini...